Marita Lintfert

Der Bosporus

Deutsche Bibliothek – CIP-Einheitsaufnahme

Ein Datensatz zu dieser Publikation ist bei
Der Deutschen Bibliothek erhältlich

Titelbild von Jean-Honore Fragonard

1. Auflage 2001

Igel Verlag
Rauhehorst 77
26127 Oldenburg
☎ 0441 - 6640262
🖹 0441 - 6640263
Herstellung: IgelVerlag

ISBN 3-89621-130-7

Marita Lintfert

Der Bosporus, die Schaukel und das Lächeln

Roman

Igel Verlag *Literatur*

Lale

Ellerimle soydum seni, ilkyazın
Taç yapraklarını açması gibi,
Nar gibi diş dişti tezcanlılığın.

Ah şakıyan ormanı solukların,
Öpüşün, bakışın yüreği,
Soran, diri sessizliğinde.

İsteğinin damı uçmuştu göğe,
Uğultulu sarı kelebeklerdi
Dört bir yanından boşalışın.

Bağladım seni dişlerimle
Doymak bilmez ipekböceği gibi,
Ay gibi yarıktı kırmızılığın

İki dilim lale döşekte.

Melih Cevdet Anday

Tulpe

Ich zog dich mit meinen eigenen Händen aus, wie im Frühling
Öffnete ich deine Blütenblätter,
Deine Eile war wie alle Samenkerne eines Granatapfels.

Ach die singenden Wälder der Seufzer,
Das Herz der Küsse und Blicke,
Fragen in ihrer frischen Ruhe.

Das Dach deiner Sehnsucht flog wohl in den Himmel,
Mit dem Summen gelber Schmetterlinge
Als du dich mit jeder Faser leertest.

Mit meinen Zähnen fesselte ich dich
Wie eine gierige Seidenraupe,
Deine Röte war ein Halbmond

Zwei Tulpenblätter auf einem Bett.

(Übersetzung: Marita Lintfert)

Nunik

Als ich Nunik kennenlernte, war mein Leben auf den Kopf gestellt worden, aber damals war sie es, und es war meine neue Welt, die mich beide in ihren Bann zogen, und auch wenn ich Nunik verlor, so hat mich seither die neue Welt nicht mehr losgelassen. Ja, als ich Nunik kennenlernte, kam sie ungestüm daher, und kaum hatte sie mich mit ihrem Charme verzaubert, zog sie wie eine kühle Sommerbrise von dannen. Sie kam wie ein zwitschernder Frühlingsschwarm auf mich zugeflogen, und es war wohl ihre Grazie, die mich damals gefangennahm, denn sie war so zart und zierlich, daß ich an ihrer Seite zur Walküre wurde, und sie wirkte so unglaublich zerbrechlich und hatte so einen wunderschönen Mund und glänzende mandelbraune Augen, die wie aufgerissene Fenster in ihrem dämmerigen Salongemach für immer in meinem Gedächtnis haftenbleiben werden.

Nunik trat im September 1996 in meine neue Welt. Als wir uns in dem Monat kennenlernten, war sie 30 Jahre alt und unglücklich in einen völlig zurückgezogen lebenden Maler verliebt, der sich nicht im Geringsten für sie zu interessieren schien. Sie war so hoffnungslos in diesen Maler verliebt, daß sie dem Schicksal eines ungeliebten Kindes, welches man in einen Weidenkorb gebettet und mutterseelenallein in einem verwilderten Park ausgesetzt hatte, in nichts nachstand. Damals hatte ich auf Anhieb das unbestimmte Gefühl, daß sie unglücklich verliebt sein mußte. Überdies fühlte ich, daß ich sie irgendwoher kannte. Was ich aber mit dem Beginn unserer Freundschaft wußte, war ihr Sternzeichen. Es mag sich komisch anhören, da ich der Astrologie kaum Glauben schenken kann, aber seit meiner Grundschulzeit habe ich nun mal diese Marotte, Geburtstage von Menschen, die mir sofort ins Auge stechen, erraten zu wollen. Ich sah Nunik und wußte, daß sie im frühen November geboren sein mußte, da es immerzu diese Spinnentiere mit den Scheren und Fußpaaren und dem fatalen Giftstachel sind, die mich mit ihrem aufsehenerregenden Wesen in Beschlag nehmen. Ja, für mich sind Skorpione von Geheimnissen umwobene Menschen, denen ich eine besondere Intelligenz zuspreche, da sie mich mit ihrem Stachel und ihrem aus dem Rahmen fallenden Charakter immer wieder herausfordern. Sie locken mich aus der Reserve oder spielen ein verheißungsvolles Spiel mit mir, und obgleich sie eigentlich sehr verläßlich sind und mich immerfort betören oder gar verzaubern können, verletzen sie mich ab und an mit ihrem vereinnahmenden Wesen. Bei

Nunik hingegen befand sich der Stachel für eine kurze Weile im Verborgenen. Ohnehin glaubte ich an unserem ersten Abend nicht im Entferntesten daran, daß er sich irgendwann bösartig bewegen könne. Noch viel weniger hielt ich es für wahrscheinlich, daß sie mich unverhofft, ja, unfehlbar damit stechen könne. Nein, ich vertraute ihr und ihren traurigen Augen, die immer von einem Schattenkranz umgeben waren, so daß sie mir von Anbeginn wie eine unübersehbare Erscheinung an einem verlassenen Strand einer ebenso verlassenen Küstenlandschaft vorkam. Nunik kam gottverlassen daher und verkörperte mit ihren grazilen Bewegungen eine unglückliche Frau, die sich in den besten Jahren ihres Lebens der Musik hingab. Von morgens bis abends spielte sie Violine, war in ihren heiligen Räumen verschwunden und übte dort mit ganzem Ernst, ganzem Stolz und ganzer Disziplin und ließ ihre unentbehrliche Begleiterin erst wieder los, wenn die Sonne im Begriff war, unterzugehen. Mit ihrer Musik, die sie jeden Tag wie einen Liebestrank einsog, zeigte sie mir ihr unschätzbares Talent. Mit ihren Adagiobögen schickte sie meine unruhige Seele jeden Abend auf eine ferne Reise, und nur manchmal, wenn sie etwas zu ernst auf ihre Notenblätter schaute, gab es diesen einen spöttischen Ausdruck in ihrem Antlitz, der sich aber nur dann offenbarte, wenn sie sich besonders anstrengte und für eine kleine Ewigkeit nicht mehr davon loszukommen schien. Mein Gott, ich hatte sie einfach vom ersten Augenblick in mein Herz geschlossen. Ich konnte sie stundenlang ansehen oder einfach nur so betrachten, wenn sie mit ihren Fingern über ihre Geige tanzte und mich immerzu aufforderte, ihr zuhören, sie verstehen oder berühren zu wollen. Ich glaubte dann in ihren Zügen diesen einen zerbrechlichen Ausdruck herauslesen zu können, der mich so sehr an Mara erinnerte. Vielleicht war es ihre grazile Körperhaltung, die mich zuweilen sogar zu Mara brachte. Es war eine Haltung, die mir mitteilen wollte, vom Glück im Stich gelassen worden zu sein, dafür aber Großes vom Leben erwarten zu dürfen. Und wie mir Mara vor vielen Jahren in den Schoß gefallen war, fiel mir auch Nunik in dem sonnigen September in den Schoß. Und auch wenn Mara zum Mythos geworden war und durch irgendwelche Lüfte schwebte, tröstete mich in dem warmen Herbst eine ausgelassene Nunik, die leibhaftig vor mir stand und sich mit ihrer Geige vereinigte, und ich war so fasziniert von ihr und ihrer musikalischen Zauberei, daß ich benommen vor Glück und vor lauter Begeisterung etwas Verrücktes mit ihr anstellen wollte.

Der Tag, an dem ich Nunik das erste Mal zu Gesicht bekam, war ein schäbiger Dienstag, an dem ich ungeheure Hindernisse zu überwinden hatte. Es war am 17. September 1996. Drei Tage nach dem Umzug vom Teutoburger Wald an den Bosporus. Ich hatte Deutschland den Rücken gekehrt, hatte einen neuen Brötchengeber und war mit Can, meinem damaligen Mann, nach Istanbul geflogen, weil wir wohl anfingen, uns am Teutoburger Wald zu langweilen und einen Tapetenwechsel nötig hatten oder was auch immer. Und kaum kehrten wir in dem September in der Bosporusstadt ein, fuhren wir in aller Herrgottsfrühe mit einem geliehenen superschicken Golf an die bulgarisch-türkische Grenze, um in der thrakischen Stadt Edirne unsere Möbel durch den Zoll zu bringen. Dort waren wir damit beschäftigt gewesen, Formulare auszufüllen, Unterschriften zu leisten, Gebühren zu zahlen oder beweisen zu müssen, daß wir verheiratet waren.

Da ich nach der Heirat meinen Mädchennamen behalten hatte, befanden wir uns in Edirne nach nahezu neun Monaten unserer Eheschließung das erste Mal in der äußerst interessanten Situation, dokumentieren zu müssen, ein Ehepaar zu sein. Hingegen kam es mir an dem Tag so vor, als sollte ich den Beweis vorlegen, regelmäßig mit dem Mann an meiner Seite zu schlafen, als sollte ich gar stolz auf meinen Bauch zeigen, um klarzustellen, daß das erste Kind bereits unterwegs war. Ich war aber alles andere als schwanger. Ich war zwar unruhig, nervös und gereizt, aber das hing eher damit zusammen, daß wir vergeblich mit der deutschen Heiratsurkunde und den Auszügen aus dem Geburts- und Eheregister herumfuchtelten. Mit diesen Papieren kamen wir verständlicherweise nicht weit. Man forderte uns auf, alle erforderlichen Unterlagen aus Cans Geburtsstadt Karaman, die zum südlichsten Zipfel Zentralanatoliens gehört, an das Einwohner-Meldeamt der thrakischen Grenzstadt zu faxen. Allerdings war an dem Septembertag das Faxgerät der Einwohner-Meldebehörde in Edirne kaputt. Aus diesem Grunde sahen wir uns gezwungen, durch die Altstadt mit der wunderschönen Selimiye-Moschee zu flanieren, um ein funktionstüchtiges Gerät in einer anderen Behörde ausfindig zu machen. Man hatte uns nämlich gesagt, daß ein Dokument aus einer Behörde des Landes nur von einer anderen Behörde entgegengenommen werden könne, falls alle zugefaxten Seiten mit Stempeln und Unterschriften ordnungsgemäß abgesegnet seien.

Dieser phänomenale Akt, ja, alle Möbel durch den Zoll zu bringen, nahm mir sechsunddreißig Stunden meines Lebens. Überdies war ich an den beiden Tagen, und in der einen lauwarmen und langen Nacht, die wir in einem bescheidenen Hotel in Edirne verbrachten, felsenfest davon überzeugt, daß unsere eigentlich noch so blutjunge Ehe nicht mehr zu retten war. In der sternenklaren Nacht hatte sich wohl der Wind gedreht. Messerscharf erkannte ich, daß ich einen Mann geheiratet hatte, mit dem ich nicht mehr zusammenleben konnte. Bei klarem Bewußtsein sah ich mich von ihm gehen. Mir war so, als hätte ich mir selbst oder er mir oder wir uns lange etwas vorgemacht. So diagnostizierte ich an dem Septembertag, daß unsere vierjährige Beziehung von einer unheilbaren Krankheit befallen war. Und ich konnte mich nicht mehr von ihr erholen, ich konnte nicht mehr zurück, und dann kam plötzlich Nunik.

Nach einer anstrengenden Rückfahrt von Edirne nach Istanbul erreichten wir am nächsten Abend vor Einbruch der Dunkelheit unsere neue Wohnung im recht noblen, aber für mich nichtssagenden Neubauviertel Oyak auf der europäischen Seite Istanbuls. Dieses schicke Cité liegt unmittelbar südlich des Belgrader Waldes, und die Brisen des Schwarzen Meeres wehten damals wie fliegende Kinder am Horizont über die elfstökkigen Häuserdächer hinweg. Vielleicht gefiel mir dieses gepflegte Viertel allein schon aus dem Grunde nicht, da Can es Wochen zuvor besichtigt und gegen meinen Willen den Mietvertrag für das 44. Apartement des elften Wohnblocks unterschrieben hatte.

Zwei Nächte hatten wir bereits ohne Bett und Kissen im neuen Domizil überstanden. Wir verbrachten sie auf Wolldecken und brauchten nicht mehr, da es in den Septembertagen immer noch brüllend heiß am Bosporus war. Und dann, am dritten Abend im neuen Heim, spürte Can nach allen Anstrengungen im thrakischen Edirne drei Bauarbeiter vor der Haustür auf, die unser gesamtes Mobiliar, das überwiegend aus Bücherkisten, einer Waschmaschine, einem Sofa mit Schaukelstuhl und einem Schlafzimmer aus Buchenholz bestand, in die elfte Etage trugen. Stoisch schleppten die drei hageren Männer schweißüberströmt die sperrigen Kisten in die geräumige Wohnung. Unterdessen bot ich ihnen unentwegt Cola und Wasser und Salzstangen an und dachte lange darüber nach, ob ich es gutheißen konnte, daß Can für eine Handvoll Devisen ihren wohlverdienten Feierabend raubte. Es waren bulgarische Gastarbeiter, die für ein türkisches Bauunternehmen arbeiteten, um im Winter mit einem Sack voller Atatürk-Banknoten nach Bulgarien zurückzukehren. Sie waren zäh, rackerten ohne Murren und Klagen, und da es verboten war, für Umzugszwecke den Aufzug zu benutzen, arbeiteten sie sich Stockwerk für Stockwerk hoch. Als dann der Allerschmächtigste von ihnen die Waschmaschine auf den Rükken hievte und sich die unzähligen Stufen hochschleppte, bekam ich es mit der Angst zu tun. Er war so schmal gebaut, daß ich es ihm nicht zumutete, diesen Kraftakt zu überstehen, und ich erinnere mich noch haargenau daran, wie er die Zähne zusammenbiß, die Augenbrauen und die Nasenflügel zusammenzog und seine Aufgabe mit Bravour meisterte. Er kämpfte sich vorwärts, lud die Maschine im Badezimmer ab, schloß sie an, rauchte frohen Mutes eine Zigarette und machte sich mit den anderen pfeifenden Bulgaren wieder an die Arbeit, so daß bereits gegen Mitternacht alle Kisten kreuz und quer in der 120 Quadratmeter Wohnung standen, die noch nach Holz und Farbe und Terpentin roch. Durchnäßt von allen Anstrengungen standen wir alle irgendwann im Korridor, und Can verhandelte dort mit ihnen über das Geschäftliche, bedankte sich mehrmals, schloß dann die Wohnungstür ab und verschwand für eine Weile im Bad. Ich saß im Schaukelstuhl und sinnierte. Ich saß da und schaukelte unruhig nach vorne und wieder zurück und starrte immerzu auf die Pappkartons, die das Bild dorniger Sträucher eines Wildgeheges auf einem Parkettboden wiedergaben.

Mit Sack und Pack waren wir umgezogen, und ich hatte den Streß der vergangenen Tage alles andere als verdaut. Es war weniger das äußere Chaos, welches mich nervös machte. Vielmehr kam ich nicht umhin, mich zu fragen, was das ganze Szenario eigentlich sollte. Meine Geduldsfäden waren gerissen. Can und ich, wir stritten uns seit Tagen, seit Wochen. Es schien schlimmer zu sein als in unserem gewöhnlichen Beziehungskampf. Wir verhielten uns plötzlich wie Kampfhähne, und im Eifer des Gefechtes war uns jegliche Bereitschaft und jeglicher Halt abhanden gekommen. Wir befanden uns in unserer härtesten Kriegssituation, im tiefsten Graben einer aufgepeitschten Kampfstimmung, und alles andere als ein rettender Friedensvertrag zeichnete sich am Horizont ab. Ja, wie wild gewordene Tiere gingen wir aufeinander los, fauchten uns an, lieferten uns die schlimmsten Schlachten, warfen uns schamloses Zeug vor, schlugen gewaltig über die Stränge, und allem Anschein nach kamen wir von allen diesen tödlichen Beziehungsgiften nicht mehr los. Mir war damals so, als brach ausgerechnet an dem Abend nach dem thrakischen Intermezzo die wichtigste Säule unserer gemeinsamen Geschichte mit der Wucht eines sekundenschnellen Erdrutsches zusammen.

Als Can in der Nacht vergeblich nach einem Schraubenzieher suchte, kam Nunik nach Hause. Wir hörten auf dem Hausflur das Klackern eines

Schlüssels, der im Schloß mehrmals herumgedreht wurde. Dann klingelte es auch schon an unserer Tür. Ich öffnete sie, und eine etwa 30-jährige Frau mit einer dunkelroten Sonnenbrille in ihrem kastanienbraunen Haar hieß uns willkommen. Sie stellte sich vor, und Can zeigte unmittelbar darauf mit seinen schmutzigen Arbeitshänden auf mich und stellte uns vor, und ich nickte. Dann hörte ich mich reden, hörte, wie ich mich dabei verhedderte, einen kurzen türkischen Satz zu bilden, und sie fragte prompt auf Englisch, aus welcher deutschen Stadt ich käme, und ich sprach vom Münsterland und von dem Dorf meiner Eltern an der holländischen Grenze, und kaum hatte ich in Gedanken den Punkt gesetzt, bat Nunik, die an dem Abend wie ein strahlender Herbststrauß auf mich wirkte, darum, einen Tee mit uns zu trinken. Sie lud uns ein, lockte uns mit gefüllten Weinblättern, Auberginensalat und einem Glas Kavaklidere – einem trockenen Weißwein.

Wir gingen in ihre Wohnung, und der erste Satz, den sie dort freudestrahlend von sich gab, lautete: „İstanbul'a hoş geldiniz!" („Herzlich Willkommen in Istanbul!"). Wir antworteten vergnügt: „Hoş bulduk!" („Ein herzliches Willkommen haben wir vorgefunden!"). Dann gab Nunik bekannt, Christin zu sein. Ich verstand nicht ganz, warum ihr das im Moment des Willkommengrußes über die Lippen kam, doch Augenblicke später, nachdem ich es mir auf ihrer wunderschönen Chaiselongue bequem gemacht hatte, teilte sie uns mit, Armenierin und Musikerin zu sein.

Nuniks Eltern waren noch nicht lange tot. Als sie 27 Jahre alt wurde, starb ihr Vater an den Folgen eines unverschuldeten Autounfalls. Er war ein bekannter Geiger, der auf der Rückreise eines Violinkonzertes in der Nähe von Antalya verunglückte. Ich hörte Nunik sagen, daß er ein sehr geschätzter Violinist war, der sich über die Landesgrenzen hinaus einen Namen gemacht hatte. Dann, ein Jahr nach dem Tod ihres Vaters, starb Nuniks Mutter nach langen Qualen an Kehlkopfkrebs.

Nunik war Einzelkind, und es gab lediglich eine Tante, die sie ab und an besuchte, mit der sie sich in einem Istanbuler Café traf oder ins Theater ging. Nunik war das letzte Glied eines Jahrhunderte zurückreichenden Stammbaumes. Seit der Blüte des Osmanischen Reiches hatten ihre Vorfahren am Bosporus gelebt. Nahezu alle Verwandte starben in den Jahren der Metzeleien an den Armeniern. 1877, 1895, 1909 schnitt man ihnen in Tokat, in Amasya, Bitlis, Erzurum, Maraș und Trabzon wie Schafen auf der Schlachtbank die Kehle durch. Vor allem im Jahre 1915 – in der Zeit der Balkankriege mit ihren Unabhängigkeitsbestrebungen – war die armenische Minderheit Deportationen ausgeliefert. Reihenweise verreckten sie auf dem Marsch in den Südosten, starben vor Durst, Hunger, Kälte und Erschöpfung. Bis in die Gegenwart streitet sich das Land mit der Welt über die Zahl der armenischen Opfer, die im Schatten des Ersten Weltkrieges deportiert worden waren, als die Jung-Türken mit verschärfter Überzeugung die Armenier als russische Agenten bezichtigten.

Nunik war orthodoxe Christin, und immer wieder brachte sie bei der leisesten Gelegenheit in einem harschen Ton ihren Haß gegen den Islam zum Ausdruck, wenn das Thema nur gestreift wurde. Sie schien alles zu hassen, was vom Klang her irgend etwas mit dem Islam zu tun hatte. Dieser Zug an ihr war mir von Anfang an äußerst suspekt. Mir gefiel es ganz und gar nicht, eine Weltreligion für alle Massaker vor und nach 1915 an den Pranger zu stellen. Dennoch bin ich mir darüber im klaren und sehe auch darin sehr viel Verdächtiges, daß dieses Tabu-Thema von beißender Brisanz bleibt: Für die Regierung, für die Bevölkerung des Landes, für Europa und darüber hinaus.

An unserem ersten gemeinsamen Abend saßen wir in ihrem mit Nußbaummöbeln eingerichteten Salon und sprachen über die Regierung, die Istanbuler Bevölkerung und über die Europäische Union. Wir saßen vor ihren Delikatessen, die sie am Vorabend zubereitet hatte, nahmen uns bunte kleine Portionen, staunten über alles, was in ihrem Nußbaumsalon stand oder sich in irgendeiner Ecke versteckt hielt. Meine Augen verloren sich immerzu in den vielen Photographien, die sich auf ihrer Vitrine gesellten. Ja, die vielen warmen Farben ihrer Möbel und Stoffe und Bilder schufen ein beseeltes Innenleben. Ich versank darin, versank gleichermaßen in den Polsterkissen und verständigte mich mit Nunik auf Englisch über dies und das, und unterdessen sprudelte Can in unverschämt hoher Geschwindigkeit alle jüngsten Vorkommnisse am Bosporus in einem hieroglyphenhaften Türkisch herunter, und ich hatte nicht den Hauch einer Chance, mich an ihren geheimen Wortketten zu beteiligen, und doch warf mich das alles andere als aus der Bahn, da Nuniks und meine Sprache von Anbeginn einen guten Boden vorfand. Und so blieb es bis zum Schluß.

Nunik sprach neben Türkisch und Englisch ebenso fließend ihre zweite Muttersprache Armenisch sowie ihre zweite Fremdsprache Französisch. Manchmal sprachen wir Französisch, manchmal in kurzen Dialogen Türkisch. Zuweilen erklärte sie mir gar mit größter Freude grammatische Strukturen der türkischen Sprache, und dann diskutierten und fabulierten wir im Wechsel der Sprachen über Gott und die Welt, über Istanbul und den Inhalt in ihren meterhohen Bücherregalen, in denen die Weltliteratur miteinander zu schlafen schien. Dort träumten klassische und zeitgenössische Lederrücken in einem beeindruckenden Kaleidoskop an schriftstellerischen Größen vor sich hin. Simone de Beauvoir, Victor Hugo, Leylâ Erbil, Sait Faik, Virginia Woolf und James Joyce thronten in Originalfassung in ihren Nußbaumregalen. Ein wenig abseits ruhten in armenischer Übersetzung Werfel und Kafka neben Elias Canetti.

Nunik war eine passionierte Musikerin, die vor sich hinsummend Noten interpretierte und darin verschwand. Sie war aber auch ein leidenschaftlicher Bücherwurm, der wachsam den Zeilen nachging und sie gierig verschlang, um darin nach unbekannten Zweigen und Verästelungen zu suchen. Sie war für mich das wohlerzogene Kind aus gutem Hause, und schon am ersten Abend war ich Feuer und Flamme, war ich insgeheim fasziniert von ihr, so daß meine plötzliche Verstörung wegen unserer kriegerischen Ankunft und seinen Gewitterwolken wie ausgelöscht zu sein schien.

Drei Tage darauf, als unser Apartement einigermaßen wohnlich eingerichtet und ein kleiner Stoß an bürokratischen Angelegenheiten bereits erledigt war, reiste Can nach Deutschland zurück. Er hatte sich auf Abschlußprüfungen vorzubereiten. Mir selbst blieben noch satte drei Wochen bis zum Beginn des Wintersemesters. Ich verbrachte sie mit Nunik in Cafés, Kinos und Boutiquen und allabendlich in ihrem Nußbaumsalon. Morgens half sie mir bei allen Angelegenheiten, die ich zu klären hatte. Sie fuhr mit mir zur Ausländerbehörde, ging mit zum Gemeindevorsteher oder zum Rechtsanwalt, um ein ganzes Dossier an Dokumenten beglaubigen zu lassen. Ich war ihr zu tausend Dank verpflichtet, denn sie nahm sich nicht nur Urlaub von ihrer Violine, sondern erledigte mit mir Dinge, die sie selbst bis aufs Blut haßte. Sie wollte mir helfen, wollte an meiner Seite sein, da sie wußte, wie anstrengend die langen Wege waren, wieviel Zeit und Kraft für diese Prozeduren verloren ging. Nachmittags schlenderten wir mit weichen Sonnenstrahlen auf unseren Wangen überfüllte Promenaden entlang, setzen uns in ein Restaurant und bestellten bunte Vorspeiseplatten mit geheimnisvollen Pasten, Saucen und Salaten, tranken dazu Ayran und schwatzen wie ausgelassene Vögel im jüngsten Frühling über dies und das, und Nunik klärte mich immer wieder darüber auf, was sich hinter den verlockenden Namen der vielen Gerichte verbarg, übersetzte sogleich ins Englische und half mir dabei, türkische Wörter und Wendungen schneller zu lernen. Dennoch fühlte ich mich rund um die Uhr wie eine erschöpfte Taucherin, die ihre tausend Bahnen zieht und dabei den Blick für die Welt längst verloren zu haben schien. Ja, die tausend Wörter, die ich im Schlaf herunterleiern konnte, reichten nicht aus, um allein auch nur einen Schritt weiterzukommen.

Es war noch September, ein warmer September, und der Monat verschwand lautlos am Horizont. Ich war den ganzen Tag auf den Beinen und fiel gegen Mitternacht tot ins Bett. Mehrmals in der Woche rief ich Can von einer öffentlichen Telefonzelle an. Er schien guter Dinge zu sein. Ich selbst hielt meine Augen auf, um mich an meine neue Welt zu gewöhnen. Bisweilen hatte ich Krisen. Die Tage waren hart. Ich mußte unentwegt etwas neues aufnehmen, vieles erdulden, überdenken und begreifen lernen. In Behörden fertigte man mich ab, und auf Promenaden bettelten mich Kinder an. Unzählige Männer taxierten mich. Die öffentlichen Verkehrsmittel waren hoffnungslos überfüllt. An Straßenecken und in Ämtern standen Trauben von Menschen, die Tausende von Aufgaben zu erledigen hatten. Jeden drückte irgendwo der Schuh. Alle kämpften um ihr Überleben oder Weiterkommen. Zum ersten Mal in meinem Leben wohnte ich nicht in einer Großstadt, ich wohnte in einer Megastadt mit ihren fünfzehn Millionen Menschen, die wie in einem monumentalen Ameisenhaufen ihren Aufgaben und Pflichten nachgingen. Gerade in den ersten Wochen erdrückte mich dieses quirlige Treiben und Tun mit den dahinter verborgenen Sorgen und Nöten und Bedürfnissen, die im Gesicht der pulsierenden Stadt geschrieben standen, und auch wenn ich selbst vor unlösbaren Aufgaben stand, erkannte ich, daß ich in ein Land gezogen war, das mich reizte, mich in seinen Bann zog und irgendwo hintrug. Ich fühlte, wie mich die vielen Menschen und Straßen und Häuser mit Nunik an meiner Seite ganz dusselig machten. Mit ihr stand ich in ellenlangen Menschenschlangen, an lauten Haltestellen, in zugequalmten Stuben oder vor überfüllten Müllcontainern und wunderte mich immerzu über die Endlosigkeit an Geräuschen und Gerüchen dieser Metropole. Abends saßen wir dann wie verspielte Kinder in ihrem wunderschönen Nußbaumsalon und hörten, wie ihre schlafenden Bücher die wildesten Träume zu haben schienen. Wir füllten ganze Abende mit Tee, Balladen und Bachs Fugen und erzählten uns bis in den Schlaf Geschichten, und selbst wenn wir tagsüber wie Verrückte die Stadt erobert hatten, nahmen wir uns abends das zurück, was der Alltag von uns abforderte. Bis in den naßkalten Dezember verlebten wir wunderschöne Monate. Eine Zeit, in der zwei Frauen unter einer lavendelfarbenen Wolldecke über alles sprachen, was sie in ihrem Leben erlebt hatten, was sie dachten und empfanden und sich für die kommenden Jahre wünschten.

Gegen Weihnachten kam Can. Er wollte sich nach seinen drei, vier Prüfungen erholen, Ski-Urlaub in Bursa machen und sich eine Arbeit als Übersetzer suchen. Ihm schwebte ein Verlag vor. Ich sah dem Ganzen mit gemischten Gefühlen entgegen. Mit einem lachenden und einem weinenden Auge schloß ich die ersten Monate mit Nunik ab. Sie versicherte mir, daß es gut sei, Can wieder im Hause zu haben, da man sich so schnell auseinanderleben würde. In ihren Augen solle ich die Ruhe bewahren und abwarten, bis die Sonne wieder schien.

Can kam, blieb eine Woche, erledigte dies und das und fuhr am Silvestermorgen nach Bursa, um sich mit seinen Skiern auf dem Berg Uludağ auszutoben. Kaum war er fort, rackerte ich am Schreibtisch, bis mir die Augen schmerzten oder marschierte von Pontius nach Pilatus, und nachdem mir in den anfänglichen Januartagen alle freien Unitage mit aufreibenden Ämtergängen aus den Händen geglitten waren, kehrte er frohgelaunt zurück, setzte sich lächelnd auf die Büffelledercouch und zappte fünf Regenwochen durch die Fernsehwelt. Gespannt starrte er in die Röhre, und unterdessen war ich mit meinem Programm vollauf beschäftigt. Ich bereitete Prüfungen vor, hielt Sprechstunden, gab Beratungen, korrigierte Hausaufgaben, schrieb Gutachten, erledigte die anfallende Korrespondenz, kümmerte mich um Bürokratisches, kaufte ein, kochte, wusch, putzte, nähte Gardinen und traf mich abends mit Nunik, die mich dort auffing, wo ich gerade war.

Es wurde Februar, und ich stellte fest, daß irgend etwas zwischen Nunik und Can vorgefallen war. Ich vermutete einiges, unterstellte beiden manches, und doch fehlte es mir an Beweisen. Bisweilen sah ich düstere Wolken, die den Himmel nahtlos zuzogen und mich in komische Stimmungen versetzten. Ich ahnte Böses, verdrängte dennoch alle unguten Gefühle und Gedanken.

Das neue Jahr begrüßte uns mit Kühlschranktemperaturen, und ich wollte nichts sehen, nichts wahrhaben, zog mir brav Wollpullover über und fühlte, daß zwischen Nunik und Can etwas im Gange war. Irgend etwas war anders. Vielleicht lag es an meiner wachsenden Unzufriedenheit mit ihrer latenten Aggressivität, die Nunik kolossal abschreckte. Vielleicht war es meine Vollbeschäftigung, die sie nervte. Irgend etwas an mir verursachte im neuen Jahr eine merkwürdige Spannung zwischen uns. Unser

Beisammensein war geprägt von einem unbestimmten Gefühl, von einem Kloß im Hals. Mich bedrückte der Gedanke, sie als Freundin verlieren zu können, und da Can in den klirrend kalten Wochen längst fern von mir stand, da zwischen uns nichts mehr lief, war es einzig und allein Nunik, von der ich mich nicht trennen wollte. Sie war es, die mich abends abzulenken vermochte. Can wiederum schlief mit jedem neuen Tag wie ein nasser Kartoffelsack vor der Flimmerkiste ein. Er provozierte mich damit dermaßen, daß sich meine Wutausbrüche nur so anhäuften. Mal schrie ich ihn an, mal hielt ich ihm vor, mich auszunutzen. Von der Arbeit geschafft, fuhr ich mit dem Bus nach Hause, erledigte alltäglichen Kleinkram, kaufte ein und sah mich beim Aufschließen der Wohnungstür schon am Herd stehen. Fünf Wochen machte ich dieses Theater mit. Dann, mitten im Februar, konnte ich einfach nicht mehr, ich hatte die Nase gestrichen voll, und dann passierte es. Es passierte an einem klaren Februarnachmittag. Verschlafene Kumuluswolken hingen schief am Himmel und schienen dort im leuchtendsten Blau festgenäht zu sein. Es war ein so wunderschöner Tag, den Cézanne oder Gauguin in den strahlendsten Farben festgehalten hätten. An dem Morgen trug ich den grauen Kaschmirpullover mit der schwarzen Wollhose und unterrichtete in Bestform und unterhielt mich in den Pausen sehr angeregt mit meinen Kolleginnen. Ja, und da Can mir am Vorabend versprochen hatte, mich mit kulinarischen Köstlichkeiten beglücken zu wollen, freute ich mich den lieben langen Vormittag auf seine begnadeten Kochkünste. Beim Zähneputzen hatte er mir zugezwinkert und mir vorgenuschelt, die festlichste Tafel herzaubern zu wollen, und wenn Can versprach, sich für einen Tag der türkischen Cuisine widmen zu wollen, tat er es von ganzem Herzen. Er konnte Stunden über Stunden in der Küche zubringen, um tausend Gemüsesorten mit tausend Gewürzen aus aller Herren Länder zu kombinieren. Ob Kardamon, Kümmel oder Koriander, er wußte was zusammengehörte. Beim Kochen war er sehr penibel. Mit einer Schürze um seine schmalen Hüften gebunden, stand er wie ein Chemiker vor den Reagenzgläsern und achtete genauestens auf die Konzentration der Flüssigkeiten und Extrakte. Alles sei eine Sache der Konzentration, versicherte er mir immer. So auch beim Kochen. Und er behielt Recht und hielt mir Vorträge über die Reichhaltigkeit der anatolischen Küche. Stets waren seine Worte, daß sich alle Gerichte des Landes, ob am Schwarzen Meer, an der Ägäis oder am Mittelmeer nicht in drei dicke Kochbücher pressen ließen. Auch dabei behielt er Recht, und nicht zuletzt waren seine Worte, daß man sie ebenso wenig in Drei- oder Vier-Sterne-

Hotels in Antalya, Bodrum oder Marmaris schätzen lernen konnte. Nein, man hatte ins Landesinnere zu fahren, in die vielen einzelnen Regionen. Man hatte sich von diesem mentalen Korsett der Hoteliers zu befreien, die die Politik eines Alles-wird-auch-bei-uns-für-den-deutschen-Touristen-aufgetischt betrieben. Es gibt ja nicht wenige Deutsche, die für zwei Wochen Antalya auf ihr Schnitzel und ihre Bratwurst mit deutschem Bier nicht verzichten können. Immer geriet Can bei solchen Geschichten in Rage. Es machte ihn fuchsteufelswild. Er haßte Pauschalreisen und schor sie alle über einen Kamm.

Mit diesem Luxus, etwa mit gefüllten Maultauschen in Joghurtsoße verwöhnt zu werden, hatte ich einfach nicht mehr gerechnet. So konnte ich an dem Februartag mit seinen schiefhängenden Kumuluswolken meine Vorfreude kaum zurückhalten, als ich mich auf dem Heimweg an Cans Kochkünste erinnerte. Frohgelaunt kaufte ich im Bankenviertel Mecidiyeköy einen betörend schönen Strauß Lilien. Es waren Jakobslilien, die ich mit einem ordentlichen Bakschisch bezahlte, und dann, just als ich die Straße überqueren wollte, sah ich auf der anderen Seite ein Zoom, das auf mich zielte. Dann sah ich einen Mann, der nicht älter und nicht jünger als ich zu sein schien, und dann sah ich nur noch sein Lächeln mit perlend weißen Zähnen. Zunächst hielt ich alles, was ich sah, für eine Erscheinung. Doch dann dachte ich daran, daß er ein Bekannter von Nunik sein müsse. Doch als ich ihm unmittelbar gegenüberstand, war ich mir sicher, das erste Mal in diese wasserklaren Augen zu schauen, und der Mann reichte mir seine Hand und entschuldigte sich für die photographische Belagerung, und nachdem er drei Sätze auf Englisch von sich gegeben hatte, hörte ich seinen deutschen Akzent heraus. Neugierig fragte ich ihn nach seinem Geburtsort. Prompt gab er alles preis. Geboren wurde er in München, Abitur machte er in Hamburg, Photographie und Publizistik studierte er in Berlin und New York. Er war Photograph bei einem Verlag für Bildbände am Bosporus und versicherte mir mit seinem unwiderstehlichen Lächeln, gerne dort zu arbeiten, und als er mich mit einem weiteren unwiderstehlichen Lächeln beglückte, hielt ich ihn ganz einfach für die Personifikation von Glück. Er war jung, sah intelligent aus und mit seiner geschmeidigen Stimme, seinem hinreißenden Mund und seinen wasserklaren Augen konnte er meine kleine Welt für wenige Sekunden verzaubern. Freundlich streckte ich ihm meine Hand entgegen und brachte meine Freude mit einem: „Memnum oldum!“ („Es hat mich gefreut, Sie kennengelernt zu haben!“) zum Ausdruck. Ich erkundigte mich nach seinem Namen. Ich schmunzelte, blickte ihn wieder an, und er trennte sich von mir, nahm seine Hand aus meiner Hand, drehte sich mit einem: „Ben de memnum oldum!" („Es hat mich ebenso gefreut, Sie kennengelernt zu haben!") von mir weg, huschte über die breite Straße und verschwand im Menschengetümmel. Dort blickte ich ihm gedankenverloren hinterher, stolperte über einen Stein und fragte mich, wer er war. Er beschäftigte mich. Bis zum Busbahnhof malte ich mir aus, was für ein Mensch, ja, was für ein Mann er sein könne. Wie eine Blöde stand ich da und starrte unablässig auf zwei Schüler, die sich über einen Film amüsierten. Ich gaffte sie an und hatte diese wasserklaren Augen vor mir, und erst als sich die beiden Buben über mein dummes Gestarre ausließen, geriet ich in Verlegenheit und rannte wie von Sinnen auf einen heranfahrenden Bus zu, stieg hastig ein, suchte mir einen geeigneten Stehplatz, hielt die Lilien in meinem Arm und träumte für eine Weile vor mich hin, und die Blumen träumten mit mir, und unterdessen bimmelte ein Handy und dann noch eins, und beide Dudelteile bestätigten meine Einsamkeit im überfüllten Bus. Ich träumte und dachte über Can und Nunik nach. Dann riß mich ein abruptes Stoppen aus meinen Träumen. Ich war angekommen und stieg aus, lief die Straße des Cités rauf, hüpfte die Hausstufen hoch, öffnete die Tür, wartete vor dem Fahrstuhl und spürte, wie sich der Boden unter mir drehte. Ich hatte den ganzen Tag nichts gegessen. Der einzige Lichtblick des Tages, eine prunkvoll gedeckte Sultanstafel, flackerte am Horizont auf. Dann stand ich vor der Wohnungstür, und dann zogen sich alle meine Nerven zusammen. Der unwiderstehliche Lilienduft wurde von einem widerlichen Fischgeruch überboten. Mit allem hatte ich gerechnet. Wirklich mit allem, nur nicht mit Fisch. Ich hatte mir gefüllte Paprika mit Pinienkernen, Auberginen in Knoblauchjoghurt, Lammfleischbällchen mit grünen Bohnen vorgestellt. Auf meiner Zunge ließ ich den würzigen Geschmack von hauchdünnen Blätterteigröllchen mit Schafskäse und Spinat zergehen. Ich freute mich auf Börek mit Kaşarkäse und Blattpetersilie. Ich kostete schon von Cans delikatem Kichererbseneintopf, von seinem İskender-Kebabı, von gefüllten Weinblättern mit frischen Tomaten und Basilikum und geröstetem Brot. Statt dessen gab es Schwertfisch. Es mag komisch klingen, aber seit meiner Kindheit habe ich eine Fisch-Aversion. Ich weiß, daß sich das pervers anhört, zumal ich doch am Bosporus wohne und hier nahezu jedes Kind mit zehn Fischsorten großgefüttert wird. Aber es ist nunmal so. Sobald ich an bestimmten Tagen Fisch rieche, werde ich aggressiv. Ich kann nichts dagegen tun. Es kann auch nicht von einer krankhaften Einbildung die Rede sein. An sich habe ich nichts gegen Fische. Zuweilen esse ich sie sogar sehr gern.Was mich an Fischen stört, ist ihr unverzeihlicher Geruch, er spielt ein unfaires Spiel mit mir. Schon so manches Mal geriet ich wegen üblen Fischgeruchs in Teufels Küche.

Mit meinen Lilien in der Hand sah ich Nunik und Can in karierten Schürzen um den Herd tanzen. Sie kümmerten sich um ihren panierten Schwertfisch, der in einer riesigen Pfanne, die ich nicht kannte, vor sich hinbruzelte. Beide konnten ihre Gaumenfreude kaum zurückhalten. In der ominösen Pfanne zischte und spritzte es wie wild. Ich sah, wie mich auf dem Küchentisch ein mit Zitronenscheiben garnierter Tomatensalat angrinste. Etwas abseits von ihm thronten auf einem bombastischen Glasteller grüne und schwarzspeckige Weintrauben, die zwischen sonnengelben Servietten glänzten. Weißwein, ein Çankaya, stand neben kristallenen Weingläsern auf dem gedeckten Salontisch. Dunkelblaue Servietten schmückten mit Nuniks bestem Silberbesteck meine weißen Hochzeitsteller. Ein Kerzenleuchter mit knallroten Kerzen okkupierte den aristokratisch gedeckten Tisch. Gelbe Narzissen leuchteten in unschuldigster Blütenpracht in einer pompösen Porzellanvase, die auf einer blütenweißen Damasttischdecke ruhte. Nichts von allem, was mich umgab, weder die Decke noch die silbernen Serviettenringe, gehörten zu meiner Aussteuer. Ich sah Blumen und Trauben vor meinen Augen verschwimmen und stand mal in der Küche, mal im Salon und wußte nicht, wohin mit den Lilien, wußte einfach nicht, was geschehen war. Irgend etwas war an dem Tag anders. Zwischen den Türen stammelte ich vor mich hin und dachte an alles Mögliche, dachte nur nicht daran, Nunik und Can zu Dank verpflichtet zu sein. Während ich beide schließlich mit einem verkniffenen Gesichtsausdruck begrüßte, knallte ich die Tasche auf den Boden, lief schnurstracks ins Arbeitszimmer und spürte dort, wie mein Blut in Wallung geriet. Ich warf die Lilien auf den Boden und spürte, wie es in mir brodelte und kochte. Ich starrte auf das Blütenweiß und auf rosa Schlieren und hörte das Schürzenpaar in der Küche herumwerkeln. Sie lachten und fuhrwerkten. Minuten verstrichen und nichts geschah. Ich war dem Platzen nahe. Ich legte mich auf den Boden, starrte immerzu auf die Blumenpracht und versuchte mich zu beruhigen. Dann klopfte es. Nunik stand im Türrahmen und fragte in einem Ton, der wohl Unschuld vortäuschen sollte, was los sei. Kaum hatte sie ihre Frage gestellt, fauchte ich sie wie eine wild gewordene Katze an. Mit haßerfüllten Blicken schrie ich sie an und schleuderte ihr ungehalten die giftigsten Wörter an den Kopf, die mir aus amerikanischen Filmen bekannt waren. Sie war fassungslos. Keinen Ton gab sie von sich. Es zuckte nur in ihren Augen, und dann starrte sie mich mit bösen Blicken an, und je stärker ich das Zucken in ihrem Gesicht wahrnahm, desto größer war meine Lust, sie mit unflätigen Begriffen zu beleidigen. Sie war mir spinnefeind. Wie im Wahn giftete ich sie an. Dann sackte mir das Blut weg. Ich lag regungslos da, und Nunik schnitt mich mit ihren messerscharfen Blicken. Ich lag da und sagte mir, mich beruhigen zu müssen. Ich war dabei, die Beherrschung zu verlieren. Das wollte ich nicht. Aus diesem Grunde bat ich sie darum, das Zimmer zu verlassen. Ich wimmerte und keuchte, und sie drehte sich um, und ohne auch nur einen Ton von sich zu geben, knallte sie die Tür zu, donnerte über den Korridor und ballerte die gläserne Salontür zu. Dann hörte ich ein schallendes Gelächter. Dann herrschte Ruhe im Haus. Sie genossen wohl ihren Schwertfisch, schlemmten Salate, kosteten von den Weintrauben, schlürften Çankaya, ließen sich vom glasurüberzogenen Dessert verzaubern, naschten, kicherten und leckten sich wohl die Finger ab. Sie blieben bis zum Tee, ließen am frühen Abend alles stehen und liegen, zogen die Wohnungstür zu und waren für den Rest des Abends verschwunden.

Regenmonate

An diesem Schwertfischtag, an dem einfach keine gesellige Stimmung in unserem schönen Salongemach aufkommen konnte, da allein schon beim Aufschließen der Wohnungstür ein furchtbarer Fischgeruch meine Nerven endlos reizte und alle Vorfreude im Nu in ein Nichts auflöste, faßte ich kurzerhand den Entschluß, auf die asiatische Seite Istanbuls zu ziehen. Ich wollte weg, weit weg von diesem ungastlichen Cité. Weg von Can und Nunik und all dem, was mich an sie erinnerte. Es gab einfach kein Zurück mehr, aber auch der Marsch durch das Tor konnte nicht mein Ziel sein. Ich stand unter einem Torbogen und sagte mir, wie komisch doch das Leben sei und ahnte, daß mich nichts tiefer sinken lassen konnte; ich hatte einfach nichts mehr zu verlieren.

An dem Tag symbolisierte der Bosporus für mich die Erlösung. Ich wollte mich von ihm trösten lassen. Immer hatte er mich angelächelt und mir zugewunken. Er hatte mit mir geliebäugelt. Vielleicht war er in der Lage, meine abgrundtiefe Trauer glattzustreichen, um mit seinen mal stürmischen, mal zarten Wellen meine Erhitzung zu kühlen, meine Verzweiflung ins Marmarameer zu spülen. An dem Schwertfischtag entschied ich mich am frühen Abend für Moda – ein angesehenes Wohnviertel auf der asiatischen Seite Istanbuls. Es liegt unmittelbar am Bosporus. Es gibt dort schmucke Sommervillen, niedliche Holzhäuser und verträumte Gassen. Dort gibt es Strandpromenaden, Kastanienbäume und wunderschöne Erkerhäuser, die zur Greisengeneration der Stadt gehören. Sie haben Erdbeben, Brände und weitere Katastrophen überlebt. Sie können mit ihren blühenden Geranien vor hölzernen Fenstern das Zuviel an Beton der 15 Millionen Stadt vergessen machen.

Nach dieser gottverdammten Schwertfischkatastrophe segnete ich meinen Wunsch mit einer guten Tat ab. Ich vermachte die zu kurz gekommenen Lilien der Frau des Hauspförtners. Es überkam mich einfach so, ihn, vielmehr seine Frau, damit zu beglücken. Er rettete mich vor einer Nikotinvergiftung. An dem Abend hatte ich einen höllischen Lungenschmacht, und ich war nahe dran, mich mit dem Gift einer Zigarette zu betäuben, da mir kein einziges Blatt Salat und keine einzige Weintraube vergönnt war. Die geleerte Flasche ruhte zwischen Fischgräten, Traubenstengeln und Pistazienschalen. Mein Gott, ich stand im Salon und fühlte, wie Tränen über die Wangen kullerten, und als ich mich dann aufraffte, um am Kiosk Brot und Käse zu holen, kaufte ich gleich eine Packung Camel mit und war so entzückt über die Zigaretten, daß ich wie ein verspieltes Kind nach Hause hüpfte und dort um den Schaukelstuhl tanzte und mit allerhöchstem Genuß die Schachtel öffnete. Es muß geradezu lächerlich ausgesehen haben, wie ich so gottverloren um den wippenden Stuhl tanzte und mit erhitzten Wangen mein Leid vergessen machen wollte, und dann, unmittelbar bevor ich mir die erste Zigarette nach vielen Jahren der Enthaltsamkeit anzünden wollte, holte mich das Klingeln des Pförtners in die große Welt zurück, und ich rannte zur Tür, und dort stand er mit seinem unschuldigen Lächeln und seinen unschuldigen Augen und fragte nach Brot und Milch und Eiern für den nächsten Morgen. Er stand so da, wie man ab und an Menschen beobachten kann, die ruhigen Gewissens Kindern beim Spielen beobachten, und wie ich ihn von oben bis unten musterte, stellte ich fest, daß ihm der Anzug, den er an dem Schwertfischabend trug, hervorragend stand. Wie angegossen. Er machte aus ihm einen anderen Menschen. Ich klebte im Türrahmen, staunte über seine Metamorphose, starrte auf das Blau des Stoffes, auf die gewebten Linien und kam lange nicht aus dem Staunen heraus. Er stand in höchste Eleganz getaucht vor mir. Ein edler Stoff umhüllte seinen hageren, fast kindlichen Körper, und ich lobte ihn mehrmals für seinen guten Geschmack, machte ihm Komplimente und versicherte ihm, daß ihm der Anzug ausgezeichnet stehe. Und als er mir nach meinen Lobeshymnen anvertraute, daß seine Frau ihren 25. Geburtstag feiere, daß sich ein Dutzend Gäste in seiner Wohnung tummelten, wollte ich ihn nicht länger im Türrahmen stehen lassen, bat ihn aber darum, einen klitzekleinen Moment zu warten, drehte mich daraufhin auf dem Absatz um, stürzte ins Arbeitszimmer, nahm die beleidigten Lilien, rannte durch den Flur und hielt ihm Sekunden später den edlen Strauß vor die Nase. Und er wollte sie nicht haben. Auch als ich ihn mehrmals und immer wieder im höflichen Ton darum bat, sie nun endlich zu nehmen, wollte er die spanische Blütenpracht immer noch nicht annehmen. Erst mein inständiges Flehen beruhigte sein Gewissen, und er gab sich meinem Wimmern und Winseln geschlagen, nahm die Blumen und verabschiedete sich mit mehreren Danksagungen.

Ich ließ es nach dem Lilien-Intermezzo mit dem Rauchen bleiben. Rauchen verengt die Venen, fördert die Bildung schmerzhafter Krampfadern und macht mich erfahrungsgemäß noch kribbeliger als ich es schon bin. Nach allen Intermezzi ließ ich es ebenso bleiben, ein einziges Wort über den äußerst mißlungenen Verlauf des Schwertfischnachmittages zu verlieren. Weder mit Can noch mit Nunik wollte ich ein Sterbenswörtchen darüber verlieren. Es interessierte mich auch nicht mehr. Ich war zu müde und erschöpft, zu Tode erschöpft und entkräftet von den Anstrengungen der vergangenen Monate, die sich mit einer kolossalen Wucht in meinen Gliedern abgesetzt hatten. Ich sehnte mich mit einem Schlag nach Ruhe und Spaziergängen, nach Mischwäldern und Meeresrauschen und saftgelben Wiesenblumen. Ich sehnte mich danach, daß mir auch einmal Fortuna zulächelte. Ja, in den Wochen haßte ich Can wie die Pest. Er hatte mir Nunik weggerissen. Er hatte sie entführt, und es machte mich wahnsinnig, mir vorzustellen, daß er es immer wieder und wieder geschafft hatte, bei so vielen glänzenden Charakteren in hohen Gnaden zu stehen. Immer wieder setzten tausend Köpfe Himmel und Hölle in Bewegung, um ihn glücklich zu sehen. Er bat um einen Gefallen und man sprang auf, um ihm jeden Wunsch von den Lippen abzulesen. Er fragte nach seinem Erbe und bekam es ausgehändigt. Man lief für ihn von Pontius nach Pilatus. Man faßte ihn mit Glacéhandschuhen an. Er saß im Sessel und wurde mit allem Pipapo bedient. Er lächelte eine schöne Frau an und schon lag sie ihm zu Füßen. Can hatte aus irgendwelchen Gründen bei unzähligen Leuten ein Stein im Brett. Er war ein Phänomen. Dabei war Can eigentlich nur ein verzogenes

Kind. Seine immer arbeitende Mutter und seine ans Haus gebundene Tante hatten ihn verwöhnt und bekocht und betütert bis zum Gehtnichtmehr. Mich erinnerte in den Tagen Cans Verzärtelung an meinen ehemaligen Hermann, dem ich Jahre meines Lebens geschenkt hatte, der ähnlich wie Can verhätschelt und verzogen worden war, so daß aus diesen Buben nur zum Himmel schreiende Männer werden konnten. Ja, bis zum Schwertfischtag hatte ich wohl die Zähne zusammengebissen, hatte vielleicht für Hermann und Can mein Bestes gegeben, und dann war Schluß. Mit dem Lilientag endete eine weitere Epoche meines Lebens. An dem Tag warf ich meine Ehe aus dem Fenster. Daraufhin warf ich mich auf die Büffelledercouch und heulte blöd herum. Dann überkamen mich bitterböse Gedanken. Lange dachte ich nach, grübelte herum und klagte wen oder was auch immer an. Ich klagte mich an, verteufelte das Leben und wußte nicht mehr ein noch aus. Ich wußte nicht, wohin mit mir, wußte lediglich, daß mir Can bei allen meinen Explosionen, die sich einmal im Jahr nicht zurückhalten ließen, stets die Absolution erteilt hatte. Ich wußte, daß er mir verzeihen und zu mir zurückkommen würde. Doch ich fühlte an dem Tag, daß ich ihn und unseren Bund fürs Leben nicht mehr wollte. Ich war längst woanders. Ich war irgendwo zwischen Verzweiflung und Wut, zwischen Abwehr und Auflösung, zwischen Europa und Asien. So unterließ ich es für den Rest unserer Zeit, an eheliche Aufgaben und Pflichten zu denken. Ich zog mich zurück und beließ es dabei, von einer unbeschwerten Zukunft zu träumen. Doch leider fehlte mir in den Februartagen noch die Kraft, mich auf die Suche nach einer Wohnung in Moda zu begeben. Ich war noch zu geschwächt von Nuniks Stachel, der tief in meinem Rücken saß. Nunik hatte mich so abgrundtief verletzt. Sie hatte sich in einer Zeit, in der ich sie schätzen gelernt hatte, auf Can eingelassen, der mit seinen glänzenden Augen ihre glänzenden Augen einfing, als ich ihr vertraute, und unterdessen studierte ich in einem muffigen Klassenraum mit einem aufgeweckten Publikum Partizipialkonstruktionen oder das Plusquamperfekt ein, und so Knall auf Fall gab es keine Lavendeldeckenstunden mit Baklava und Beethoven mehr, da Nunik zu Can hinübergesprungen war und ihren Dolch in mein Herz gestoßen hatte. Sie hatte etwas in mir zerbrochen. Ja, es gab kein Zurück mehr, und selbst eine Entschuldigung kam in den folgenden naßkalten Februartagen auf den frisch gewienerten Fliesen des Hausflurs nicht über meine Lippen, und Nunik blieb in ihrer Wohnung und spielte über Wochen hinweg Schubert oder Shostakovich. Sie spielte den Tod eines Mädchens, und ich weinte manchmal leise vor mich hin, wenn ich nachmittags nach Hause kam und die Wohnungstür andächtig aufschloß und ihre Geige in Trauerklängen stöhnen hörte. Aber ich riß mich zusammen. Mein Gott, was riß ich mich zusammen, seufzte manchmal auf und ging in die Wohnung und verfluchte dort mich und das Leben und die komischen Spiele der Menschen, und ohne daß irgend etwas passierte, ohne daß wir uns wiedersahen, verging der Februar mit seinen gelegentlichen Orkanen und anhaltenden Regengüssen. Eigentlich war das unwahrscheinlich. Aber es war so. Wir liefen uns nicht mehr über den Weg, und als der März einkehrte, reiste Nunik nach Ankara. Sie verriegelte die Wohnungstür, hielt ihr liebstes Stück in der Hand und war verschwunden. Auch Can packte seine sieben Sachen und flog holter die polter nach Deutschland. Dort ließ er sich von wem auch immer trösten, und eine Stunde vor seinem Abgang teilte er mir zänkisch mit, daß Nunik in Ankara sei und daß alles vorbei sei, was überhaupt vorbei sein könne, und ich blieb stumm, fragte nicht weiter nach, ließ ihn im Schlafzimmer stehen und sah im Winkel des Flurs, wie er seine Unterhöschen neckisch in die Sporttasche warf. Mir war alles zu blöd. Ich wollte nur noch meine Ruhe haben, legte mich auf die Büffelledercouch und heulte dort herum, und als ich es nicht mehr akzeptieren konnte, herumzuschniefen, um mir auch noch die letzten Kräfte zu nehmen, deckte ich mich mit Wolldecken zu, zündete eine Kerze an, trank grünen Tee, telefonierte mit zwei, drei Freundinnen oder konzentrierte mich auf einen anderen Pessimisten. Ich nahm Franz Kafkas Prosa aus dem Regal und empfing seine tausend Botschaften wie ein heiliges Sakrament.

Can war gerade abgereist, da streikte plötzlich das Telefon. Es passierte einfach so. An einem Montagnachmittag kehrte ich von der Uni heim, wollte einige Anrufe tätigen, als ein ohrenbetäubender Lärm aus dem Hörer dröhnte. Ich legte auf, nahm wieder ab und wieder folgte ein furchtbares Rauschen, das mich an Kreissägen erinnerte. Ja, es klang so, wie das Getöse einer elektrischen Säge. Dieses Kreissägengeschrei liegt mir seit Kindertagen in den Ohren, da an Samstagnachmittagen, nachdem in dem Dorf meiner Eltern die Familienväter ihre Autos gewaschen, den Rasen gemäht, die Hecke gestutzt, den Keller aufgeräumt und den Kaninchen Löwenzahnblätter zur Feier des Tages gegeben hatten, Berge von Kaminholz für den Winter gesägt wurden. Manchmal schlachteten sie auch zuerst die Kaninchen oder rupften Hühner, so daß ich Augenzeugin ihrer chirurgischen Metzgerleistungen wurde, und während ich ihnen mit immer größer werdenden Augen dabei zusah, wie sie die armen Tiere schlachteten und solange warteten, bis ihre Opfer nicht mehr zappelten oder aufzuckten, hängten sie die Kadaver kopfüber an die Teppichstange, rupften die Hühner, zogen den Kaninchen ihr grau gescheckte Fell ab und zündeten sich selbstzufrieden eine Zigarette an. Dann nahmen sie alle Innereien heraus und ließen sie in eine Tupperdose plumpsen, die neben einem Blecheimer stand, der bis obenhin mit Wasser gefüllt war. Unweit davon entfernt stand ein Plastikeimer, in dem irgendwelche blutigen Reste faulten. Damals interessierten mich eigentlich nur die Innereien, die in dem runden Tupperdöschen untertauchten und in einer bluttriefenden Soße verschwanden. Dort schwammen Nierenherzchen, Lungenflügel und andere Teilchen, die mit ihren schlierenartigen Mustern und eiweißüberzogenen Häuten wie kleine schmutzige Pflaumen aussahen.

Kopfüber an Teppichstangen hängende Kaninchen, gerupfte Hühner, das wummernde Geräusch von elektrischen Rasenmähern und die widerlichen Kreissägen, mit denen die Zigaretten rauchenden Familienväter Tonnen über Tonnen von Fichtenholz in kamingroße Scheite zerlegten, gehören zu den Bildern meiner Kindheit. Viele, viele Jahre waren vergangen. Ich lebte in einem anderen Land, in dem mir noch keine Kaninchen über den Weg gelaufen waren, keine gestutzten Hecken zu sehen und kein Kreissägengetöse zu vernehmen war. Dafür gab es Tausende von Straßenkatzen und unzählige Rudel kalbgroßer Köter, die durch die Gegend strolchten, um nach Essensresten Ausschau zu halten. Ja, Hunde und Katzen gehören zum Istanbuler Straßenalltag. Sie erwecken mein Interesse. Für mich sind sie alle Male interessanter als geschlachtete Kaninchen und gerupfte Hühner, die sich auf dem geheiligten Sonntagstisch wiederfinden.

Aber mein Telefon streikte. Der Apparat mit seiner verheißungsvollen Digital-Technologie gönnte mir nichts mehr. Der Weg zur Post blieb mir nicht erspart, und ich faßte mir ein Herz und schleppte mich zur PTT – der Posta Türk Telekom –, und ganze zwei Anläufe mußte ich nehmen, bis ich begriffen hatte, wohin ich zu gehen hatte, bis ich den zuständigen Arbeiter gefunden hatte, der meinem Telefon helfen konnte.

Am folgenden Samstagmittag kam dann ein Arbeiter von der PTT. Es regnete an dem Tag in Strömen. Der PTT-Arbeiter klopfte an die Tür, als aus der Nachbarwohnung schäbige Musik zu mir herüberdröhnte. Es klopfte mehrmals und immer lauter, als ich gerade dabei war, einen Berg an Blusen zu bügeln, und ich ging zur Tür und sah durch den Spion und musterte einen Kopf mit Schildmütze und mutmaßte, daß es nur der Arbeiter von der PTT sein könne, und ich öffnete die Tür und gab dem Herrn mit Worten und Gesten zu verstehen, eintreten zu dürfen. Daraufhin zog er seine Gamaschen aus, schüttelte einen Regenschauer von sich ab und begrüßte mich freundlich mit einem: „Merhaba, Hanımefendi!" („Guten Tag, gnädige Frau!"). Kaum war er eingetreten, schaute er nach rechts und nach links und suchte wohl nach Hauspantoffeln, die ich ihm nicht anbieten konnte. Er schaute etwas verlegen auf die Schuhkommode, dann ringsherum, und nur wenige Sekunden darauf war ich es, die irritiert umherblickte, da es mir unangenehm war, ihn barfuß eintreten zu lassen, da es sich nicht schickt, Gästen keine Hauspantoffel anzubieten, und er blickte nach wie vor verschämt umher, und ich dachte lange nach, doch dann kam mir der Geistesblitz: Vielleicht suchte er männliche Utensilien, denn auf dem Flurteppich reihten sich Damenschuhe, die Paar an Paar eine beeindrukkende Winterkollektion wiedergaben, und auf der Garderobe gesellten sich alle meine Blazer und Wintermäntel und Regencapes. Womöglich suchte er nach Hemden, die gebügelt werden mußten, Krawatten, die irgendwo herumlagen, Sportzeitungen, die durch die Gegend flogen. Er schien beunruhigt zu sein, schaute umher und fragte sich wohl, wer ich war und welchem Land man mich nur zuordnen könne. Und da Can das Feld bereits geräumt hatte, da die Wohnung bis auf den letzten Fissel männlichen Krimskrams leergefegt war, da er meisterhaft alles verstaut und versteckt hatte, mußte der PTT-Mann verunsichert sein. Er drehte seinen Kopf nach links und wieder nach rechts, und selbst nach meinen höflichen Anweisungen ging er nur widerwillig in den Salon, wo das Telefon auf ihn wartete. Auch dort irrte sein Blick umher. Er suchte scheinbar nach männlichen Indizien und wurde schließlich anderwertig belohnt. Statt einer Garnitur an Socken und Krawatten bot sich ihm das Bild eines Wäscheständers, der vor der Salonheizung ruhte und die reizvollste Kollektion an dunkelroten, cremefarbenen, taubenblauen und schwarzen Slips und Seidenhemden offenbarte. Das Bild der tropfnassen Dessous wurde noch durch meine atlasgrauen Strapse veredelt, die ich zwar so gut wie nie anziehe, die ich aber wegen des muffigen Geruchs mit den anderen delikaten Stücken in der Perwollwanne gewaschen hatte.

Ich muß gestehen, ich bin eine Dessous-Liebhaberin. Meine Freundinnen sehen in mir gar die Dessous-Fetischistin. Viele kennen meine Schwäche für edle Unterwäsche, für Seide, die weich auf der Haut liegt, für bestickte Slips, die den Po umrahmen und seidene Hemdchen, die meinen muskulösen Schultern doch noch etwas Feminines abgewinnen können.

Meine Freundinnen wissen, daß mir der Inhalt meiner drei Kommodenschubladen mehr als heilig ist. Besonders Charlotte aus Frankfurt am Main ist immer wieder fasziniert, wenn sie mich in einer abgewetzten Jeans empfängt und mich irgendwann, wenn der Tag sich längst verabschiedet hat und sie sich rührselig um mein Schlafgemach kümmert, halbnackig durch ihre Wohnung springen sieht. Charlotte schüttelt das Kopfkissen und staunt Bauklötze: Unter meinen Hosen und Blusen liegen für sie Welten, über die sie stets Worte der Entzückung verliert. Aber auch meine Freundin Berna an der Isar freut sich immer wieder auf die Stunde des Zu-Bett-Gehens. Es ist für sie wohl wie die Stunde der Bescherung. Ich öffne mich, lasse das Geschenkpapier fallen, und während ich Zähne putzend durch ihre Wohnung tanze und ihr dabei zusehe, wie sie mein Bett herzaubert, grinst sie mich mit ihrem Kirschmund an, und ich weiß, was sie denkt und was sie mir gern sagen möchte.

Was mußte an dem Samstagmittag im nassen Februar der PTT-Arbeiter über mich gedacht haben? Ich stand im Salon und schämte mich. Puterrot stand ich da und konnte ihm nicht in die Augen sehen, da eine Woge an erotischer Ausstrahlung vom Wäscheständer zu uns herüberschwappte. Ich schämte mich so sehr, daß ich nahe dran war, den Wäscheständer ins Badezimmer zu tragen. Doch das erschien mir als noch abstruser. So ließ ich nach langen Überlegungen die tropfnassen Teile vor den Salonfenstern hängen.

Gewiß schwirrten an dem Tag dem PTT-Arbeiter die interessantesten Gedanken durch den Kopf. Er wußte nicht, wer ich war und konnte sich wohl keinen Reim darauf machen, alles, was vor seinen Augen schimmerte und glänzte, einordnen zu können. Und ich grübelte herum und mutmaßte, daß er mich für eine Russin halten könne. Dann deutete ich auf das Telefon, nahm den Hörer ab und seufzte: „Evet!“ („Ja!“), und auf das mittlerweile schon so bekannte Rauschen folgte sein entgeistertes: „Allah! Allah!“, und ich brauchte Sekunden, um ein weiteres: „Evet!“ über die Lippen zu bringen, und dann machte er sich flugs an die Arbeit, werkelte herum, schraubte, drehte, pustete und wollte keinen Tee, den ich ihm freundlicherweise mit einem Teller Kekse anbot. Dann, nach wenigen Minuten, stand er wie von einer Tarantel gestochen auf, riß die Wohnungstür auf und war für eine Viertelstunde wie vom Erdboden verschluckt, und er ließ die Wohnungstür sperrangelweit auf, und ich starrte die Wände an und fragte sie: „Was kommt denn jetzt?“. Für einen kurzen Moment hielt ich alles für möglich, doch dann kam mir die Idee, daß er wohl zum Verteilerkasten gegangen war. Ich ging in die Küche, kochte einen Kaffee und wartete auf die Dinge, die kommen mochten. Ich dachte nach. Mich ließ die Frage nicht los, ob er mich für eine Russin halten könne.

Viele Russinnen in der Türkei überleben mehr oder weniger schlecht als recht vom ältesten Gewerbe der Welt. Mit dem Zusammenbrechen des Kalten Krieges kamen sie über das Schwarze Meer ins Morgenland und gingen nach Rize, Sinop, Trabzon, Istanbul. Eine Russin trägt in Anatolien fast immer den Namen Natascha, und auch wenn es Russinnen gibt, die nicht als Natascha arbeiten, so akzeptiert man wohl oder übel die Ausnahme, die als Sekretärin, Dozentin oder Ingenieurin arbeitet. Aber in der gemeinen Vorstellung und in der Regel verbirgt sich hinter dem schönen Namen eine Prostituierte, die mit ihren Tarifen den einheimischen Prostituierten zur einflußreichen Konkurrentin wurde. Nataschas versinnbildlichen die grenzenlosen Wünsche und ausufernden Phantasien männlichen Geschlechts, und nicht allein mit ihrem Namen bleiben sie der Inbegriff für ein delikates Abenteuer in den dunkel gehaltenen Gassen des Landes, und wenn es am Schwarzen Meer und an der Ägäis eine Natascha gibt, so darf an sich die deutsche Helga nicht fehlen, die allerdings nicht selten mit dem Wunsch eines touristischen Abenteuers ins Morgenland reist, Devisen mitbringt und sich vielleicht – wenn es sich nach einem feuchtfröhlichen Abend ergeben sollte – für eine Nacht mit einem willigen Herrn einläßt, und genau dieser eine Typ von Frau wird am Bosporus, und nicht nur dort, ohne Wenn und Aber mit dem Namen Helga abgespeist. Allerdings liegen bei Nataschas die Dinge anders. Eine Natascha konsumiert weniger, da sie knüppelhart arbeitet und in der verbliebenen Zeit Devisen nach Rußland transferiert, um Kinder, Eltern, Ehemann zu ernähren. Sie kommt über das Schwarze Meer und steht für nichts anderes als das, was allerorts auf der Welt anzutreffen ist. Frauen werden mit ihren annähernd siebenunddreißig Grad Körperwärme verhökert und verurteilt.

Der PTT-Mann mußte denken, daß ich eine Natascha sein könne. Er konnte gar nicht anders, da das Schicksal dieses Vorurteils dem Schicksal aller Vorurteile gleicht, und es war ja längst nicht so, als könne nur er in mir eine Russin sehen, da man mich schon in Deutschland, in Frankreich, in Spanien oder sonstwo für eine junge Dame aus Moskau hielt, und selbst am Bosporus erlebte ich es unzählige Male, wie eindringlich mich männliche Augenpaare taxierten, etwa so taxierten, als könne man es mir von der Stirn ablesen, welche Wünsche ich zu erfüllen bereit sei. Vielleicht liegt es an meinen Augen oder an den Wangenknochen, ich weiß es nicht, aber irgend etwas an mir hat slawischen Charakter.

Ich saß in der Küche und hörte, wie der PTT-Mann zurückkehrte und in den wunderschönsten Tönen einen türkischen Schlager trillerte. Er war wohl in Vorfreudestimmung auf das bevorstehende Wochenende und werkelte mit Schraubenzieher und Schälmesser im Salon herum. Gerne hätte ich ihm bei der Arbeit zugesehen. Doch trotz aller Neugier blieb ich in der Küche sitzen und klopfte unruhig mit der Faust auf den Tisch. Ich empfand es als aufdringlich, anstößig und anrüchig, ihm über die Schulter zu schauen. So wartete ich auf das große Ende, und wie ich mich für eine Weile in den kahlen Baumkronen des Belgrader Waldes verlor und dem Regen dabei zuhörte, wie er gegen das Balkonfenster prasselte, rief er urplötzlich im flotten Ton: „Leni!“, und ich wunderte mich nicht über die Intimität seiner Anrede, sondern rannte wie von Sinnen in den Salon und sah in seinen haselnußbraunen Augen den Blitzerfolg eines PTT-Arbeiters, und bei der Farbe seiner Augen dachte ich an das Schwarze Meer, an Nutella und an Bahlsen-Kekse und wollte plötzlich alles auf einmal haben, und während ich für ein weiteres Mal in seine Augen sah und Gedanken versunken aus dem Salonfenster schaute, rief er wohl die PTT-Zentrale an, um sich zu vergewissern, ob alles in Ordnung sei, und dann folgte eine herzerfrischende Begrüßung, und dann hörte ich nur noch einen Wasserfall an Schwarzmeerdialekt, und obwohl ich vor lauter Neugier nicht ganz weghören konnte, ging ich auf leisen Sohlen in den Flur und bedauerte es, nicht jedes Wort verstehen zu können. Wie festgenagelt stand ich da und wollte endlich in Erfahrung bringen, was er eigentlich über mich dachte. So wartete ich auf das Ende des Gespräches und fragte dann nach seiner Heimatstadt. Und tatsächlich kam er vom Schwarzen Meer. Er war Lase und kam aus Trabzon, und es stellte sich heraus, daß er gar nicht so schüchtern zu sein schien, wie ich es angenommen hatte. Ja, er war sehr nett, geradezu reizend und erklärte mir in aller Ausführlichkeit die besonderen Merkmale seiner Region, und ich war ihm sehr dankbar, denn das Schwarze Meer gehört zu den Gegenden dieser Welt, die ich unbedingt kennenlernen möchte, und so redete und redete er und vertraute mir dies und das an, und nachdem ich in Erfahrung gebracht hatte, daß er seit 15 Jahren in Istanbul lebte, verheiratet war, zwei Kinder hatte und mit seiner Familie in einem Appartement in Fenerbahçe wohnte, fragte er ganz forsch: „Ya siz nerelisiniz, Hanımefendi?“ („Und woher kommen Sie, gnädige Frau?“), und ich lächelte und sagte freundlich: „Almanım.“ (Ich bin Deutsche.“), und dann hörte ich ein erstauntes: „Alman mısınız?“ („Sie sind Deutsche?“), und daraufhin fügte er noch an: „Bu nedenle raflarında bu kadar çok kitapları vardı!“ (Deswegen gibt es in Ihren Regalen so viele Bücher!“), und ich lächelte erneut und gab ihm zu verstehen, daß die Deutschen wie die Verrückten Bücher kaufen würden, obwohl ihnen die Muße fehle, sie alle zu lesen. Dann streckte er mir die Hand entgegen, und ich bedankte mich für seine Dienste und wünschte ihm ein schönes Wochenende. Dann verabschiedete er sich mit einem: „Iyi Günler!“ („Auf Wiedersehen!“) und war verschwunden.

Später, Monate später, als ich mich längst an die taxierenden Blicke am Bosporus gewöhnt hatte, als ich nach der Deutschland-Abstinenz für einige Wochen am Rhein, am Teutoburger Wald und an der Spree Urlaub machte, fiel mir zum ersten Mal in meinem Leben auf, wie mich auch in deutschen Gefilden Männer mit unverschämt aufdringlichen, bisweilen sogar penetranten Blicken musterten. Manchmal kam ich mir gar wie ein Stück Kalbsfleisch auf der Metzgerwaage vor. Ob am Rhein oder an der Spree, das war egal, mit einem Mal stand ich vor vollendete Tatsachen. Ich begriff, welches hartnäckige und unverschämte Vorurteil in mir steckte. Mein Gott, ich hatte den lüsternen Mann am Bosporus schon so verinnerlicht, daß er als Implantat in mir schlummerte, und dann wurde ich so mir nichts, dir nichts eines Besseren belehrt, und mir blieb nichts anderes übrig, als dieses eine widerspenstige Vorurteil hochkant über Bord zu werfen.

Der März kehrte ein, doch der Regen gönnte sich keinen Urlaub. Es regnete in einem durch, und je stärker es gegen die Fenster prasselte, desto härter arbeitete ich. Ich arbeitete oftmals bis tief in die Nacht, lag lesend unter der Wolldecke, korrigierte Prüfungen oder beschäftigte mich mit der Reliabilität und Validität niveaudefinierter Hörverstehenstests. Es machte mir Spaß, mich rund um die Uhr mit tausend Themen zu beschäftigen, um gegen die Stille der Nacht oder den erbärmlichen Frühjahrsregen anzukämpfen. Tapfer riß ich mich allabendlich zusammen und versuchte Can zu vergessen, der sich wohl irgendwo im Teutoburger Wald austobte. Ich versuchte, nicht an Nunik zu denken, die partout nicht aufzuspüren war, und doch schöpfte ich langsam wieder Mut, faßte mir ein Herz und gab mich in den Regenwochen meinem studentischen Publikum hin, und je besser wir uns kennenlernten, desto produktiver verlief der Unterricht. So investierte ich Vormittage und Nachmittage für sie. Ich hatte sie allesamt in mein Herz geschlossen und stellte irgendwann fest, daß ich wie im Rausch das Programm des vergangenen Wintersemesters durchgezogen haben mußte, ja, völlig geistesabwesend mußte ich die Seminare abgehalten haben. Welchen mangelhaften persönlichen Eindruck mußte ich über Monate hinweg bei meinen Zöglingen hinterlassen haben? Doch das Wintersemester war längst vorbei, das Sommersemester seit Wochen im Gange, und ich war mir darüber im klaren, meine Arbeitshaltung ändern zu wollen. Und dann, an einem ruhigen Märzabend, als ich gedankenverloren im Schaukelstuhl vor und zurück wippte, sah ich mich vor dem jungen agilen Schwarm stehen und dachte daran, ein Wintersemester arbeitend verschlafen oder schläfrig bis zum Anschlag verbracht zu haben. Irgend etwas paßte überhaupt nicht zusammen, und ich nahm mir vor, diese Disharmonie beiseite zu schaffen. Und wie ich mitten in diesem Vorsatz versunken war, verspürte ich mit einem Mal den Drang, mit Laura, meiner Freundin von der Spree, telefonieren zu wollen. Ich nahm den Hörer ab, wählte ihre Nummer und schon hörte ich ihre tiefe sonore Stimme auf mich zukommen.

Laura ist meine Freundin aus Berlin. Sie wohnt in Charlottenburg, genauer gesagt in der Osnabrücker Straße 24, direkt gegenüber einem gemütlichen chinesischen Restaurant, das uns schon mit hundert köstlichen Vor- und Nachspeisen beglücken konnte. Laura ist die Resoluteste meiner Freundinnen. Sie liebt den Fernen Osten und hält sich in jedem Sommer irgendwo in Singapur, Thailand oder Japan auf. Wir beide freundeten uns an, als es zwischen ihr und einer Freundin von uns arg kriselte und von deren Freundschaft nichts mehr zu retten war. Ich habe fünf Freudinnen, und Laura ist der einzige Zwilling unter ihnen. Sie ist auf den Tag genau fünf Jahre älter als ich. Sie ist Zwilling und das reinste Energiebündel, immer fit, immer voller Tatendrang. Sie ist eine famose Frau. Laura hat etwas von einem glattpolierten Apfel. Mit ihren kupferroten Haaren verblassen alle Männer an ihrer Seite wie zusammengefallene Strohballen. Allein mit ihren wasserblauen Augen ist sie ein Kunstwerk menschlicher Schöpfung. Mal schimmern sie Azurblau, mal Aquamarin. Laura ist ein Prachtstück, die ihre freien Abende singend oder lesend verbringt. Sie ist eine ziemlich burschikose Frau, die mit der Welt nicht zufrieden ist.

Immer dann, wenn wir uns im Vier-Wochen-Rhythmus anrufen, brauchen wir eine halbe Stunde, um zunächst die allgemeinen Dinge des Lebens abzuklamüsern. Dann bewegen wir uns auf das Thema Arbeit zu und daraufhin auf unsere Familiengeschichten. Von dort aus machen wir einen heftigen Schwenker in Richtung Liebe und Sex und Wünsche, und dann ist kein Ende in Sicht.

Laura zwitscherte in den Hörer und gab Neuigkeiten preis. Kaum hatte ich es mir auf dem Schaukelstuhl bequem gemacht, trällerte sie mir die jüngsten Vorkommnisse ins Ohr. Noch im Sommer wollte sie nach Bangkok gehen. Ein Bombenjob mit einem Bombengehalt unter Bombenkonditionen wartete dort auf sie. Zunächst mußte ich diesen gewaltigen Satz zwischen Schlucken und Staunen irgendwo im Hirn unterkriegen. Dann besann ich mich und ging alle W-Fragen durch, die ich gewöhnlich vor der Tafel zu fragen pflege, und Laura antwortete im Zwitscherton, und ich malte mir schon aus, wie meine baumhohe Freundin in einer Konferenz eines thailändisch-deutschen Joint-ventures in ihrem schicken, ockergelben Hosenanzug agierte. Eine Handvoll Männer der deutschen Delegation lag ihr schon zu Füßen. Aber Laura winkte sie alle ab. Sie vertuschten in ihren Augen ihre Geheimratsecken, ihr fliehendes Kinn oder andere entlarvende Schwächen, die im allgemeinen vom männlichen Geschlecht als Schönheitsfehler deklariert werden. Ich sah schon, wie sich am rechten Flügel des Konferenztisches die thailändische Vertretung dazugesellte, und wie ich mir alle Anwesenden vom Bug bis zum Heck vorstellte, war ich mit einem Mal furchtbar stolz auf meine Freundin, die vorneweg referierte und souverän konkludierte und für mich mit ihren wasserblauen Augen und ihrem hinreißenden Lächeln der Inbegriff weiblicher Stärke und Schaffenskraft bleibt. Ja, Laura hat etwas von einem polierten Rotkäppchenapfel. Neben ihr schmelze ich auf die Größe einer straßengrauen Maus zusammen. Neben ihr fühlte ich mich schon oft zu unreif für diese große weite Welt. Mein Gott, manchmal sehne ich mich danach, mich unter ihren Armen verstecken zu können. Sie ist und bleibt mein Naturtalent, die stets ihr unzweifelhaftes Können in unzähligen Wissenschaften unter Beweis stellt. Sie offenbart der Geschäftswelt ihr Tiefenverständnis für ökonomische und mathematische Zusammenhänge. Noch dazu ist sie ein Sopran-Phänomen. All das ist ihr in die Wiege gelegt worden, als sie im ostwestfälischen Lemgo das Licht der Welt erblickte. Laura ist eine geborene Analytikerin. Während ich es immer noch nicht begriffen zu haben scheine, herauszufinden, welcher Mensch mich ausbremsen und welcher mich unterstützen möchte, schnippt Laura mit dem Finger und weiß, wo es lang geht. Sie ist klasse und macht mich glücklich. Sie ist wie eine Sonne an meiner Seite, die mit mir überall hingehen kann, ohne auf einen Schatten zu treten.

Ich schaukelte im Schaukelstuhl und überschlug mich fast, als ich über meine Kupferschönheit nachdachte und felsenfest davon überzeugt war, daß man sie in einer anderen Epoche der Weltgeschichte wegen ihrer Kraft und Kreativität auf den Hexenhaufen geworfen hätte. Man hätte sie im 15. und 16. Jahrhundert, in der Zeit der systematischen Verfolgung von Frauen, auf den Scheiterhaufen geschmissen, da man sie verunglimpft, sie angebrüllt und ihr vorgehalten hätte, einen Pakt mit dem Dämon geschlossen zu haben. Man hätte sie mit der Hexenprobe gequält, gefoltert und dann auf den Scheiterhaufen geschleudert, und der Adel, das Bürgertum, die Bauern, ja, alle Nasen hätten in die turmhohen Flammen gejubelt und wie Irrsinnige herumgebrüllt, um sich daran zu ergötzen, Laura bei lebendigem Leibe verbrennen zu sehen. Ich wiederum wäre damals am alleruntersten Zipfel der Ständegesellschaft hängengeblieben, und mit dem Kindbett meiner Mutter hätte mich die Hölle auf Erden wie brennendes Pech und Schwefel verfolgt und mich mit dem Leben in der Gosse bestraft.

Laura zwitscherte mir immer noch fröhlich ins Ohr und vermittelte den Eindruck, frisch verliebt zu sein, obwohl sie mir Minuten zuvor anvertraut hatte, daß es niemanden gäbe, der sie vom Hocker hauen würde. Irgendwie hat es ihn auch nie gegeben. Nie hatte ich Laura vom Hocker fallen sehen. Sie ist eine Alleingängerin, immer solo, ob auf Veranstaltungen oder auf einer Vernissage. Nie gibt es jemanden an ihrer Seite, der ihre blasse Hand hält, ihre kupfernen Haare streichelt oder ihren wunderschönen Mund küßt.

Wir beendeten das Gespräch mit dem Versprechen, uns kurz vor ihrem Abgang in Charlottenburg wiederzusehen. Dann legten wir auf, und dann grübelte ich noch eine Weile über sie nach, malte mir ihre Zukunft aus, bastelte für sie einen schlanken hochgewachsenen Mann zurecht, dessen Konturen schnell wieder verschwanden. Und wie er sich letztendlich ganz und gar auflöste, bimmelte das Telefon einmal und noch einmal, und ich meldete mich mit einem: „Alo!“, ja genau so, wie Nunik es mir Monate zuvor beigebracht hatte.

Es war Leyla, meine Freundin Leyla vom Teutoburger Wald, die sofort mit der Tür ins Haus fiel und mich darum bat, zu ihr zu kommen, und ich dachte eine Weile über ihre Einladung nach, konnte mich zunächst nicht entscheiden, da mir ein Berg an Arbeit im Wege stand und mein Gewissen mich quälte. Eigentlich hatte sie Recht. Ich brauchte einen Tapetenwechsel. So fackelte ich nicht lange herum, sagte Ja und immer wieder Ja und ließ mich für einige Tage von Merve und Filiz in der Uni vertreten. Ich sagte alle Termine ab, kaufte für Leyla und für ihren Mann Emre jede Menge Datteln, Feigen, Wal- und Haselnüsse, Mandeln und Pistazien, kaufte Käse aus Kars, Ziegenkäse aus Erzincan und flog zu ihnen. Im Teutoburger Wald ließ ich mich sieben Tage lang von ihnen verwöhnen. Dort schaukelte ich in ihrem Schaukelstuhl durch die Gegenwart und durch andere Zeiten, und die Morgenstunden mischten sich mit den Nachmittagen, und mir kam alles so anders und fremd vor. Mir kam alles über die Lippen, was mir in den verstrichenen fünf Monaten am Bosporus widerfahren war. Mit Leyla saß ich in der Küche oder im Wohnzimmer, und oft durchfluteten mich dort unaufhörliche Ströme an Erinnerungen. Mir war so, als hätte der Teutoburger Wald mit dem wochenlangen Bosporusregen eine unentwirrbare Einheit gebildet und meine tausend und abertausend Stimmungen aufgeschwemmt. Alles quoll über. Ich tauchte in Fluten von Erinnerungen. So saß ich Leyla gegenüber und mit allen Güssen und Strömen vergegenwärtigte sich Nunik, und irgendwann funkte Can dazwischen, der mir für ein paar Züge das Ruder aus der Hand nahm, mich gewaltig zur Seite stieß oder heftig abdrängte. Und immer dann, wenn Leyla Fragen stellte, schenkte sie mir Tee ein, und ich spülte alles mit einem Schluck hinunter und schwamm in Tränen und hatte nur noch schlierenartige Wasserbilder vor Augen. In ihrer Nähe vermischten sich die Zeiten und bildeten ein kolossales Gebilde, und mit jedem weiteren Tee oder Mokka verschmolzen Tage und Wochen und Monate in einen immer klarer werdenden Strang an Gefühlen. In Leylas Küche saßen wir zwischen weißen Petunien und violettblauen Usambaraveilchen, und ich hatte unglaubliche und unaufhaltsame Erinnerungsströme, die mich von meiner Lähmung wegschwemmten und mich von meinen Altlasten losseilten. In kilometerlangen Ketten spulten sich Jahre vor meinen Augen ab, und es waren nicht allein die Monate mit Nunik und Can oder die Jahre mit Hermann oder Can. Es gab ebenso Momente, die den vergangenen Herbst wiederbelebten. Einen Herbst, der einem Altweibersommertag glich. So verlebte ich sieben Tage am Teutoburger Wald, und just an dem Tag, an dem Can irgendwo in Deutschland ein Jahr älter geworden war und seinen Tag feierte oder auch nicht feierte, wallte es wieder in mir. Es war an einem kalten Märztag, als ich das fünfte Mal mit Leyla frühstückte und von Emres selbstgemachtem Joghurt löffelte. An dem Morgen sprach ich über meinen ersten Unterrichtstag, löffelte vom Joghurt und schmierte mir Kleckse auf die Pyjamajacke, und Leyla saß im Rattanstuhl und hörte mir gebannt und mit großen Augen zu, als ich meinen ersten Arbeitstag beschrieb.

Ein goldener Oktober

Am 7. Oktober 1996 begann der Kreislauf meiner Arbeit am Bosporus. An dem Morgen stand die Sonne schon früh am Himmel und versprach bleiben zu wollen. Gegen halb sechs stand ich auf. Wohl etwas zu früh, aber ich hatte den sehnlichen Wunsch, wie aus dem Ei gepellt in den Tag zu fallen. Ich wollte mich von der besten Seite zeigen. So ging ich ins Bad, nahm eine Dusche, trocknete mich ab, cremte mich ein, fönte mir die Haare, zog mich an, nahm die frisch gebügelte Leinenhose, nahm die cremefarbene Bluse vom Bügel und schloß diesen Bekleidungsakt mit meinem liebsten Schmuckstück, einer Bernsteinkette, ab. Daraufhin mußte ich in die Küche gegangen sein, um mir einen Kaffee zu machen, den ich sicherlich zu hastig hinunterschluckte, und vor lauter Aufregung mußte mein Herz unruhiger als sonst gegen meine Rippen geschlagen haben. Ich hatte wie immer Lampenfieber, denn der erste Unterrichtstag verursacht immer wieder das Gefühl einer tiefen Beklemmung in mir. Doch gerade das ist es wohl, was mich in Bann schlägt, was mich stets anstachelt und mir Freude am Unterrichten und Lehren bereitet. Es ist dieses Kribbeln, Flattern und Flirren im Bauch. Es ist wie die Vorfreude mit ihrem Stoß an schönen und mulmigen Gefühlen einer bevorstehenden Abenteuerreise. Und schließlich war es das damals auch. Es war eine Feuerprobe.

Can war in dem goldenen Oktober bereits nach Deutschland zurückgereist. Ich kümmerte mich allein oder mit Nuniks unentbehrlicher Hilfe um die tausend Angelegenheiten, die erledigt werden mußten, und wenn sie nicht gewesen wäre, wäre mir vieles schwerer gefallen. Dabei fiel es mir nicht sonderlich schwer, mich an das Istanbuler Leben zu gewöhnen. Nein, das war es nicht. Ich hatte die Stadt mit ihrem Gewimmel und Getöse bereits kennengelernt, hatte die Türkei mehrmals bereist und einen bescheidenen Eindruck von Land und Leuten gewinnen können. Istanbul war mir nicht mehr ganz so fremd, da ich die Stadt zu Fuß erobert hatte. Sie hatte mich Jahre zuvor – in der Zeit, als ich Can kennenlernte und mit ihm einen Sommer lang durch die Gassen turtelte – mit ihren architektonischen Glanztümern aus byzantinischen und osmanischen Zeiten verzaubert.

Auch im September und Oktober 1996 stand ich erneut mit funkelnden Augen vor Kuppeln und Türmen und Säulen. Ich ließ mich von den vielen Bauwerken der Stadt verzaubern und saugte alle Epochen und Imperien mit ihren Jahrhunderten an Geschichte und Kunst und Macht und Gier auf.

Leyla war es, die mir vor unserer Abreise im September 1996 tausend Tips mit auf den Weg gab. Damals schien sie ein wenig beunruhigt gewesen zu sein, denn sie atmete tief und wollte mir noch etwas mitteilen, ließ es dann aber doch bleiben. Wir saßen in ihrer Küche mit den vielen violettfarbenen Usambaraveilchen. Sie nahm meine Hand und verglich das auf mich wartende Leben mit einer jungen Pflanze. Eine Pflanze, die mit neuen Farben und Stimmungen zum Blühen gebracht werden sollte. Sie sprach von grellen und von schwachen Sonnenstrahlen und gab mir viele Ratschläge und Abschiedsworte mit. Sie empfahl mir, mich stets auf neue Eindrücke einzulassen, mich in Geduld zu üben. Überdies mußte ich ihr verprechen, oft und alles zu photographieren, was mir ins Auge stach, um ihr eine Handvoll Ablichtungen zu schicken.

An meinem ersten Unterrichtstag nahm ich die Kamera mit, stand an der Haltestelle im Oyak-Cité und wartete geduldig auf den Bus. Mein Weg zur Universität war lang, da ich von der europäischen auf die asiatische Seite mußte. Über ein halbes Jahr wechselte ich täglich die Kontinente. Bis in den grünen Mai 1997 reiste ich mit dem Bus von Europa nach Asien und wieder zurück. Ich wechselte täglich die Kontinente und fand es faszinierend, über den Bosporus getragen zu werden und dabei über die Jahrtausende alte Geschichte der Stadt nachzudenken, und alle Passagiere ließen sich mit mir und ihren Taschen und bunten Morgenzeitungen über den Bosporus tragen. Ja, für sie ist und bleibt dieses tägliche Hin und Her so normal wie stark gesüßter Tee zum Frühstück oder die Zwei-Minuten-Massage beim Coiffeur.

Ich wartete an der Haltestelle im Cité, das mich damals mit seinen behäbigen Bauklötzen an die satellitenartigen Betonlandschaften des Ruhrgebietes erinnerte. Es gab Linienbusse, die zum Zentralbusbahnhof nach Mecidiyeköy fuhren. Von dort aus erfolgte die Weiterfahrt über die Bosporusbrücke nach Göztepe, einem Stadtteil auf der asiatischen Seite zwischen Kadiköy und Erenköy. Ich hatte mir alle Buslinien aufgeschrieben. Es konnte eigentlich nichts mehr schiefgehen. Dennoch überkam mich eine Unruhe. Diese eine Unruhe und diese eine Neugier auf das Studentenpublikum bildeten ein wirres buntes Knäuel in meinem Kopf. Es war dieses Lampenfieber vor der ersten Stunde.

Als mein Bus die Haltestelle erreichte, ließ ich mich durch das Betonviertel und seine gepflegten Parkanlagen tragen, die die Steifheit der rosa und grau angemalten Häuserfassaden ein wenig auflockern konnte. Hinter den Wohnblöcken klebten Autowerkstätten wie Spielkarten aneinander. Dort gab es eine Fundgrube an Leben. Hie und da stiegen müde Gesichter in den halb stockenden, halb fahrenden Bus. Ich saß da, und mir ging die Frage durch den Kopf, ob ich die Studentinnen und Studenten mit Vor- oder mit Nachnamen ansprechen sollte.

Irgendwann erreichte der Bus Mecidiyeköy – das Bankenzentrum auf der europäischen Seite der Stadt. Alle stiegen aus und drängelten sich in Richtung Busbahnhof. Ich warf den vorbeihuschenden Chefsekretärinnen in Kostümkleidern einen Blick nach, quetschte mich mit einem jungen Schwarm in einen schrecklich überfüllten Bus und stand Po an Po zwischen 18- bis 25-jährigen schwatzenden oder in Gedanken versunkenen Menschen.

Es war Anfang Oktober. Die Sonne versprach einen goldenen Herbsttag. Der Himmel hatte alle Wolken in die Verbannung geschickt. Die Bäume und Ziersträucher zeigten ihre ersten rotgefärbten Blätter. An allen Ecken und Enden waren Baustellen oder Absperrungen zu sehen, so daß sich der Bus nur störrisch nach vorne bewegen konnte. Die meisten Studentinnen trugen hauchdünne T-Shirts. Ich konnte im frühen Morgenlicht erkennen, wie kleine oder weniger kleine Brüste hinter baumwolldünnen Stoffen ruhten. Einige Studentinnen waren in Tücher gehüllt. Viele junge Frauen waren geschminkt, und ebenso viele trugen die Haare offen, manchmal gar bis zum Po. Sobald die Sonne darauf fiel, funkelten alle Haartöne im seidigen Glanz gegen sie an. Zwischen den vielen schimmernden Locken und Strähnen in allen Naturtönen fühlte ich mich in der jungen Schar wie eine farblose Frucht, die man im Schatten vergessen hatte.

Nach langem Schaukeln und Stocken erreichte meine erste Tour nach Asien um Punkt neun Uhr die Haltestelle, die unmittelbar vor dem Portal der Universität in Göztepe liegt. Der Bus hielt. Hastig sprangen alle auf den Bürgersteig und überquerten die Straße. Eine Traube von dreißig, vierzig Leuten bewegte sich auf das große Eingangstor zu, und als alle angekommen waren, stand man drei jungen Polizisten mit Gewehren gegenüber, die ihrer alltäglichen Arbeit, der Sicherheits- und Paßkontrolle, nachgingen. Man reihte sich artig in zwei Schlangen ein und zeigte seinen Immatrikulationsausweis, und ich stand ohne Ausweis, ohne Identität da und sagte nur: „Okutmanım.“ („Ich bin Lektorin.“), als der jüngste der uniformierten Herren mich mit hochgezogenen Augenbrauen musterte. Er fragte nach meinem Lehrerausweis und nach der Abteilung, in der ich lehren würde. In bruchstückhaften Worten konnte ich ihn überzeugen, Lektorin in der deutschsprachigen Abteilung zu sein. Ja, meine Antwort reichte aus, um durch das Tor schreiten zu dürfen, und so atmete ich tief durch und ging mit riesengroßen Schritten auf die Abteilung zu. Dabei lief ich Atatürk in die Arme, der in Bronze und Stein gehauen stolz und erhaben seinen Blick nach vorne richtete. Wie ein übermächtiger Patron ruhte er zwischen den Fakultäten für Recht und Ökonomie. Ich sah ihm in die Augen und fragte mich, was mein Publikum wohl über den Vater der Nation dachte, und während ich damit beschäftigt war, über die Taten und Untaten des Mustafa Kemal Atatürk nachzudenken, war ich auch schon angekommen und schaute in schmunzelnde sonnengebräunte Gesichter, die mir die Eingangstür aufhielten und mich mit einem freundlichen: „Hoş geldiniz!“ („Herzlich Willkommen!“) empfingen. Ich erwiderte ein ebenso freundliches: „Hoş bulduk!“ („Ein herzliches Willkommen habe ich vorgefunden!“), verschwand im Getümmel, ging die Stufen hinauf, hielt im Lehrerzimmer nach meinem Kollegium Ausschau und marschierte mit suchenden Blicken in den Kopierraum. Dort fand ich Jan, meinen Arbeitskollegen, der eifrig damit beschäftigt war, die Ursache eines Kopierstaus zu klären. Aufgebracht gab er mir seine mit Toner verschmierte Hand und begrüßte mich mit einem Kuß auf beide Wangen und mit einem herzlichen Willkommensgruß. Ich lächelte, ließ ihn herumwerkeln und sah dem großen Moment entgegen. Es sollte endlich so weit sein. Ich lief bis ans Ende des Ganges, schaute in erwartungsvolle Gesichter, ging in den Klassenraum, setzte meine Tasche auf den Lehrerstuhl und schaute in zwei Dutzend 20 Jahre alte Gesichter. Und genau dieser eine Moment, der so kurz ist wie ein Blitz, erzeugt in mir immer wieder die unglaublichsten Adrenalinausschüttungen: Augenpaare, die mich mustern, Augenpaare, die mich begutachten, bohrende Blicke und daraufhin dieses Getuschel, Geflüstere, Gezische, dieses einzigartige Hin und Her an Blicken und Fragen und Worten. In einer Sekunde hatten sich die jungen Geister mit kaleidoskopischen Eindrücken vollgepumpt. Ein Dutzend Fragen konnte ich von ihrer Stirn ablesen: „So sieht sie also aus!“ „Blond!“ „Was sie wohl kann?“ „Ziemlich groß!“ „Welche komischen Schuhe sie doch trägt.“ – Ja, ich sah es den jungen Köpfen an, daß die erste Fuhre an Fragen bereits abgeladen worden war. Türkische Wörter flogen durch den Seminarraum, und ich lächelte in mich hinein, um meine Verlegenheit zu überspielen, und als ich mich gerade vorstellen wollte, funkte mir ein Student dazwischen, der direkt vor meiner Nase saß und das Wort ergriff. Er fragte nach meinem Namen, schaute auf meine Hände und wollte wissen, ob ich verheiratet sei. Eine geballte Ladung Selbstbewußtsein schlug mir entgegen. Grinsend schrieb ich meinen Namen an die Tafel, ließ die zweite Frage außer acht, drehte mich der Klasse zu und fragte nach dem Namen des aufgeweckten Studenten.

„Äh!“ kam es heraus: „Ja, ich heiße Can Akdağ. Was ‘Can’ heißt, wissen Sie bestimmt schon. ‘Akdağ’ bedeutet ‘weißer Berg’. Damit meinte mein Großvater wohl den Uludağ, den Berg in der Nähe von Bursa. Bursa ist eine Stadt, die etwa zwei Autostunden von Istanbul entfernt liegt. ‘Ulu’ bedeutet soviel wie ‘groß’ oder ‘hoch’, und ‘dağ’ ist der ‘Berg’, also ‘hoher Berg’. Ich heiße aber mit Familiennamen ‘weißer Berg’. Meinen Vornamen will ich Ihnen jetzt auch noch verraten. ‘Can’ bedeutet ‘das Leben’ – aber das wissen Sie bestimmt schon!“

Er plapperte in einem fort, in etwa so, wie ein zu kurz gekommenes Kind. Ich scherzte im liebenswürdigen Ton:

„Na, da haben Ihre Eltern aber den Nagel auf den Kopf getroffen. Sie sind ja das beste Beispiel für ein sprühendes Leben!“

Einige lachten. Andere übersetzten ins Türkische. Die Klasse grinste und schmunzelte und lachte, und Can feixte herum, und ich mußte den jungen Herrn bremsen, denn er wollte noch einen Gang höher schalten.

„Sind Sie nun verheiratet?“ fragte der Nachbar von Can Akdağ.

Ich bejahte die Frage. Und prompt fragte er weiter:

„Ist Ihr Mann auch in Istanbul?“

Ich verneinte die Frage, schaute mir alle Gesichter an und wollte mit der Vorstellungsrunde beginnen. Vor mir saß eine quicklebendige Schar. Ich hatte Vor- und Familiennamen zu lernen, ihr Sprachniveau zu prüfen, ihre Progression einzustufen, Informationen zu geben. So verging die erste Doppelstunde in der Abteilung für Fremdsprachen in den deutschsprachigen Vorbereitungskursen auf dem Göztepe-Campus der Marmara-Universität. Um kurz nach halb elf schickte ich sie alle an die frische Luft und lief schnurstracks ins Lehrerzimmer. Ich schlängelte mich durch die vielen Grüppchen, die sich nach der langen Sommerpause viel zu erzählen hatten und freute mich auf meine Kolleginnen und Kollegen, die ich das erste Mal auf einer Konferenz vor Semesterbeginn bei meiner Kollegin Zehra in Beşiktaş kennengelernt hatte. Vor dem Lehrerzimmer lief ich erneut Jan in die Arme, der wieder herumwerkelte und dabei war, den angesammelten Müll der letzten Monate zu entsorgen. Und dann sah ich sie alle um den Tisch versammelt. Meine Kolleginnen und Kollegen lächelten mich an und begrüßten mich im Chor mit einem: „Hoş geldin." Merve bot mir einen Tee an und fragte nach meinem Befinden und nach dem Verlauf der ersten Unterrichtsstunde mit den quirligen Geschöpfen. Ihr äußerst liebenswürdiger Empfang war wie Balsam für meine Seele. Ich lächelte und grüßte zurück. Meine Kolleginnen Sema und Merve fragten an, ob alles in Ordnung sei, und ich zögerte die Antwort hinaus, lächelte wieder und war plötzlich auf der Suche nach einem Telefon. Ich entschuldigte mich, ging hinaus, lief die Stufen hinunter, schlängelte mich wieder durch Studententrauben, und dann kullerten auch schon Tränen über kalkweiße Wangen. Erst rollten sie zaghaft, dann immer schneller. Ich errötete und wußte nicht, wohin mit mir und was das alles zu bedeuten hatte. Ich lief die Stufen hinunter, rannte in den Park, schnitt die Rosenstauden, setzte mich vor Atatürk auf die Stufen und ordnete mein zerzaustes Haar. Ein klebriger Klumpen lag mir im Hals und wollte sich nicht auflösen. Ich röchelte und stöhnte auf. Ich sah Atatürk an, schaute auf seine Brust und begutachtete seine bronzene Montur. Trotz seiner nach vorne gebeugten Schultern starrte er stolz und erhaben in die Ferne. Nichts schien ihn aus der Ruhe zu bringen. Er schien über Gut und Böse zu urteilen. So starrte ich ihn an und lag irgendwann dem Vater der Nation zu Füßen. Oh Gott, ich war so völlig durcheinander, da mir vor den Füßen Atatürks alles zuviel wurde.

An dem Tag konnte ich nicht ahnen, was mich vor Mustafa Kemal zusammenbrechen ließ. Es war Nunik. Es war Can. Es war die damalige Gegenwart mit ihrer stummen Zeit und ihrer Ewigkeit zwischen meiner verlorenen Nunik und meinem verlorenen Can. Ich schwebte und schwamm in Allem und im Nichts, zwischen Ländern und Geschlechtern und den vielen Ichs, die ausgerechnet vor Atatürk einen heftigen Streik ankündigten. Schluchzend kauerte ich vor ihm und sah, wie zwei Studentinnen in Miniröcken und mit Wanderrucksäcken ausgerüstet auf mich zukamen, und obwohl ich wie eine Blöde vor den bronzenen Stiefeln bebte, musterten mich die Studentinnen nur kurz und liefen weiter und lachten und amüsierten sich über irgend etwas und waren so vergnügt wie es Neunzehnjährige sein können, die sich verstehen und sich etwas zu erzählen haben. Und ich hörte, wie das Mädchen mit den beiden kecken Zöpfen und den Spangen im Haar zu der anderen mit Pferdeschwanz sagte: „Ama sonunda artık geldi." („Aber dann kam sie endlich.")

Es ist komisch, aber als ich sie das sagen hörte, durchzuckte es mich kurz. Mit einem Taschentuch wischte ich die Tränen von den Wangen, richtete meinen Blick nach vorne, schaute auf fünf- und sechsstöckige Wohnhäuser, die so dicht beieinander standen, daß sie wie tratschende Nachbarinnen wirkten, die sich täglich im Fenster liegend ihre neuesten Geschichten erzählen. Ich blickte auf den Vater der Nation, der nach wie vor gravitätisch in die Ferne schaute und in dessen Adleraugen ich etwas aufblitzen sah.

Damals konnte ich nicht begreifen, was mich auf dem Campus dahinraffte. Ich war noch nicht dort, wo ich sein wollte. Ich hing in der Luft und ertappte mich dabei, beide Länder vergleichen zu müssen. Deutschland lag wie eine ordentlich ausgebreitete Landkarte vor mir, die mir ihre einzelnen Teile zeigte, die ich kinderleicht zuordnen konnte. Alle Bundesländer, alle Berge und Seen und Flüsse konnte ich auf Anhieb benennen. Doch der Bosporus überstieg mein Vorstellungsvermögen. Er überschlug sich in meterhohen Wellen bis in die majestätische Weite des Schwarzen Meeres, und ab und an schwappte dabei eine Woge zu mir herüber, und ich strandete auf unbekanntem Terrain und suchte dort nach Halt, und wankelmütig stand ich wieder auf und watete solange weiter, bis mir die nächste Welle ins Gesicht schlug.

An diese unbekannten Launen hatte ich mich zu gewöhnen. Das waren die Launen, die Leyla mir genauestens beschrieben hatte, die ihr allzu vertraut waren, mit denen sie groß geworden war, die sie irgendwann in den Jahren ihrer Jugend aus dem Fenster werfen mußte. Daß mußte sie wohl an unserem Abschiedstag beunruhigt haben, aber wie hätte ich sie da verstehen können? Wie hätte ich damals nachvollziehen können, was sie fühlte und mir mitteilen wollte? Mein Gott, welche Stimmungen können im Menschen vorherrschen, der sich zwischen den Lüften und Seen und Bergen bewegt und für eine kleine Ewigkeit durch Höhen und Tiefen schwebt?

An dem Märzmorgen mit den violettfarbenen Usambaraveilchen und den Joghurtklecksen auf meiner Pyjamajacke, an dem Morgen, an dem Can ein Jahr älter geworden war, saß ich Leyla wieder gegenüber. Ich konnte mich an dem Frühjahrstag vor Überschwang kaum bremsen und war ihr zu tausend Dank verpflichtet. Ich war ihr in der Veilchenküche sehr nahe. Sie wußte, was ich empfand. Wir fühlten, daß es den Menschen von Natur aus schwer fiel, zwischen den Gewässern zu leben. Sie zogen es eher vor, klare Linien zu ziehen, Grenzen zu schaffen, obwohl es sie gar nicht gab, nie gegeben hatte, da die Welt mit ihren Gebirgen und Gewässern immer schon alles in Bewegung gesetzt hatte, um alle Grenzen zur Seite zu schaffen, um stets die Möglichkeit vor Augen zu haben, über den Bergen, in den Meeren und Lüften sein zu können.

Leyla empfahl mir, öfter ans Meer zu fahren, Seeluft einzuatmen, Horizonte photographisch festzuhalten. Sie sagte das alles in einem Ton, der irgendwie ein wenig lyrisch klang, doch ich hatte eine leise Ahnung, welche Botschaft sich in ihrem Bild befand und reiste damit an den Bosporus zurück.

Es war an einem Sonntagmorgen, als ich mich von ihr, von Emre und von einem dämmerblauen Himmel über dem Teutoburger Wald verabschiedete. Stunden später stand ich auf dem Atatürk-Flughafen. Dort begrüßte mich ein wolkenverhangener Himmel. Ich ließ mich von einem fröhlich gestimmten Taxifahrer nach Hause fahren und sah, wie mich der Bosporus in einem graublauen Kleid empfing. Über ihm schwebten Wolken, die sich langsam auflösten und sanft ins Wasser fielen. Daraufhin mischte sich plötzlich alles um mich herum in tausend Wasserfarben. Die Luft verzauberte mich. Sie trug mich mit ihren vielen Tönen durch die turbulente Stadt. Der schmuddelige Himmel öffnete sich, baute für mich Brücken und bot mir eine prächtige Palette an Farben, die sich vor meinen Augen in ein Mosaik an Blautönen auflösten. Azurblaue, aquamarinblaue, ozeanblaue, indigoblaue, lavendelblaue und vergißmeinnichtblaue Farben funkelten mich an, wollten mit mir reden, und ich bebte und zitterte und hörte mein Blut durch alle meine Bahnen fließen. Zwischen den vielen Häuserfassaden, Lichterketten und Reklamebildern pulsierte die Stadt, pulsierte es in mir, und das Taxi trug mich immer weiter von den grauen Wintertönen des Teutoburger Waldes in die Blautöne des Belgrader Waldes. Es herrschte eine unerklärliche Aufgeregtheit in mir. Es war mystisch. Es war faszinierend. Ich weiß nicht, was es war, aber es erinnerte mich an die Ausgelassenheit spielender dreijähriger Kinder.

An dem Tag fragte ich mich, was passiert wäre, wenn ich Nuniks Geigenstreichen im Hausflur vernommen hätte. Ich stand mit meinen beiden Reisetaschen im Türrahmen und suchte nach ihr. Doch der Wunsch einer kurzen musikalischen Zärtlichkeit blieb allein. Ich schloß die Wohnungstür auf, legte mich auf die Büffelledercouch, nickte für eine halbe Stunde ein, raffte mich irgendwann auf und hörte stundenlang nur noch Tori Amos. Alle CDs von ihr spielte ich durch. Ich sang ihre Bösendorfer-

Balladen und konnte mich an ihren kleinen Erdbeben, ihren Erdbeerfeldern, blutenden Rosen, blauen Glocken und orangefarbenen Wolken nicht satt hören. Summend räumte ich auf, kümmerte mich um beleidigte Blumen, putzte im Bad, in der Küche und im Salon, saugte Staub, füllte die Schränke mit Lebensmitteln auf, kochte mir eine Suppe und hörte mir am späten Abend den Wetterbericht an. Die adrette Meteorologin prophezeite alles andere als einen Frühling mit Sonnenstrahlen unter dem Marmarahimmel. Sie zeigte mit ihren karminrot lackierten Fingernägeln auf die Wetterkarte. Über dem karminrot angestrahlten Bosporus waren viele Regentropfen abgebildet, die auf den Schoß der Wetterfee fielen. Für einen kurzen Moment hatte ich diesen seelenstarken Wunsch, ebenso glänzende Fingernägel, ebenso strahlende Haare wie die hübsche Meteorologin haben zu wollen.

In der Nacht nach der wasserblauen Ankunft und den sieben Tagen mit Leyla und ihrem liebenswürdigen Mann Emre, der uns mit seiner osttürkischen Küche verwöhnt hatte, legte ich mich nach Mitternacht schlafen und träumte tausend Träume, und alles, was mir danach an Bildern im Kopf haftenblieb, spulte sich noch vor der Morgendämmerung wie ein langes braunes Band vor meinen Augen ab:

Ich wartete etwas abseits an einer Haltestelle. Es war an einem Ort, an dem es viele Hügel gab. Ein Bus hielt. In ihm saßen nur Kinder. Alle Türen des Busses öffneten sich. Kinder stiegen aus. Ich stieg ein, und als sich alle Türen wieder schließen wollten, sprang mit einem Mal ein Kind in die sich schließende Hintertür. Doch das Kind schaffte es nicht, rechtzeitig, bevor die Flügeltüren zufielen, hineinzuspringen. Es klemmte mit einem Arm und einem Bein zwischen den beiden Türen. Der Bus setzte sich in Bewegung, und das Kind schrie. Alle Kinder, die im Bus saßen, hörten es schreien und lachten es aus, lachten über die Schreie des Kindes. Ich war schockiert, sah das schreiende Kind und erkannte auf seinem Arm einen gelben Stern. Ich wollte ihm helfen, rannte zu ihm und fiel über Beine, die mir zwei Jungen stellten. Sie lachten über mich. Ich stand auf und schaute auf die Hintertür und sah, daß das Kind weg war. Ich schluchzte. Dann fiel mir der Busfahrer mit seiner wilden Raserei auf. Ich schaute zu ihm, drehte meinen Kopf wieder nach hinten und stand plötzlich mutterseelenallein im Bus. Ich dachte darüber nach, was ich tun könnte, und unterdessen raste der Fahrer über unbekannte Wiesen und Felder. Dann hielten wir an. Dann befahl er mir, meine Bluse auszuziehen. Ich schlug ihm ins Gesicht, schlug noch einmal zu, doch es passierte nichts. Dann dirigierte er mich irgendwohin, und ich sah plötzlich nur noch Felder und Wiesen und wollte Can anrufen, und als der Fahrer für einen Moment verschwand, sah ich eine Telefonzelle. Ich wählte Cans Nummer. Doch Can nahm nicht ab. Statt dessen lachte der Busfahrer hämisch in den Hörer. Ich schrie auf und versuchte zu fliehen. Ich sprang in einen Hausflur, klopfte an eine Wohnungstür. Ein altes Paar öffnete sie. Ich erkannte das Gesicht von Goebbels und konnte nicht eintreten, konnte aber auch nicht zurückgehen, und dann nahm mich die Geliebte, die in Goebbels Arm hing und trug mich zur Haltestelle zurück, und ich sah in ihr Gesicht und stellte fest, daß sie wunderschön war, und dann fuhr ich durch ein riesiges Meer mit einer gewaltigen Hängebrücke. Einige schlafende Fahrgäste bewegten sich wie auf Wellen über diese göttliche Brücke. Wir kamen irgendwo an, stiegen aus, und ich suchte Can und fand ihn im Bett. Neben ihm lag mein Bruder in einem Kinderbett. Ich ging auf Can zu, wollte ihn in die Arme nehmen, doch er drückte mich weg, stieß mich an die Wand, und mein Bruder lachte und lachte.

Ich wurde wach, als mein Bruder mich auszulachen schien. Ich stand auf und konnte in der Vollmondnacht nicht mehr einschlafen. Ich ging in den Salon und sah mir bis zum Morgengrauen Photos aus der Kindheit, Photos mit Can und Hermann an. Irgendwann nahm ich die Hitler-Biographie aus dem Regal und blätterte darin herum. Dabei nickte ich ein, und als ich wieder erwachte, ging ich ins Bad, nahm eine Dusche und fuhr in die Uni.

Ausgerechnet an dem Morgen nach dem Goebbelstraum fragte mich aus heiterem Himmel eine Studentin, für welche Aufgaben Joseph Goebbels an der Seite Hitlers zuständig gewesen sei. Lange stand ich mit offenem Mund vor der Tafel und wunderte mich über diese Überschneidung. Ich legte das Arbeitsblatt aus der Hand und sprach mit fiebrigen Wangen über das Dritte Reich, und mir war so, als wollten sie immer noch mehr und mehr aus mir herausholen. Sie stellten Fragen, hörten mir andächtig zu, und für eine kleine Ewigkeit erschien es mir so, mich vor der Klasse auszuziehen, mich wieder anzuziehen und wieder auszuziehen. Fragen über Fragen wurden gestellt. Ich dozierte über die Polizeiorgane im NS-Regime. Alles, was ich wußte, sollten sie erfahren. So verging die Stunde wie das Bild eines dunkelgrauen Himmels, der sich langsam, ganz langsam nach innen wölbt, sich mehr und mehr zuzieht und an seinen langen unendlichen Seiten viele kleine schwarze Löcher im Stich läßt, und alle im Stich gelassenen Löcher wimmerten und flehten leise vor das große zugezogene Etwas des Himmels, um in der späten Stunde des Gerichts aufgenommen zu werden, und niemand aus der Klasse verlor auch nur ein Wort über das Wimmern und Flehen. Alle schwiegen und zählten wohl im Geiste die Millionen nach Luft ringenden Löcher, die an den fisseligen und schmuddeligen Seiten des zugezogenen Himmels um Gnade oder was auch immer baten.

Ich verließ mit hochroten Wangen den Seminarraum und fühlte mich unsagbar erleichtert. Mir war so, als hätte sich eine Bunkertür geöffnet, um mich an die frische Luft zu setzen. Vielleicht war die Goebbelsfrage die Initialzündung für ein vertrauteres Arbeiten mit meinem Publikum. Nach dem Goebbelstag traf ich die Entscheidung, sämtliche heikle Themen mit in den Unterricht einfließen zu lassen. Selbstverständlich gab es Themen, bei denen ich mich zurückhielt. Es gab auch Personen, bei denen ich mich partout zurückhielt, da ich nicht einsah, mich auf ein glitschiges Terrain zu begeben oder gar auf Glatteis zu geraten.

Die Perserkatze

In dem einen März, als ich Leyla am Teutoburger Wald Gesellschaft leistete, regnete es am Bosporus in einem durch. Am Tag unseres Abschieds küßte ich sie auf die Wangen, bedankte mich bei ihr, fuhr mit dem Taxi zum Bielefelder Bahnhof, reiste mit der Bahn nach Hannover, war drei Stunden in der Luft, und von der Landung auf dem Atatürk-Flughafen bis zur Ankunft im Betonviertel dauerte es weitere zwei Stunden mit dem Taxi, bis mich mein Schaukelstuhl und meine Büffelledercouch wiederhatten, und ich erinnere mich noch haargenau an diese unvergeßliche Taxifahrt auf den Istanbuler Aquaplaning-Straßen. Während dieser Fahrt verspürte ich den tiefen Wunsch, Leben um mich herum haben zu wollen. Und die Stadt tat ihr Bestes. Sie ummantelte mich mit ihrem Lärm und Dreck und tausend Botschaften. Der Chauffeur kutschierte mich durch die Nachmittagsstunden, fuhr, stockte, fuhr wieder, hielt an und spielte dieses Stakkatospiel im Takt der sich nach vorne schiebenden Autokolonnen. Mit diesem Ruckeln und Schaukeln wuchs meine Wiedersehensfreude über die Millionen Gesichter der Metropole. Nahezu hypnotisiert schaute ich auf den Bosporus oder lugte durch die vielen Ritzen der Stadt. Irgend etwas sah ich immer: Einen kahlen Kastanienbaum, eine Uhr mit digitaler Temperaturanzeige, zwei in den Himmel stechende Minarette, einen verträumten Park, einen verlassenen Brunnen aus osmanischen Zeiten, ein riesengroßes Reklameschild mit aufreizenden Kurven von Claudia Schiffer, ein Plakat mit pamphletischen Worten gegen den Imperialismus, ein Memorandum an Metin Göktepe und Uğur Mumcu, und immer wieder wartete der Chauffeur mit mir vor Ampeln. Wir lauschten dem rastlosen Hupkonzert des Karosserieorchesters.

Ja, kaum war ich angekommen, hatte mich der Wahn der alles verzehrenden Stadt wieder. Kaum war ich Zuhause, hatte mich ebenso der Alltag wieder. Ich arbeitete bis zum Anschlag, um Can und Nunik zur Seite zu schieben. In Tagebucheintragungen verabschiedete ich mich von ihnen, und mit jedem weiteren Morgen, der mich über die majestätische Bosporusbrücke trug, entfernte ich mich mehr und mehr von Szenen, Bildern und Erinnerungen oder ihren vertrauten Stimmen, die mich in den einsamen Märztagen durch die anstrengenden Tage begleiteten. Nur manchmal horchte ich im gewienerten Hausflur auf, um aus der Nachbarwohnung ein Streichen ihrer Geige zu vernehmen. Den restlichen Tag verbrachte ich mit Arbeit, Musik und meinen geliebten Büchern, die sich in einsamen Stunden immer wieder in der Rolle der Liebhaberinnen und Liebhaber gefallen. Sie umgarnen, streicheln und liebkosen mich. Sie verzaubern, verführen, verwöhnen mich mit ihren Worten und Gesten. Sie tragen mich mit ihrem Fieber, ihrem Geist, ihrer Lust und Spannung, ihrem Humor und Schmerz und Tod irgendwohin. Sie inspirieren und deflorieren mich. Beizeiten möchte ich etwas Verrücktes mit ihnen anstellen, möchte in einem Atemzug ihre Welt begreifen. Bücher können mich wie eine Sommerliebelei berauschen. Ein Hoch an Glücksgefühlen können sie in allen Fasern meines Körpers hervorrufen. Sie können mich aber auch abgrundtief enttäuschen. Verletzten können sie mich hingegen nicht. Selbst dann nicht, wenn sie ihr Versprechen nicht einhalten und mich wie stupide Wände anstarren. Bücher können mein Ich nicht verstümmeln und keine neuen Wunden neben allen Narben schlagen. Bisweilen reißen sie alte Wunden auf, aber ich bleibe ihre treue Geliebte. Bücher haben so viele Gesichter, da tut es nicht sonderlich weh, wenn mir zuweilen Störenfriede oder Langeweiler über den Weg laufen. Hin und wieder können sie sogar sehr grob mit mir umgehen, und dann sind sie mit einem Mal sehr zärtlich und betten mich auf Rosen. Manchmal flüchte ich mit ihnen irgendwohin.

Manchmal verschlucke ich mich an ihren Sätzen oder verzweifele schier an ihnen. Bücher können wie hauchdünne Schleier sein, die das Antlitz schöner Frauen verbergen. Ich möchte ihre Geheimnisse lüften, möchte sie begleiten, festhalten, streicheln.

Wenn mir keine Zeit für alle meine Liebhaberinnen und Liebhaber blieb, arbeitete ich oder investierte ganze Tage mit Behördengängen. Gelegentlich traf ich mich mit meiner Kollegin Merve. Wir verquatschten Nachmittage in netten Cafés oder Abende in lauten Bars. Gegen Mitternacht fuhr ich dann ins rosagraue Wohnsilo zurück und träumte im riesigen Bett von anderen Zeiten.

In den Märzwochen war ich nahezu entspannt, und auch wenn der Frühling auf sich warten ließ, machte mir das fast nichts, da ich so viel zu tun hatte und pausenlos mit mir selbst beschäftigt war. Sicherlich hätte ich es nicht genießen können, einen Spaziergang durch die Parkanlagen des gepflegten Wohnviertels zu machen. Ich wollte den Lenz noch ein wenig vermissen lassen und ihn dann mit Stumpf und Stil genießen. So nahm alles seinen Lauf. Die Wochentage verstrichen, und alle folgenden Tage brachten einen neuen Schwung an Arbeit mit. Meine fast erwachsenen Studies schienen mit mir zufrieden zu sein. In der Fachabteilung hielt ich artig meine Seminare, gab meine Sprechstunden und bot umfangreiche Studienberatungen an. Rund um die Uhr war ich beschäftigt, und je häufiger sich beide Zeiger um das Zifferblatt drehten, desto tiefer vergrub ich mich in einen haushohen Haufen an Akten und vergaß dabei meine Nachbarin, meine Einsamkeit und Can, der wohl im Teutoburger Wald verschollen zu sein schien. Er meldete sich nicht mehr. Auch Nunik war nicht aufzuspüren. In ihrer Wohnung war jegliches Geigenstreichen verstummt. Selbst ein Klackern ihres Schlüssels blieb aus.

In den Wochen war ich oft allein. Für eine Weile tat mir das gut. Nur irgendwann stellte ich fest, daß mir die Stille der Wohnung nicht mehr bekam. Vor mir bildete sich eine kleine düstere Wolke, die eine Ungewißheit ankündigte, mit der ich weniger zurechtkam. Noch dazu regnete es tagelang durch. Ich hatte es nicht für möglich gehalten, daß selbst am Bosporus der April verrückt spielen könne. Ja, ich ließ es irgendwann bleiben, meine Schuhe zu putzen, da es doch zur Sisyphosarbeit wurde, da der Regen unablässig auf die Dächer prasselte, da Neptun, der Gott der Wasser, böse auf mich oder auf die ganze Stadt zu sein schien. Er grollte und tobte in Donnerschlägen, und selbst der stille Trost, die Regenschauer als unentbehrliche Wasserspeicher oder gar als plätscherndes Vergnügen zu betrachten, konnte meinen Unmut nicht zügeln. Aber eine Stadt mit 15 Millionen Köpfen braucht Unmengen an Wasser, um einen Sommer lang über die Runden zu kommen, und so sagte ich mir, daß es in Granatentropfen schütten sollte, da ich ohnehin in geheizten Seminarräumen agierte und an Abenden auf der Büffelledercouch sinnierte. Dennoch gab es für mich als Taxi- und Busreisende keine Wundermittel, den gewaltigen Wolkenbrüchen eins auszuwischen. Ich holte mir auf allen Straßen nasse Füße, zog mir einen Schnupfen zu und stand mit schmutzigen Hosen vor dem Overheadprojektor. Doch es gab in der Tat eine Handvoll Spaziergängerinnen am Bosporus, die es mit ledernen Stiefeln versuchten, um den Regenlachen alle Trümpfe aus der Hand zu nehmen. Diese flanierenden Damen beeindruckten mich in ihrer makellosen Regenmontur. Sie schafften es, zwei Fliegen mit einer Klappe zu schlagen. Souverän fingen sie sich alle Bosporusblicke ein und wateten wohlgestimmt durch kniehohe Wasserpfützen, die die marode Kanalisation nicht haben wollte. Und da mit Wasserpfützen am Bosporus nicht zu spaßen ist, lobte ich ihre Strategien, da mir meterlange Wassersprünge nie gelingen und sie mir früher oder später doch einen Strich durch die Rechnung machen. Ich komme nie sehr weit, denn vor Ampeln spritzt mir doch irgendwann auf Kommando die heranfahrende Autokolonne eine schlammige Regenfontäne ins Gesicht. Caramba! Aber dieses Schauspiel gehört zu den alltäglichen Abenteuern, zu den Überraschungen und zum Eventualfall dieser turbulenten Metropole. Humor ist da vonnöten. Mit ihm ging ich in den Regenmonaten einen Bund ein. Es heißt ja, Istanbul liege auf sieben Hügeln. Ihr einziges Auf und Ab überzeugt mich nach wie vor, wenn ich über die Kanalisation böse Worte verliere. Ich lasse es bleiben, über orkanartige Regenströme zu schimpfen, die den gesamten Verkehr lahmlegen können. Ich freue mich lieber über die aus den Häusern strömenden Kinder, die nach einem Regensturm von den vielen verführerischen Pfützen angelockt werden und sich mit ihren lachenden Gesichtern über die spiegelnde Wasseroberfläche beugen. Mit ihren kniehohen Mickey-Mouse-Stiefeln tanzen sie in Regenlachen. Ach, es ist immer wieder eine wahre Wonne, diesen ausgelassenen, vor Freude quietschenden Geschöpfen beim Springen zuzuschauen.

Doch an einem naßkalten Apriltag versagte meine sonst so tolerante Haltung gegenüber den täglichen Abenteuern und Überraschungen am Bosporus. Der Humor mußte mich an dem Tag wohl im Stich gelassen haben. Vielleicht schlugen auch die Launen des Wetters etwas über die

Stränge, oder irgend etwas stimmte mit meinen Hormonen nicht. Wie auch immer. An dem Tag war etwas nicht mit mir in Ordnung.

Es geschah an einem stürmischen Montag. Die achte Semesterwoche war bereits im Gange. Ich hatte mich frohgelaunt von meinen Kolleginnen verabschiedet, mich in einen Minibus gesetzt, mich dann zum Fährhafen und mit dem Schiff auf die europäische Seite tragen lassen. Eine halbe Stunde später marschierte ich über den Taksimplatz in Richtung Altstadt. So rannte ich über die İstiklâl-Straße, ging ins Goethe-Institut, lieh mir Bücher aus, las Zeitungen, gab die obligatorische Studienberatung und verwöhnte mich drei Stunden später mit einem Hosenanzug.

Die İstiklâl-Straße gehört zu den nobelsten Ecken von Istanbul. Auf ihr treffen sich Jung und Alt, Reich und Arm, Mädchen und Jungen, um das Portemonnaie zu leeren, sich auszutauschen oder was auch immer. Sie gehört zu den Spielwiesen für satte und hungrige Menschen, glücklich und unglücklich Verliebte, für die Geschäftswelt mit ihren dicken Geldtaschen und grazilen Sekretärinnen, für die Jugend, für werdende Mütter, Künstler, Bettler und Intellektuelle.

Mit meinem knallroten Schirm ging ich alle Schaufenster entlang und konnte für die Haute-Couture von italienischen Schuhen aus blauem Ziegenleder bis zur japanischen Designermode alles finden, was das Herz begehrt. Ich schaute auf exquisite Marken und teure Preisschilder, gönnte mir bei einem Straßenverkäufer frische Kastanien, verzehrte sie in Windeseile und verfluchte den Regen. Und dann hörte es so mir nichts, dir nichts auf zu schütten, und mir blieb vor dem Denkmal zum 50. Republikfeiertag die Hälfte einer staubtrockenen Kastanie im Halse stecken. Ich röchelte, schluckte mehrmals, und während ich dabei einer Taube bei ihrem Rundflug folgte, erspähte ich auf dem Dach eines sechsstöckigen Altbaus einen hin und her torkelnden Mann, der sich wohl noch nicht entschieden hatte, tatsächlich herunterzuspringen. Mit aller Kraft schluckte ich die Kastanie runter und brachte nur ein verstörtes: „Oh nein!" heraus. Der Mann wollte nicht damit aufhören, hin und her zu schaukeln. Mit seinem Schaukeln füllte sich allmählich der İstiklâl-Platz. Ein Raunen und Rufen war aus allen Ecken zu hören. Ich dachte darüber nach, wie auf Marktplätzen Selbstmorddramen ablaufen und schüttelte mich, als vor mir eine Taube auf den Mantel meiner Vorderfrau schiß. Dann schaute ich nach oben und sah auf einer Telefonleitung eine Großfamilie von Tauben, die der öffentlichen Versammlung beiwohnte. Daraufhin ging mein Blick etwas weiter nach vorne, und dann sah ich in großen Lettern die Aufschrift 'Süper Baba' ('Supervater') auf einem Mitsubishi-Transporter stehen.

„Gott sei Dank!" hauchte ich meinen Nachbarn an, der mich mit hochgezogenen Augenbrauen musterte und irgend etwas dahernuschelte, das ich wiederum nicht verstehen konnte. Gott sei Dank war es nur eine Filmaufnahme. Hinter dem Supervater verbirgt sich eine beliebte Familiensendung der Nation, die die Herzen bei Jung und Alt erfreut.

Beim Zuschauen der Aufnahmen wurde mir schlecht. Ich lief zum Taxistand, suchte mir ein dottergelbes Taxi aus und setzte mich brav auf die Hinterbank eines polierten Peugeots. Ich befahl dem Chauffeur, nach Oyak Cité zu fahren, und kaum war ich in seinem Auto zur Ruhe gekommen, bemühte sich der nicht mehr so rüstige Herr auch schon, mir ein Gespräch aufzubrummen.

„Nerelisiniz, Hanımefendi?" („Woher kommen Sie, meine Dame?") fragte er forsch, und ich log und antwortete aus Schweden zu kommen. Schon auf die nächste Frage nach meinem Familienstatus gefaßt, kam prompt die Frage: „Evli misiniz?" („Sind Sie verheiratet?").

Ich zuckte zusammen, als ich ihn das fragen hörte, denn diese eine Frage nach dem Verheiratetsein ist mir seit Jahren zuwider. Egal, wo ich stehe oder mich bewege, auf diese Frage reagiere ich allergisch. Denn entweder schafft sie für mich das Bild einer Frau, die unter die Haube gekommen ist, oder sie will auf die Instinkte einer läufigen Hündin hinaus. Es tut mir selber manchmal weh, aber diese eine Frage fordert mich zum Schwarzweiß-Denken auf. Sobald ich mich in die Schlange der Ledigen einreihe oder mich gar als Single oute, habe ich selbst schon kopulierende Katzen im Kopf. Ich kann mir ausmalen, was Taxifahrer sich zurechtlegen. Mein Gott, weiblich und ledig und unbekannt zu sein, bedeutet mehr oder weniger läufig zu sein. Es projiziert bei nicht wenigen Männern auf dieser Welt das Bild einer schmachtenden Frau vor, ja, vor Kirmesbuden. Sie sehen schäbige Wurstständе mit ihren verstopften Senftuben und bekleckerten Mayonnaiseflaschen. Sie sehen alleinreisende Frauen in Bussen, Bahnen und Flugzeugen und baggern drauf los. Ich hasse es, wenn ich in aller Ruhe meine Zeitung lesen will und irgendein fettleibiger Geschäftsmann gafft mich von oben bis unten an, als stünde auf dem Stoff meines Sommerkleides ein ganzer Roman, der bis in die heißesten Details eine stürmische Liebesnacht wiedergibt. Ich hasse es, wenn ein Mann herumsabbert, mich gierig anstarrt, unverschämt mustert und sich in seiner blöden Selbstherrlichkeit auch noch einbildet, daß sich alleinreisende

Frauen dieses Gaffen und Glotzen und Sabbern wünschen. Wohl aus diesem Grunde bin ich seit meinem 22. Lebensjahr mit einem amerikanischen Basketballspieler verheiratet. Er ist groß und kräftig und schön und beschützt mich auf allen gepolsterten Sitzen der Taxiwelt, auf allen Bus- und Bahn- und Flugreisen. Ja, sobald mich die männlichen Geschöpfe aus aller Herren Länder nicht in Ruhe lassen wollen, ist mein Mann zwei Meter groß. Er ist groß und schlank und schwarz und strotzt nur so an Kraft und Energie und Leistung. Vor allem strotzt er an Glanz, Intelligenz und Potenz. Mein Ehemann ist Amerikaner, schwarzer Amerikaner, und er muß in seiner Genialität die Phantasie vieler Männer anregen. Vielleicht geht sie gar mit ihnen durch. Manchmal zappeln oder schwitzen Taxifahrer auf ihren mit Amuletten umschmückten Polstersitzen. Manchmal mustern mich Flugpassagiere minutenlang. Sie sehen wohl den großen, schwarzen Mann, der mich beschützt, mich liebt, der alles mit mir anstellen darf.

Auch an dem schmuddeligen Apriltag log ich mir einen zurecht. Ich wünschte mir meinen Basketballspieler herbei und sah es partout nicht ein, den Chauffeur in die Taten und Untaten meines heiligen Schlafzimmergemaches einzuweihen, und kaum war ich als Schwedin mit Michael Jordon verheiratet, war Ruhe im Taxi, und schon nach einer halben Stunde waren wir trotz der Regengüsse im Wohnviertel angekommen, und der Wind empfing uns dort so scharf, daß ich mich neben Mister Jordon nach einer heißen Dusche sehnte, und es dämmerte schon, als ich dem Fahrer das Geld in die Hand drückte, meinen Schirm und die Ledertasche nahm, die Stufen hochsprang und auf den Briefkasten schielte, der seit Tagen den Notstand ausrief. Ich nahm den Lift und tröstete mich mit der Vorfreude auf eine heiße Dusche. Dort sah ich schon den Strahl über meinen Körper gleiten.

Endlich Zuhause angekommen, schloß ich die Tür auf, streifte den feuchten Mantel ab, zog mich aus und ging ins Bad. Dann unterbrach mich vor dem Duschvorhang ein gurgelndes Geräusch. Es nahm mir alle amerikanischen Träume und sogar das Knurren im Magen. Ich fauchte den Duschvorhang an, starrte auf die geblümte Kachelwand und konnte es nicht fassen. Zuweilen gab es in der Zeit im Wohnviertel einen Wasserversorgungsnotstand, und dann folgten die Anstrengungen der Wasserhähne, die Nunik Wasserfurze nannte. Draußen erlebte ich über Wochen hinweg die wildesten Ströme und Fluten. Drinnen gönnte man mir keinen einzigen Tropfen. Ich fauchte den Duschvorhang an, schlüpfte etwas pikiert in den Bademantel, warf einen skeptischen Blick in den Spiegel und ging in die

Küche. Dort machte ich mir ein Käsebrot, suchte nach Leckereien, donnerte die Kühlschranktür zu und nahm die Rotweinflasche mit ins Arbeitszimmer. Dort setzte ich mich vor den Computer und stand prompt wieder auf, als mich der Bildschirm nicht haben wollte. Ich rettete mich im fesselnden Allende-Roman, der mich auf okkulte Wolken setzte und blieb einen halben Abend dort sitzen. Unter meiner treuen Lavendeldecke schwebte ich in wunderschönen lateinamerikanischen Sphären. Nur irgendwann zog mich ein reales Geräusch aus der Welt der Eva Luna weg. Ich horchte auf, las weiter, und es dauerte nicht lange, bis ich mir wieder einbildete, ein Geräusch vernommen zu haben. Dann war mir so, als machte sich jemand an meiner Wohnungstür zu schaffen. Weitere Sekunden vergingen. Eine leise Panik überkam mich. Szenarien spielten sich in meinem Kopf ab. Dann spielten meine Hormone verrückt.

Ich lag auf der Büffelledercouch und traute mich nicht, in Richtung Korridor zu schauen. Ein Kratzen und Schaben war zu hören, das einfach nicht zu den vielen Lauten gehörte, die ich aus phantasiearmen Schundfilmen kenne. Ich stand irgendwann vor der Wohnungstür und horchte. Sekunden vergingen. Nur ein kurzes Scharren war zu hören. Mir kam die Idee, daß es sich um ein Kind handeln müsse. Ein Kind, das sich verlaufen hatte oder Waise war. In meiner blühenden Phantasie sah ich mich schon mit einem Fratz von zwei Jahren auf der Polizeistation sitzen. Dort schlug ich die Hände über dem Kopf zusammen und suchte nach Wegen, um den gestikulierenden Polizisten glaubhaft machen zu können, daß mir ein Piepmatz von zwei Jahren zugelaufen sei. Immer noch mit dem Kopf an die Tür gelehnt, wartete ich auf den Augenblick, an dem ich die Stimme eines Kindes vernahm. Weder folgte ein Wimmern noch ein Schluchzen. Ich biß mir die Unterlippe wund und wollte mich wieder auf die Büffelledercouch setzen, als es unverhofft auf der anderen Seite miaute. Es miaute einmal, zweimal und noch einmal. Zart und hilflos miaute es. Mit jedem Miauen schlug mein Herz höher. Ich vergaß alle Unterstellungen, verurteilte mich und meine bösen Vorahnungen und freute mich über den unerwarteten Besuch. Geschwind öffnete ich die Tür und ließ das miauende Wesen herein. Da tapste ein Kätzchen über die kalten Steinfliesen. Ich wußte sofort, daß es sich um eine junge Perserkatze handelte. Sie huschte an mir vorbei, suchte unter dem Garderobenschrank Schutz, und ich wußte, nichts verkehrt machen zu können, wenn ich ihr ein Schüsselchen Milch auf die Fliesen stellte. So redete ich gutherzig auf das verängstigte Tier ein, suchte in der Küche nach einem Schälchen, schüttete es mit

Milch randvoll und stellte es vor den Flurspiegel. Unterdessen suchte das Kätzchen nach Schlupflöchern, huschte in den Salon und verirrte sich schließlich hinter einem Bücherregal. Ich fragte mich kurz, was das alles zu bedeuten hatte. Es benahm sich so eigenartig. Bei jedem Rufen zuckte es zusammen. Ich bemühte mich, ihm die Angst zu nehmen und besänftigte es mit Kosenamen. Doch mit allen Sympathiebekundungen erreichte ich nur Gegenteiliges. Je mehr ich auf das Kätzchen einging, desto unruhiger wurde es. Erneut versuchte ich es mit Milch. Ich wurde ungeduldig und fragte mich, ob es böse Erfahrungen auf der Straße gemacht hatte. Eigentlich war es viel zu edel, um ohne Herrchen herumzuirren! War es etwa ausgerissen? Ich nahm das Kätzchen auf den Schoß, doch es wehrte sich so sehr mit seinen scharfen Krallen, daß ich es nicht länger halten konnte. Warum war es so verstört? Ich ging in die Küche und wollte in Erfahrung bringen, ob es miaute, wenn ich es allein ließ. Kaum stand ich vor dem Kühlschrank, um nach Essensresten zu fischen, kreischte es durch die Wohnung. Es war geradezu unheimlich. Was war eigentlich vorgefallen?

Eine Viertelstunde verging. Nichts änderte sich. Weder gewöhnte sich die Katze an die Räume noch an meine Stimme. Sie leckte auch nicht von der Milch und nahm nichts vom Gemüse. Ich bekam es mit der Angst zu tun. Möglicherweise hatte sie sich von einer anderen Straßenkatze eine Krankheit geholt. Vielleicht war sie gerade dabei, mich zu infizieren. Mir war nicht wohl bei dem Gedanken, und ich hielt es für das Beste, sie herauszutragen. Ich wollte sie aus ihrem Versteck herauszerren und suchte einen Karton, da ich sie unmöglich mit bloßen Händen nach unten tragen konnte. Sie würde mir die Haut aufkratzen. Meine Angst wuchs mit jeder weiteren Minute. Ihr Geschrei wurde lauter und lauter und machte mich zunehmend unruhiger. Ich fand keinen ausgedienten Karton und griff mir den vollen Persilwaschmittelkarton, schüttete das Pulver auf die Badezimmerfliesen und wollte darin das Tier bis nach draußen schleppen. Die Angst stand mir mittlerweile im Gesicht geschrieben. Schweißperlen zeigten sich auf meiner Stirn. Ich nahm die gelben Gummihandschuhe aus der Küche, lief zielstrebig auf das Regal zu, nahm hastig die untersten Bücher weg und konnte es auf Anhieb schnappen. Ich hatte es fest in meiner rechten Hand. Mit der Linken hielt ich den Persildeckel auf und steckte es im Nu in den Karton. Dann klebte ich Deckel und Gehäuse solange zusammen, bis das Band zur Neige ging. Wie eine Besessene lief ich auf die Wohnungstür zu, riß sie auf und stürmte zum Lift. Das Tier war wohl verschreckt. Es lag bewegungslos im Karton. Aber noch verschreckter als das

Biest stand ich vor dem Lift und wartete auf den Moment, der mich von dieser Qual befreien sollte.

Ich konnte in dieser Katzenstunde einfach nicht wissen, auf was ich mich da eingelassen hatte. Ich wollte nur, daß diese wunderschöne Perserkatze Anteil an meinem und ich an ihrem Leben nahm. Ich wollte ihr helfen, sie pflegen, mich um sie kümmern, ihr zu Essen und zu Trinken geben. Das war mein Wunsch. Aber wir fanden einander nicht. Benommen von ihrem Geschrei überkam mich irgendwann eine unbekannte Angst. Ich konnte das Gekreische des eigentlich so hilflosen Kätzchens nicht länger ertragen. Es machte mich fertig. Ich war hilflos, und noch hilfloser, als ich es zu sein schien, wimmerte das kümmerliche Tier. Anscheinend konnte ich im Oyak-Cité weder mit Can noch mit einer Perserkatze leben. Diese Einsicht tat mir sehr weh. Auch wenn Can längst über alle Berge zu sein schien, konnte ich mich damit abfinden. Aber die Perserkatze wollte und konnte ich nicht aussetzen. Ich hatte ein schlechtes Gewissen. So trieb mich wohl die Katze in einen heillosen Zustand. So war ich gewillt, sie ins erbarmungslose Nichts auszusetzen. Ich sah meine Aufgabe darin, mich gewaltsam von ihr zu trennen, und es war mir irgendwann schlichtweg egal, ob mir draußen zwischen Schmutz und Schlamm irgend jemand dabei zusah, wie ich die Katze aus dem Karton befreite. Ich löste einfach den Klebestreifen mit einem heftigen Ruck und ließ die Kleine laufen, und sie sprang tatsächlich heraus und blieb einen Meter vor mir stehen, und ich wimmerte sie an, ahnte Böses und verspürte eine komische Angstlust gegenüber diesem wunderschönen Tier. Mein Gott, hatte sich dieses Ding lange die Lunge aus dem Hals geschrien, so war es plötzlich anhänglich und brav, und mir war es ein wenig peinlich, wie ich in meinen Pantoffeln und im Bademantel wie eine Belämmerte dastand und das eigentlich so prächtige Tier im Straßenschlamm schreien hörte, und der dumme Persil-Koffer wippte hin und her, und ich stank aus allen Poren und wollte nur meine Ruhe haben und konnte doch nicht Abschied von der Katze nehmen. So ging ich die Straße rauf, und sie folgte mir. Schnell ging ich wieder zurück. Sie tat es auch. Ich versteckte mich hinter einem rostroten Tofaş, und sie sprang mich an, und ich schrie auf und war wie vor den Kopf gestoßen. Sie sprang mich an, zog mit ihren Krallen am Bademantel und blieb am Frotteeärmel hängen. Ich biß die Zähne zusammen, packte mir das Tier, warf es auf die Schlammwiese, nahm wie von Sinnen die Schlüssel, rannte zur Haustür, öffnete sie, sprang herein und donnerte sie zu. Mein Herz schlug mir bis zum Hals. Ich röchelte und hielt mich an der

Scheibe fest. Die Perserkatze war weit und breit nirgends zu sehen. Als ich mich einigermaßen beruhigt hatte und meine Hände an dem mit Kot beschmierten Bademantel abwischte, hielt ich diese blöde Szenerie für einen dummen Spuk, für eine Absurdität des Tages. Ich sagte mir, zu viele Abende allein verbracht zu haben. Mir fehlte die Unterhaltung, die Abwechslung. So stand ich bibbernd vor der Glastür und faßte den gesunden Entschluß, die Gesellschaft zu suchen. Dabei verstrichen Minuten. Die Katze kam nicht zurück. Sie hatte sich wohl in Luft aufgelöst. Ich fuhr mit dem Aufzug nach oben, ließ im Badezimmer den Hahn laufen und freute mich wie ein Kind über das verführerische Plätschern des Wassers. Ein dampfender Strahl lechzte mich an. Ich gönnte mir eine ausgiebige Dusche und lag am späten Abend wie neugeboren mit einem betörenden Moschus-Bouquet auf der geliebten Büffelledercouch. Dort nahm ich so lange am abenteuerlichen Leben der Eva Luna teil, bis mich das wiederholte Klingeln aus den Träumen der Heldin riß. Ich schloß die Tür auf und schrie auf. Die Perserkatze lag in den Armen meines Pförtners, und noch bevor ich überhaupt reagieren konnte, war sie wieder hinter dem Bücherregal verschwunden. Ich ärgerte mich und bombardierte den Pförtner mit Fragen, und er gab mir zu verstehen, daß Zeugen gesehen hätten, wie ich mit der jungen Katze gespielt habe. Er beteuerte, sie zurückbringen zu wollen. Er dachte, daß sie mir bereits am ersten Tag entwischt sei. Wie versteinert stand ich da und wußte nicht, wohin mit mir. Dann kam mir die Idee, ihn damit zu beauftragen, das Tier aus der Wohnung zu locken. Daraufhin war er es, der wie versteinert dastand und nicht wußte, wie er meine Unhöflichkeit zu deuten habe. Ich riß ihm nämlich die Schlüssel aus der Hand, ja, zwang ihn, diesem Spuk ein Ende zu setzen.

Es wird wohl für immer ein Geheimnis für mich bleiben, wie der Pförtner das Tier aus der Wohnung lockte. Später erfuhr ich von einer Putzfrau, daß er sich vor Lachen ans Herz gefaßt habe, als ihm Nachbarn mitteilten, daß ich Sinn für Humor oder eine nicht zu verbergende Sehnsucht nach deutschen Markenartikeln habe, da man mich bei strömendem Regen mit einer Perserkatze und einem Persilkarton gesehen habe. Man habe bei dem Matschwetter beobachten können, wie ich mit ihr zwischen Wasserlachen und Schlammpfützen herumbalgte. Man mutmaßte, die Deutsche wolle unter dem schmuddeligen Himmel und seinen unaufhörlichen Regengüssen den neuesten Persil-Werbespot kreieren.

Deniz

Längst war die Perserkatze nach ihrem kurzen, aber dennoch so eindringlichen Besuch über irgendwelche Wege oder Umwege verschwunden. Längst hatte ich auch das Leben der Eva Luna mit ihrer atemlosen Odyssee ausgelesen, doch meinen Vorsatz, mich ablenken und unterhalten zu wollen, setze ich über Wochen nicht in die Tat um. Statt dessen saß ich allabendlich vor dem Computer oder vertiefte mich in Bleiwüsten, die wiederum nicht die Essenz besaßen, die ich mir erhofft hatte. So gab ich meinem abgestorbenen sozialen Ich lange nicht den Hauch einer Chance der geselligen Abwechslung. Es mußte erst der April vergehen, um mich über das Sprießen der Bäume und das vergnügliche Zwitschern der Vögel zu freuen. Es mußte erst der verrückt spielende April vergehen, als ich im Wonnemonat Mai meinen Nachbarn Deniz besuchen wollte, der auf der elften Etage des zwölften Blocks wohnte. Deniz, der wie ich während meines ersten Istanbuler Herbstes einen Oktober und einen November vor den öffentlichen Telefonzellen im Bettonghetto ausharrte und auf die Auflösung der Menschenschlangen wartete.

Und dann war plötzlich Mai. Der Dauerregen war längst vorbei. Das Sommersemester in seiner Hochphase. Die Natur blühte auf, und der Wind wehte leise vom Schwarzen Meer über die Stadt und versprach einen verheißungsvollen Sommer. Es war ein so wunderschöner Monat. Er war grün und warm und freundlich, aber an dem Tag, an dem ich mir vornahm, Deniz zu besuchen, kam mir bereits am Vormittag eine blöde Geschichte in der Ausländerbehörde dazwischen. So war meine Frühlingslaune dahin. Drei Stunden hatte ich dort umsonst in verrauchten Räumen, vor vollen Tischen mit ihren Abertausenden von Akten zugebracht. Ich war frustriert und verärgert und fühlte zugleich diese Ohnmacht gegenüber der Willkür einer gelangweilten Beamtenwelt, die mit ihren unzähligen Dossiers und ihrer lächerlichen Ausstattung an Formularen, Stempeln und Unterschriften meine Nerven endlos reizte.

An dem Maitag marschierte ich am Nachmittag mit eingezogenen Schultern durch das Portal der Ausländerbehörde, verweilte dann einen Moment auf der Adnan-Menderes-Straße und empfand ein solidarisches Mitgefühl mit allen Menschen, die in Ausländerbehörden mit einem Dutzend beglaubigter Papiere ihren Aufenthalt im Gastland rechtfertigen müssen. Ich kämpfte gegen diese eine Ohnmacht an. Ich lief zur U-Bahn-Station, fuhr eine Weile mit der Bahn, sprang irgendwann in einen Bus und fuhr nach Taksim. Ich fuhr zur İstiklâl-Straße, zur Promenade der Unabhängigkeit. Dort schlemmte ich im Lieblingsrestaurant ein İskender-Kebabı mit einer Riesenportion Joghurt. Danach trank ich einen starken Tee und hatte mit einem Mal den starken Wunsch, mir meine eigene Meinung über den Film 'The English Patient' von Anthony Minghella zu bilden. Seit Wochen lagen mir Merve, Zehra, Sema und Filiz damit in den Ohren. Sie schwärmten und schwelgten von der Schönheit des Hauptdarstellers, von seinen langen Beinen und ebenmäßigen Gesichtszügen. Ich wollte es endlich wissen und ging ins Alkazar – das schönste Kino der Promenade und war wieder einmal von den Goldberg-Variationen fasziniert. Auch die langen Beine im makellosen Safari-Look des schönen Hauptdarstellers schnitten nicht schlecht bei mir ab. Dennoch vergaß ich die Sentimentalität und die Safari-Romantik mit ihren Drei-Tage-Bärten schnell wieder, da mir der Wind drei Briefe aus aller Herren Länder ins Haus getragen hatte.

Meine australische Freundin Heather schrieb mir einen dreiseitigen Brief. In ihren Zeilen offenbarten sich Eukalyptus- und Akazienbäume, die den Maulbeerbäumen am Bosporus Konkurrenz machten. Ich sah Elstern, Wombats, Wallabys, Känguruhs und Koalabären, und meine Sehnsucht nach dem australischen Himmel entflammte mit allen Bildern, die sie mir zu lesen gab.

Der zweite Brief kam von meinem Brieffreund Danilo, der Schweizer ist, am wunderschönen Luganer See geboren wurde und dessen Großmutter in den 50er Jahren die heiligen Räume Hermann Hesses entstaubte. Danilo lebt seit Jahren mit seiner irischen Freundin Helen in einer verschlafenen Landschaft namens Minna in der Grafschaft Galway – einer rauhen Gegend auf der grünen Insel. Er reist aus aufenthaltsrechtlichen Gründen zwischen Montagnola und Minna immerzu hin und her. Danilo kündigte mir in seinem Brief an, Helen geheiratet zu haben.

Der dritte Brief kam von meiner Freundin Berna, die an der Isar wohnt. Ihre Zeilen waren mit Liebschaften und Anstrengungen gefüllt. Zugleich schrieb sie von ihren monatlichen Klettertouren mit allen herausfordernden Hängen und Felswänden erhabener Berge in Österreich und in der Schweiz.

Berna hat mit mir studiert und in sieben Semestern ihr Studium im zarten Alter von 22 Jahren abgeschlossen. Daraufhin zog sie an die Isar, managte in vier Jahren ihr Medizinstudium und reiste zwischen Physikum und Praktika durch die halbe Welt, um irgendwo als Krankenschwester behilflich zu sein oder um bei abenteuerlichen Klettereien ihren Nervenkitzel auszukosten. Berna gehört zu diesen Menschen, die Phänomenales zustande bringen, sobald sie an Felswänden kleben oder in bizarren Gletscherschluchten akrobatische Leistungen vollbringen. Sie gehört zu diesen gesegneten Geistern, denen das Lernen immer schon leicht fiel. Mit 27 Jahren hatte sie ihr zweites Studium absolviert und den Doktortitel in der Tasche. Unmittelbar darauf hing sie ein kupfernes Schildchen mit ihrem Namen an die Praxistür und ging besonnen zu Werke. Berna ist ein Phänomen mit einer unbeschreiblichen sozialen Intelligenz und einem unglaublichen Speichervolumen. Sie braucht sich nur auf den Stuhl zu setzen und schon speichert sie wie eine Festplatte Bücher oder Artikel oder Zahlenketten ab.

Als es 1973 zwischen der Türkei und Griechenland heftig kriselte, gingen ihre Eltern nach Hamburg. Berna war damals vier Jahre alt, als sie aus der Spielgruppe ihrer Nachbarschaft in Izmir herausgerissen und nahe der Elbe auf eine Rutsche gesetzt wurde. Kaum war das Kind in der Schule, ackerte es sich durch die Buchstaben und Sätze, lernte Zahlen rauf und runter sagen und half dem zwei Jahre jüngeren Bruder Tolga dabei, wenn er nach dem Pipi machen den Reißverschluß nicht hochziehen konnte. Bernas Mutter arbeitete damals als Schneiderin. Bernas Vater arbeitet noch heute in der Fabrik, in der er im Jahre 1973 mit seinem Schichtdienst begann. Tolga, Bernas Bruder, ist gerade dabei, sein Studium der Zahnmedizin abzuschließen.

Im Januar 1991, in der Zeit des Golfkrieges und seinem Mediengerangel, lernte ich Berna an der Bielefelder Universität kennen. In einem Seminar ertappte ich sie an einem schäbigen Montagmorgen dabei, wie sie unter dem Tisch Virgina Woolfs' *Orlando* las. Aus heiterem Himmel sprach ich sie an, und es dauerte keine Minute, bis wir das Seminar schwänzten und in der Cafeteria über Orlandos Geschlechtsverwandlung schwätzten.

Ach, Orlando, das geniale Geschöpf einer zeitlosen Zeit. Eine Biographie, die mitten im Mittelalter beginnt und mit dem 11. Oktober 1928 endet. Orlando, das Geschlecht beider Geschlechter, lebte in so vielen Welten, weilte auch am Bosporus und empfand für die im Nebel liegende Hagia Sophia, für die scharfen Gerüche der Basare, für die Silhouette der Stadt mit ihren Arkaden, Basiliken, Emporen, Fayencen, Fresken, Ikonen, Nekropolen, Mosaiken, Reliquien, Sakristeien, Sarkophagen und Zitadellen eine tiefe Zuneigung. Ja, mit Orlando fing alles an, und danach gab es kein Zurück. Ich habe es Orlando zu verdanken, Berna kennengelernt zu haben. Aus diesem Grunde nenne ich sie ab und an Orlanda. Orlanda hat mich durch sämtliche Epochen des Lebens begleitet, und obwohl sie heute mit Leib und Seele als Frauenärztin beschäftigt ist, stellt sie mir immer dann, wenn ich in München ein Bett zum Übernachten brauche, ihr gesamtes Appartement mit einem aufgefüllten Kühlschrank zur Verfügung. Und immer steht ein Dahlienstrauß auf dem Küchentisch, und daneben liegt eine Unicef-Karte mit türkischen Wendungen. Berna ist meine Freundin an der Isar. Sie gehört für mich zu diesen kostbaren Menschen, in deren Gesichtszügen ich diese eine klare Natürlichkeit herauslese, die mich an die Farben der Bilder von Emil Nolde oder Gabriele Münter erinnert.

Heather, Danilo und Berna lagen im Briefformat auf dem Schreibtisch. Es waren schöne Briefe, die ich nicht einfach zur Seite schieben konnte. Im Beisein einer halben Flasche Rotwein antwortete ich ihnen. So kam ich nicht dazu, Deniz zu besuchen und überließ es wohl dem Schicksal, ihn wenige Tage darauf im Bus wiederzusehen.

Das erste Mal bekam ich Deniz am 27. Oktober 1996 zu Gesicht. Damals wehten warme Brisen vom Schwarzen Meer über den Belgrader Wald. Damals war ich mit tausend Angelegenheiten beschäftigt, wurde mit Dingen konfrontiert, an die ich mich Hals über Kopf gewöhnen wollte. So arbeitete ich mich durch die Tage und wartete in dem Monat allabendlich vor den Telefonzellen, um mich bei Can zu melden, der nicht gerade erpicht darauf war, ein glänzendes Hochschulexamen zu machen. Statt zu pauken, vertrödelte er seine Tage mit irgendwelchen Langeweilern. Jeden Abend wartete ich vor den Zellen, wählte die Nummer seines Freundes und erfuhr, was am Teutoburger Wald los war. Ich stand in einer der Schlangen und sah den heimkehrenden Frauen und Männern nach, die in komfortablen Autos über die Schwellen der Anliegerstraßen hüpften. Hunde suchten vor Mülltonnen nach Essensresten. Katzen jagten über die Straße. Blätter fielen langsam in funkelnden Farben von den Bäumen der gepflegten Rasenstücke. Krähen waren auf den mit Bauschutt beladenen Hügeln zu sehen, und ich wartete in dem kunterbunten Herbstbild wie eine Zeitlose vor den Zellen, sinnierte in den träumenden Menschenschlangen vor mich hin, und irgendwann, ja irgendwann seufzte ich an dem einen Sonntagabend auf, und als ich es ein weiteres Mal tat, folgte ein Seufzer von einem Mann, der ein sehr anstrengendes Gespräch zu führen schien und sich etwas in den Bart nuschelte, als die Verbindung unversehens abgebrochen wurde. Er fluchte leise vor sich, und dann schaute er mich mit müden Augen an. Und ich fragte mich, warum ein so wohlhabend aussehender Mensch, wie er es zu sein schien, es nötig hatte, eine öffentliche Telefonzelle aufzusuchen, und während ich mich über ihn wunderte, sprach er mich prompt auf Englisch an. Ihm glitt in den folgenden Augenblicken in impulsiven Tönen ein vorzügliches Amerikanisch über die Lippen. Völlig verdattert stand ich in der Schlange und konnte ihm nichts entgegnen, und er gestikulierte mit seinen langen schlanken Armen und versicherte mir mit blaßroten Lippen, vergeblich in der Schlange gewartet zu haben. Das Telefon gab keinen Mucks mehr von sich. Mit weit aufgerissenen Augen stand Deniz vor mir und verunsicherte mich, da er mich so unwiderstehlich anlächelte. Obwohl er eigentlich so sauer zu sein schien wie eine Plantage voller Zitronen, lächelte er mich unwiderstehlich an, gab mir die Hand und stellte sich vor, und ich stand wie eine Salzsäure da. Er wirkte ein wenig fahrig auf mich, und ich spürte seinen heißen Atem, der zwischen uns wie ein wirbelnder Sandsturm vorbeizog.

Damals wechselten wir in der sich auflösenden Menschenschlange wenige Worte. Dann gingen wir auseinander und sahen uns am nächsten Abend und an allen folgenden Abenden bis in den späten November immer gegen neun Uhr vor den Zellen wieder. Und ich empfand es stets wie eine unausgesprochene Verabredung. Auch er hatte in dieser vollen Stunde jemanden, der auf seinen Anruf zu warten schien, und jedes Mal, wenn ich Deniz wiedersah, fragte ich mich, wer er war. Meine Neugier wuchs mit jedem neuen Tag. Es ist komisch, aber sehr, sehr lange konnte ich ihn einfach nicht ansprechen. Vielleicht konnte ich ihm keine Frage stellen, da er mir auf Anhieb so außerordentlich sympathisch war. Er war sehr charmant. Intuitiv ahnte ich, daß er ein Künstler und eine Jungfrau sein müsse. Bei Jungfrauen verstumme ich. Tatsächlich. Ihnen gegenüber bin ich wie zugeschnürt und völlig verschüchtert.

Ich genierte mich in seiner Gegenwart, und es war schön so. Ich wollte ihn immerzu ansehen, und auch wenn ich mehrmals den Versuch startete, ihn etwas fragen zu wollen, blieb ich in dieser fast schon lächerlichen Befangenheit hängen, die es partout nicht zuließ, daß wir ins Gespräch kamen. Etwas lag lange Zeit zwischen uns. Vielleicht war es aber auch der Wunsch, die mysteriöse Stille zwischen uns auszukosten. Sie machte unsere Abende vor den Zellen zu einem delikaten Vergnügen. Sie hatte etwas von einem unausgesprochenen Abkommen über ein streng zu hütendes Geheimnis, das wir bis ins Unendliche auskosteten.

In den Oktober- und Novemberwochen blieb Deniz die Jungfrau vor den Telefonzellen, und ich ahnte, daß er mir den Kopf verdrehen könne. Ich malte mir sein Leben aus. Ich konnte gar nicht anders. Er war ein anziehender Mann. Ich schätzte ihn auf Mitte dreißig und war davon überzeugt, daß er malen konnte. Mir gefiel seine Stimme. Alles an ihm gefiel mir ausgesprochen gut. Stets war Deniz in Jeans und Blazer gekleidet. Meistens in den Farben Blau und Beige. Er trug weder Krawatte noch Ring. Ohnehin stand er ohne Schnickschnack vor mir. Er stand vor mir, und es waren seine Augen, die mich einschüchterten. Sie waren braun. Es war ein schwaches Braun, ein Rehbraun oder ein Bernsteinbraun, und im Licht der untergehenden Sonne blitzten sie manchmal auf, da sich alle müden Strahlen mit ihren Fangarmen im Bernsteinbraun wiederfanden. Manchmal trug Deniz eine dunkelbraune Hornbrille. Manchmal stand er in Joop getaucht vor mir. Er hatte ein sehr ebenmäßiges Gesicht, einen schönen schmalen Hals mit einem wippenden Adamsapfel, der sich immer dann zeigte, sobald der Hörer in seiner Hand ruhte und er den Menschen auf der anderen Seite im freundlichen Ton begrüßte. Und dann spulte er in rasender Geschwindigkeit ein Türkisch herunter, das ich nicht verstehen konnte, weil es zu eloquent für mich war.

So lernte ich Deniz kennen. Mit ellenlangen Sätzen, einem singenden Adamsapfel und bernsteinschimmernden Augen. In Warteschlangen gezwängt betrachtete ich ihn und genoß es zutiefst, ihn anschauen zu dürfen. Doch dann kam der Dezember und mit ihm die Freischaltung meines Telefons. So ging ich nicht mehr zu den Zellen, und nach einer Weile war Deniz wegen meiner Vollbeschäftigung und den vielen Dingen, die mir durch den Kopf schwirrten, verschwunden. Es mußte erst ein halbes Jahr vergehen, bis ich ihn an dem einen Maitag, wenige Tage vor meinem Umzug aus dem Betonghetto, im Bus wiedersah. Spät hatte ich ihn dort bemerkt. Ich hing mit der Nase in der Süddeutschen Zeitung. Auch Deniz schien mich nicht gesehen zu haben. Erst als ich länger über etwas nachdachte, bemerkte ich ihn und lächelte ihn an. Doch er schaute aus dem Fenster und schien mit seinen Gedanken weit weg zu sein. Wieder wunderte ich mich über ihn. Warum fuhr er mit dem Volksbus nach Hause? Warum hatte er kein Auto? Jeder Mensch in Istanbul, der es sich leisten kann, fährt eine Karre oder ein Auto oder einen Schlitten.

Deniz stand im proppenvollen Bus und sah abgespannt und mager aus. Seine Stirnfalten kringelten sich wie elektrisierte Perlonfäden. Leise rief ich ihn, und er wandte sich mir zu, zeigte mir sein wunderschönes Lächeln und hauchte mich mit einem: „Merhaba! Nasılsınız?“ („Guten Tag! Wie geht es Ihnen?“) an, und wieder brachte er mich in Verlegenheit, da wir vor den Telefonzellen konsequent Englisch gesprochen hatten und somit das Siezen weggefallen war, und wie er mich im schaukelnden Bus erwartungsvoll anschaute, suchte ich händeringend nach passenden Worten. Ich hörte mich sagen: „Fena değil, Üniversite'den geldim ve biraz yoruldum. Ya siz nasılsınız?“ („Nicht schlecht! Ich komme von der Universität und bin ein wenig müde. Und wie geht es Ihnen?“). Dann umarmte er mich mit Worten, und alle Hemmungen lösten sich im Nu auf, als er einen Schritt näher auf mich zukam und mich anlächelte, und dann waren wir von einem zum anderen Augenblick Feuer und Flamme. Ich teilte ihm mit, eine Wohnung in Moda gefunden zu haben, und er zog dabei seine Augenbrauen hoch und noch höher und lud mich prompt auf eine Tasse Kaffee ein. Der Bus hielt in unserem Viertel. Wir stiegen aus. Am Kiosk kaufte er sich Zigaretten. Schweigend liefen wir die Straße rauf, und dann waren wir auch schon in seiner Wohnung.

An dem Mainachmittag warf die Sonne ein blaßgelbes Licht auf den Belgrader Wald. Sie schien bis in Deniz' Salon, der eine Schwäche für italienisches Design zu haben schien. Ein eierschalenweißes Kanapee, samtweiche Sessel mit karamelfarbenen Überzügen, ein gläserner Couchtisch mit antiken Marmorfiguren als Fuß sowie eine Glasvitrine im Renaissancestil schmückten den von Licht überfluteten Raum. Einige Photographien von Istanbul, London und New York hingen an den Wänden. Zwei edle Stehlampen aus Muranoglas, die einem Frauentorso glichen, gaben dem karamelfarbenen Ambiente den Ausdruck einer versteckten Lagune mit Sandbänken und Meeresburgen im abendlichen Sonnenlicht. Während ich mit aufgerissenen Augen alle Regale rauf und runter ging, stand Deniz in der Küche und werkelte herum. Er brachte italienischen Kaffee mit türkischem Gebäck und Früchten der Saison. Er bot mir eine Marlboro an, die ich ablehnte und fragte irgendwann im väterlichen Ton, ob alles in Ordnung sei. Er lächelte. Ich lächelte zurück. Wir tranken unseren Kaffee, redeten, lachten, und er bot mir Schokoladenplätzchen mit Cognac an. Ich sagte nicht Nein.

Mit den weichen Sonnenstrahlen auf unseren Gesichtern gingen uns im Karamelsalon die Themen nicht aus. Über Istanbul und die Reize dieser Stadt, darüber konnten wir stundenlang reden. Wir sprachen über unsere Freuden und Sorgen, über die Arbeit, die Familie und Freunde. Wir sprachen über Vernunft, Moral und Religion, über politische Ideologien und über die Postmoderne. Irgendwann knöpfte sich der Himmel zu und legte sich die Sonne schlafen. Wir blieben in den Karamelsesseln sitzen, tranken Pinot Grigio, knabberten Pistazien und sprachen über Dinge, die unweigerlich kommen, wenn man sich sympathisch findet, und Deniz stand mit leuchtenden Augen vor dem CD-Player und stellte mir seine Kollektion an Fasıl-Musik vor. Er spielte immer wieder ein neues Stück und schien fasziniert zu sein: Von der Abendstimmung, von der Musik, vielleicht sogar von mir. Ich wurde offener und ließ mich von seinen luziden Erklärungen, den italienischen Weinperlen und osmanischen Kaffeehausklängen verführen.

Erst nach unserer zweiten Verabredung im freundlichen Mai, erst nach seiner zweiten Einladung zum italienischen Kaffee mit Baklava kam mir nach dem dritten Glas Wein in den Sinn, daß Deniz schwul sein könne. Der Wein war mir in den Kopf gestiegen, färbte meine Wangen tiefrot, und dann war da plötzlich diese Eingebung. Auf einmal war er schwul, und es lag nicht daran, daß er sich so benahm, wie über schwule Männer gesprochen wird. Nein, plötzlich sah ich es, und dann kamen auch schon die Bilder. Er ging mit einem Mann am Bosporus entlang. Er lag mit ihm zwischen weißen Laken und aufgeplusterten Kissen. In Gedanken versunken saß ich vor meinem Glas und schmunzelte. Schon an dem Abend wußte ich, daß ich ihn küssen wollte. Ich lächelte die Weinperlen an, wunderte mich und fühlte dieses Kribbeln in mir. An dem Abend saßen wir wie unschuldige Kinder beisammen. Wir teilten uns das Lachen, den Perlwein und die Musikklänge. Alles wirkte so, als wäre Deniz der beste Freund meines Lebens gewesen, als hätten wir die Freundschaft zweier Menschen erfahren, die sich von Kindesbeinen an kannten. Wir waren durch Dick und Dünn gegangen, und am nächsten Abend sagte er es mir dann. Es ist komisch, aber irgendwie ist es immer so. Kaum hat man diese Decke der Einsamkeit für einen Moment in die Verbannung schicken können, holt sie einen in ihr tiefes Tal zurück. Kaum hatte ich Deniz alle Anstrengungen und Auflösungen der vergangenen Monate mitgeteilt, mußte ich mich von ihm trennen.

Am nächsten Abend teilte er mir mit, daß er nach Izmir ziehen werde, und zwei Tage darauf war er schon weg, und es vergingen keine weiteren zwei Tage, als auch ich im Begriff war, meinem Cité Adieu zu sagen. Es ist immer so, kaum kommt jemand über Nacht dahergeflogen, zieht er sich unversehens zurück. Aber Deniz kam wieder. Auch wenn ich lange auf ihn warten mußte. Er kam wieder, kam in mein Asien und schenkte mir sein unwiderstehliches Lächeln.

Aber in dem Mai 1997 glaubte ich nicht daran, ihn jemals wiederzusehen. Ich verabschiedete mich von ihm und saß wenig Minuten später in meiner kahlen Wohnung und trank Unmengen Wein. Später stöberte ich in alten Photokisten herum und schnitt wohl alle dünnen Fäden ab, die ich im Laufe der letzten Jahre und Monate gesponnen hatte. Ich glaubte daran, Deniz verloren zu haben. Wie ein kostbarer Stein war er mir entglitten. Er war mir aus der Hand gerutscht und ins Wasser gefallen.

Eine Baugesellschaft hatte ihn, den Architekten mit ausgefallenen Ideen, gekauft. Deniz hatte alles stehen und liegen gelassen, drei, vier Umzugskisten mitgenommen und seine Möbel bei seiner Schwester Lale untergestellt. Er hatte dem Belgrader Wald und dem Bosporus Adieu gesagt und wollte sich mit seinen 33 Jahren auf etwas anderes einlassen. Das Unternehmen in Izmir hatte eine Tochtergesellschaft in Moskau gegründet. Dahin zog es ihn, und das Schicksal wollte es so, daß er mir versprach, sich bei mir zu melden, doch während er Tage und Nächte durcharbeitete, war er plötzlich Hals über Kopf in Moskau, und ohne ihn überhaupt kennengelernt zu haben, vermißte ich ihn in den Tagen unseres Abschieds und noch viel später. Ich vermißte seinen klaren Verstand und seinen überzeugenden Scharfsinn. Wie ein Prophet stand er in seinen verwaschenen Jeans vor mir und warf mit seinen schmalen weißen Händen und sehnigen schlanken Unterarmen um sich. Er blieb für mich der friedliebende Mensch und attraktive Mann aus der Nachbarschaft, der mich noch lange nach unseren Umzügen beschäftigte. Ich fand ihn hinreißend. Ich mochte seine luziden Erklärungen. Mein Gott, er hatte so unglaublich tolle Beine und so ein wahnsinniges Lächeln. Ich mochte seinen Humor, seine Herzlichkeit, seine schönen Hände, die immer in Bewegung waren und Linien und Figuren zeichneten.

Im August 1996 hatte sich Deniz von seinem Freund Kaan getrennt, mit dem er zwei Jahre zusammengelebt hatte. Kaan war in dem Sommer nach New York gezogen, um dort als Photograph zu arbeiten. Darin war wohl der Grund zu sehen, warum Deniz in den Oktoberwochen so durcheinander war. Und dann verlor sich am zweiten Pino-Grigio-Abend das Geheimnis zwischen Deniz und Leni, da Deniz zu den Menschen gehörte, die Autos und Fernseher und Mobiltelefone abgrundtief haßten. Ich habe es diesen Krachmachern zu verdanken, ihn vor den Zellen kennengelernt zu haben. Als er mich dort das erste Mal in der Warteschlange gesehen hatte, sagte er sich, sein Handy für New York nie mehr anzurühren, falls die große Blonde am nächsten Abend wieder dort stehen sollte.

In der Nacht nach unserem letzten Beisammensein und den vielen Abschiedsworten saß ich noch lange im Schaukelstuhl und wippte nach vorne und wieder zurück. Viele Stunden wippte ich wohin auch immer, schwelgte in Erinnerungen und verirrte mich in vergilbten Liebesbriefen. Ich gab mich dem herben Kavaklidere hin. Der Rotwein machte mich betrunken, und irgendwann, ja, irgendwann, als beide Zeiger der Uhr sich ebenso ziellos verirrt hatten und die Stunde der Morgendämmerung gekommen war, entschied ich mich für die Entsagung.

Ich zerbrach in der Morgenstunde alle bauchigen Rotweingläser, die mir meine Schwiegermutter Weihnachten 1995 geschenkt hatte, und schüttete den Kavaklidere ins Klo. Daraufhin legte ich mich auf die Büffeledercouch, die in Gesellschaft von tausend Photos, Briefen und Postkarten aus fernen Ländern dieser Welt war und dachte nach. Es war der Wein, der alle Geheimnisse zwischen Deniz und mir lüftete, und dann ging Deniz von mir, und ich rührte nach dieser einen langen Nacht nur noch selten einen Tropfen an, da mir im Dunst dieser einen stillen Morgenstunde die Rotweinschwere mit ihrer Melancholie mehr als zuwider war. Ich lag auf der Couch und sackte zusammen und hörte den Gesang russischer Balaleikaspieler, die mit ihren wehmütigen Heimatliedern mein Herz zerrissen. Ich lag auf der Couch und lachte laut auf, da mir komische Bilder durch den Kopf gingen. Neben Balaleikaspielern sah ich über Hängebrücken Liebespaare tanzen, und nicht weit davon entfernt türmten sich kreuz und quer Umzugskisten mit Betonklötzen und Müllcontainern, und dann tauchte Can auf, der durch den Teutoburger Wald joggte und sich an eine Langbeinige ranmachte, ihr unter Eichenbäumen den Hof machte und sie zum Spaghetti-Essen einlud, und dann schlenderten sie ausgelassen durch den Bürgerpark und fütterten mit den Resten eines Sesamkringels einen schlecht gelaunten Enterich, und dann vögelten sie in einem bombastisch zurechtgemachten Futonbett, und ich hörte ihr Gestöhne und Geschreie, und sie keuchten und verschmolzen mit dem Morgengesang der trällernden Vögel des Belgrader Waldes, und ich lachte dabei mehrmals auf, und als ich nicht mehr lachen wollte, drängelte sich die Sonne durch die faden Wolken, platzte in schmalen Lichtstreifen hervor und bot mir immer mehr Bilder, die ich nicht sehen wollte. Ich wollte nur noch schlafen und ging ins Schlafzimmer. Dort zog ich die Vorhänge zu, legte mich ins Bett und schlief ein. Bis zum Mittag schlief ich tief und fest. Dann riß mich das wiederholte Rufen eines Gaskartuschenverkäufers aus den Träumen, und ich drehte mich hin und her, deckte mich richtig zu und hoffte auf ein Nachspiel an Schlaf. Dann ging ich ins Bad, putzte mir die Zähne, kühlte mein Gesicht, taperte in die Küche, trank Wasser und legte mich wieder für eine Weile hin. Ich nickte ein, träumte komische Träume und konnte mich später nur noch an Szenen erinnern, wie Riesendisketten wie bei Dalis Uhren dahinschmolzen. Sie waren mit Eheringen und Tannenzapfen verziert, die mit den riesigen Disketten verschmolzen und einen glutheißen Goldhaufen bildeten.

Irgendwann stand ich auf, ließ die Vorhänge zugezogen und lugte lange durch einen freien Spalt, der mich nervös machte, da sich dahinter ein klarer Himmel mit lustigen Farbtupfern auf den Baumkronen des Belgrader Waldes versteckte. Alles, was ich ohne Brille sah, waren lindgrüne Kleckse einer verschwommenen Landschaft. Und das Schlafzimmer grinste mich in seiner Unordnung an. Die Bettlaken waren klitschnaß. Kleider lagen lieblos auf dem Boden. Hosen krochen aus dem Kleiderschrank. In der Kommode fand ich keine Slips. Auf den Kleiderbügeln hingen Blusen, die mir alle nicht gefielen. Es waren neue Blusen, aber es erschien mir so, als warteten sie seit Jahren darauf, ausrangiert zu werden. Ich stand vor dem Kleiderschrank und wußte nicht, was ich anziehen sollte. Ich lief ins Bad und kühlte mir das Gesicht. Das Spiegelbild zeigte ein fahles Gesicht mit eingefallenen Wangen. Ich nahm das Reinigungswasser, tupfte den Stadtdreck weg, drückte Mitesser aus, und wie ich nahezu besessen kleine schwarze Punkte zum Platzen brachte, stolzierte die Ehefrau des Mercedes-Vorsitzenden über die Spiegeloberfläche, die ich Tage zuvor auf einem Polterabend kennengelernt hatte. Diese strahlende Gattin, die aufs Herzlichste in Blau gekleidet war und mit ihren hochtoupierten Haaren das kunterbunte Publikum angezogen hatte, wollte mich an dem Abend mit dem Kompliment beglücken, so frisch und nordisch wie junge Schwedinnen auszusehen, in etwa so auszusehen, als käme ich direkt aus dem Kühlschrank. Ich wußte nicht, wie sie es gemeint hatte, aber mit ihrem kirschroten Mund, ihren zitronengelben Haaren und ihrem grünen Krempelhut hatte sie etwas von einer blankgescheuerten Verkehrsampel. Mit ihrem breiten Lachen und ihrer grenzenlosen Überschwenglichkeit vor Augen, beschäftigte mich ihr Kompliment vor dem Badezimmerspiegel. Vielleicht meinte sie die rosigen Wangen oder den hellen Teint. Was auch immer, mir gefiel ihr Kühlschrank-Kompliment, und ich nahm es mit in die Küche, machte mir einen starken Kaffee und betrachtete die Gladiolen, die in voller Blütenpracht gegen das Weiß der Wände strahlten. Deniz hatte sie mir mit einem Kuß auf die Wangen geschenkt.

An dem Nachmittag trauerte ich um Deniz, der längst an der Ägäis angekommen war. Unmittelbar darauf sagte ich Can Adieu. Ich ließ ihn und sein Gevögele mit einem Plumps in einen tiefen Brunnen fallen. Dann krempelte ich die Ärmel hoch und sagte Europa Adieu. Dann kamen alle Kisten aus der Abstellkammer zum Vorschein, und ich hielt mich daran fest, Asien zu begrüßen. Dort wollte ich nicht mehr der Trunksucht und dem Trübsinn verfallen. So war es. Die Vögel trällerten. Der Belgrader Wald summte. Mein Kopf glühte, und die Lawine an Fragen, die mich lange bedrängt hatte, war mit einem Mal wie plattgewalzt. Ich hatte mich gefangen, und selbst wenn mir der Bosporus keine Balken bieten konnte, sagte ich mir: 'Boş ver!' ('Nimms nicht so tragisch!'). Ich begann mit dem Packen und arbeitete mich mit Jazzgrößen vorwärts, und es war gut so, wie die Klänge in unverschämt hohen Dezibeln durch die Wohnung dröhnten. Vielleicht hatte alles weniger mit einer Befreiung zu tun. Befreiungen sind ohnehin Trugschlüsse. Sie gehören zu den größten Illusionen aller Zeiten. Sie gehören zu diesen zehn Begriffen, die ich nur selten in den Mund nehme.

Ich packte Kisten und Kartons, räumte und rödelte herum, baute das Bett und die Regale ab, telefonierte und ordnete Akten. Ich hatte mich entschieden, mich von Kleidern und Blusen zu trennen, die doch nur sinnlos auf Bügeln zustaubten. Ich faltete sie zusammen, legte sie in einen Kleidersack und gab sie den Putzfrauen des Wohnblocks. Ich kramte in Kisten und sortierte Dokumente und Unterlagen. Ich verpackte das weiße Hochzeitsporzellan, Cognacgläser und jede Menge Trinkgläser. Ich baute am späten Abend die Musikanlage ab, hievte alle Teile in Kartons, machte mich an Büchern, Blumen und Bildern zu schaffen, und als ich gegen Mitternacht völlig geschafft war, stand ich vor den Salonfenstern und sah ein funkelndes Lichterspiel. Die Wohnhäuser stachen in den Himmel. Alles tanzte vor meinen Augen. Unter dem Sternenhimmel flimmerten die Häuser wie riesige Zementblöcke, wie waagerecht stehende Betonballen. Ich wusch mich, ging ins Bett, schlief wie ein Brett und stand am nächsten Morgen in aller Herrgottsfrühe auf. Ich unterrichtete sechs Stunden, nahm an einer zähen Abteilungssitzung teil, ging am frühen Abend mit Merve, Filiz, Sema und Atilla essen und erreichte erst am späten Abend mein Cité. Nach Mitternacht schloß ich die Tür auf und hörte aus Nuniks Wohnung eine unbekannte Frauenstimme. Nur kurz fragte ich mich, wem sie gehören könne, blieb einen Moment im Türrahmen stehen und verschwendete keinen weiteren Gedanken daran. Doch dann, als ich hellwach im Bett lag und den Zeilen des Schmökers nicht folgen konnte, wälzte ich mich lange hin und her. Und irgendwann, irgendwann, als es dann gegen die Scheiben prasselte und alles andere verstummte, verschwammen alle Bilder vor meinen Augen.

Im roten Turm

Am 17. Mai 1997, an einem sonnigen Samstag, vergingen die Stunden wie im Fluge. Der Umzug von Europa nach Asien ging rasend schnell über die Bühne. Pünktlich wie die Eisenbahn standen die Möbelpacker um neun Uhr auf der Matte. Sie trafen mich in meiner morgendlichen Schaffensphase an. Ich ließ sie fuhrwerken und kümmerte mich um meinen Kram. Als ich mich dann irgendwann für eine kurze Verschnaufpause auf die Büffelledercouch pflanzte, hörte ich, wie einer der drei Herren dabei war, die Waschmaschine auf den Rücken zu hieven. Ich ging in den Korridor und schaute mir das Schauspiel an. Mit der Waschmaschine auf dem Rücken gab mir der schmächtige Träger die Vorlage, mir meine Mutter im hochschwangeren Zustand vorzustellen, sie mit zwei Kleinkindern um sich herum, einem Säugling auf dem Arm, einem Fötus im Bauch und einer riesigen Einkaufstasche in der Hand die Haustürstufen hochsteigen zu sehen. Das Bild vermittelte den Eindruck, ihre Mühsal als tausend Mal schlimmer zu begreifen, als die Last des Waschmaschinenträgers, der Hunderte von Stufen zu bewältigen hatte, der trotz allem die Ruhe in Person zu sein schien und sich Zentimeter für Zentimeter vorwärts tastete, ab und an eine Pause einlegte, eine Zigarette rauchte und sich wieder an die Arbeit machte. Das war sein Job und der Job der anderen, die rauf und runter rannten und pausenlos rauchten, und ich schaute ihnen bei allen

Auflösungen zu, sah auf nackte Böden und Platten, machte Tee und bot Blätterteigpastete an, die ich am Vorabend gekauft hatte.

Sieben Umzugskisten, ein Kleiderschrank, ein Regal, ein leerer Vogelkäfig, der Arçelik-Kühlschrank und der Grundig-Fernseher, einige Kisten mit Porzellan, Gläsern und Besteck, jede Menge Musikkassetten, gerahmte Bilder und eine Ski-Ausrüstung blieben in der Wohnung. Alles gehörte Can. Er hatte seinem Cousin Ozan den Auftrag gegeben, die Sachen abzuholen, damit sie in seinem Keller in Bakırköy, einem Stadtviertel Istanbuls, für wie lange auch immer zwischengelagert werden konnten.

Gegen Mittag waren die Packer mit mir in Moda angelangt. Sie trugen die Möbelstücke und Umzugskisten mit den vielen Grünpflanzen auf den schmalen Bürgersteig und schleppten die Dinge in die zweite und dritte Etage des karminroten Hauses der Straße.

Endlich war es soweit. Ich wohnte in Asien, in Moda, im roten Turm und nur einen Katzensprung vom Bosporus entfernt. Ich war angekommen, war von Holzhäusern aus osmanischen Zeiten umgeben. Ich schaute auf einen griechischen Grundschulhof, auf Kastanienbäume und weiße Häuserreihen mit netten Blumenfenstern.

Noch im April hatte ich mich nach einem langen Arbeitsstag mit der Hilfe eines jungen Maklers in den roten Turm verliebt. Hinter seinem Namen verbarg sich eine helle Wohnung über zwei Etagen, die neben einem großräumigen Salon mit kleinem Erker, einer Küche mit Kirschholzschränken, einem Büro mit Blick auf die griechische Grundschule auch noch eine kleine Terrasse, eine Gästetoilette, ein schönes Bad, ein Treppenhaus aus Pinienholz und einen schneeweißen Marmorboden im Korridor, im Bad und in der Küche zu bieten hatte. Allein das Treppenhaus war ein einziger Resonanzkörper. Ich freute mich schon auf die Barockklänge, die sich darin wiederfinden würden. Alles in allem hatten Architekt und Vermieter einen außerordentlichen Geschmack für das Exquisite bewiesen.

Am frühen Nachmittag waren die Möbelpacker verschwunden. Ich hatte ihnen ein ordentliches Honorar in die Hand gedrückt, mich bedankt und verabschiedet, die Wohnungstür mit dem dunkelroten Knauf zugedrückt und mich im Salon auf den königsblauen Teppich gelegt. Für eine kleine Ewigkeit verschwand ich zwischen Kartons, Blumen und Brettern und hatte den Wunsch nach einer Zigarette. Ich tröstete mich mit der Gastfreundschaftlichkeit der Büffelledercouch. Dort stellte ich fest, daß ich den neunten Umzug meines Lebens hinter mich gebracht hatte, doch zum ersten Mal in meinem Leben wohnte ich allein, allein in einer wunderschönen Wohnung mit Stuckdecken, hölzernen Fensterrahmen, Marmorfliesen und Parkettboden.

Seit der Schwertfischkatastrophe und ihrer auferlegten Sanktion des bedingungslosen Schweigens hatte ich im Oyak-Wohnviertel weder richtig Luft holen noch ausatmen können. Seit Cans Weggang konnte ich zwar wieder arbeiten, aber Nunik saß mir dort lange im Nacken. Sie schaute oder grinste über meine Schulter, und selbst wenn ich mich noch so sehr bemühte, konnte ich sie nicht abschütteln, konnte nichts zuwege bringen. Ich war blockiert gewesen, sah ihre Augen, ihren traurigen Mund und in Gedanken ihre Finger über die Saiten tanzen. Doch nie hatte ich sie im Februar, im März, im April oder Mai auf dem Flur oder im Fahrstuhl getroffen. Nur ihre schemenhafte Gestalt spukte über den Flur und verschwand durch einen Saum der Nachmittagsstille. Dort ließ sie mich in einem Meer von Fragen allein. Zuweilen begegnete ich dort ihrem Schatten, und dann wünschte ich mir, daß ein Wunder geschehe. Doch dieser Wunsch rutschte in eine Gletscherspalte an Fragen und Zweifeln und ließ mich im Stich. Ich zog aus und sagte ihrem Geist Lebewohl.

Im roten Turm atmete ich tief durch. Ein Reich stand mir plötzlich zur Verfügung. In meinen studentischen Zeiten mußte ich mich stets mit dem kleinsten Zimmer meiner Wohngemeinschaften begnügen. Auf zwölf Quadratmeter gequetscht schlief, arbeitete und wohnte ich und bekam bei verschlossenen Türen klaustrophobische Anfälle. So floh ich oftmals in die Küche und klönte dort herum. Und mit einem Mal standen mir hundert Quadratmeter zur Verfügung. Hundert Quadratmeter für eine fast Dreißigjährige im Istanbuler Wohnviertel Moda. Hundert Quadratmeter für einen Zwilling, der an einem sonnigen Samstagmittag Europa den Rücken kehrte, da Asien mit ihm liebäugelte. Ich lag auf der Büffelledercouch und dachte an die griechischen, italienischen, jugoslawischen, portugiesischen, spanischen, tunesischen und türkischen Gastarbeiter, die in den 60er Jahren nach Deutschland kamen und wie Ölsardinen in maroden Schlafsaalstuben schnarchten, um sich dort den wohlverdienten Schlaf zu holen, den sie für acht, zehn oder zwölf Arbeitsstunden bei Volkswagen, Krupp oder Thyssen bitter nötig hatten. Ich dachte an die Gastarbeiterinnen aus den Mittelmeerländern mit ihrem Arbeitsleben im Wirtschaftswunderland und ihrem Familienleben im Heimatland. Die 60er Jahre schrumpften auf enge Frauenwohnheime, kurze Feierabende und heimatliche Gerüche und Geräusche zusammen. Auf meiner Büffelledercouch stapelten sich die

Paletten der Vollbeschäftigungsfabriken in pyramidenhohen Türmen übereinander. Es wurde malocht, bis das Kreuz schmerzte, die Lungen schwarz waren und die Nerven bloß lagen. Unzählige flinke Arbeitshände glitten über Fließbänder von Audi, Bayer und Telefunken. Dann flogen Flugzeuge in den Süden. Frauen und Männer waren auf Heimaturlaub an der Adria oder an der Ägäis und warfen dort vor Wiedersehensfreude ihre Kinder in die Luft und saßen mit der Familie um den großzügig gedeckten Tisch und feierten, lachten, spielten, tanzten und erzählten sich Anekdoten, und ich löste mich in ihrer gemütlichen Runde wie eine Fabelfigur aus einer anderen Zeit auf. Wie ein Mädchen mit ihren geflochtenen Sonntagszöpfen und weißen Kniestrümpfen drehte ich mich wie ein Kreisel um die geblümten Tischtücher und Beistelltische und verschwand in den Liedern und Chören der ausgelassenen Sonntagsgesellschaft.

Ich war in Asien und schaute auf Holzfenster und Bretter und Übertöpfe und fühlte mich wie eine Sultanin auf einem Berg mit Silbertalern. Es gefiel mir, wie ich in Kisten und Kartons schwamm. Alles wartete darauf, irgendwohin gestellt zu werden. Ich packte aus, rödelte herum, griff nach Tapedeck, Tuner, CD-Player und Verstärker und stellte sie wie Bauklötze übereinander. Dann suchte ich Johann Sebastian Bach. Nur ihn und seine Klavierkonzerte in d-Moll, E-Dur, D-Dur, A-Dur, f- und g-Moll wollte ich hören. Sie tönten in den jungfräulichen Stunden durch den roten Turm. Später stimmten Mahler und Schönberg mit ein. Noch später gesellten sich Beethoven und Busoni dazu. Ja, die Musiker vergangener Jahrhunderte waren meine ersten Besucher. So verging der Umzugstag. Bach, der Geniale, der Innige, der Protestant, stürmte mit seinen Konzerten, Kantaten und Passionen durch alle Zimmer, bekleidete die Wände mit seinen virtuosen Barockklängen und christlichen Botschaften, und mir war so, als reichte er mir die halbe Welt. Ich räumte herum, richtete hier und da eine Ecke ein, stellte alles wieder um, baute die Regale zusammen, füllte sie mit Büchern, stellte die Blumen vor Glastüren und Fenster, stellte das Bett auf, schuftete, malochte und stöhnte, und immer wieder wog Bach mit seinen durchgeistigten Klängen durch alle Räume.

Gegen Mitternacht stank ich nach Staub und Schweiß. Doch ich war so stolz auf meine Taten. Wieder pflanzte ich mich auf den königsblauen Teppich und lobte den Tag. Dann torkelte ich ins Bad, zog mir mein T-Shirt aus und sah im Spiegel, wie alle Rippen gegen die Haut drückten. Ich war flachbrüstig wie nie zuvor. Ich huschte unter die Dusche, ließ den lauwarmen Wasserstrahl über den Rücken gleiten und seufzte vor Freude den Brausekopf an. Für eine Viertelstunde plätscherte das Wasser gegen die Kacheln, und als ich dann in den Morgenmantel hüpfte und wie neugeboren auf der Couch lag, flimmerte es vor meinen Augen. Deniz tauchte auf. Dann erschien mir Nunik. Dann Can. Dann senkten sich die Lider und Mara, ja, meine Mara, die durch die uferlose Weite der Berge, Lüfte und Meere geisterte, erschien mir. Alles verschwamm vor meinen Augen und verschmolz miteinander. Nur schemenhafte Figuren trugen mich irgendwohin. Ich sackte auf der Couch zusammen. Der Bademantel fiel von mir. So lag ich auf der Büffelledercouch und überließ mein Ich den Tiefen des unbeirrbaren Unterbewußtseins. Dort war Mara und schlief in der unendlichen Unendlichkeit. Sie träumte ihre tausend Träume und zog mich zu sich. Bilder überschwemmten mich wie Wolkenbrüche und nahmen mich gefangen:

Mara trug ein blaues Kleid mit einem dunkelblauen Tuch, das in ihr kastanienbraunes Haar gebunden war. Wir liefen wie ausgelassene Mädchen über einen Weg. Wir hatten uns eingehakt und lachten. Wir gingen sehr zärtlich miteinander um. Plötzlich schwärmte Mara von der Stanforder Universität. Während sie vor sich hinschwärmte, tauchte auf der rechten Seite des Weges ein langer Grünstreifen auf. Ein Zelt stand dort herum. Mara sprach über Stanford, und ich sah die Gestalt ihres Vater auf dem Grünstreifen. Er lugte mit seinem dicken Hals zu uns herüber. Ich sah seinen aufgedunsenen Kopf größer werden. Er rief uns etwas zu. Er grunzte und raunzte etwas daher. Ich ärgerte mich über ihn, nahm Mara und beschleunigte das Tempo. Dann tauchte Maras Mutter auf, die mit ihrem Mann über den Streifen lief und immer wieder zu uns hinüberschaute. Sie beobachtete uns, lästerte über uns. Dann kam er herangeeilt, riß mir Mara weg und vergewaltigte sie auf dem Grünstreifen. Ich schrie und schlug wild umher. Maras Gesicht erstarrte. Der pumpende Körper ihres Vaters arbeitete auf ihr. Dann sackte er zur Seite, und sie starb. Ich konnte ihr nicht helfen. Ich verzweifelte. Dann fing mich Maras Mutter mit einem Schulterschwung ein. Sie wollte mir eine heiße Flüssigkeit ins Gesicht schütten. Wie eine übergroße Patronin stand sie vor mir. Ich sah sie angewidert an und wehrte mich, als ich in die Blechschüssel sah, die sie in der Hand hielt. Sie rührte darin herum, schaute mich mit ihren dunklen Schatten unter den Augen an und lachte höhnisch. Ich sah einen milchigen Brei vor mir. Sie lachte und lachte und ging drei Schritte auf mich zu. Sie deutete an, mir die dampfende Brühe über den Kopf zu schütten. Da erwachte ich.

Es war nach Mitternacht. Der Traum rauschte mir während des Zähneputzens wie ein im Wasser ertrinkendes Mädchen über den Badezimmerspiegel. Ich hörte Maras Stimme, die mir sagte, daß alles mit der Farbe Schwarz endet. Ihr Vater hatte sie gezeugt, und mit ihrem heranreifenden Körper hatte er sie getötet. Ich schüttete mir Wasser ins Gesicht und spülte die Kälte weg, die wie Eiszapfen mein Gesicht zerkratzte. Es waren die Augen des Vaters, die mir nicht aus dem Kopf gingen. Sein pumpender Körper schwebte mit seiner ganzen Widerlichkeit durch das Badezimmer, das mir noch fremd war. Ja, mit dem Tag, an dem Mara beerdigt worden war, brannte sich der Ausdruck seiner Augen in irgendeinem Winkel meines Gehirns fest. Zu gern hätte ich ihm während der Trauerzeremonie ins Gesicht gespuckt. Noch viel lieber hätte ich etwas Kaltblütiges mit ihm angestellt. Doch mit einem Güllefaß an Blut hätte ich sie nicht zurückholen können. Ich hätte ihre Wunden nicht heilen, ihre Schmerzen nicht lindern können. Ich hätte mein Leben den Gefängnismauern gegeben. Man hätte mich verurteilt, obwohl er es war, der Mara getötet hatte. Welcher Weg wäre möglich gewesen, um die Wahrheit ans Tageslicht kommen lassen zu können, um Beweise vorzulegen, um ihn als Mörder, als pumpenden, vergewaltigenden Schlauch verurteilen zu können?

Mara war lange tot. Es gab keinen Weg sie zurückzuholen. Es war Mai. Er war ihr Monat, und er zog rasch vorüber. Auch meinen und Lauras Geburtstag übersah ich, obwohl er für uns eine runde Zahl ankündigte. Das, was mich in den späten Maitagen begeisterte, waren unbekannte Straßen, das Dekorieren meines Turmes und ein paar Photos, die ich im Viertel und am Bosporus schoß. Langsam lebte ich mich ein. Langsam wurden die Tage länger. Die Natur atmete auf. Die Blumen blühten. Die Kastanienbäume wechselten ihre Farben. Es wurde Juni, und er brachte leuchtend grüne Töne mit. Die Kater und Katzen spielten verrückt. Sie paarten sich wie ausgehungerte Monster. Einige Katzen kreischten oder fauchten ihre Geschlechtspartner hysterisch an. Andere stöhnten durch lautlose Nächte. Vor meinem Bürofenster schrien die griechischen Schulkinder um die Wette, und wenn ich von der Uni heimkehrte, waren alle uniformierten Mädels und Buben auf dem Schulhof versammelt und warteten auf ihren Nachmittagsunterricht. Abends spazierte ich am Bosporus entlang, sah sein metallisches Blau oder sein glitzernden Grün und hörte das ferne Tuckern einsamer Fischerboote. Kreisende Möwen waren am Himmel zu sehen. Dutzende von Liebespaaren schmiedeten in der Abendsonne endlose Pläne. In der Uni waren die Studenten zufrieden mit mir und ich mit ihnen. Ich gab meinen Unterricht, stöberte nachmittags über Basare und suchte dort nach Stoffen, Bettwäsche und dergleichen. Die Abende verbrachte ich für ein paar Stunden am Schreibtisch. Ja, oft blieb ich zu Hause. Nur manchmal ging ich aus. Gelegentlich lud ich Kolleginnen und Kollegen zum Abendessen ein oder ließ mich einladen, und dann standen schon die Abschlußprüfungen vor der Tür. Über Tage hinweg wurde getestet und korrigiert, wurden Ergebnisse verglichen, Noten ausgehandelt und verteilt, Listen ausgefüllt, Zahlen in den Computer eingegeben, Daten und Leistungskurven erstellt und über Themen für die mündliche Prüfung nachgedacht. Für zehn Tage war die gesamte Abteilung in heller, nervöser Aufruhr. Prüfungsstapel gingen verloren und fanden sich wieder. Mit Rotstift unterstrichene Texte wurden von rechts nach links weitergereicht und zweitgelesen. Irgendwann konnten alle Unterlagen abgeheftet werden. Es folgten mündliche Prüfungen, danach Tränen der Freude und kleinere oder größere Katastrophen bei durchgefallenen Studierenden. Es folgten Konferenzen, Fortbildungen und Verabschiedungen, und ich fühlte mich immer wohler in meiner heiteren Straße. Bisweilen besuchte ich Nachbarinnen, denen ich Baklava mitbrachte, und wir nahmen das sirupsüße Gebäck mit Tee zu uns und sprachen über Kindererziehung, Verhütung, soziale Probleme und mehr. In diesen Frauenrunden suchte ich immer wieder nach Worten und redete mal ein fließendes, mal ein abgehacktes Türkisch. In ihrer Mitte fühlte ich mich trotz meiner sprachlichen Barrieren unglaublich wohl. Immer war ich herzlich willkommen. Sie machten mir Komplimente, schmeichelten mir und wünschten mir beim Abschied alles Gute. In meinem Viertel ging ich die Straßen rauf und runter, photographierte osmanische Häuser, Sommervillen, Bosporusblicke und Menschen, die mir über den Weg liefen. Zuweilen verlief ich mich dabei und entdeckte interessante Winkel. Ich schoß weitere Photos und schickte Leyla eine Auslese an den Teutoburger Wald.

Es wurde Juli, und die Zeitungen und Fernsehkanäle gaben unruhige Bilder preis, klagten über unaufhörliche Krisen, notwendige Reformen und nicht heilen wollende Entzündungen. Ich schaute mir die Nachrichten an und ruhte dabei unter einer friedlichen Wolke. Ja, ein weißer Himmel wölbte sich über meinem Viertel und verschonte mich in den Sommertagen von allen Tücken des Lebens. Nichts schien mir im Wege zu stehen. Nichts konnte mich für eine gewisse Zeit aus der Ruhe bringen. Nunik hatte ich vergessen, und auch Can war von der Bildfläche verschwunden. So löste der August den Juli ab, und ich flog nach Deutschland, flog zunächst an den Rhein, um beim Arbeitgeber vorzusprechen. Daraufhin reiste ich mit der Bahn nach Münster, um Ludwig zu besuchen. Ich fuhr zu meiner Leyla und setzte mich wieder in einen Intercity, um mich in Berlin von Laura zu verabschieden, die bereits ihre Siebensachen gepackt hatte. Bangkok wartete auf sie.

Eroberungen

Ich blieb drei Wochen in Deutschland und hatte in der Zeit eine verheerende Sommerdepression, von der ich mich erst wieder erholte, als ich den Bosporus wiedersah. Zwar schienen greifbar nahe Sonnenstrahlen auf den Rhein, aber sie bewegten sich nicht. Sie kesselten mich nur ein und sorgten für schlierenartige Muster auf meiner Haut. Ja, in der Zeit hatte ich sonderbare Hautausschläge, und obwohl Leyla eine Handvoll homöopathische Mittel auftreiben konnte, sah ich wie ein bröckelnder Pustekuchen aus. Ich war dermaßen aufgequollen, daß ich mich schämte, auch nur einen Schritt nach draußen zu wagen. Meine Wangen waren puterrot. Mit der aufgepellten Gesichtshaut wollte ich nicht unter die Leute kommen, wollte auch nicht alte Gesichter in Cafés wiedersehen. Man hätte mir ja leicht unterstellen können, der Bosporus bekäme mir nicht. Außerdem wollte ich Can nicht über den Weg laufen.

Auch wenn mich nahezu alle freundlich aufnahmen, mir Mut zusprachen und Glück wünschten, konnte ich in dem Sommer mit Deutschland nicht warm werden. Immer wieder eckte ich irgendwo an, konnte eigene Gedanken nicht ausbreiten und auch nicht ausgelassen sein. Gelegentlich regte ich mich darüber auf, wenn irgendwelche Typen von ehemaligen Kommilitoninnen mit erhobenem Zeigefinger vor mir standen und mich wohl belehren oder ermahnen wollten. Sie fragten mich ketzerisch, warum ich in der Türkei lebe.

Ich weiß nicht, aber ich glaube nicht, daß ich es mir einbildete, daß ausgerechnet bei dieser einen Frage ihre Stimme mit einer starken Betonung den kurzen Weg der Ablehnung ging, und da ich einfach davon ausging, daß ich es mir nicht einbildete, stellte ich die Gegenfrage, ob sie schon einmal in der Türkei gewesen seien. Und es folgte ein unerschütterliches: „Nein! Da gehe ich nicht hin!“ Und es klang für mich so, als hielten sie es für bare Münze, daß ich aus freiem Willen die Hölle dem Paradies vorgezogen hatte.

Unweigerlich dachte ich während des Mensaessens darüber nach, welcher Mensch so selbstgerecht über alle Systeme eines Landes urteilen dürfe. Wenn er nie dort gewesen war, wenn er es nur vom Hörensagen oder aus den Medien kannte, wie konnte er sich dann das Recht herausnehmen, darüber neunmalklug zu urteilen, wenn er weder Land noch Leute, ganz zu Schweigen Sitten und Gepflogenheiten kennengelernt hatte. Es ging mir ja nicht um Urteile, die berechtigt sind. Es ging mir um 65 Millionen Menschen. Es ging mir um das betonte ‘in der Türkei’, da mir diese eine pauschalisierende Stilisierung einer Negativ-Identität gegen den Strich geht. So schufen ihre Kommentare ein unentwirrbares Geflecht an Schwarzweiß-Pinselstrichen, die das Bild eines unerwünschten Gemäldes entstehen ließen, das man sich nicht in die gute Stube hängen lassen wollte. Es hätte ja den Eindruck vermitteln können, Horden von anatolischen Hirten am Halse zu haben.

Drei Wochen nahm mich in Deutschland eine ungesunde Unruhe gefangen. Ich raste von Stadt zu Stadt, von Arztterminen zu Ämtern, erledigte Kinkerlitzchen und weiteren Krimskrams, ging mit dem schönen Ludwig durch die Münsteraner Büsche, mit Leyla durch ihren Obstgarten und nicht weiter und mit einer nach Bangkok aufbrechenden Laura um den Wannsee. Es war schön, sie alle wiedergesehen zu haben. Vor allem war es gesund, mich gegen ein Wiedersehen mit Can entschieden zu haben, der dem Hörensagen nach mit einer großen Blonden auf begrünten Anlagen Bielefelds gesichtet wurde. Und dann flog ich dem Bosporus direkt in die Arme. Er sah mich und kurbelte mit seinem magischen Blau meinen Kreislauf an.

In dem Sommer brachten meine Kolleginnen Sema und Filiz ihr erstes Kind zur Welt. Und mitten in den Hundstagen heiratete Merve ihren Verlobten Levent. Ja, kaum hatten sie das Ja-Wort ausgesprochen, reisten sie in den Süden, um am Mittelmeer ihre Flitterwochen zu genießen. In dem Sommer kehrte mein Kollege Jan nach fünfjähriger Lektorenarbeit nach Deutschland zurück. Er zog mit seiner Frau Helene an den Rhein, da er dort eine Anstellung als Lehrer in Aussicht hatte. Für ihn schickte uns der Rhein eine junge Philologin namens Ulla Kant, und mit ihr sandte uns der

Bonner Arbeitgeber einen neuen Projektleiter, der den alten Professor Dr. Herrlich nach neunjähriger Tätigkeit ablösen sollte. Der neue Projektleiter Dr. Armut, der eigentlich auf keine Hochschulerfahrung zurückblicken konnte, irritierte mit seinem Familiennamen nicht nur die Studierenden der Fachabteilung. Für das gesamte Kollegium verbarg sich hinter den fünf Buchstaben eine herausfordernde Persönlichkeit. Dr. Armut beunruhigte wegen seiner Größe und seines Habitus sowohl die türkischen als auch die deutschen Gemüter. Und die Studierenden zappelten nicht lange herum und wollten sich über seine Identität Gewißheit verschaffen. Und da die rheinischen Strömungen – und mit ihnen die wenigen Köpfe, die Dr. Armut auserkoren hatten – stumm blieben, witzelte ich schon im engsten Kreise meines Kollegiums herum und sprach von der ripuarischen Stille. Die Studierenden wiederum konnten bei ihren Recherchen niemanden zu Rate ziehen. Sie rätselten kurz herum, und es dauerte nicht lange, bis sie in Literaturverzeichnissen stöberten, im Internet surften und sich bis zur Industrie- und Handelskammer vorwärtstasteten, um dem Geheimnis auf die Schliche zu kommen. Doch hinter dem Unikum Dr. Armut blieb neben der deutschen Version ebenso die türkische Variante verborgen. Dr. Armut bedeutete für sie 'armut', und darunter verstanden sie das türkische Wort für die Birne, die sich stolz auf der Obstschale zwischen Bananen und Beeren, Pampelmusen und Pfirsichen behaupten darf. Hingegen verkörperte Dr. Armut mit seiner unerschöpflichen Kollektion an goldenen Manschettenknöpfen und seiner umfangreichen Garnitur an glänzenden Kugelschreibern alles andere als Armut. Hinter seinem Namen verbarg sich ein Charakter, der an Napoleon erinnert. So erregte sein Aussehen nicht nur bei feierlichen Anlässen Aufsehen. Er war klein und gedrungen und genauso unschön wie der französische Despot. Darüber hinaus war er alles andere als vornehm in seinen Manieren, so daß die Manschettenknöpfe eigentlich gar nicht zu ihm paßten. Und da in der Abteilung fast alle Männer von kleinem Wuchs waren – nicht nur meine türkischen, sondern auch die deutschen Kollegen –, rätselten die Studierenden mit Fug und Recht herum. War Dr. Armut nun Türke oder Deutscher? Schließlich machten sie sich einen Jux daraus, denn sie hatten es von Anfang an gewußt: Er war am Rhein Dr. Armut und am Bosporus Dr. Armut. Er kam und donnerte am ersten September 1997 die Akten von Prof. Dr. Herrlich irgendwohin und brachte innerhalb weniger Monate das ruhige Projektschiff mit einem napoleonischen Schlag zum Kentern, und obwohl Prof. Dr. Herrlich über viele Jahre hinweg mit aller Aufmerksamkeit und allem Einfühlungsvermögen gegenüber kulturellen Andersartigkeiten das Schiff auf der Oberfläche des Gewässers halten konnte, kenterte es mit einem Schlag aufgrund einer einzigen napoleonischen Böe. Die Ruhe im Kollegium war dahin. Mit ihr der kollegiale Frieden. Unmittelbar nach seinem Erscheinen lagen sämtliche Abkommen auf dem Grund des Bosporus, genauer gesagt zwischen der Meerenge Anadoluhisarı und Rumelihisarı.

Gewiß hatte in dem Spätsommer die asiatische Festung Anadoluhisarı allerhand zu tun, um ein Protokoll über die personellen Veränderungen in den Fachabteilungen zu schreiben. Selbst auf der europäischen Seite des Bosporus hatte die Festung Rumelihisarı mit ihren beiden Wachtürmen und Festungsmauern alle Hände voll zu tun, um dem neuen Projektleiter bei seinem Wiehern das Zaumzeug anzulegen. Er entpuppte sich als Herrscher, der kein Ruhmesblatt für die Abteilung werden konnte. Anadoluhisarı – ein äußerst historischer Ort – war plötzlich ein Terrain des Tumults und der Turbulenzen. Dabei glänzt diese eine schöne Meerenge mehr denn je mit ihren atemberaubenden Eroberungsgeschichten. Ach, es gäbe so Unsagbares zu berichten, was man im allgemeinen und im besonderen über Dr. Armut zu behaupten wagte. Man schüttelte nicht nur den Kopf, um sich über seine merkwürdigen Eigenarten und Besonderheiten zu wundern. Man blickte auf seine pausenlos tanzenden Manschettenknöpfe, die an der Spitze des Konferenztisches wie nervöse Sterne aufblitzten. Man fühlte so manchen bösen Wind, der Wirbelstürme verursachen könne. Die ganze Abteilung war über Wochen und Monate hinweg in heller Aufruhr. Man bemühte sich so sehr um den konstruktiven Dialog mit dem Rhein und erntete von den wenigen Köpfen, die Dr. Armut auf den Anadoluhisarı-Thron gesetzt hatten, böse bis bitterböse Unterstellungen. Während in den unruhigen Herbsttagen viel Wasser den Bosporus hinunterfloß, schüttelte man an seinen Ufern immerzu den Kopf. Man suchte nach Wegen und weiteren Worten, um aus dem despotischen Charakter, der sich in seiner Macht sonnte, schlau zu werden. So geisterte seit seiner Ankunft eine pechschwarze Wolke über diese eine historische Stelle der Meerenge, wobei ihre über Jahrhunderte zurückliegende Geschichte mit ihren Festungen tausend Mal spannender ist, als ein herrschender Despot, dem das Zeug fehlte, seine Ängste und Komplexe im Zaum zu halten.

Die Festung Anadoluhisarı ist der älteste Bau der Türken. Sie wurde an der engsten Stelle des Bosporus gebaut. Genau dort, wo das europäische Ufer etwa 750 Meter vom asiatischen entfernt liegt, ließ der Sultan Yıldırım Beyazıt in den Jahren 1390 bis 1391 und 1394 bis 1395 mit einer

Mannschaft von 3000 Handwerkern und Arbeitern innerhalb weniger Monate diese Festungspracht bauen, deren Mauern aus Ruinen und Steinen bis zu sieben Meter dick sind. Die Festung, die wie eh und je von einem idyllischen Landschaftsstreifen umgeben ist, diente damals der Vorbereitung der Belagerung und Eroberung Konstantinopels. Die Osmanen wachten mit Argusaugen über den Zugang zum Schwarzen Meer und konnten so alle herannahenden Schiffe erspähen und an der Weiterfahrt behindern. Und da Konstantinopel damals etwa 50.000 Einwohner zählte, die irgendwann nicht mehr die Kraft besaßen, die immer näher kommende osmanische Flut einzudämmen, da sich seinerzeit Konstantin XI. Palaiologes Dragases den italienischen Verbündeten herbeisehnte, jedoch außer einer genuesischen Hilfstruppe vergeblich auf eine überzeugende Verstärkung vom römischen Papst wartete, sorgte Jahrzehnte später Mehmet II. für die systematische Eroberung Konstantinopels. 80.000 Angreifer, von denen allein 12.000 Janitscharen waren, standen 50.000 Byzantinern gegenüber. Und dann, am 2. April 1453, veranlaßte Mehmet II. im Beisein seiner Janitscharen den Angriff auf Konstantinopel. Doch der Sturm mit den Kanonen seiner einflußreichen Kerngruppe war noch zu schwach, um die Macht an sich zu reißen. Flotten mußten her. Aber auch die kamen nicht sehr weit, da die Byzantiner das Goldene Horn mit eisernen Ketten zugeschnürt hatten. Mehmet der II. sann über den Landangriff nach und wollte von Konstantin XI. die Übergabe der Stadt. Doch die eisernen Lippen des Kaisers verstummten. Dann befahl der osmanische Sultan den Großangriff, und dann, am sonnigen 29. Mai 1453, ritt er im zarten Alter von 22 Jahren durch das Romanos-Tor und stürzte damit den letzten byzantinischen Kaiser. Und auch wenn das Byzantinische Reich unterging und aus der Hagia Sophia eine Ayasofia und aus dem Romanos-Tor ein Topkapı wurde, floß das Wasser wie eh und je durch die Meerenge der umkämpften Stadt. Und fortan wurde Mehmet II. mit dem Namen 'Fatih' – der Eroberer – gekrönt. Und mit jedem neuen Monat, mit jedem neuen Jahr schmückten neue Kuppeln, Spitzen und Türme den Bosporus. Rundherum entstand eine neue Welt. Aber noch vor der Eroberung Konstantinopels ließ Fatih Sultan Mehmet auf der anderen Seite des Bosporus das architektonische Pendant bauen – Rumelihisarı.

Beide Festungen symbolisieren für mich mehr als einen Stützpunkt frühosmanischer Zeiten. Beide Festungen sind voller Geschehnisse und Geheimnisse. Mit ihren Aufregungen und Unruhen zogen die Vögel in dem turbulenten Herbst 1997 in Schwärmen in den Süden. Ja, kaum hatte ich die Farben des Sommers kennengelernt, brachten die folgenden Monate eine Fuhre an Arbeit und einen Sturm an Anstrengungen mit. Und neben allen diesen Ereignissen hatte ich erneut in der Sprachabteilung zwanzig Schützlinge auf ein hohes Niveau der deutschen Sprache zu bringen. So war ich neben der deutschen Grammatik mit allen ihren Tücken ebenso mit unzähligen Prüfungen beschäftigt. Ferner schleifte ich die Wirtschaftsdeutschkenntnisse achtzig junger Geister in Anadoluhisarı. So verstrichen die Wochen. Ich atmete mit Seminaren, Prüfungen und Sprechstunden ein und wieder aus. Ihr Kommen und Gehen bestimmte mich von montags bis donnerstags. Von nichts und niemandem ließ ich mich ablenken, es sei denn, Dr. Armut brachte mich zur Weißglut und blockierte für Stunden mein Denken und Tun. Unermüdlich arbeitete ich mit meinen liebenswürdigen Geistern, die in sauerstoffarmen Räumen über das Pensum an Unterrichtsstoff klagten und daran glaubten, zu viele Hausaufgaben machen zu müssen. Mit preußischer Disziplin und unbekannten Energien zog ich ein knallhartes Programm durch und sah dabei die Oktobertage wie kahler werdende Bäume vorüberziehen, sah dunkle Schatten im Novemberwind und hörte dem nieseligen Dezemberregen zu. Das Jahr verging. Es hatte sich so mir nichts, dir nichts von mir verabschiedet. Im Nu war es wie eine Wasserflasche ausgelaufen. Es war wie ein Urlaubstag vergangen. Der Januar kam, und er belästigte mich mit seinem Frostmantel. Dann war schon Februar. Er öffnete den zugekleisterten Himmel und setzte zarte Zirruswolken an den Horizont.

In all den Monaten tröstete mich die Musik. Ich hörte Klassik und Jazzgrößen, manchmal Folkpop oder Instrumentalklänge aus osmanischen Zeiten. In stillen Abendstunden steckte ich meine Nase in Bücher oder ging ins Kino. Bisweilen verabredete ich mich mit Merve. Wir saßen in Cafés oder schlenderten am Bosporus entlang. Wir besuchten im späten Herbst die Prinzeninseln Burgaz und Heybeli, spazierten dort über menschenverlassene Wege, sahen schattige Wälder und rauhe Küstenlandschaften. Wir aßen Forelle, tranken Tee und tuckerten gegen Sonnenuntergang wieder ans Festland. Wenn mir abends danach war, schrieb ich ein paar Zeilen. Oft saß ich vor dem Computer. An Wochenenden, Nachmittagen und Abenden ließ er mich nur bei gelegentlichen Stromausfällen im Stich. Und wenn ich in Verschnaufpausen den Jugendlichen beim Fußball spielen zusah, freute ich mich über den Postboten, der mich ebenso wenig im Stich ließ und mir Briefe aus aller Herren Länder brachte.

So verging ein Spätsommer, ein Herbst und ein Winter in meinem Asien. Die Zeit verflog zwischen allen Türmen, Festungen, Brücken und Minaretten. Die Obstbäume verblühten, wurden immer kahler und zitterten schließlich in der Kälte der Nacht. Irgendwann hatte die Morgendämmerung sie wieder. Der Frühling ließ nicht lange auf sich warten. Der Januar verging. Der Februar kehrte ein, und als auch er abgelöst wurde, klopfte ein freundlicher März an die Tür. Und er war ganz anders als der März ein Jahr zuvor. Er war sehr charmant zu mir und zeigte mir seine junge Sonne, die mit ihren gelben Armen die Dächer der Stadt umarmte. Kleine grüne Triebe krochen aus Bäumen und Sträuchern und übersandten erfreuliche Nachrichten. Wieder fauchten die Katzen in schrillen Tönen in den Gärten der Nachbarschaft und paarten sich in tiefhallenden Chorälen oder stöhnenden Gesängen in der Stille der Nacht. Weder Regen noch kalter Wind belästigte mich in dem März. Nein, der Frühling lag in der Luft, und mit ihm wehte etwas Verheißungsvolles vom Schwarzen Meer bis in die heitere Straße. Die Zeit, sie war wie im Fluge vergangen. Und dann tanzte alles mit den Farben des Monats. Die Stadt lächelte mich an. Sie trauerte und weinte nicht. Sie war auch nicht böse auf mich. Nein, nichts fiel vom Himmel. Kein Regen und keine unheilschwangeren Botschaften. Die Stadt strahlte wie ein ausgelassenes Mädchen auf einer Schaukel, und dieses Mädchen schaukelte nach vorne und wieder zurück, schaukelte und überschlug sich fast vor Überschwang. Die Stadt war wie ein Bienennest, wie Schwärme hoffnungsvoller Vögel. In ihr tummelten sich ihre Millionen Menschen, und ich sah das lächelnde Mädchen im blumengemusterten Kleid schaukeln. Es jauchzte vor Freude. Mit ihm sah ich auf die Dächer der Stadt, die mit ihren schattigen Silhouetten miteinander zu schlafen schienen. Und immer wieder streichelte mich die Sonne mit ihrem blassen Gelb. Sie war so unglaublich freundlich zu mir. Sie hatte etwas von einer warmherzigen Oma, auf deren Schoß ich sitzen durfte. Sie zog mich mit ihren kräftigen Armen irgendwohin, und ich stellte mir auf den Straßen Kadıköys dieses Irgendwo vor, wollte darin verweilen, baden, aufgehen. Alles pulsierte und pochte mit dem Schaukeln des lächelnden Mädchens. Nur der Bosporus schlief den Schlaf der Gerechten. Oft lenkte er mich mit seiner göttlichen Gelassenheit ab. Erhaben ruhte er in seinem Blau und Grün und umarmte die Stadt und das Mädchen, das immer wilder in seinem Kleid über die Stadt zu fliegen schien. Das Kleid reichte mit seinen Spitzen und Schleifen bis in den Himmel und dann streichelten seine weißen Kniestrümpfe über den schlafenden Bosporus. Das Mädchen schaukelte vor meinen Fenstern über die Kastanienbäume und Grundschulkinder hinweg. Es schaukelte und träumte von fernen Burgen und Türmen, und während die noch in schwarzen Gewändern trauernden Bäume weinten, lächelte es mich immerzu an. Ich saß im roten Turm und taute auf. Ich schaukelte mit ihm über Zypressen, Plantanen, Pinien. Wir fegten über Rosen- und Tulpengärten und sahen den Horizont mal kleiner, mal größer werden. Ich badete mit ihm in den tausend Farben. Bisweilen schwammen und kraulten wir auch in Ausrufe- und Fragezeichen, und das Mädchen beugte sich dann vor und flüsterte mir etwas ins Ohr oder spielte mit meinen Haaren, und lange war mir so, als ob es Klänge gewesen wären, die mich wie Bänder im Wind irgendwohin trugen. Mit allen Farben und Schatten und Tönen lauschten wir den Klängen, die in das Blau des ruhenden Wassers fielen, die sich wie Lichtstreifen in dem Weiß des Tages auflösten. Immerzu lachte es und schaukelte um mich herum. Es sang in seinem hellen Kleid und mit den schimmernden Lichtkegeln und Klängen des Monats. Alles drehte sich immer schneller und schneller. Alles schien verrückt zu spielen. Alles schwirrte und flimmerte und trug mich auf eine blaßviolette Blumenwiese.

Dann kam der April, und die Schaukel wurde gestohlen. So kam das Mädchen nicht mehr vorbei. Statt dessen stand ihr böser Stiefbruder vor mir, der manchmal sehr stürmisch, manchmal sehr frech zu mir war. Er zeigte mir sein wechselhaftes Kleid. Weder mochte ich sein Gewand noch sein Grinsen. Ich wollte ihn nicht wahrhaben und wünschte mir das schaukelnde Mädchen mit dem Mai herbei, und als sich mir der Wonnemonat endlich anbot, verblühte er ebenso rasch wie er angeflogen kam. Es gab nur diesen einen langen Tag, an dem ich vor dem Spiegel stand und an Laura dachte, die mir so viele Karten aus ihrem hektischen Bangkok geschickt hatte. Sie schrieb von ihrer Stadt mit ihren Turbulenzen und Infarkten und schien sich noch nicht daran gewöhnt zu haben.

Es war Ende Mai. Laura hatte mir ein Geburtstagskärtchen geschickt. Es war ihr Tag. Es war unser Tag. Immer hatte es an unserem Geburtstag Sekt gegeben. Doch an dem Tag wünschte ich mir, mit ihr in einem See zu baden, auf Bäume zu klettern, Wälder zu durchkämmen und Lehmkuchen zu backen. Ich wollte mit ihr auf Kinderrädern durch die holländischen Büsche fahren, die in meiner Kindheit kein Ende zu haben schienen. Ich wünschte mir, den Tag mit ihr im Grünen zu verbringen. Doch keine Felder, keine Seen und Fichtenwälder wollten uns haben. Nur ein napoleonischer Chef begrüßte mich in aller Herrgottsfrühe mit einem falschen Grinsen. Ich arbeitete und kehrte übelgelaunt heim und fühlte mich trotz der Geburtstagspost nicht besser. Bis Mitternacht bereitete ich Seminare vor, und kaum lag ich unter den Daunenfedern, umzingelten mich sonderbare Gedanken, die irgendwann von meiner Periode gefangen genommen wurden. Scheußliche Blutstöße quälten mich. Irgendwann hatte ich den innigen Wunsch nach zarten Händen, die meine Schmerzen wegstreichen wollten. Diese eine Nacht mit ihrem verlorenen Geburtstag war sehr böse zu mir. Mit ihr schlichen sich häßliche Träume in mein Bett, die mich aufschrien ließen. Wie eine bleischwere Schleppe zogen sie über den Boden, und dann, wenige Tage nach meinem 31. Geburtstag, passierte es. Es geschah an einem wolkenlosen Nachmittag. An dem Tag schlug bei mir der Blitz ein. Der Juni hatte die ersten Waldbrände im Süden des Landes mitgebracht. Die Zeitungen schrieben erneut von einem Tohuwabohu. Die älteren Semester büffelten für ihre Abschlußprüfungen. Ich fuhr an dem sonnigen Tag nach Anadoluhisarı, um eine Handvoll Angelegenheiten zu erledigen. Mit meiner Post unter dem Arm schloß ich meine Bürotür auf, öffnete ein halbes Dutzend Briefe, korrigierte Abschlußprüfungen und telefonierte irgendwohin. Irgendwann war Mittag. Ich hatte Kaffeedurst und verspürte die Lust, in der Cafeteria den Leuten beim Plaudern zuzuhören. Ich suchte mein Portemonnaie, nahm die Schlüssel und wollte mich gerade auf den Weg machen, als es unverhofft klopfte. Wenige Sekunden später stand er, ausgerechnet er, mein hochgewachsener Student, in meinem Büro. Ich hörte ihn fragen, ob ich Zeit hätte. Als ich seine Frage mit einem freundlichen: „Tabii!“ („Selbstverständlich!“) beantwortete, setzte er sich auf den Stuhl, der neben meinem Bürotisch stand, nahm den Stapel an Unterlagen, der unter seinem Arm klemmte und erklärte mir sein Anliegen. Eine Weile redete er, und eine Weile hörte ich ihm zu. Dann hüpften wir von einem Thema zum anderen, sprachen über dies und das, sprangen herum, gingen schließlich wieder auf sein Anliegen zurück, scherzten und lachten und landeten irgendwann bei anderen Themen.

Es war schon Nachmittag, als wir dicht beieinander saßen und von einem Stakkato-Klopfen unterbrochen wurden. Eine Kollegin stand im Türrahmen, die mit einer telefondicken Akte unterm Arm um meine Unterstützung bat. Sie stand etwas entrüstet da und ertappte uns dabei, wie wir wie ausgelassene Kinder mit unseren Nasen über dem Tisch hingen und mit einem Siegeszug um den Mund zum Ausdruck brachten, unsere Aufgabe bravourös gelöst zu haben. Bei ihrem Anblick blitzte es für einen kurzen Moment in meinem Bauch auf. Ich fühlte dort einen heißen Stich.

Er ging durch und durch und verschwand irgendwo. Ich holte tief Luft, sammelte mich und versprach, bald zu kommen. Unmittelbar darauf warf ich noch einen kurzen Blick auf seine Unterlagen, und als er im Begriff war, seine Papiere zu ordnen, die Mappe zu nehmen und aufzustehen, bedankte er sich mit einem festen Handschlag, scherzte kurz über etwas, wartete, schlug die Augen auf und sah mich an, und mit seiner Hand, die in meiner lag, spürte ich die Wärme, die aus allen unseren Poren strömte. Ich hörte ihn atmen, und so, wie sich unsere Hände lösten, waren es Sekunden, die einem schweren Seufzer oder dem Schatten eines späten Kusses glichen.

An dem Tag legte er alles, was monatelang zwischen uns geknistert hatte, auf meinen Bürotisch. Er riß mir für Stunden die Luft aus den Lungen. Genau das hatte ich immer für möglich gehalten. Wir wollten uns plötzlich haben. War ich ihm monatelang aus dem Weg gegangen, so gab es an dem Junitag kein Zurück mehr. Alle Ausweichmöglichkeiten lösten sich in Luft auf. Meine Lungen hatten Feuer gefangen. Sie schlugen hohe Flammen. Aber ich wollte mich nicht daran verbrennen. Es war ein so unberechenbares Terrain. Sobald dieses kräftige Gelb mich auffressen würde, gab es kein Zurück mehr.

An dem Junitag, an dem eine hektische Stimmung die Atmosphäre in der Abteilung bestimmte, dauerte es eine halbe Stunde, bis ich mit der Kollegin alle Daten überprüft hatte, und nachdem mich der Projektleiter mit seinen endlosen Reden vollgestopft hatte, fuhr ich am späten Nachmittag mit dem Bus nach Kadıköy, steuerte dort auf den Migros-Supermarkt zu und legte zu viele Sachen in den Einkaufswagen. Als er dann überquoll, ging ich zur Kasse, wartete in der Schlange und hielt inne. Dann sprangen mir bunte Zigarettentürme ins Auge. Sie drehten sich in meinen Pupillen und ließen mich nicht mehr in Ruhe. Ich sehnte mich nach ein paar Zügen und konnte mich nicht mehr zurückhalten und fluchte leise vor mich hin. Dann nahm ich mir eine Schachtel heraus und legte sie zwischen den Rotkäppchenäpfeln aus Amasya und den prallen Auberginen und Tomaten aus irgendwelchen Zipfeln des Landes. Ich warf alles auf das Band und erwartete eine unbezahlbare Summe. Ich zahlte, ging mit hastigen Schritten nach Hause, schloß die Wohnungstür auf, knallte die Migros-Tüten auf den Boden, nahm den Aschenbecher aus dem Schrank, griff nach den Streichhölzern, rannte die Holztreppe hoch, machte im Büro den Computer an, klickte auf das Startmenü, gab mein Paßwort ein und schaute nach, ob Post gekommen war. Ich sagte mir, falls nichts in der

Mail-Box liegen sollte, wollte ich eine Zigarette rauchen. Falls doch, wollte ich die Schachtel mit einer stillen Genugtuung verschenken. Ich wartete, klickte auf den Kurierdienst und sah, daß sich nichts bewegte. Ich überflog die Meldung: „Sie haben keine neue Post!“ meldete mich ab, machte den Computer aus, nahm den Aschenbecher und die Schachtel, donnerte die Holztreppe herunter, stöhnte einmal auf, öffnete die Terrassentür, setzte mich auf meinen Quadratmeterbalkon, öffnete die blaue Schachtel, nahm eine Zigarette, zündete einen Streichholz an und inhalierte. Ich inhalierte einmal, zweimal, dreimal und eine blaue Wolke mit Kreisen und Kringeln löste sich langsam im Garten des Hinterhofes auf, und ich sah eine Katze durch Johannisbeersträucher schleichen. Ich hörte Kinder im Hof spielen, Wasser plätschern, einen Brotverkäufer rufen und einen Melonenverkäufer singen. Ich nahm das Klackern der Polsterei wahr, die Sessel mit neuen Stoffen bezog. Eine Taube gurrte im Garten, Wellensittiche und Spatzen kreuzten sich mit ihrem Geschnattere. Dann das Hupen eines Dampfers. Keine Böe wehte. In der schlafenden Stille verlor sich nur langsam der blaue Dunst in der sengenden Hitze des frühen Abends. Ich hockte auf dem Stuhl, die Beine ineinander verschränkt und zog an der Zigarette, zog so lange, bis der kurze schöne Rausch vorbei war, und wieder spürte ich einen Stich im Bauch. Ich zündete mir eine weitere Zigarette an und sah den kreischenden Kindern im Garten zu, die ihre Beinchen mit dem Wasserschlauch bespritzten. Sie quietschten um die Wette, freuten sich über das kühlende Wasserglück des windstillen Junitages. Von meinem schattigen Balkon aus konnte ich sie bei ihrer Planscherei im Auge behalten und auf ihre Ärmchen und Beinchen sehen, die noch ein wenig Babyspeck trugen. Sie plätscherten herum, spritzten das Wasser auf ihre Bäuche und Popos und schubsten sich gegenseitig vom Schlauch weg. Es beruhigte mich, sie bei mir zu haben. Sie verdrängten die bleierne Stille des Hinterhofes. Dann kam ein leichter Wind auf. Eine Böe verirrte sich und pustete die Zigarettenasche aus dem Aschenbecher. Lautlos tanzte sie über die blaue Tischdecke. Die Kinder lachten und quietschten, und ich schmunzelte und lächelte in mich hinein und dachte an seinen Augenaufschlag.

Liebeshungrig

Im Beisein der Kinderstimmen rauchte ich drei Zigaretten auf dem Quadratmeterbalkon. Danach verteufelte ich meine Schwäche, verfluchte meine Dummheit und vermachte die Camel-Packung meiner Nachbarin. Nicht das Nikotin konnte mich beruhigen. Nie hatte es mich beruhigen können. Yunus hatte mich verzaubert. Sein unwiderstehliches Lächeln und der Klang seines Namens reichte plötzlich aus, um mich ins Schwärmen zu bringen. Die Linien seines Körpers gingen mir plötzlich nicht mehr aus dem Kopf, und ich empfand es als königliches Vergnügen, ihn zu nehmen und zu küssen und unter schattigen Pinienbäumen zu verführen.

Er hatte mich über Monate hinweg immer wieder mal in der Sprechstunde besucht. Wir waren uns dutzende Male auf dem Campus oder in der Cafeteria begegnet. Mehrmals sogar im Bus. Doch bis zu diesem einen windstillen Junitag empfing mich der bernsteinfarbene Glanz seiner Augen immer nur wie durch ein blumengemustertes Seidentuch gesehen. Dann drehte sich der Wind, und das Seidentuch löste und trennte sich schließlich von mir. Es wehte mit einer Böe durch die Lüfte und verschwand hinter fernen Häuserdächern. Vielleicht glich der Glanz seiner Augen dem Summen einer Juninacht. Es machte mich verrückt. Es machte mich verrückter als verrückt, und ich wünschte mir, ihn in den Wellen einer Brandung zu nehmen und in malvenfarbene Betten zu tragen. Ich fühlte, daß ich ihn plötzlich begehrte, daß ich ihn haben wollte. Diesen einen zarten Trieb der wachsenden Lust wollte ich nicht eingehen sehen. Ich wollte Yunus nicht in die Verbannung schicken und genoß den Reichtum meiner Phantasie. Mit ihr kam die Sinnlichkeit zurück, die ich vor Urzeiten heruntergeschluckt haben mußte. Dieser längst verdrängte Strang nahm mich mit seinen wachsenden Bildern mehr und mehr in die grenzenlosen Gefilde der Phantasie. Ich sah uns von ungeahnten Lüsten umgeben die Kleider vom Leibe reißen, sah, wie wir uns vor meinem Bürotisch zwischen Papierbögen im taumelnden Liebeswahn begehrten. Betrunken vor Lust versprachen wir uns den Himmel auf Erden. Mit dem Schweiß auf unserer Haut, dem Spiel unserer Zungen, dem Rhythmus unserer Körper verloren wir uns im Takt einer göttlichen Auflösung.

Dabei war meine Gegenwart so entsetzlich nüchtern. Ich saß am Schreibtisch, trank einen Mokka, sah auf dem Grundschulhof den Jungs beim Fußball spielen zu und hörte Tauben gurren oder ein Auto hupen. Ich hatte die Fenster weit aufgerissen. Doch alle Brisen zogen sich wie beleidigte Gören zurück. Ich zog sinnlose Kreise durch die zimtbraune Mokkatasse und verfluchte alle Buchstaben, die über den Bildschirm flimmerten und längst in Vergessenheit geratene Erinnerungen heraufbeschwörten.

Da war dieser eine Frühlingstag. Es war im April 1997. Alles fing an dem Morgen vor dem Sekretariat an. Genau dort, wo sich immer die Traube von Studierenden gebildet hatte. Dort mußte Yunus auf mich gewartet haben. Urplötzlich kam er aus dem Nichts und stand mir gegenüber. Er fixierte mich und fragte, ob er mich sprechen könne, und ich schaute ihn verstohlen an und rauschte vorbei, und er folgte mir mit eiligen Schritten, und wohl versehentlich streifte auf dem Treppenflur seine Hand meine Schulter. Wenige Sekunden darauf berührte sie meinen Po. Nur kurz und zart. Und ich blieb stehen und fühlte seine Hand auf meinem Po. Und seine Finger spielten mit meinem Hosenbund, und ich konnte nicht weitergehen. Wir standen vor einer Traube von Studentinnen, die den Gang blokkierten, und Yunus tastete sich durch die Fasern meiner Leinenhose. Dann hatte mich die Realität wieder. Vor meinem Büro wartete die nächste Traube auf den Startschuß der Sprechstunde. Zwei Stunden vergingen. Dann war Nachmittag, und ich hatte endlich meine Ruhe. Dann klopfte es, und schon belagerten einige kluge Köpfe mein Büro. Yunus war dabei. Er setzte sich weit von mir weg. Ich musterte sie allesamt. Ein Student sprach von Krisen und Miseren. Immer wieder fielen Begriffe wie Curriculum, Hauptseminar, Notendurchschnitt und Übungen. Und immer wieder sauste dieser und jener Name mit rasender Geschwindigkeit über meinen Schreibtisch. Ich sagte nichts, hörte allen zu, hielt mich tunlichst zurück, schüttelte nur mit dem Kopf, und während ein Student redete und redete, erschien es mir so, als starrte Yunus immerzu auf mich, und es dauerte eine Weile, bis Mister X und Mister Y nicht mehr Gegenstand der Diskussion waren und aus dem Fenster flogen, da sich andere Fragen aufdrängten. Dann wollten alle gehen, und als sie verschwunden waren, rief ich Yunus zurück. Im Türrahmen blieb er stehen, und wie er mich dort etwas geistesabwesend anschaute, blieb dieses eine Gefühl zurück, das ich damals nicht näher beschreiben konnte.

Damals war ich mit anderen Dingen beschäftigt gewesen. Es war ein komischer April. Can war weg, Nunik war weg, Freundinnen gab es nur am Telefon, und die Arbeit und die Bürokratie schien mich zu erdrücken. Es war in der Zeit vor dem Wiedersehen mit Deniz. In der Zeit war Yunus mein Student gewesen.

Ich vergegenwärtigte mir seine Hand auf meinem Po und schmunzelte über diesen delikaten Moment. Ich malte mir aus, was alles hätte passieren können, wenn ich ihn damals schon gewollt hätte, wenn wir uns vor meinem Bürotisch vergessen hätten. Vielleicht hätten wir uns für Sekunden angeschwiegen und uns selbst wie stürmische Rennpferde übertroffen. Mit unserem glühenden Atem hätten wir die Welt hinuntergespült und wie Verdurstende im Sandsturm die Kleider von unseren Leibern gerissen. In wilden Rhythmen hätten wir uns geliebt, uns eine Stunde bis zur völligen Erschöpfung den Klang der Lust vorgespielt. Bei hohem Wellengang hätten wir unsere Sehnsucht durch das marode Kellergemäuer der Fachabteilung geschrien.

Ich schmunzelte. Auf der Bildschirmfläche zog der Bildschirmschoner skurrile Kreise von rechts nach links und wieder zurück. Ich schmunzelte und teilte dem Grundschulhof mein Verliebtsein mit. In Gedanken schrie ich es hinaus. Es brodelte in mir. Längst in Vergessenheit geratene Szenen kochten hoch. Zwischen den skurrilen Kreisen und allen Erinnerungen tauchte ein Sommertag auf, an dem ich in Gedanken versunken zur Bushaltestelle ging. Ein Wagen hielt plötzlich an. Zwei Damen lächelten mich an, und ein Herr saß auf der Hinterbank. Er schaute durch getönte Fensterscheiben und wartete wohl darauf, daß ich mit meiner Präsenz den Wagen ins Gleichgewicht brachte. Dann saß ich auch schon neben Yunus. So wurden wir für eine halbe Stunde Schenkel an Schenkel durch die frühlingshafte Gegend kutschiert, und das satte Grün der Bäume zwischen Anadoluhisari, und Kuzguncuk verschwamm dabei vor meinen Augen. Wir saßen wie ein Kalifen- und Komtessenpaar auf der Hinterbank eines Renaults, klebten aneinander und schauten doch in entgegengesetzte Richtungen. Aber für einige Sekunden lag sein Arm auf meinen Schultern, und es herrschte eine geradezu göttliche Stille, die mit dem Grün der Laubbäume einherging.

Es gab einen anderen Tag, einen Nachmittag im Juni 1997. Unsere Blicke trafen sich damals auf einem Symposium. Ein Marketing-Vertreter gab Anekdoten über Werner Siemens preis. Er fabulierte über Blondinen, die Siemens wohl zeitlebens vergöttert haben mußte. Er ließ sämtliche Geschichten vom Stapel, und das Publikum auf den hinteren Bänken wurde zusehends unruhiger. Schließlich zappelten sie nur noch hin und her. Ein Raunen und Zischeln ging durch den Saal der hundert Anwesenden, und während alle Augen auf den wortgewandten Vertreter gerichtet waren, sprach dieser über Blondinen, die für den Pionier der Technik die Inspiration seiner Schaffenskraft gewesen sein mußten. Als er dann in seinem superschicken Versace-Anzug gleich zweimal auf genüßliche Art und Weise ein herrisches und ein weiches Ä bei dem Wort Mätresse prononcierte, blühte seine Phantasie wohl so sehr, daß sich die Magnolienblüten vor den Fenstern der Abteilung wie durstige Hälse öffneten.

Ich schwärmte. Ich war verliebt. Mit der Sonne im Gesicht, dem Schatten im Nacken träumte ich durch die langen Tage und lauen Nächte. Ich sah Yunus, Yunus und Yunus. In meiner Straße folgten Sommermonate, in denen er mich wie ein undurchsichtiges Band begleitete. Alles war wie ein zartes Dahingleiten ins fiebernde Meer der Sinne und Sehnsüchte, und manchmal frage ich mich, warum ausgerechnet er? Vielleicht weil er vor Genialität nur so strotzte? Vielleicht weil ihm die Jugend so gut zu Gesicht stand oder weil er diese unwiderstehliche Mischung des Spröden und Geschmeidigen besaß? Ich konnte diese Frage nicht beantworten. Ich kann sie bis heute nicht beantworten.

Alles, was ich in dem Sommer fühlte, war die unsägliche Hitze in meinem Bauch. Ich war so furchtbar verknallt und konnte dieses Fieber kaum ertragen, konnte es aber auch nicht im Stich lassen. Mir blieben nur vereinzelte Worte. Mit ihnen und ihren Metaphern überlebte ich. So saß ich in einem Zehnstromland und schrieb für Yunus ein Blütenmeer an Wortketten. So schrumpfte ich auf Buchstaben zusammen, die Botschaften gestrandeter Sätze und Sentenzen übersandten. Binnen kürzester Zeit hatte ich Tausende von Versen parat. Doch meine unsägliche Sehnsucht verneinte mehr und mehr dieses lyrische Ich mit seinen immer schmaler werdenden Bildern und Chiasmen. Ich dichtete Trochäen, Jamben und Daktylen. Doch es half alles nichts. Auch in zwei-, vier- und sechsstrophigen Diwan-Zeilen konnte ich mich nicht wiederfinden. Über Wochen hinweg war ich einsam und betrunken und so verloren wie ein verwaistes Ich mit seinen Träumen und verrückt spielenden Hormonen. Ja, sie gingen alle mit mir durch. Sie tanzten, schwirrten und zappelten durch die Millionen Bahnen meines Körpers. So schrieb ich von Brisen und Schatten und Küssen und Jünglingen und verpackte das Yunus-Denkmal in ein knappes Anschreiben. Ich schickte es an ein Dutzend Verlage, und nach vielen Wochen oder gar Monaten sandten sie mir den Unglücksbrocken mit einem Bedauern zurück. Daraufhin kam mir die Idee, es mit einem Drama und mit Erzählungen zu versuchen. Ich schrieb und schrieb, und das Papier schuf eine unglückliche Liebesgeschichte, die ich 'Leyla und Mecnun' taufte. Tausende von Szenen belagerten meinen Kopf, klopften an und wollten freigelassen werden. Über Wochen hinweg verbarrikadierte ich mich im roten Turm und schrieb mir was auch immer von der Seele. Ich tauchte ab, und oftmals spürte ich mich dabei. Ich spürte mich, und dennoch schien alles längst noch nicht über den Graben zu sein. Ich schrieb von Süchten und Sehnsüchten, von Ängsten und Zweifeln, und während ich unter der Ägide der stupiden Tastatur Seiten über Seiten füllte, rannte die Welt ohne mich weiter. Nur Yunus drängelte sich wie ein ausgelassenes Kind immer wieder nach vorne und tanzte auf tausend Bühnen. Er vereinnahmte mich mit seinen Umdrehungen und Sprüngen und wurde zum Inbegriff einer stillen Krankheit. Ganz Anadoluhisarı und Merve, Sema und Zehra schienen um mich besorgt gewesen zu sein. Man bemühte sich, mich aufzuheitern, mich von dem sauren Apfel zu befreien. Und dann, im heißen August, hatte ich einfach keine Kraft mehr. Ich gab ihn auf. Ich mußte Yunus aufgeben und ihn in die Verbannung schicken, da ich einfach nicht mehr weiter wußte.

Anfang August flog ich zu meiner hochschwangeren Leyla. Ich wollte mich am Teutoburger Wald auf Existentielles konzentrieren und plante in ihrer Usambaraveilchenküche meine Zukunft. Viele Nachmittage verbrachte ich zwischen dem Violett ihrer Topfblumen. Dort feilte ich an Anschreiben herum, kochte Suppen, bereitete Salate vor und überlegte mir, welcher Institution ich welches Arbeitszeugnis mit welcher Referenz in die Bewerbungsmappe legen sollte. Ich schickte in Drei-Tages-Rhythmen Din-A 4 Umschläge in irgendeine Richtung Deutschlands oder gar in ferne Länder. So arrangierte ich in den Sommerwochen einiges. Ich ließ mich bei meiner Augenärztin blicken und zeigte mich auch bei meiner sympathischen Frauenärztin. Als ich auf ihrem gynäkologischen Stuhl saß, quatschte ich sie über meine Freuden und Leiden am Bosporus voll, und während sie sich zielsicher durch meinen Gebärmuttermund tastete und mit dem Ultraschallstab durch den Uterus fuhr, ließ ich sie immer tiefer und tiefer fahren und vertraute ihr an, unsterblich in einen 25 Jahre alten Studenten verliebt zu sein, der mir den nötigen Schlaf raubte, der zu allem Übel auch noch Yunus hieß, was ganz einfach mit diesen wunderschönen und bemerkenswert intelligenten Säugetieren in Verbindung gebracht werden muß, die sich in ihren Meeren über akustische Signale verständigen.

Nach dem Besuch bei Leyla fuhr ich mit dem Regionalzug nach Münster, um Ludwig zu besuchen. Danach fuhr ich mit dem Intercity an die Isar, und Berna zauberte für mich gefüllte Weinblätter mit Salaten und Auberginen mit geheimnisvollen Bäuchen. Sie verwöhnte mich an einem himmlischen Wochenende in ihrem grünen Nymphenburg mit Gaben und Geschenken, und als wir uns dann verabschiedeten, rannten heiße Tränen unsere Wangen herunter. Dann fuhr ich weiter zu Charlotte, die mich auf dem Römerberg erwartete, und nach einer kurzen Stippvisite durch die Bankenstadt mit ihrem kühlen Charme folgte ein sonniger Spaziergang an der Spree. Franziska empfing mich in ihrem schönen Haus in Schöneberg, und nachdem ich mich dort mit tausend Eindrücken vollgesogen hatte, ging es an den Bosporus zurück.

Anders als im Jahr zuvor verlebte ich den August 1998 wie im Rausch. Ich hatte unglaublich viel zu tun. Es gab eine Handvoll Erzählungen, die mich vereinnahmten, an denen ich herumfeilte, bis sich die Späne unter Leylas Küchentisch ansammelten und bunte Haufen bildeten. Es gab sieben Bewerbungen, die ich abschickte. So verbrachte ich Nachmittage vor dem Computer und gesellige Abende mit Leyla, Ludwig, Berna, Charlotte und Franziska in bequemen Couchgarnituren oder auf Terrassen, die sich an den blühenden Hyazinthen, Rosen und Tulpen erfreuten. Einen Monat war mir so, als habe sich Yunus in einem unscheinbaren Winkel meines Hirns vergraben können. Dort schlief er seinen eigenen Traum und tat mir damit einen großen Gefallen.

Am Bosporus folgten milde Septembertage. Das Wintersemester ließ nicht auf sich warten. Mein drittes Jahr machte mir die Tür auf, hingegen wehrte sich irgend etwas in mir, Yunus vergessen zu können. Manchmal loderte etwas auf und verursachte einen Brand in meinem Bauch. Dieses Feuer schlug mal tückische Flammenwellen, mal löschte es ein Nieselregen. Dann waren es wieder Rauchwolken, die gegen meinen Bauch drückten. Irgendein Feuer schwelte unter der Asche und gab mir keine Ruhe. So zehrte ich von meinen Reserven. Dann, nach der zweiten Semesterwoche, versagte plötzlich mein Körper. Es waren entsetzliche Bauchkrämpfe, die mich an einem Morgen dahintrieben, meine Kollegin Ulla Kant anzurufen, und eine halbe Stunde darauf lag ich schon im Amerikanischen Krankenhaus. Es folgte die Diagnose. Es hieß, mich mit Hepatits-A-Viren infiziert zu haben. Man verschrieb mir Medikamente, gab mir Empfehlungen, und ich ließ mich mißgelaunt in Ullas klapprigem Käfer nach Hause fahren.

Fünfzehn Tage mußte ich im Bett liegen bleiben. Ich aß so gut wie nichts. Selbst das sterile Wasser wollte nicht in mir bleiben. Ich nahm unsagbar viel ab und sah unter meinem aufgeplusterten Oberbett meinen

Körper dahinschwinden. Er glich mehr und mehr den Teppich- und Turnstangen aus den Gärten der Nachbarn meiner Eltern. Aus irgendwelchen Gründen dachte ich unter dem aufgeplusterten Bett sehr häufig über meine Kindheit nach, überdies gingen mir absurde Gedanken, ja, irgendwelche Hirngespinste durch den Kopf. Es gab Momente, in denen ich darüber nachdachte, wem ich meine Blumen, meine Bücher und die vielen Seiten, die ich über Jahre hinweg vollgeschrieben hatte, vermachen wollte? Dabei war ich alles andere als sterbenskrank. Alles, was mir fehlte, war der Wille, gesund zu werden, und wären meine besorgten Nachbarinnen nicht gewesen, die im Wechsel nach mir sahen, die mich pflegten und immerzu streichelten, ja, wären sie nicht gewesen, die mich mit der Morgensonne und dem Abendlicht besuchten und sehr behutsam und fürsorglich mit mir umgingen, wären sie nicht gewesen, die meine Haare streichelten und mir im Halbschlaf ins Ohr flüsterten, wie seidig sie doch seien, so seidig, daß sie in ihren Augen wie Weizen im Sonnenlicht glänzten, wären sie nicht gewesen, die mich beschützten und streichelten, hätten mich wohl alle Viren dahingerafft. Irgendwann hätte man mich dann halbtot auf dem Laken meines Bettes vorgefunden. Vielleicht waren es auch die hammerharten Medikamente gewesen, die neben der akuten Hepatitis die Yunus-Viren in mir abtöten konnten. Letztendlich waren alle wilden Phantasien und geheimen Wünsche Ende Oktober weggeblasen. Ich hatte sie wohl mit den leeren Medikamentenschachteln in die unterste Schublade meiner Kommode gepackt. So stand ich auf und setzte alle Kreisläufe fort. Zwanzig Schützlinge sperrten ihre Mäuler auf und wollten gefüttert werden. Ich stopfte sie mit Themen und Texten voll, bis sie im Oktoberlicht nur so platzten. Ich bot einen Unterricht, der alles übertreffen sollte, und in den Wochen gab es Augenblicke, in denen ich es fast schon wieder als lächerlich empfand, mich auf diese dumme Schwärmerei eingelassen zu haben. Ich hatte für Yunus Denkmäler geschaffen und Neologismen erfunden. Was hatte ich nicht alles getan, um in den sauren Apfel zu beißen? Wie weh tat es doch, mir eingestehen zu müssen, daß er mit einer Dilara glücklich war. Bisweilen beschäftigte mich im frühen Novemberlicht diese liebeskranke Episode. Im geläuterten Zustand konnte ich manchmal nur noch darüber lachen. Ich lag auf der Büffelledercouch und schüttelte immerzu den Kopf, und während ich über die Zeilen eines Romans tanzte und mich im Liebeshunger der Romanheldin wiederfand, verabschiedete ich mich von wehmütigen Erinnerungen, von latenten Aggressionen und am Ende auch von Yunus.

Scheiden tut weh

Kaum schien ich die Yunus-Krankheit auskuriert zu haben, folgten weitere Verabschiedungen. Eingeleitet wurde alles mit Can, der Anfang November im Briefformat in meinem Postkasten lag. Er schickte mir die besten Genesungswünsche und schien besorgt um mich gewesen zu sein. Zufällig hatte Leyla ihn in der Altstadt Bielefelds getroffen und von meinem Hepatitis-Delirium gesprochen.

Ich las seine krakeligen Sätze, schüttelte mit dem Kopf und wunderte mich nicht, daß er statt des Telefons den Brief als Alternative vorgezogen hatte. Als ich weiterlas, wurde allerdings deutlich, worauf er eigentlich hinauswollte. In verklausulierten Fragen verlangte er die Scheidung. Alles sollte so schnell wie möglich über die Bühne gebracht werden. Und weiter hieß es dann, daß er wieder heiraten wollte, daß er es mir längst mitgeteilt haben wollte und so weiter. Er schrieb von einer Sabine und glaubte wohl daran, mit ihr das große Glück auf Erden gefunden zu haben. Ich las seine unleserlichen Worte, die nach Verklärung oder nach Glück klangen. Jedenfalls kam mir alles, was ich aus seinem Brief herauslesen konnte, unbekannt vor. Zudem stand darin etwas geschrieben, was mich verletzte, und obwohl ich wußte, daß unsere Epoche längst der Geschichte aller gescheiterten Liebesdramen angehörte, weinte ich in der Küche für einen Augenblick.

Einen Tag darauf schrieb ich ihm einen Brief mit meinen Bedingungen, Forderungen und Glückwünschen. Im Nu war der Prozeß im Gange. Can glaubte wohl daran, seine süße Sabine bald schon ehelichen zu dürfen, denn im zweiten Novemberbrief erwähnte er die Beantragung des Ehefähigkeitszeugnisses. Ich fragte mich, warum er mir das mitteilte und ärgerte mich über die Namen Sabine Süßholz und Can Barlam. Es tat mir ungemein weh, das junge Paar vor dem Photographen posieren zu sehen. Es tat mir weh, eine völlig erschöpfte Mama mit einem schreienden Piepmatz und dem daneben postierten Papa im Bielefelder Standesamt zu sehen.

In den kurzen Novembertagen sinnierte ich herum und mokierte mich über alles und nichts. In frühen Morgenstunden diskutierte ich mit meinen Zöglingen in muffigen Seminarräumen über Themen der Zeit. An späten Nachmittagen flanierte ich durch graue Nebelschwaden am Bosporusufer entlang. Ich strotzte nur so vor Energie. Die hammerharten Medikamente mußten irgend etwas in mir auf Hochtouren gebracht haben, denn ich tat alles Mögliche, um mein Leben in den Griff zu bekommen. Ich war allein, ich war frei und machte Pläne. Ich dachte darüber nach, ob ich Laura in Bangkok besuchen sollte und telefonierte mit ihr, mit Franziska, Berna oder Leyla.

Ach, Leyla. Ich rief sie Mitte November an und gratulierte ihr zum Geburtstag. Wir quatschten unbeschwert daher, amüsierten uns über dies und das, und es wunderte mich nicht, als sie mit einem Mal innehielt, ganz kurz herumdruckste und ins Telefon hauchte, Cans Braut in einer Riesenlatzhose auf dem Bielefelder Markt gesehen zu haben. Ich hörte sie sagen, daß der Bauch der werdenden Mutter so kugelrund gewesen sei, daß Can eigentlich schon zu den jungen Vätern gehören müsse. Ein wenig durchzuckte es mich, als ich sie von diesem winzigen Wesen reden hörte. Es war komisch, mir Frau Barlam dabei vorzustellen, wie sie einen Skorpion gebärt, und obwohl ich Can längst nicht mehr liebte und nicht mehr als ein bitteres Lächeln für ihn übrig hatte, tat es ungemein weh, ihn als Vater durch die Gegend stolzieren zu sehen. Mir hatte er über Jahre hinweg gepredigt, bloß nicht schwanger werden zu dürfen. So fluchte ich ins Telefon und bat Leyla darum, über die Auskunft seine Telefonnummer in Erfahrung zu bringen. Nach eineinhalb Jahren Todesschweigen wollte ich ihn sprechen. Der Moment war gekommen, ihm etwas ins Ohr zu zwitschern. Lange waren wir uns aus dem Weg gegangen. Ich wollte nicht mehr länger fackeln, wollte ihn an der Strippe erwischen, und wie das Leben so spielt, war er tatsächlich gerade dabei, den werdenden Vater zu mimen, und da Can stets in unmöglichen und unnachahmlichen Gebärden zum Ausdruck gebracht hatte, kein Blut sehen zu können, wollte er sich auch dieses grandiose Naturphänomen entgehen lassen. Mein Gott, seine Sabine brachte an Leylas Geburtstag einen Sohn zur Welt, und unterdessen zappelte Can Zuhause herum, zappte womöglich durch die Fernsehwelt, und als ich dann seine Stimme hörte, hatte er wohl vermutet, die Stimme einer wohlgestimmten Krankenschwester zu erwarten, die ihm mit allen mütterlichen Rhetorikkünsten beistehen sollte. Hingegen mußte er sich mit mir zufrieden geben, und ich taute gar auf und versuchte es mit Glückwünschen, wünschte ihm alles Gute und uns eine schnelle Scheidung. Während meines Monologes gab ich mich so unsagbar souverän, wie ich es in unseren Ehejahren nie sein konnte, und prompt fragte er mich, ob es einen neuen Mann an meiner Seite gäbe, woraufhin ich nur schrill auflachen konnte und ihm kurz angebunden mitteilte, am Rande eines Nervenzusammenbruches zu stehen. Dann folgte ein langes Schweigen. Dann räusperte er sich, und ich war es, die unser Todesschweigen brach und der jungen Familie für ein weiteres Mal alles Gute wünschte, und Can hustete ins Telefon und spuckte ein kurzes, klares Danke aus, und ich sah sein Grinsen durch die Telefonschnur auf mich zukommen, sah sein komisches Lächeln, das er in unseren Jahren immer dann zur Schau gestellt hatte, wenn ihm partout nichts mehr einfiel und verabschiedete mich und ließ alle weiteren administrativen Angelegenheiten unserer vermurksten Ehesituation über meinen Anwalt Ertan Ertekin erledigen. Er war es, der sich unserer Scheidungsakte annahm. Er war es, der mich vor schäbigen Krampfadern, unnötigen Beamtengängen und horrenden Telefonrechnungen bewahrte, und ich bin ihm sehr dankbar dafür, denn er bewies neben seinen aufrechten Diensten ein äußerst bemerkenswertes Einfühlungsvermögen für so vertrackte Unannehmlichkeiten wie Scheidungen im binationalen Kontext, da es alles andere als ein Pappenstiel war, die Ehe einer Deutschen am Bosporus und eines Türken am Teutoburger Wald in beiden Ländern als etwas definitiv Abgeschlossenes zu betrachten. Vielleicht gehört diese Scheidungsakte mit ihren dämlichen hundert Papieren zu den aberwitzigsten Anekdoten meines Lebens. Ich werde mich hüten, sie zu erzählen. Nein, ich habe mich für das Schweigen entschieden, habe lange darüber nachgedacht, eine schmackhafte Glosse über unseren Scheidungsakt zu schreiben, mich dann aber für das Schweigen entschieden, da es zu viele Zungen gibt, die Gutes mit Bösem mischen und sich wie ausgehungerte Hyänen auf absurde Komödien mit ihren absurden Tragödien stürzen, und dann gibt es ja noch dieses nimmermüde Feuer mit seinen nimmersatten Verallgemeinerungen, die für wie lange auch immer bis in den Himmel reichen, und all das wäre doch nur ein weiterer Ozean an Wasser, den ich auf Mühlen schütten würde, so daß es sicherlich am besten ist, einfach nur den Mund zu halten, um die Angelegenheit mit sich selbst oder mit zwei, drei Freunden zu klären.

In den letzten beiden Monaten des Jahres lag Istanbul unter einem Kohlenhimmel. Die Stadt stöhnte mal lauter, mal leiser über die windigen Tage und kalten Nächte, und ich dachte über irgend etwas nach oder wob mir meine Gegenwart mit der Zukunft zurecht, und wenn ich nicht mit irgendwelchen verdrehten Fäden beschäftigt war, lag ich unter meiner Lavendeldecke, las auf der treuen Büffelledercouch oder feilte an Erzählungen herum, die mehr und mehr die Gestalt eines biographischen Fensters annahmen. In dieser lautlosen Zeit dachte ich ab und zu an Yunus, manchmal an Deniz, der mir hin und wieder ein Kärtchen mit Liebesgrüßen aus Moskau geschickt hatte. Gegen Weihnachten wollte er an die Ägäis zurückkehren, um sich auf ein Dutzend Baupläne zu stürzen. Ich stellte mir sein Lächeln vor, hielt seine Liebesgrüße in der Hand und fragte mein Spiegelbild, wer er war. Dann fragte ich es, warum bereits eineinhalb Jahre ins Land gegangen waren, ohne daß wir uns wiedergesehen hatten. Dann fragte ich es, warum wir nicht die Zeit fanden, uns an der Wolga, der Ägäis oder am Bosporus zu treffen. Warum beließen wir es bei wenigen Anrufen und netten Postkarten? Ich fragte mein Spiegelbild, ob wir ein Paar sein könnten, ob Deniz jemals mit einer Frau zusammen gewesen war? Alles, was mir von ihm blieb, waren minutenlange Gedankenspiele vor dem Flurspiegel.

Und dann schrieb mir Laura phantastische Kärtchen aus ihrem brodelnden Bangkok. Sie lud mich herzlich ein, und ich dachte ernsthaft darüber nach, sie zwischen den Jahren zu besuchen. Doch sie lief mir dort nicht weg. Ebenso lief mir die Türkei nicht weg, und dennoch gab es bestimmte Orte, die ich schleunigst kennenlernen wollte, da sie mir Can stets vorenthalten hatte. Alles, was er mir an Plätzen und Orten gezeigt hatte, lag an der Ägäis und am Mittelmeer. Mich hatten aber immer schon andere Gebiete in Anatolien gereizt. Vor allem das Schwarze Meer, die Ströme Mesopotamiens, der Ararat und der Van-See zogen mich magisch an. Und dann waren da die Städte Urfa und Diyarbakır. Ja, Diyarbakır, das historische Amida, ist seit Urzeiten ein äußerst anziehender Ort. Diyarbakır bedeutet Kupferland. Das Kupferland erstreckt sich auf einem Basaltplateau. Wegen seiner zentralen Lage am oberen Tigris war es für alle, die Handel betrieben, über Jahrhunderte hinweg ein sehr bedeutsamer Standort. Die Stadt ist von einer beeindruckenden, fast sechs Kilometer langen Mauer umgeben, die mit ihren Inschriften und Reliefs die unterschiedlichsten Epochen der Geschichte wiedergibt. Diese Basaltmauer hat fünf Tore und 16 Haupttürme, die aus dem regionalen Schwarzbasalt gebaut wurden. Größtenteils stammt sie noch aus der Römerzeit. Sie ist ein mustergültiges Beispiel bombastischer Verteidigungsarchitektur und wäre beinahe infolge eines starken Zustroms im Jahre 1931 geprengt worden, da man die Stadt vergrößern wollte. Sie muß den verantwortlichen Städteplanern wohl im Wege gestanden haben. Glücklicherweise dachte man damals an die Sprengkosten, die man sich einfach nicht hätte leisten konnte. Basalt, ein meist schwärzlicher Ergußstein mit säulenartigen Absonderungen, ist sehr hart. Man hätte viel Dynamit anschleppen müssen, um die Mauer sprengen zu können.

Auch der größte See des Landes, der Van-See, ist eine Reise wert. Die ostanatolische Stadt Van liegt nahe am Ufer des Sees und war Jahrhunderte lang armenisches Siedlungsgebiet. Um sie herum gibt es beeindrukkende Sehenswürdigkeiten aus allen Jahrhunderten der Geschichte. Van wurde gegen Ende des Ersten Weltkrieges von den Russen und Armeniern vollständig zerstört und mit der Gründung der Türkischen Republik im Jahre 1923 wieder aufgebaut. Die Altstadt liegt 2 km westlich von der heutigen Stadt entfernt. Ihre fast dreitausend Jahre alten Festungsmauern und Türme mit Keilschriftzeichen in assyrischer Sprache bezeugen den unschätzbaren Wert der größten Ruinenstätte Anatoliens, die mit dem Projekt 'Historischer Nationalpark, Zitadelle und Altstadt Van' von der UNESCO unterstützt wird.

Das Kupferland, der Van-See und das Schwarze Meer befanden sich in dem grauen Novembermonat auf meinem Wunschzettel. Doch eigentlich wollte ich über die Landesgrenzen hinaus und mir die Nachbarländer ansehen. Ich kannte nur Athen und Thessaloniki und wollte Aleppo, Beirut, Damaskus und ganz besonders Jerewan zu Fuß erobern. Ich träumte von moosgrünen Laubwäldern, wollte den Ararat aus einem ganz anderen Blickwinkel kennenlernen und stellte mir vor, am Sevan-See den grasenden Rinderherden und springenden Fröschen zuzuschauen oder die rostfarbenen Tuffsteinhäuser in der Altstadt zu bewundern. Gewiß war es ebenso eine Reise wert, die Jahrtausende alten Kirchen und Klöster in der Canyon-Schlucht zu bestaunen.

Lange, entsetzlich lange hatte ich keinen Urlaub mehr gemacht. Einen Urlaub mit allem Drum und Dran. Mit Wandern, Schwimmen und Faulenzen. Wie lange lag es zurück, in Hostels und Pensionen ausgiebig zu frühstücken, an einem ruhigen See bis in den Himmel zu träumen oder mit Backpackers bis in die Puppen zu klönen? Mein Australienaufenthalt lag länger als vier Jahre zurück. Vor Jahren blieb ich ein Semester dort, um Abstand von Can zu gewinnen, der mich damals mit seinen Eifersuchtsanfällen auf die Palme gebracht hatte. Ich empfand sie als lächerlich und machte ihm den Vorwurf, den eigentlichen Ursachen seiner Tiraden aus dem Weg zu gehen. Vor den Köpfen meines australischen Publikums dachte ich darüber nach, ob ich unsere Beziehung in den Mond schreiben könne, dachte daran, länger als vorgesehen in Australien zu bleiben und suchte am Great Barrier Reef und in den Blue Mountains nach unserer Zukunft. Im Herbst flog ich dann holter die polter zurück und landete mit einer Quantas-Maschine auf dem Düsseldorfer Flughafen. Dort empfing mich Cans bronzefarbener Teint mit einem Riesenstrauß halb verdursteter Rosen. Etliche Entschuldigungen hatte er parat, und während er sie alle herunterleierte, küßte er mich zwischen Trauben von Reisenden und Wartenden. Ungestüm warf er seine Arme um mich und versprach mit kugelrunden Haselnußaugen, mich nie wieder anpflaumen und mir nie wieder etwas unterstellen zu wollen. Es dauerte keine drei Wochen und das alte Spiel hatte die Flughafenversprechungen eingeholt. Und wieder bat er um Gnade und Vergebung. Und erneut warf er mir vor, zu tief in die Augen der Männer zu schauen, nur flirten zu wollen. Egal, ob es nach dem Vortrag eines Linguisten über die Klassifizierung der kurdischen Sprachen oder ein hitziges Gespräch über den Internationalen Währungsfonds mit einem Soziologen war. Stets unterstellte er mir, anderes im Sinn zu haben. Manchmal frotzelte ich herum und fragte, warum er mit einer Nymphomanin zusammen sei. Ich fragte mich, warum ich das Spiel mitspielte und rastete an schlecht gelaunten Tagen regelrecht aus. Ich weiß nicht so genau warum, aber ich verzieh ihm wohl aus Gnade und Barmherzigkeit. Ich weiß aber, daß die Eifersucht mit ihren Tücken und Schwächen bis in den Himmel Regale mit Büchern füllen könnte, und dennoch würde sich nichts ändern. Alle Unterstellungen und Unverschämtheiten bleiben Endlosthemen mit ihren Endlosstrukturen. Schaut man dann noch über den territorialen Tellerrand hinaus, wird alles noch komplexer, interessanter, abenteuerlicher. Ein Wachsen und Wuchern an Sprachen, Manieren, Ängsten, Mächten, Reibereien und Genüssen gehört da zur Tagesordnung.

Stets bemühte ich mich, Cans Eigenarten, die mir mehr als komisch vorkamen, zu überdenken. Es war sein ewigliches Mißtrauen, daß mich hin und wieder aufschreien ließ. Oft hielt ich es einfach nicht mehr aus, da er ununterbrochen nach Fehlern suchte. Gewiß liegt es am Schicksal des Vorurteils, das er suchen mußte. Trotzdem donnerte ich dagegen an. Sobald er über sein System der Vorurteile philosophierte, machte ich den Mund auf. Immer wieder wollte er mir verklickern, daß man einer deutschen Frau mißtrauen mußte, weil es tausend Weil-Sätze gab, warum man ihr mißtrauen durfte. Eine Deutsche machte dies und das und unternahm dies und das. Irgendwann platzte mir der Kragen. Ich wußte, daß das alles nichts mit mir zu tun hatte. Can bastelte sich sehr häufig die Welt so zurecht, wie er sie sich wünschte. Er ignorierte Welten und vergrößerte sein eigenes kleines Zuhause. Er nahm sich ein Zoom und konzentrierte sich auf das, was ihm der Ausschnitt bot. So konnte er den vermeintlichen Überblick nicht verlieren. So konnte er den Ausschnitt festhalten. Can konnte sich allerorts nur über das System Abgrenzung oder Eindeutigkeit über Wasser halten. Er war im Grunde seines Herzens ein recht konservativer Mensch, und da Can das wußte, es aber nicht wahrhaben wollte, nahm er mich als Projektionsfläche. Ich bot mich wohl geradezu dafür an, da er alles, was mit Strömungen, Auflösungen und Neugestaltungen zu tun hatte, belächelte. Er haßte Spagatübungen, Balanceakte und Seiltänze. Sie zogen ihm den Boden unter den Füßen weg. Can brauchte klare Linien, feste Körper, ein Koordinatensystem mit unbeweglichen Punkten. Aber eigentlich war Can trotz allem eine Spur ehrlicher als mein reaktionärer Hermann, denn Hermann war ein Mensch, der mit einem facettenreichen Leben überhaupt nicht zurechtkam. Aus Hermann schrie der Wunsch nach einer Nationalität, einer Religion und einem Dogma. Er haßte Gefühle wie Heimatlosigkeit und Zerrissenheit. Wörter wie Emanzipation und Homosexualität reizten ihn bis aufs Blut. Partout lehnte er sprachliche und kulturelle Deterritorialisierungen ab. Irgendwann, mitten in einem Streit, provozierte ich ihn und hielt ihm vor, bisexuell zu sein. Ich wünschte mir damals, daß er endlich zu seinen sexuellen Phantasien stehen solle. Tausend Träume hatte er geträumt, die diesen einen Wunsch wiedergaben. Wie oft wurde er in seinen tiefsten Gefilden von einem Mann befriedigt. Doch Hermann schüttelte mit dem Kopf und hielt mir überzogene Phantasien vor, und ich packte meine Sachen und ging. Schlußendlich begriff ich nach meinem Weggang, daß mich alles, was neu und unbekannt und fremd war, magisch anzog. So lernte ich Can kennen, der auf mich wie ein Haselnußkuchen mit geheimnisvollen Früchten wirkte, dessen geheimnisvoller Füllung ich nicht widerstehen konnte. Er stand vor mir, und ich nahm ihn, weil ich von ihm kosten wollte. So vergingen Monate im Liebesrausch. Nur irgendwann machte er mich mit seiner rasenden Eifersucht fuchsteufelswild. Ich hatte sein Gezeter über was auch immer abgrundtief satt. Es kotzte mich an. Wir stritten uns, und irgendwann folgte doch wieder die Versöhnung, und irgendwann folgten neue Streitgespräche mit neuen Krisen und Konflikten und weiteren Versöhnungen und immer so weiter, und dann heirateten wir, und gute Wochen segneten unsere Ehe, und schlechte Wochen hatten einen strafenden Beigeschmack. So wechselten die Jahreszeiten, und mit ihnen kamen und gingen Freuden, Tränen und Eifersuchtsanfälle. Und dann, an einem Frühlingstag, rief mich der Bosporus, und Can wollte unbedingt mitkommen. Es folgte der Umzug, dann die Arbeit, dann die Trennung, und Urlaubstage blieben aus. Weder am Schwarzen Meer noch an der Ägäis gönnte ich mir ein paar Tage Ruhe. Auch auf Zypern oder im Landesinneren schaute ich nicht dem Himmel und dem Horizont dabei zu, wie sich ihre Farben mischten und eins wurden. Daß, was ein für allemal folgte, war die Pendelei zwischen deutschen Flüssen und dem Bosporus.

Es war Dezember. Der Kohlenhimmel lag mal höher, mal tiefer auf den Dächern. Nachdenklich stand ich vor dem Schaukelstuhl und stellte mir Can als Vater vor. Ich trank grünen Tee mit Bergamotteblättern und verlor mich in den kahlen Kastanienbäumen, die sich im rauhen Wind wie weinende Großmütter hin und her bewegten. Katzen huschten unruhig über die Bürgersteige. Ein Papiersammler lief mit seinem Holzkarren die Straße rauf, und immer wieder flogen Tauben an meinem Fenster vorbei, um sich auf dem Balkon meiner Nachbarwohnung für eine Weile niederzulassen.

Es war der 10. Dezember 1998. Es war ein Donnerstag, und ich schaukelte im Schaukelstuhl und hörte mein Herz, das heftig gegen die Rippen schlug. Eine kühle Decke der Einsamkeit legte sich auf mich. Mara ging mir durch den Kopf. Ich flüsterte ihren Namen. Dann fiel mir die Teetasse aus der Hand. Eine hellbraune Flüssigkeit sickerte in den Boden. Lange saß ich so da und dachte darüber nach, welche Gefühle im Menschen vorherrschen müssen, der auf einem Hochhausdach steht und sich in die Tiefe stürzen möchte. Ich kannte dieses Stürzen nur aus Alpträumen. Es war ein lautloses Fallen in die Tiefe. Es war ein Schweben und Fliegen, und lange hielten sich Schweben und Fliegen die Waage. Nur irgendwann entschied sich der Kompaß meines Ichs für den Sturz in die Tiefe, und ich stürzte immer tiefer, und immer war mir so, als wäre ich in einem großen schwarzen Loch verloren. Alles um mich herum war dunkel. Nur manchmal gab es vereinzelte Lichter, und dann sackte ich noch tiefer, sackte so lange, bis der Boden auf mich zukam, und er schien so hart wie Granit zu sein, und ich schrie und kämpfte mit mir, und jedes Mal, unmittelbar vor dem Aufprall, erwachte ich und brauchte eine Ewigkeit, um mich zu beruhigen. Wie oft fiel ich schon von Brücken oder Dächern?

Viele Träume meiner Kindheit tauchten mit Maras Tod wieder auf. Als mir ihre Mutter im Dezember 1993 telefonisch mitteilte, wann sie beerdigt werden sollte, ging mir immerzu die Frage durch den Kopf, von welchem

Stockwerk sich Mara in die Tiefe gestürzt hatte, bis sie schließlich auf kalten Asphalt klatschte.

Der Wind jagte durch die Kastanienbäume, und das Weinen der winterlichen Äste lag wie ein Reich verbrannter Baumkronen vor mir. Komische Bilder geisterten durch mein Hirn. Gierige Vögel machten sich dort breit. Wolken zogen mal rauf, mal runter. Dann formte sich der Kopf von Maras Vater aus den Grautönen vor meinem Fenster. Dann ihr Lachen. Nie wieder würde ich sie lachen sehen, und die Vorstellung, sie auf dem katholischen Friedhof in der Kleinstadt ihrer Eltern als knöchernes Wrack zusammengeschrumpft zu sehen, nahm mich gefangen und erzeugte ein stumpfes, mattes Gefühl in mir, das etwas wie zwei zusammengewachsene Kontinente auseinanderriß. Vor ihren Knochenresten lag die Teetasse, deren Inhalt in den Fußboden gesickert war. Dort gab es einen Flecken, einen kleinen See, der haargenau den Umrissen Zyperns glich. Ich nahm das Reisetaschenbuch über Zypern aus dem Regal und verglich die Insel mit dem See auf dem königsblauen Teppich. Alles fand ich dort wieder. Rechts war die Bucht von Gazimağusa, links die Bucht von Güzelyurt. Darunter sah ich das Troodos-Gebirge, das auf meinem Teppich das Beşparmak-Gebirge wie sieben Säulen zu stützen schien. Rechts zog sich ein verlängerter Zipfel bis an das Bein des Schaukelstuhls. Es zeigte mit seiner langgezogenen Spitze auf die amerikanische Literatur. Ich sah in die Richtung, und ein weißes Buch blitzte in der Mitte des Regalbrettes auf. Ich zog es heraus und lachte in mich hinein. Es war *Die Glasglocke* von Sylvia Plath. Ich schlug die ersten Seiten auf und überflog Zeilen, die ich vor Jahren unterstrichen hatte. Eine Weile las ich im ersten und zweiten Kapitel herum. Dann dachte ich über den einen kalten Wintertag der Sylvia Plath nach. Ich dachte an den Morgen, als sie in ihrer Küche vor dem Gasofen Selbstmord beging. Ich vergegenwärtigte mir ihr strahlendes Lächeln und fragte mich, ob es ihre Kinder waren, die die tote Mama in verzerrter Haltung vor dem Gasofen fanden. Mich erschütterte das Bild, mir diese schöne Frau, diese geniale Lyrikerin, wie zusammengezogenes Leder vor dem Gasofen vorzustellen. Diese Nachahmung ihrer Gedichte. Das Konzentrationslager und Esther, die einsame Protagonistin ihres einzigen Romans.

Ich nahm das Buch mit ins Büro, schrieb eine Mail an Laura und bereitete den Unterricht vor. Gegen Mitternacht tauchte Mara wieder auf. Ich schrieb ein paar Zeilen an sie und sah sie dabei vom Hochhausdach taumeln. Dann sprang sie herunter. Vom zehnten Stockwerk in die Tiefe, ins Nichts, in die Freiheit oder Unendlichkeit. Sie klatschte auf moosgrüne Platten, die den Glanz in ihren Augen auslöschten.

Bevor Mara für immer in den Mutterboden verschwand, hielt ich ihre Hand, streichelte über ihr schneeweißes Gesicht und holte mir dabei unsere Zeiten ins Gedächtnis zurück. Ich gab ihrer Mutter und ihrem Bruder mein Beileid, und als ich ihrem Vater die Hand hätte geben müssen, unterließ ich es, ihn auch nur anzuschauen. Ich drehte mich auf dem Absatz um und verließ die Trauergemeinde. Mir war speiübel, und als schließlich alle ihren Leichenschmaus mit silbernen Kuchengabeln zu sich nahmen, verabschiedete ich mich kurzerhand und fuhr mit dem Intercity nach München. Dort umarmte mich Berna und setzte mir eine halbe Stunde später eine Kanne Tee vor die Nase, und ich bat sie darum, von sich und ihren Wünschen zu erzählen, und Berna deckte mich auf der Couch zu, schenkte mir Tee ein und redete eine Nacht durch. Sie redete und redete, und mir kam es so vor, als hätte der Wintertag den Himmel mit dem Boden zufrieren lassen. Riesige Schleier von Eis klebten vor meinem Gesicht, und Mara ruhte auf ihrem Leichenbett. Alles an Glanz und Ausstrahlung verlor sich dort.

Mara war lange tot. Mein Bildschirmschoner zeigte mir an dem Dezembertag mit seinen skurrilen Kreisen an, wie lange sie schon tot war. Fünf Kreise eierten von mir weg, kamen wieder auf mich zu und verließen mich wieder. Ich drückte die Enter-Taste und löschte alles aus. Dann schrieb ich ein paar Zeilen und hörte, wie sich das Fauchen einer Katze mit den Mitternachtschlägen der Wanduhr aus der Nachbarwohnung mischte.

Nymphe,
Heilige,
ich im roten Turm,
auf der Chaiselongue,
beim Jasmintee
zwischen Regenbögen und Rauhreif,
ein Kohlenhimmel mit Klatschmohn,
ein Morgenflirren,
eine Abendglut,
ein Nachtschatten,

Kantaten mit Kinderstimme,
Katzengeschrei,
weiche Horizonte,
jadegrüne Morgende,
schwankende Stimmungen,
mit einem Winden und Wimmern
und Seufzen und Stöhnen in dieser turmhohen Welt,
im Licht und Schatten
und mit deiner Stille

In memoriam

Wenige Tage darauf, kurz vor Weihnachten, nachdem ich ein weiteres Mal über Maras Tod getrauert und die Glasglocke als ein Zeugnis weiblicher Schaffenskraft gewürdigt hatte, besuchte mich Franziska aus Ankara. Wir waren in der Zeit dabei, dicke Freundinnen zu werden. Wir hatten uns zwar über einen Zeitraum von zwei Jahren ab und an besucht, ja, Franziska reiste zu mir und ich fuhr mit dem Bus in die mittelanatolische Hochebene, dennoch gab es bis in den ausklingenden Tagen des Jahres eine undurchsichtige Wand zwischen uns, die wir kurz vor dem Heiligen Abend Knall auf Fall sprengten.

Franziska ist meine Kollegin aus Ankara. Mit dem Rhein als Vertragspartner in der Tasche zog sie im Sommer 1995 mit Kind und Kegel von Adana nach Ankara. Sie entschied sich seinerzeit, ihrer Çukurova-Universität mit ihren Taurus-Blaudisteln, ihren blaßgrünen Gräsern und immer nach Thymian duftenden Gassen den Rücken zu kehren, um dem ordentlichen Ankara ihr Ja-Wort zu geben. In Adana lehrte sie zwei Jahre als Ortskraft Deutsch als Fremdsprache. Seit ihrem rheinischen Förderungsvertrag wohnt sie mit ihrem zehn Jahre alten Sohn Max und ihrem Mann Bernd auf dem noblen Hügel Beysukent im Westen Ankaras. Sie lehrt an der Ankara-Universität deutsche Sprache und Literatur und ist fünf satte Tage mit Vorlesungen, Sprechstunden, Konferenzen, Studienberatungen und Stipendienprogrammen beschäftigt. An den Wochenenden schafft sie sich mit Krafttraining, Ölmalerei und gelegentlichen Kinogängen mit Max den nötigen Freiraum. Franziska ist fünf Jahre älter als ich, waschechte Berlinerin, Pfeifenraucherin und Foucault-Expertin.

Franziska kam an einem Freitagabend zu mir. Wir begrüßten und umarmten uns und gingen in die Küche, und nachdem sie sich dort ihre Pfeife angezündet hatte, freute ich mich über die Silberkette mit Amethyststein, die sie mir schenkte. Wir tranken Kaffee, dann Kavaklidere, aßen Linsensuppe mit Sesambrot, Möhrensalat, gefüllte Auberginen mit frischem Joghurt und sprachen sieben geschlagene Stunden über unser Leben, über deutsche und türkische Männer, über gescheiterte Beziehungen, Frauenfreundschaften, Sex, Hysterie, komische Anwandlungen und Allüren. Wir sprangen und rannten über die Themen wie hungrige Gazellen in den Wüsten Nordafrikas. Wir saßen in der Küche, und mein Puppen-Mobile, das uns in den Farben Orange, Gelb und Schwarz freundlich von der Decke anlächelte, tanzte mit jeder weiteren Stunde immer wilder um seine Fäden.

Franziska blieb ein Wochenende. In den winterlichen Tagen sprach sie in der zugequalmten Küche über ihre kaputte Ehe. Sie rauchte immerzu Pfeife. Das würzige Aroma umhüllte uns mit bauchigen Rauchwolken. Sie zog und zog an ihrer Pfeife. Irgendwann verschwanden wir im Dämmergrau. Sie sprach über sich, über ihren Mann und über Max, nippte vom herben Rotwein, faßte den Werdegang ihrer Ehe zusammen und ließ gepfefferte Kommentare über die Ehe vom Stapel, und mir war so, als gäbe sie klipp und klar zu verstehen, wie verlogen es nun einmal in dieser verrückten Liebeswelt abläuft, in der allem Anschein nach nur fünf Ehen funktionieren. Der Rest schien außer Betrieb zu sein oder wurde mit dem Bund fürs Leben von imposanten Rauchwolken verschluckt, die durch die Küche geisterten und sich im Reich der vielen Fragezeichen auflösten. Ich wußte nicht, was ich sagen sollte, wußte nicht, was das eigentlich alles zu bedeuten hatte und witzelte irgendwann nur noch herum und versprach Franziska, ein Drama über eine Ankarakatze auf dem heißen Blechdach zu schreiben, und Franziska lachte mich mit ihrem schönen Pfeifenmund an und schenkte mir weitere blaugraue Wolken, die wie Luftschleifen aus ihrem Mund strömten und sich mit den verspielten Mobilepuppen um die vielen Fragezeichen, die sich an den Wänden entlanghangelten, drehten, und während Franziska über dies und das sprach, erwähnte sie Ehepaare, die sich seit Jahren durchtriebene Spiele einfallen ließen, um sich gegenseitig in die Pfanne zu hauen. Wir sahen Ehepaare, die sich wie beim spannendsten Wagenrennen in der Kampfarena die ausgeklügelsten Tricks einfallen ließen, um sich gegenseitig auszubremsen, sich eins auszuwischen oder was auch immer.

Franziska saß auf meinem Küchenstuhl und lüftete jede Stunde durch. Wir rannten auf die Toilette, da ich uns neben dem Rotwein immer wieder Jasmintee einschenkte. Sie freute sich über die kleinen Genüsse des Lebens und hörte mir spät in der Nacht dabei zu, wie ich in Hülle und Fülle Anekdoten über Dr. Armut preisgab, die sich wie lächerliche Zinnsoldaten nebeneinander reihten. Sie schüttelte fortwährend ihren Kopf und gab bittere Kommentare von sich, und ich echauffierte mich über Napoleon und sein Bonner Konsortium, und als schließlich in der Stille der Nacht alle Katzen verstummt waren, schüttete ich diesen armseligen Mann mit den vielen Brotkrümeln und Olivenkernen in den Müll, stellte das Geschirr ins Spülbecken und hüpfte mit Franziska die Holztreppe hoch. Wir putzten uns die Zähne, streiften unsere Pyjamajacken über und fielen erschöpft ins gemachte Bett. Wir schliefen sofort ein. Und dann, als sich mit einigen verlorenen Vogelstimmen ein neuer Morgen ankündigte, erwachte ich mit einer prallgefüllten Blase und strullte lange in die Toilettenschüssel. Als ich mir dann die Pyjamahose hochzog, sah ich im Spülwasser endlose Traumbilder vorüberziehen:

Ich war woanders. Nicht in Istanbul. Nicht in Deutschland. Es gab in diesem unbekannten Land einen Bauernhof mit einem großen Haus und vielen Zimmern. Es gab auch einen großen Garten mit Obstbäumen und Erdbeerstauden. In einem der vielen Zimmer des Hauses stand ich. Dort gab es nichts außer einem langen Bett. Ich stand vor diesem Bett. Ich hatte lockiges, blondes Haar, nicht sehr lang, aber doch weit über die Schultern hinaus. Ich war klein und suchte in dem leeren Zimmer mein blaues Sommerkleid. Halbnackt stand ich in dem Zimmer und fror. Schwache Strahlen drangen durch die dunklen Vorhänge. Ich schüttelte mich vor Kälte und suchte mein Sommerkleid. Meine Oma trat plötzlich in das leere Zimmer und bot mir Apfelscheiben an. Ich mochte nichts davon nehmen, suchte ganz aufgeregt das Kleid und hörte, wie sich meine Eltern und Brüder über etwas lustig machten. Sie saßen in der Wohnstube und aßen Käseschnittchen mit Würstchen. Ich hörte meine Brüder zwischen Holzkegeln und Legosteinen Katz und Maus spielen. Ich kauerte auf dem mit Decken überworfenen Bett und schaute zu ihnen herüber. Sie hatten nichts besseres zu tun, als der Oma den Weg beim Servieren zu versperren, während meine Großmutter meiner Familie Schnittchen und Würstchen anbot. Dann kam sie ein weiteres Mal mit dem Obstteller in das leere Zimmer. Dort stand ich und fror. Mit Tränen in den Augen nahm ich sie nur ver-

schwommen wahr. Dann sagte sie mit einem Ausdruck der Besorgnis: „Vergiß das Kleid!", und ich zitterte und tobte und ging ins Eßzimmer und beschuldigte meine Mutter, das Kleid zerschnitten und in den Müll geworfen zu haben, und dann schlug ich meinen jüngsten Bruder, schaute dabei schuldbewußt in die Augen meiner Mutter und rannte aus dem Haus. Dabei stolperte ich über Backsteine, die auf dem Hof turmartig übereinander gestellt waren. Ich rannte auf den Garten zu und versteckte mich hinter Sträuchern. Dort weinte ich. Dann sah ich aus der Ferne meine Oma auf mich zukommen. Ich schluchzte. In meinem Hals hatte sich ein großer Klumpen gebildet, der wie ein Mehlballon meinen Rachen zudrückte. Ich spürte die Arme meiner Oma auf meinen Schultern. Dann erwachte ich.

Ich liebte meine Oma. Ich liebte sie über alles. Sie war eine ernste, etwas kühle Frau. Ich war elf Jahre alt, als man bei ihr einen Tumor im Magen feststellte. Die Metastasen hatten sich bereits durch ihren Körper gefressen, so daß sie innerhalb kürzester Zeit wie ein hilfloser Kartoffelsack zusammensackte und starb.

In den Monaten vor ihrem Tod schlief sie mit mir in meinem kleinen Zimmer. Da man ihr Morphiumdosen gegeben hatte, halluzinierte sie häufig. Bisweilen nächtelang durch. Sie halluzinierte, weinte, stöhnte und betete den Rosenkranz in meinem Bett. Es war Nacht. Ein Uhr oder später, und ich mußte am nächsten Tag in die Schule gehen. So ließ ich mir in unseren Nächten Geschichten einfallen, um ihre Schmerzen zu lindern, um sie für eine kleine Ewigkeit von ihrem Leiden wegzutragen oder um mich am nächsten Tag nicht allzu erschöpft auf der Schulbank sitzen zu sehen.

Bis dahin hatte ich meine Oma nie weinen hören. Sie war unnahbar, aber gutherzig gewesen. Als Kind war sie für mich die gerechtigkeitsliebende und gewissenhafte Großmutter gewesen, die niemals wirklich böse werden konnte. Niemals schimpfte sie mit mir oder mit ihren zwölf Enkelinnen und Enkeln.

Sie starb am 15. Dezember 1978. Ich war elf Jahre alt, als sie über Wochen hinweg in vielen Regennächten, ihren Rosenkranz betend, in meinem Bett keuchte und nicht einschlafen konnte. Sie flüsterte, stöhnte oder wimmerte. Sie bat mich manchmal darum, sie auf die andere Bettseite zu drehen. Ich drehte sie dann mit einem kräftigen Schwung und hörte ihr zu, wenn sie von Bomben und Bunkern sprach. Sie halluzinierte wieder. Sie war mitten im Zweiten Weltkrieg, hörte den Fliegeralarm und fuhr mit einem Fahrrad nach Borken, um für ihre kranke Tochter Medizin zu holen. Alles mußte sie glasklar vor Augen gehabt haben. Die Natur, die Bauernhöfe und Bomben, die wie schwarze Brocken vom Himmel fielen. Ihr Körper bebte, und ich bemühte mich, sie zu beruhigen. Ich tupfte unbeholfen mit ihren vielen umhäkelten Taschentüchern die Schweißperlen von der Stirn und wartete auf das Ende des Fliegeralarms. Oft drehte ich sie näher zu mir, kniete vor ihr, hörte sie wimmern, hockte vor dem Bettrahmen und fühlte mich völlig überfordert. Oft stellte ich ihr alle Fragen, die mir in den späten Stunden in den Sinn kamen. Ich fragte querbeet, fragte, was sie ihren Töchtern und ihrem Baby zu Essen gegeben hatte. Was sie in den Jahren mit ihren Kindern morgens, abends und nachts gemacht hatte? Ich fragte, ob ihr die Nachbarn im Garten geholfen hatten, wenn die Kartoffeln geerntet werden mußten. Ich fragte, ob sie bei Fliegeralarm ihre Kinder mit Liedern beruhigen konnte, ob der Großvater in Uniform aus dem russischen Gefangenenlager zurückkehrt war.

Mein Großvater starb an Krebs, als ich im Bauch meiner Mutter lag. Meine Großväter und meine Großmütter, alle starben an Krebs. Der Vater meines Vaters starb zwei Jahre vor meiner Geburt. Als ich in die Grundschule kam, starb die Mutter meines Vaters. In der Zeit fuhren meine Mutter und ich einmal mit dem Omnibus nach Suedlohn. Suedlohn ist eine kleine Stadt, die einen Katzensprung von der holländischen Grenze entfernt liegt. Dort besuchten wir die Mutter meines Vaters im Krankenhaus. Damals lag sie wie ein verschrumpelter Apfel zwischen blütenweißen Damastdecken. Dort versteckte sie sich und wartete auf den Tod. Ich war sechs Jahre alt, trug weizenblonde Zöpfe, die mir bis zum Po reichten und jeden Tag zu einem Pferdeschwanz gebunden oder geflochten wurden. Ich war ein unruhiges Kind. Ich war oft traurig und wurde noch trauriger, wenn andere Dorfkinder mit ihren Opas Fahrrad fahren konnten oder Hukkepack genommen oder auf den Schoß gesetzt wurden, um hoppe-hoppe-Reiter zu spielen. Aber ich hatte meine Oma, die mit mir an Sonntagnachmittagen Mensch-ärgere-dich-nicht spielte. Sie hatte mich manchmal mit ihrem wahnsinnigen Spielglück auf die Palme gebracht. Sie würfelte Sechser über Sechser und lachte mich mit ihren schneeweißen dritten Zähnen wie ein Kind an, das in der Backstube eine Handvoll Makronen stibitzt hatte. An manchen Sonntagen war sie frohgelaunt. Dann durfte ich noch mit sechs oder sieben Jahren auf ihrem Schoß sitzen. Ich war groß, und meine Oma war klein, und sie konnte mich kaum halten, aber immer dann, wenn sie mich mit einem schallenden Hopsasa in die Tiefe stürzen ließ, huschten meine geflochtenen Zöpfe wie wilde Staubwolken über die gemusterten Küchenfliesen. Und dann kreischte und schrie ich, und ich wollte noch ein und noch ein Hopsasa, und meine Mutter hielt sich die Ohren zu und schaute mit ihren großen Augen über ihre Brillengläser hinweg und verzog ihren Mund. Oft hatte ich dann diese eine Angst, daß ihr wegen meiner Herumbalgerei die Hornbrille herunterfallen könnte, und ich wußte, daß ich mit dem Schreien aufhören mußte, obwohl ich damit nicht aufhören konnte.

Mein Großvater mütterlicherseits war von 1939 bis 1945 Soldat. Auch mein anderer Opa diente im Zweiten Weltkrieg als Soldat. Der Vater meiner Mutter war bis 1947 in russischer Kriegsgefangenschaft. Wo er dort genau gewesen war, hat mir bis heute niemand sagen können. Schon als Kind ließ mich die Frage nicht los, was mein Opa bis 1947 in Rußland verloren hatte. Rußland war das Land im Osten, und ich glaubte lange an dieses eine Bild des hungernden Opas hinter eisernen Zäunen und dicken Gitterstäben. Ich stellte mir Rußland als ein Gefängnisland ohne Horizont und Himmel vor. Später, als ich neun oder zehn Jahre alt war, sprach mein ältester Bruder, der es wohl aus James-Bond-Filmen wußte, von der Größe der Sowjetunion, und fortan staunte ich mit jeder weiteren Information, die ich mir über das gewaltige Land holte, Bauklötze. Es war das Land, das in meinem Schulatlas nahezu die rechte Hälfte der Weltkarte in Anspruch nahm.

Einmal, es war in dem Sommer, als ich eingeschult wurde, spielte ich mit den Jungs aus der Nachbarschaft das Straßenspiel 'Deutschland erklärt den Krieg gegen …'. Ich verteidigte damals immer in dem straßenbreiten Länderkuchen, der mit weißer Kreide in sechs gleich große Stücke geteilt wurde, die UdSSR. Zwar wußte ich nicht, wofür das U, das D, die beiden S und das R standen, aber ich sagte den Jungs, daß ich irgendwann, wenn ich groß sei, Moskau im Mercedes kennenlernen werde, und die Jungs lachten, und ich verteidigte die UdSSR, während Klaus, Michael, Peter, Andreas und Thomas mit der Expansion von Amerika, Deutschland, England, Frankreich und Italien beschäftigt waren. So nahmen wir uns gegenseitig Land weg, holten es uns zurück oder auch nicht, und einmal warf ich ganz geschickt mein Holzstöckchen in die nach vorne gestreckten Arme des schlacksigen Thomas, und das Stöckchen fiel durch den Halbkreis seiner geschlossenen Arme, und ich konnte ihm ein große Kante seiner Vereinigten Staaten wegnehmen und witzelte herum und drohte allen ein Großrussisches Reich an, und sie lachten mich an, oder vielleicht lachten sie mich auch aus. Nur irgendwann passierte etwas mit mir. Als es nämlich soweit kam, daß ich dem zarten Michael eine deutsche Kuchenecke wegnehmen konnte, ging mir mit einem Schlag mein Großvater durch den Kopf. Vor meinen Augen sah ich, wie ich ihm in den Rücken fiel, wie er in seinem Gefängnisland unerträglich litt.

Ein Jahr darauf, als es keine Kriegs- und Völkerballspiele mehr gab, da die Jungs mit einer Kippe im Mund auf Mopeds durch die Gegend juckelten, um die 15 Jahre alten Mädchen verrückt zu machen, fuhr ich an einem wunderschönen Tag mit meiner Oma im Omnibus nach Borken, da wir uns die kirchliche Trauung ihres Patenkindes ansehen wollten. Auf dem Weg dorthin stieg eine alte Dame ein, die sehr elegant gekleidet war. Sie trug einen rosafarbenen Hut, auf dem eine kunstvoll drapierte Fasanenfeder hin und her wedelte. Sie setzte sich zu uns. Unmittelbar darauf unterhielten sich meine Oma und die Dame mit der Fasanenfeder sehr angeregt über vergangene Zeiten. Sie sprachen über ihr Witwendasein, über ihre Kinder und ihre früh verstorbenen Männer. Irgendwann stöberten sie in ihrer Kindheit herum. Sie waren beim Ersten und dann beim Zweiten Weltkrieg angelangt. Ich saß mit meinen weißen Kniestrümpfen, die mit den eingenähten Gummibändern häßliche rote Striemen auf meinen Waden abzeichneten, am Fenster und hörte ihnen dabei zu, wie sie in Erinnerungen schwelgten. Sie unterhielten sich auf Plattdeutsch, und unterdessen schaute ich mir die Aschenbecher an, in denen durchgelutschte Kaugummis klebten. Ich begutachtete ihre blassen Farben, lauschte den Sätzen der Fasanendame und meiner Oma, die schwer in ihrem lindgrünen Kleid atmete. Sie trug an dem Sommertag ein enges Kostümkleid, das ihren runden Bauch wie bei einer Hochschwangeren hervorhob. Sie trug lindgrüne Omaschuhe mit übergroßen lindgrünen Schnallen. Diese Schnallen waren so groß, daß ich mir auf der Hinfahrt nach Borken immerzu einbildete, hellgrüne Schmetterlinge um unsere Füße flattern zu sehen. Die Schmetterlinge flatterten um unsere sauberen Strümpfe, und meine Oma zählte Jahre auf: 1945, 1946 und 1947. Sie nannte auch das Jahr 1948, als mein Onkel Johannes auf die Welt kam. Sie seufzte laut, und ich öffnete ihre Handtasche, um ihr ein umhäkeltes Taschentuch zu geben. Dann stöberte ich im Reichtum ihrer Innenfächer. Ich blätterte in ihrem Gesangsbuch, klapperte mit ihrem Rosenkranz und durchforstete ihre unzähligen Totenbriefe, die zwischen den vielen Seiten des Gebetbuches klemmten und mit merkwürdigen Notizen überschrieben oder mit der Mutter Gottes zusammengeheftet waren. Schließlich fand ich den Totenbrief meines Großvaters, der mutterseelenallein in einem kleinen Fach zwischen 4711-Erfrischungstüchern und vielen Zuckertütchen schlief. Ich las seinen Geburtstag und das Todesdatum: 12.04.1904 – 24.12.1966. Ich hörte meine Oma schniefen. Sie weinte und rotzte einmal ins Taschentuch. Sie sprach von Rüben und Kartoffeln, die sie mit bloßen Händen in kalten Wintertagen aus den zugefrorenen Feldern buddelte. Sie sprach von Fliegeralarm und einem jüdischen Dorfbewohner, der an einem Morgen mit seiner halbjüdischen Frau und deren drei Kindern abgeholt wurde. Nie kamen sie zurück. Immerfort erwähnte meine Oma den Winter 1945, und ich rechnete, wie alt mein Opa geworden war und wünschte mir, wie er in den Himmel zu fliegen und zwischen schwebenden Engeln und der unendlichen Ewigkeit zu träumen, und unterdessen redete meine Oma mit der Fasanendame Plattdeutsch, und ich lauschte ihrem Geflüster und sah, wie die schniefende Oma sich immer wieder der possierlichen Dame im ratternden Omnibus zuwandte und mich vergessen zu haben schien.

Später, als sie nicht mehr da war, fragte ich mich wieder, was mein Großvater nach dem Ende des Zweiten Weltkrieges in Rußland zu suchen hatte. Meine Eltern versuchten mich damals mit Sätzen wie: „Diese Zeiten sind vorbei!“ oder: „Darüber wurde nie geredet!“ abzuspeisen, doch das machte mich nur noch unruhiger. Ich konnte diesem Geheimnis nicht auf die Schliche kommen.

In der Zeit mit ihren vielen Fragen spielte ich einen Sommer lang mit Achim Federball. Wir schleckten jede Menge Schokoladeneis und klauten Erdbeeren aus fremden Gärten. Achim war damals 15 und sprach mit mir vor Hausgärten oder zwischen Johannisbeersträuchern über Gott und die Welt. So verabschiedeten sich die Sommermonate von uns. Es war im Sommer 1979, ein halbes Jahr nach dem Tod meiner Oma. Wir konnten in der Abenddämmerung nur noch die Umrisse der wild gewordenen Bälle sehen und schlugen solange durch die lauen Abende, bis uns die Arme schwer wurden.

An einem Abend fing Achim den Federball auf und teilte mir mit, sofort gehen zu müssen. Er sprach von einer vierteiligen Sendung namens Holocaust. Er sprach das Fremdwort sehr akkurat aus, so daß es für mich wie ein neues Medikament aus der Werbung klang. Dann huschte er um die Ecke und war verschwunden und ließ mich allein auf der Straße stehen. Ja, an dem Abend ließ er mich im Stich, und ich stand noch eine Weile auf der Straße, wiederholte das Wort und dachte an Holunderbeeren und Heidekraut, und als ich dann meinem Vater zuhörte, der von einer

Programmänderung sprach, war ich nahe dran, ihm keinen Glauben schenken zu wollen.

Es wird wohl der Holocaust-Abend mit seiner Programmänderung gewesen sein, mit dem meine Neugier über Rußland schlagartig wuchs. Ich wollte es endlich wissen, wollte alle Schleier der Geheimnisse lüften. So ging ich an einem langweiligen Sonntagmorgen in die Dorfbibliothek der katholischen Gemeinde und suchte nach Büchern. Und es folgten Jahre, in denen mich meine Familie lesend im Bett vorfand. Nach den Jugendbüchern folgten Romane. Später folgten andere Wälzer über vergangene Imperien, Revolutionen und Katastrophen. Ich las fast alles, was mir in die Finger kam. Ich las auch Tolstoi, Dostojewskij, Hesse, Hemingway und Grass, die im Wohnzimmerregal meines Vaters standen. Ich las und sah mit meinem wachsenden Körper eine grausame Welt auf mich zukommen.

In der Zeit dachte ich oft über meine Großmütter und Großväter nach. Ich erfuhr, daß meine Großväter durch den Schlamm des Zweiten Weltkrieges gekrochen waren. Sie krochen wie Maulwürfe durch die Kriegsscheiße und wollten den fäkalen Dreck vergessen machen. Sie schluckten alle Jahre mit ihrem Schutt hinunter, schluckten hinunter, was sich hinunterschlucken ließ oder die Körpersäfte wegfraß. Niemand wußte wohl so genau, was unten durchgesickert oder irgendwo hängengeblieben sein mußte.

Viele Jahre nach dem Tod meiner Oma erfuhr ich von meiner Tante Paula, die die geschiedene Frau meines Onkels ist, der 1947 gezeugt und im März 1948 auf den Namen Johannes getauft wurde, daß mein Onkel in jungen Jahren und auch noch später große Portionen serviert bekam, die im Bauch des Großvaters an unverdauten Brocken hängengeblieben sein mußten. Ja, Tante Paula sprach an einem warmen Julitag im Sommer 1991 von der Kindheit meines Onkels. Vor uns stand eine Tasse Cappuccino. Daneben schwappten Wogen der Vergangenheit zu mir herüber. Paula erzählte unfaßbare Geschichten über den unantastbaren Großvater, und ich schlürfte meinen Cappuccino mit Sahnehäubchen, knibbelte an den Fingernägeln, fror in meinem Chiffonkleid und hatte mit ihren Schilderungen die eigene Vergangenheit klarer vor Augen. Ja, an einem milden Sommertag traf ich mich mit meiner Tante in einem Café auf dem Marktplatz in Borken. Dort sprachen wir über Brechreiz, Verstopfung und Sodbrennen. Dort fragte ich mich, was mein Opa zeitlebens über die Kirche und den Katholizismus gedacht haben mußte. In meinen Augen konnte er kein frommer Mensch gewesen sein. Vielleicht war er es einmal gewesen, als er meine Oma ehelichte, die ein Leben lang eine sehr fromme Frau gewesen war, jeden Morgen in die Andacht und an Sonntagen ins Hochamt gegangen war. Jeden Tag betete sie vor und nach den Mahlzeiten. In ihrem Witwendasein hielt sie sich streng an alle Gebote. Sie ging selbst bei Regen, Sturm und Schnee in die Morgenandacht, überquerte danach den Klosterplatz, um auf dem Friedhof eine Kerze für ihren Mann und ihren Enkel Christian anzuzünden. In dem Haus meiner Oma gab es immer geweihtes Wasser. Überall hingen Kreuze mit Rosenkränzen und standen weiße Kerzen auf ihren vielen Tischen, und über dem Türrahmen in der Küche flakkerte das Ewige Licht. Es flackerte tage- und nächtelang durch. Als Kind hatte ich nie verstanden, was es damit auf sich hatte. Das rote Licht brannte und brannte, als ob es mit seiner Flamme meine Oma noch frommer machen wollte.

Als sie im Dezember 1978 wie ein aufgeblähter Kartoffelsack in meinem Bett lag, betete sie den Rosenkranz rauf und runter. Unablässig klapperte sie mit den Perlen der Kette und räusperte sich, und das Klackern der Perlen zwischen ihren verschrumpelten Fingern übertönte ihr krankes Husten und Wimmern. So betete sie sich vorwärts, und ich sah ihr dabei mit einer abgöttischen Faszination zu, und auch wenn ich damals nur eine vage Ahnung hatte, wie der Rosenkranz gebetet wurde, wußte ich immer, wann sie fertig war. Sie lag mit dem Perlenkranz in Schweiß gebadet im Bett, stöhnte und klagte, und der Gestank, der aus ihrem Körper kam, ekelte mich an. Es roch nach Fäulnis und nach Kompost, und ich wollte das Fenster öffnen und hatte doch Angst davor, daß ein Luftzug sie erkälten könnte. In der matten Dunkelheit sah ich ihr weißes Gesicht, schaute in ihre Augen und bildete mir ein, mit meinen Worten stärker zu sein als das Morphium. Wie ein sperriges Stück Holz lag sie unter dem Federbett und sprach wirres Zeug daher. Sie sprach von Kanalisationsrohren und Fliegeralarm. Sie lag mit Bauern in diesen Rohren und wartete mit ihnen auf das Ende des Alarms, und mir schliefen bei den vielen Bauernnamen, die sie mir allesamt aufzählen konnte, die Beine ein. Es war spät in der Nacht, und ich mußte am nächsten Morgen in die Schule.

Es war im Dezember 1978, als meine geliebte Oma wie ein kranker Vogel dahinschied. Ich liebte sie und ihr großes Haus mit den vielen Zimmern und vergötterte ihren wunderschönen Obstgarten. Nie konnte mich meine Mutter aus diesem Paradies herauslocken. Das schaffte nur die Großmutter. In ihrem Paradies gab es Kirsch-, Apfel-, Pflaumen- und Pfirsichbäume. Dort gab es rote und schwarze Johannisbeersträucher, Erdbeerbeete und Rhabarberstauden. Neben den Spargelbeeten gab es tausend schillernde Blumenbänke. Schon als Sechsjährige kannte ich Amaryllen, Astern, Bärlapp, Chrysanthemen, Dahlien, Edelweiß, Fuchsien, Fingerhut, Geranien, Gladiolen, Huflattich, Hyazinthen, Immortellen, Knabenkraut, Löwenmäulchen, Lupinen, Mohngewächse, Petunien, Orchideen, Rhododendron, Rittersporn, Sauerampfer, Schneeglöckchen, Stiefmütterchen, Tausendschön, Usambaraveilchen, Vergissmeinnicht und Wolfsmilch. Meine Oma zeigte mit ihrem Finger auf die tausend Blumenfarben und streute im Frühling, im Sommer und im Herbst alle Blumennamen auf meine Kleider. Sie war eine Expertin in der Gärtnerei. Überdies war sie eine begnadete Floristin, die die schönsten Sträuße binden konnte. Sie war auch eine Bäuerin. Hinter ihrem Haus gab es einen Hühnerstall und einen alten Schweinestall, der zu einem Kohlenbunker umgebaut worden war. Neben diesen beiden Ställen gab es Spielwiesen, Komposthaufen und Vogelscheuchen. Dort gab es einen Brunnen, einen Taubenschlag und eine Schaukel, auf der ich viele Sommernachmittage verbrachte. Ich schaukelte mich durch ihre Gärten und durch die Sommerzeit. Mit ihrer Schaukel konnte ich jedes einzelne Jahr in glückliche und unglückliche Tage trennen. Sie machte die Tage hell und bunt, wenn ich den Blumengarten meiner Oma vor mir hatte und ein Meer an Fruchtbarkeit geboten bekam. Ich war glücklich und ausgelassen und rief ihrem Hund Bobby etwas zu, der zwanzig Mal am Tag an die Schweinestallmauer pinkelte.

Meine Oma hatte ein Haus, ein Grundstück und einen paradiesischen Garten mit kostbaren Naturschätzen. Ihre Witwenrente war hingegen mehr als bescheiden. Sie gehörte zu den vielen Nachkriegsfrauen, die Handwerkerin, Bäuerin, Schlachterin, Gärtnerin, Mutter und Kirchgängerin zugleich gewesen waren. Sie hatte nicht viel Geld und konnte es sich nicht leisten, weiche Stoffe für schöne neue Kleider zu kaufen. Sie ließ sich Kostüme von ihrer Schneiderin nähen, weil es damals billiger war. Sie fuhr auch nicht mit dem Bus nach Münster, um den Dom zu besichtigen, um sich eine Kanne Kaffee mit einem Stück Käsekuchen im Domcafé zu gönnen.

Früher war es meine Familie ebenso gewohnt, jede Mark umzudrehen. Als Kind hatte ich sogar diese eine Angst, mich neben Grundschulmädchen zu blamieren, weil ihre Kleider viel schöner waren als meine. Ich hatte so viele ältere Cousinen, in deren Haufen an getragenen Röcken, Blusen und Kleidern ich erstickte. So trug ich Kleider mit ausgebeulten Taschen und sehnte mich insgeheim nach Röcken mit seidenem Gewebe.

Ich wollte Kleider ohne Beulen und Flecken. Sie sollten samtweich meine Beine bedecken. Ich träumte von Kleidern aus den großen Kaufhäusern der Stadt. Sie hingen auf hölzernen Bügeln der rollenden Ständer.

Früher mußten meine Eltern an allen Ecken und Kanten sparen. Immer war von Geld und Sparen und Zinsen die Rede. Meine Oma gesellte sich bei diesen Themen nur ungern dazu. Sie war von Natur aus eher eine stille und etwas in sich gekehrte Frau, die gern ihren Gedanken nachhing, oft an Worten sparte und sich selten auf Kaffeekränzen blicken ließ. Bisweilen, wenn sie zufrieden war, steckte sie mir heimlich eine Mark in meine ausgeleierten Rocktaschen. Wir saßen auf der Terrassenbank, schauten in den Obstgarten, und ich zeigte mit meinen Nutella-beschmierten Fingern auf violettfarbene Blüten, und sie ging in die Küche, putzte sich vorher ihre Pantoffeln auf der Fußmatte ab und verschwand für einige Minuten. Und ich leckte mir schnell die Nutella-beschmierten Finger ab und spielte mit den Erbsen, die wir in der Nachmittagssonne aus den Schoten befreit hatten. Ich ließ die kleinen grünen Kugeln durch die Finger rieseln und hörte erst damit auf, wenn ihre Schritte wieder zu hören waren. Immer wurde ich mit einer kleineren oder größeren großmütterlichen Gabe überrascht. An gut gelaunten Tagen gab sie mir eine Mark mit einer Tafel Schokolade. Ging es ihr weniger gut, gab sie mir ein zweites Nutella-Butterbrot. Mir war alles recht. Alles war Luxus. Schon der Blick in den Garten war die reinste Augenweide. Das reichte mir voll und ganz. Aber auf der Schaukel zu sitzen und in den Garten zu träumen und noch dazu eine Mark und eine Tafel Schokolade zu bekommen, war wie zwei Geburtstage hintereinander, und so hielt ich mich an unser Geheimnis, kein Wort über die Mark und die Nutella-Butterbrote zu verlieren. Wenn sich meine Oma keine Kleider in großen Kaufhäusern leisten konnte, konnte sie sich eigentlich auch kein Nutella leisten. Dennoch schmierte sie mir die stolzesten Brote mit echter Butter. Das waren Liebesbeweise, unter denen ich später litt. Denn als sie nicht mehr da war, warf mir meine Mutter einiges an den Kopf. Und es prallte nicht von mir ab, wenn ich in ihren Augen undankbar war und sie von ihrer Apfelsine sprach, die sie in den Kriegsjahren zu Weihnachten bekam. Ihre Worte waren wie Messerstiche, da meine Mutter nicht ahnen konnte, welche Himmelsgaben ich seit frühester Kindheit in den ausgebeutelten Taschen der Sommerkleider meiner Cousinen mit einem lachenden Danke gesammelt hatte. Sie warf mir Undankbarkeit vor, und das war auch das Wort des Priesters, wenn er von der Kanzel über Sünden, Egoismus und Habgier predigte. Seine Worte donnerten wie eine

Lawine herunter und beschäftigten mich lange. Doch zum Glück gab es in der Zeit Achim, der mit mir Federball spielte, der mich mit seinen Worten und Taten rettete. Mein Gott, ich war so fasziniert von seinen Reden, so beeindruckt von seinem Wissen. Es dauerte nicht lange, und Achim ließ mich im Regen stehen und verliebte sich in Britta, und ich heulte blöd herum und fraß mir Kummerspeck an. Doch einen Sommer darauf passierte etwas mit mir. Es passierte an einem wunderschönen Junitag. An dem Tag lernte ich Alex kennen. Axel war schon achtzehn Jahre alt. Er war volljährig, aber für mich war er weder Junge noch Mann. Er wirkte auf mich wie ein reifer, erwachsener Mensch, der zugleich etwas Knabenhaftes mit sich trug. Wir trafen uns häufig und redeten über alles, was uns über die Lippen kam. Alex machte mir Komplimente. Ich war erst 13 und hielt es für ausgeschlossen, daß sich ein 18-jähriger damit zufrieden geben konnte, mit mir über Gott und die Welt zu sprechen. Aber Axel war gern mit mir zusammen. Er machte mir unentwegt Komplimente und füllte so mein Herz und meinen Kopf mit seinen hunderttausend Worten, und da ich damals nicht wußte, was ich mit diesem Wust an Gedanken und Gefühlen anstellen sollte, setzte ich mich eines Nachmittages hin und schrieb eine Geschichte. Schon nach den ersten Sätzen fühlte ich mich wie zu Hause. Ich baute aus Wörtern Sätze und schuf aus diesen Sätzen Brücken, die wie geflochtene Bögen mit meinen losen Haaren die Linien des Papiers umtanzten. Auch Alex tanzte vor mir. So teilte ich ihm damals mit, daß ich ihn küssen und mit ihm Bäume ausreißen wollte.

Terra inkognita

Mit Franziska verbrachte ich ein schönes Wochenende. Ich bedauerte es sehr, mich am Sonntagnachmittag am Busbahnhof von ihr verabschieden zu müssen. Als sie dann verschwunden war, stand ich an den letzten drei, vier Vormittagen des Jahres vor der Tafel und saß abends im Türkischkurs, den ich seit Semesterbeginn mit wachsender Begeisterung besuchte.

So vergingen die Tage. Sie vergingen sang- und klanglos, und obwohl mich ab und an etliche bürokratische Angelegenheiten fuchsten, erledigte ich allen Krempel mit einer Engelsgeduld, feilte darüber hinaus an Bewerbungen herum und schrieb ein Dutzend Mails mit Neujahrswünschen, die in Sekundenschnelle auf allen Breiten- und Längengraden der Erde landeten. Dann, am 29. Dezember, lag ganz unverhofft eine Kurzmitteilung von der Postzentrale Kadıköys in meinem Postkasten, über die ich mich zunächst nicht freuen konnte. Auf mich wartete ein Paket im Zollpostamt von Davutpaşa. Der Absender des Paketes – Ludwig Rauschen – leuchtete mir in krakeliger Schrift entgegen. Ludwig hatte mir wohl ein Weihnachtspaket geschickt.

Davutpaşa ist ein Industriegebiet Istanbuls, welches auf der europäischen Seite liegt. Davutpaşa bleibt für mich ein Synonym kafkaesker Bühnenbilder. Davutpaşa ist ein Ort der abstrusesten Verwaltungsmaschinerie, der mich an Kammern mit Tausenden von Dokumenten und Dossiers erinnert. Ein Ort, der mit seinen Hunderten von Räumen einem düsteren Bunker gleicht. Vor Davutpaşa habe ich eine irrationale Furcht, die mit dem Bild verwahrloster Bahnhofsecken in deutschen Städten umschrieben werden kann. Es ist diese Angst vor der Dunkelheit, die Angst, von hinten gepackt zu werden und wehrlos dem Täter gegenüberzustehen. Ich weiß nicht warum, aber vor Davutpaşa habe ich eine unglaubliche Angst, die der Angst des Joseph K. in nichts nachsteht.

Wegen dieser irrationalen Angst konnte ich meine Neugier auf das Heilig-Abend-Paket über sieben Tage nach hinten schieben. Ich ließ das alte Jahr verstreichen. Ja, es verging wie eine Stimme unter dem Eis des tiefsten Winters, und nur vereinzelte Schneeflocken drehten sich in der Luft und fielen langsam auf die Erde. Sie fielen sanft und hatten nichts mit Vorboten für Friedensverträge gemein. So kehrte mir das Jahr den Rücken zu, und an seinem letzten Tag saß ich im Kreise meines Kollegiums in einer netten Bar. Man trank Rakı oder Wein oder Efes, und ich nippte immerzu von meinem Orangensaft oder schlürfte den tiefschwarzen Tee. Irgendwann knallten Sektkorken und Raketen. Man klatschte, pfiff und schrie in den Himmel, und das einzige, was mir in der Silvesternacht aufstieß, war das widerwärtige Verhalten eines Typen, der am Nachbartisch eine blutjunge Kellnerin anbaggerte. Ununterbrochen wollte er ihre Wespentaille umfassen oder auf ihre Backen klatschen, und mir kam es so vor, als sabbere er wie eine Dogge im heißesten Sommer herum. Und dann, wenige Minuten nach Mitternacht, schleppte mein Kollege Thomas im Eifer des Gefechtes eine amerikanische Touristin ab, mit der er sich gerade mal fünf Minuten unterhalten hatte. So mir nichts, dir nichts waren beide plötzlich verschwunden. Ich hörte sie noch über etwas reden, hörte sie lachen. Dann waren sie fort, und laut seinen exaltierten Beschreibungen, die er mir Tage darauf in den schillerndsten Tönen am Telefon mitteilte, konnte er dieser Lady aus Virginia in der Neujahrsnacht fünf Orgasmen bescheren. Ich dachte lange über diese anregende Neujahrsagilität nach und wünschte Thomas für alle seine bevorstehenden Leistungen alles Gute.

Für mich begann das neue Jahr ohne Schnickschnack. Es begrüßte mich mit einem Berg an Arbeit. Ich hatte unglaublich viel zu tun und schwitzte in Ämtern oder vor der Tafel, und als am 7. Januar immer noch die Scheiben zugefroren waren, wollte ich nicht länger fackeln und machte mich auf nach Davutpaşa. In aller Herrgottsfrühe setzte ich mich in den Bauch eines Schiffes und tuckerte gemächlich nach Eminönü. Gähnend beobachtete ich die wenigen Gäste, die den Möwen bei ihrem morgendlichen Flug nachsahen. Ganz Istanbul schien noch in der Morgensonne zu schlafen. Im schwachen Licht, das weich auf den Bosporus fiel, flogen Tauben durch die Luft. Drei, vier Fischerboote waren zu sehen. Der Geruch von Salz und Fisch drang bis in den Bauch des Schiffes. Der Bosporus zeigte sich in den stolzesten Farben. Er schimmerte mal im klaren Blau, mal glitzerte er im dunklen Grün. Es war ein so friedlicher Morgen, und die kalte Seeluft, die durch den Spalt eines Fensters hereinblies, reinigte alle Lungen und trug die Passagiere von Asien nach Europa, und ich folgte den Schlagzeilen, die vor den Nasen der Fahrgäste klebten und ließ mich für eine kleine Ewigkeit auf dem Wasser treiben, und es war tausend Mal schöner als die freie Überlandfahrt in einem Ferrari Testarossa auf der Autobahn. Ich liebe Dampfer über alles. Es wird wohl ihr selbstvergessenes Vorwärtstuckern sein, das mich inspiriert und mein Herz höher schlagen läßt.

An dem Januarmorgen war ich voller Vorfreude auf das Paket von Ludwig. Ludwig ist seit zwei Jahren verheiratet und kann neben seiner talentierten Frau und seinem quirligen Sohn auch noch mit einem summa cum laude glänzen. Mit Ludwig lebe ich bestimmte Rituale aus. Wir spazieren an schönen Sommertagen durch die Büsche des Münsterlandes und philosophieren unter Buchen und Birken über das Leben, und immer dann, wenn wir es bis zu den jüngsten Fäden abgespult haben, trennen wir uns wieder und gehen bis zum nächsten Wiedersehen unsere Wege mit ihren tausend Umwegen.

Ich saß im Bauch des Schiffes und spürte, daß er mir sein Romanmanuskript an den Bosporus geschickt hatte. Ich freute mich auf das Paket und über den Morgen und die Tatsache, mich mehr und mehr in der türkischen Sprache zurechtzufinden. Ich war dabei, einen ungeahnten Enthusiasmus für die altaische Sprache zu entwickeln, die sich bis in das 7. Jahrhundert zurückverfolgen läßt, als man althochtürkische Inschriften am Orchun und Jennisef in Zentralasien gefunden hatte. Seit Wochen büffelte ich für den Türkischkurs. Die türkische Sprache war meine jüngste Leidenschaft, und da ich Yunus über Bord werfen mußte, da ich ihn letztendlich doch in die Verbannung schicken mußte, ging ich einen Bund mit meinem Ehrgeiz ein und schließlich und endlich auch mit meiner Phantasie. So sah ich am Horizont eine Gestalt an Größe zunehmen, die sich dort grenzenlos ausleben durfte, und ich wußte, daß ich ihr wohl irgendwann im Supermarkt zwischen Toilettenpapier und Domestos oder vor einer kunstvoll gestapelten Apfelsinenpyramide in die Arme laufen würde, und just in dem Moment, in dem sie sich mit vollen Händen auf den Einkaufswagen zubewegen würde, käme ich rücklings angeschlichen, käme ihr so nahe, daß ich sie versehentlich mit ihrer Schose an Katzenfutter und Waschmittel in die Apfelsinenarchitektur stieße. Für solche Begegnungen bin ich prädestiniert. Ebenso bin ich dafür prädestiniert, in solchen Momenten in ein schallendes Gelächter auszubrechen. Ein Mann mit Humor käme mir da entgegen. Einer ohne diesen Charakterzug würde mich mit was weiß ich für Blicken töten. Ich muß gestehen, manchmal suche ich diesen Traummann, der im Apfelsinennest seinen Nektar leckt. Quietschvergnügt und pappsatt sitzt er da und lächelt mich an, und da es ihn nicht gibt, bleiben mir als Trostpflaster die fünf-Minuten-Gespräche mit betuchten Damen, umsichtigen mittelständischen Frauen und den unzähligen fürsorglichen Müttern aus ärmeren Schichten vor den Supermarktregalen.

Ich saß auf der Fähre und las eine Erzählung von Aziz Nesin. Ich schmunzelte über seine Humoreske. Ich flog über die Seiten und sann vor mich hin. Dann schweifte ich ab und stand meiner eigenen Welt mit ihren Anekdoten gegenüber. Vor meinen Augen spielten sich Szenen ab. Plötzlich stand ich im heimeligen Büro des Gemeindevorstehers. Er fragte mich nach dem Grund des Kommens. Sorgfältig artikulierte ich meine Sätze. Andächtig hörte er mir zu und druckte die gewünschte Wohnsitzbescheinigung aus. Und er las meinen Namen und fragte interessiert: „Nerelisiniz?“ („Woher kommen Sie?“), und ich antwortete, und prompt fragte er auf Deutsch: „Aus welcher Stadt kommen Sie?“ Schulmädchenbrav antwortete ich auf Türkisch, und er fragte: „Seit wann wohnen Sie schon in Istanbul?“

Ich antwortete, und er fragte, und ich antwortete, und mir glitten hundert türkische Wörter über die Lippen, und nach einer Weile schaute ich mich etwas verschämt im Büro des Gemeindevorstehers um und sah, wie alle rings um mich herum schmunzelten und unserem Schauspiel beiwohnten. Eine Frau mit Kleinkind flüsterte ihrem rauchenden Sitznachbarn zu: „Ne kadar tatlı Türkçe konuşuyor!“ („Wie schön sie doch Türkisch spricht!“).

Verlegen lächelte ich das lächelnde Kind an und wollte in Erfahrung bringen, in welcher Stadt der Gemeindevorsteher in Deutschland gelebt habe. Er sagte: „München.“

Ich erwiderte: „Güzel bir şehir!“ („Eine schöne Stadt!“), und er antwortete lakonisch: „Ordentlich!“, und ich nahm die Wohnsitzbescheinigung, bedankte mich höflich und verließ das Büro.

Manchmal hinterließ mein Sprachfortschritt profitable Spuren. Es gab Situationen, die mich lange beschäftigten. So besuchte mich vor Monaten meine Tante Paula für sieben Tage. In der Zeit verfolgten wir ein exorbitantes Programm. Alle Sehenswürdigkeiten, die zwischen Topkapı-Serail und Ägyptischem Basar aufzuspüren sind, alle byzantinischen und osmanischen Reichtümer wollte ich ihr ans Herz hängen. Wir liefen durch tausend Straßen. Ich stellte ihr von der Basilika-Zisterne bis zur Süleymaniye Moschee jeden Straßenwinkel vor, dem man nur die volle Aufmerksamkeit widmen mußte, um Phänomenales darin zu entdecken. Ja, alles, was ihr Herz begehrte, wollte ich in Erfüllung gehen sehen, und immer dann, wenn wir Eintritt zahlen mußten, zeigte ich meinen Ausweis der Universität und wurde prompt gefragt: „Türk müsünüz?“ („Sind Sie Türkin?“), und Paula machte große Augen und wurde ganz unverhofft Augenzeugin meiner Lügen, da ich ohne Eintrittsgeld durch osmanische Torbögen schreiten durfte und sie wie ein verwaistes Kind vor Eintrittskassen stehen ließ. Und sie fragte mich nervös, wie hoch der Eintritt für sie sei. Dabei wedelte sie immerzu mit einer Banknote, die keinesfalls ausreichte, um Glanztümer vergangener Imperien bestaunen zu dürfen. Und wie sie dort nahezu hilflos mit zerknitterten Papierscheinen auf sich selbst gestellt war, wurde deutlich, daß wohl der Vater der Türken das Problem der Deutschen bei türkischen Banknoten sein müsse, da Atatürk auf allen Geldscheinen mit ihren vielen Nullen die Nachkommenschaft in Atem hält. Man hatte ihn in Rot und Grün, in Braun und Rotbraun auf Papier gestanzt. Wie sollen Deutsche die vielen Nullen auseinander halten können, wenn der

Gründer der Republik als monetäre Nationalfigur alle Papierscheine personifiziert?

Während bei mir der Groschen fiel, winkte Paula mit drei Scheinen und wußte nicht, was zu tun war. Verständnisvoll zeigte ich auf die 1-Million-Banknote und sah, wie sie einen schmuddeligen roten Schein auf die Theke legte. Daraufhin tippte ich auf die 5-Millionen-Note mit ihren ersten drei Nullen, die Weiß straffiert sind und auf die anderen Nullen, die Braun gekennzeichnet sind, und Paula staunte Bauklötze und kommentierte das System als: „Gar nicht mal so dumm!“, und ich rätselte herum und dachte darüber nach, ob ihre Äußerung eine versteckte oder eher eine offene Arroganz zu Tage förderte. Mir gefiel ihr Satz nicht. Mir gefiel er ganz und gar nicht, und ich mußte meinen Senf dazu abgeben.

So ist es nun mal. Im Ausland wachsen einem neue Sensoren. Ich bin ja Formulierungen aller Couleur über das Land, in dem ich lebe und arbeite, gewohnt, aber manchmal kann ich einfach nicht den Mund halten. Wenn ich den Eindruck gewinne, daß jemandem der Kamm schwillt, muß ich reagieren. Arroganz oder Ignoranz ertrage ich an bestimmten Tagen nicht, und da wird etliches an Land geschwemmt. So muß ich hin und wieder Landsleuten einen Spiegel vorhalten, wenn mir irgend etwas nicht paßt. Es gibt ja Gemüter, die sich wie besserwisserische Banausen benehmen. Es gibt Geister, die in kurzen Röcken oder in Bermudashorts in Moscheen springen. Instinktiv sehe ich mich dann gezwungen, diesen verirrten Geschöpfen hinterherlaufen zu müssen. So mime ich manchmal nach bestem Wissen und Gewissen die Multiplikatorin, die bereits die unausweichlichen Prozeduren der tausend Mißverständnisse durchlaufen hat, um ungefähr einschätzen zu können, wann, wo und vor allem warum etwas mißverstanden werden könnte.

Ja, irgendwann kam für mich der Tag, an dem ich mir selbst viele Fragen stellte. Irgendwann machte ich mich auf die Suche nach dem Reich der interkontinentalen Raumerfahrung, und seither träume ich von der attraktiven Rolle eines schaukelnden Mädchens über dem Bosporus, das mit Haut und Haaren dieses Hin und Her und Hin und Her verinnerlichen möchte. Zuweilen gibt es jedoch Momente, da erschlagen mich alle Bewegungen. Ich bleibe dann das einsame Kind auf einer einsamen Schaukel und sehe mich über überfüllte Basare mit ihren tausend Düften und Farben fliegen. Ich sehe mich auch über gigantische Jahrmärkte mit ihren Riesenrädern und Schießbuden und Wurstständen fegen.

Der behäbige Dampfer schubste die Passagiere einen Schritt nach vorne. Mit dem kurzen Stoß begriff ich, daß ich die Anlegestelle in Eminönü erreicht hatte. Ich lief die Stufen hinunter, verließ mit einem Sprung das Schiff und ging die wenigen Meter bis zur Straßenbahnhaltestelle. Dort wartete ich einige Minuten auf die Verbindungslinie, die nach Bayrampaşa fuhr und quetschte mich in eine völlig überfüllte Bahn. Nach zwanzig Minuten stieg ich aus und trippelte die Stufen bis zur Hauptstraße herunter. Dort winkte ich ein Taxi herbei und fuhr durch ein Gewerbegebiet, das von Bayer bis Mercedes sämtliche schlagkräftige deutsche Namen zu bieten hatte. Ich erreichte das Portal des Zollamtes und stellte verwundert fest, mein Ziel zu früh erreicht zu haben. So setzte ich mich auf die Bank einer Haltestelle und warf sture Blicke auf vorbeidonnernde Firmenwagen und schweifte irgendwann wieder ab und sah mich plötzlich in der Ausländerbehörde in Aksaray wieder, in der ich Tage zuvor in mühseliger Fisselarbeit meinen Aufenthalt zu verlängern beabsichtigte. Was geschah an dem Tag? Ich durfte gleich beim höchsten Tier vorsprechen. Kaum hatte ich das Anmeldebüro des Polizeipräsidiums betreten, lächelte mich der Beamte an, dem ich seit Monaten ein Dutzend Petitionen vor die Nase gelegt hatte. An dem Morgen lächelte mich der Beamte charmant an. Er war so charmant zu mir, daß er, ohne mit der Wimper zu zucken, alle Unterlagen mit einem Kürzel absegnete und mich vor der Tür des Polizeipräsidenten absetzte. So trat ich ins Büro der Eminenz und wurde von einer pittoresken Blumenbank überwältigt. Ich sah nur noch Grünpflanzen, die ordentlich in Terrakotta-Übertöpfen thronten und die schmale Gestalt des Präsidenten hinter einem pompösen Schreibtisch versteckten. Ich trat bis an den prunkvoll geschmückten Tisch mit seinem Set an Stempeln und Kistchen und erspähte das Gesicht eines etwa vierzigjährigen hageren Mannes, der mich freundlich darum bat, Platz zu nehmen, und wie ich ihm gegenübersaß, bemerkte ich, daß seine linke Augenpartie mit größeren und kleineren Narben verstellt war. Er sah so verunstaltet aus, daß er mich ein wenig an das Schicksal des Englischen Patienten erinnerte, der unter dem toskanischen Abendhimmel durch den Regen spazierengeführt wurde. Doch das Antlitz des Präsidenten war nach wie vor von graziler Schönheit. Seine Augen waren wasserblau, seine Hände schön und schmal, und ich sah schon seine filigranen Finger Giacometti-Figuren formen. Alles deutete auf einen äußerst sensiblen Charakter hin.

Ich starrte mit offenem Mund auf sein lädiertes Auge und erläuterte mit Hilfe des Wunschschreibens mein kurioses Anliegen. Kaum hatte ich das

Wort Scheidung in den Mund genommen, rückte er mit einem saloppen Schups seinen Stuhl näher heran und erwähnte im Beisein eines Beamten im galanten Sprachwechsel, daß er bereits zwei Mal geschieden sei. Er sagte das so, als würde er einen Apfel schälen oder in eine Banane beißen und fügte lakonisch hinzu, daß er die Ehe für die blödeste Einrichtung überhaupt halte. Er sagte alles so lapidar daher, und ich schwieg und schaute ihn dabei verschämt an, und mit dem Ausbleiben einer Antwort schien er noch angetaner von mir zu sein, und alles, was daraufhin passierte, waren wohl seine übertriebenen Bemühungen, mein brenzliges Aufenthaltsdilemma mit seinem Kladderadatsch lösen zu wollen.

So verging eine Dreiviertelstunde. Der Kommissar bot mir eine Marlboro an, ließ Tee und Gebäck bringen und telefonierte mit drei, vier Beamten, die sich meiner Akte annehmen mußten. Und es klopfte an der Tür und klopfte wieder, und ein Polizeibeamter trat ein, um alle Fragen des Präsidenten zu beantworten. Ja, ohne übertreiben zu wollen, traten in der Zeit wohl fünf Beamte und über dreißig Frauen aus Rumänien, Bulgarien, Albanien und dem Kosovo in das von Blumen überladene Büro, um sich den Segen des Kommissars zu holen, und nur das energische Geschnattere eines blauen Wellensittichs, der in der verqualmten Luft zu hängen schien, gab dem Ambiente etwas Bizarres. Ich saß im Sessel, und vor meiner Nase saß die höchste Instanz, und es war ein Kinderspiel zu beobachten, wie sich der Kommissar schließlich als Bedürftiger entpuppte. Er genoß es wohl, die große Blonde an seiner Seite zu haben, und ich wußte, daß dieses Spiel der einzige Rettungsanker für mich darstellte. So klebte ich im Sessel und hörte, wie er mit mir über die kompliziertesten Sachverhalte des Lebens sprach.

Eigentlich war das lächerlich. Die Frauen aus dem Balkan traten mit ihren Übersetzern ins Blumenbüro, baten im höflichen Ton um seine Unterschrift, und der Kommissar machte eine abfällige Bemerkung, und schon mußten sie die Höhle des Löwen verlassen. Dieser bittere Geschmack der Ablehnung klebte noch auf meiner Zunge. Aber an dem Morgen saß ich im Ledersessel und philosophierte und schluckte mit dem süßen Tee alle bösen Vorahnungen herunter, die hin und wieder hochschwappten, und unterdessen flehte mich der Kommissar wie ein hungriger Wolf an, und je länger seine Augen auf mich gerichtet waren, desto freier konnte ich reden. So wurde ich stärker und stärker und bemerkte, wie er an meinen Lippen hing. Ich saß im Sessel und fixierte die ein- und ausströmenden Balkanfrauen. Dann schossen mir absurde Gedanken durch den Kopf. Ich rutschte tiefer und tiefer in den Sessel, trank den letzten Schluck Tee und konnte nicht mehr damit aufhören, mir das Leben dieser vielen Frauen vorzustellen. Von der Kindheit bis zur Heirat, von dem Kinderkriegen und alltäglichen Mühen und Rackern. Ich sah, wie sich zwischen meinen Oberschenkeln ein Fingernagel in das Fleisch der linken Hand gebohrt hatte und Blut auf den hellen Teppichboden tropfte.

Mein Gott, an dem Morgen war ich so empfindlich. Ich war so verdammt empfindlich, denn ich konnte die Vorstellung nicht länger ertragen, ausländische Frauen in deutschen Ausländerbehörden, algerische Frauen in französischen Ausländerbehörden oder mexikanische Frauen in amerikanischen Ausländerbehörden abgefertigt zu sehen und immer und immer und immer so weiter. Es war weniger der Kommissar, der diese Stimmung in mir verursachte. Es war eher der Ort, mit seinen Menschen und ihrer Mühsal, der so schlagartig klar machte, daß es eine stupide Weltrangfolge von Reisepässen gibt.

Ich stand vor dem eingezäunten Hof des Zollpostamtes und dachte an die schmalen Hände des Kommissars. Dann dachte ich an Deniz und seine luziden Erklärungen, an Leyla und ihre heiligen Ideen, an Nunik und ihre Andantebögen, an Yunus Humor und Lauras kupferrotes Haar und wollte sie allesamt bei mir haben. Dann katapultierte mich eine grabestiefe Traurigkeit irgendwohin. Ich wollte dieses Leben mit seinem Jammertal für eine Weile nicht wahrhaben und fluchte leise vor mich hin. Ich fluchte vor dem Zaun des Zollpostamtes über Hermann und Can und fluchte immer weiter, bis ich den letzten Pfahl des Zaunes erreicht hatte. Dort fragte ich mich, was ich eigentlich am Bosporus zu suchen hatte. Dann befreite mich ein Beamter von allen Fragen, da er alle Türen des Postgeländes öffnete, und ich steuerte auf einen Schalter zu und schilderte einem Beamten mein Anliegen. Dann wünschte ich mir, daß sich seine Stirnfalten auflösten. Statt dessen bat er mich darum, näher ans Fenster zu treten und tippte mit seinem nikotingelben Finger auf das Eingangsdatum der Postzentrale Kadıköys, die das Paket nach Davutpaşa geschickt hatte. Ich ahnte, was kommen sollte. Ich hatte die Abholfrist nicht eingehalten und hörte den Postbeamten in klaren Worten sagen, daß sie bei sieben Tagen läge. Wieder fluchte ich vor mich hin und rief mir ins Gedächtnis zurück, wie mir ähnliches Monate zuvor bei der Bielefelder Post widerfahren war.

Am Rhein und am Bosporus

Nach diesem dubiosen Vormittag legte ich mich später, als die Sonne schräg vom Himmel fiel, ins Bett und blieb bis Mitternacht im matten Dämmerschlaf liegen. Dort stöhnte ich leise vor mich hin und wollte für ein paar Stunden die Welt vergessen machen. Vor mir flimmerten vergangene Tage auf. Yunus erschien mir. Auch Deniz sah ich wieder. Sie strahlten mich mit ihren klaren Augen an und winkten mir mit langen, schlanken Armen zu. Wortlos zogen sie von dannen. Dann sah ich Leyla und Franziska, kurz darauf Berna und Laura vor mir tanzen. Dann stand meine Mutter vor mir. Sie rief meinen Namen, spülte in der Küche das Geschirr ab, jätete im Garten Unkraut und hing im Waschkeller Arbeitsklamotten auf. Bilder über Bilder stapelten sich wie Filmrollen in Archiven vor meinem Kopfkissen. Ich nickte ein und träumte:

Die Erde kam langsam auf mich zu. Sie drehte sich immer schneller. Sie nahm an Größe zu. Alles drehte sich unentwegt und war so sehr mit sich selbst beschäftigt, daß die Erde alles an Wasser und Natur von sich abschüttelte. Bäume, Blumen, Tiere und Menschen fielen herunter und purzelten irgendwohin. Sie drehte sich unermüdlich weiter und nahm kontinuierlich an Geschwindigkeit zu. Auch der Mond, der weiß schimmerte, drehte sich. Ich sackte irgendwohin, sackte immer tiefer und tiefer. Dann bewegte sich die Erde mit dem Mond auf die Sonne zu, die über Gut und Böse zu urteilen schien.

Es flackerte hinter meinen Augenlidern wie bei einer kranken Glühbirne auf, und ich lachte wohl im Traum, da neben dem Mond die kleine Hand von Dr. Armut zu sehen war. Er wollte meine Nerven ausreizen. Er versetzte mir mit einem Dirigierstab kurze elektrische Stöße. Lichtjahre von ihm entfernt strahlte die allmächtige Sonne, und unter Dr. Armut klebte der Mond wie ein verspieltes Kind an der prallen Erde.

Dr. Armuts Worte fielen in mein rechtes Ohr. Sie purzelten wie schwarze Spinnen aus seinem Mund, sabberten mich voll und gluckerten in meine Ohrmuschel. Er hatte mich an einen Stuhl gebunden und flößte mir mit einem Riesentrichter böse Worte ein. Zugleich hämmerte er mit nervösen Dirigierschlägen gegen eine riesige Wand, die wie eine Woge zwischen der Erde und dem Mond das Universum festzuhalten schien. Ich sah mich auf einem Stuhl sitzen und war ihm ausgeliefert. Ich hörte ihn schreien und sah, wie er mich quälte und mich zwang, über seine Skru-

pellosigkeiten zum Schweigen verpflichtet zu sein. Immer wieder grinste er mich an, und immer wieder wimmerte ich zwischen der Erde und dem Mond. Dann schrie ich auf.

Es dauerte Minuten, bis ich mich einigermaßen beruhigt hatte. Ich torkelte in die Küche und trank Unmengen Wasser. Ich nahm eine heiße Dusche und legte mich unmittelbar darauf wieder ins Bett. Ich fühlte mich so schlapp, daß ich für Sekunden den Verdacht schöpfte, etwas Verunreinigtes gegessen zu haben. Doch es gab nichts, was in meinem Bauch lag. Es war wohl die Welt, die mich anekelte und mich schwindelig werden ließ. Dann katapultierte sie mich in den nächsten Traum. Wieder sah ich die Erde auf meinem Kopfkissen kreisen, und es dauerte nicht lange, bis mir meine Mutter erschien und die Gestalt einer prächtigen Bienenkönigin annahm:

Sie hatte lange Fühler und eine zitronengelbe Nase. Sie thronte auf einem violettschimmernden Podest. Etwas abseits von ihr scharten sich Frauen um sie herum. Sie saßen in Polstersesseln oder kauerten um den Rocksaum meiner Mutter, die wie eine Bienenkönigin auf ihrem Podium thronte. Als sie plötzlich in unnachahmlichen Tönen zu predigen begann, spitzten alle Frauen wie wilde Hennen ihre Münder, fuchtelten mit ihren Fingern durch die Luft und machten sich reihum über mich lustig. Sie urteilten über mich und alle Polaritäten der Welt. Sie urteilten über Hell und Dunkel, Weiblich und Männlich und Himmlisch, Höllisch, und ich war es, die mit einem Hammerschlag von der Königin weggefegt wurde. Sie fegte mich irgendwohin. Ich sah mich dem Mond entgegenfliegen. Dann vernahm ich aus dem letzten Winkel der Erde das Bellen eines Hundes. Es war Bobby, der Hund meiner Oma. Er rief mich, und ich flog zu ihm und in den Garten meiner Oma und suchte Bobby. Ich fand ihn nicht. Alles, was ich um mich herum sah, waren unzählige feurige Blumenstauden und die geschwollenen Augen meiner Oma. Sie schaute mich an und steckte mir ein karminrotes Bonbon in die Rocktasche. Ich sah auf ihren Bauch, der wie ein Hefeteig aufging. Dann beugte sie sich mit ihrem tonnenschweren Bauch nach vorn, lächelte mich an und sagte, daß sie tot sei, und ich schrie und rief nach Bobby und suchte im Garten nach der Schaukel.

Ich war schweißgebadet und brauchte Minuten, bis ich wußte, wo ich eigentlich war, und es verstrichen weitere Minuten, bis ich imstande war, das Telefon zu nehmen und Leylas Nummer zu wählen. Mir war so, als hätten sich meine Glieder in trockenes Wellpapier verwandelt. Auch noch später, als sich eine aufgeweckte Stimme am anderen Ende der Leitung mit einem: „Hallo!" meldete, konnte ich nur ein kehliges: „Ich bins." aussprechen. Dann hörte ich sie viele Fragen stellen, und dann flüsterte sie in die Telefonmuschel, unlängst von mir geträumt zu haben, und ich wurde wach, horchte auf und fragte nach dem Traum. Leyla beschrieb mir, wie ich in einem hellen Saal mit einem riesigen Rokokotisch vor einem dekkenhohen Spiegel stehe und ein schwarzes Kleid mit einem tiefen Ausschnitt trage. Leyla sagte, daß ich einen Brief in der Hand halte. Ich stehe vor dem Spiegel, betrachte mich im schwarzen Kleid und zögere es heraus, den Brief mit einem säbelgroßen Brieföffner zu öffnen. Dann kommt Dr. Armut und reißt mir den Brief aus der Hand, grinst und verschwindet im Nichts ihres Traumes.

Leyla schwieg mich an. Ich lag auf dem Boden. Dort verzahnten sich unsere Träume wie Versatzstücke. Ich schilderte ihr meinen Tag mit allen Träumen. Es hatte den Anschein, daß meine Ängste und Aggressionen ehrlicher mit mir umzugehen schienen als das bloße Leben. Das Universum mit seinen Bühnenbildern schleuderte mich auf den blanken Boden mit seinen vielen Köpfen, die auf mich zudonnerten und im Begriff waren, mich zu überrollen.

In der Januarnacht lag ich lange wach. Ich lag im Bett und hörte Nachrichten und las Zeitungen, die sich stapelweise angesammelt hatten. Irgendwann schweifte ich ab und sah den Bosporus mit seinen glitzernden Farben und heiligen Ufern. Ich sah schlafende Boote, kreisende Möwen, behäbige Dampfer, die die Meerenge passierten. Ich sah Kadıköy, Üsküdar, Ortaköy, Bebek, Beşiktaş, Taksim, Beyoğlu, Karaköy und Eminönü. Dann wurde das bunte Treiben der vielen Viertel von den heiligen Ufern abgelöst. In Anadoluhisarı erspähte ich mein Studentenpublikum, das an einer Böschung weilte und von einem Sonnenkranz umrahmt war. Daneben wartete mein türkisches und deutsches Kollegium auf was auch immer. Etwas abseits hing ein schiefes Bild, auf dem ich zwei Paddelboote erkannte. In einem Boot saß Dr. Armut. In dem anderen Boot paddelte Dr. Plemberg.

In der Nacht mit ihren Ufern und Gewässern passierte etwas mit mir. Ich drehte mich hin und her und dachte über die verstrichenen Jahre am Bosporus nach. Lange lag ich wach. Sehr lange, und dann streifte ich in der Morgendämmerung sämtliche Überzeugungen von mir ab, an die ich mich bis dahin wohl geklammert haben mußte. Schließlich und endlich verlor ich meine Loyalität. Ich verlor den Glauben an meinen deutschen Arbeitgeber, an den Rhein und an seinen Verein. Es blieb nur ein lächerlicher Schatten übrig. In der Nacht ließen mich bestimmte Begriffe nicht mehr in Ruhe. Aber wem konnte ich sie anvertrauen? Wem hätte ich diesen Wortsalat anvertrauen können?

In der Nacht war mein Glaube an meinen Arbeitgeber verlustig gegangen. Weg war er. Weg war die Loyalität, weg waren eingebildete Überzeugungen. Ich war einzig und allein auf mich gestellt und sah den Booten, Schiffen und Festungsmauern hinterher.

Am nächsten Morgen fühlte ich mich wie in tausend Stücke zerlegt. Ich stand auf und schüttete mir kaltes Wasser ins Gesicht. Ich zog mir die Frotteehose, einen Baumwollpullover und Joggingschuhe an und setzte mich unmittelbar vor der Haustür in Bewegung. Nur wenige Minuten darauf joggte ich am Strand von Moda entlang.

Es war ein schöner Jaunarmorgen. Der Himmel kündigte einen klaren Tag an. In gleichmäßigen Zügen atmete ich frische Brisen ein und wieder aus. Ohne Linsen, ohne Brille verschmolz der Himmel mit dem Horizont. Ich nickte Seemöwen bei ihrem Morgenflug zu, sah sie in Scharen kreisen, und so erhaben und stolz wie ihr Gesang zu mir herüberdrang, war mir mit einem Mal danach, ihnen die Wahrheit mitzuteilen. Ich wollte meinen Zorn nicht länger mit mir herumtragen. Ich mußte Luft ablassen. Alles sollte raus. Und dann kam mir wie vom Himmel fallend die Idee, einen Brief an den Rhein zu schicken. Ich wollte direkt bis nach oben gehen. Die allerhöchste Instanz sollte es sein.

An dem Januarmorgen konnte ich die faulen Früchte von Dr. Plemberg und Dr. Armut nicht mehr riechen. Ich wollte einen Brief an Professor Badem schreiben. Wie die Erde sich auch drehen mochte, es mußte etwas geschehen. Auf groteske Art und Weise kaschierte der Rhein ein Politikum und trug doch das Bild von Glanz und Gloria nach außen.

An dem Januarmorgen beschleunigte ich meinen Laufschritt und hörte mich sagen, daß Bäume nicht in den Himmel wachsen, und es dauerte nicht lange, und ich schrieb drei Seiten an Professor Badem. Lange feilte ich herum, suchte nach passenden Formulierungen und nicht anfechtbaren

Worten. Es war ein kritischer Brief, der dennoch den Ton der Diskretion wahrte. Auf drei Seiten teilte ich ihm mit, welcher Spuk in der Abteilung herrsche. Ich schilderte Fakten, Tatsachen, Begebenheiten und verwies auf die wenigen Köpfe, die Dr. Armut im Sommer 1997 auserkoren hatten, und obwohl das Faß längst übergelaufen war, glaubte der Rhein wohl an Wunder, die die Wogen an den Ufern Anadoluhisarıs zu glätten vermochten.

Am Montagnachmittag eilte ich nach dem Unterricht zur Post. Dort stellte ich mich in die Schlange und wartete auf den Moment der Erlösung. Ich ließ den Badem-Brief als Einschreiben frankieren und hörte, wie er in den Metallkasten plumpste und sich in der Tiefe der schlafenden Briefe verlor. Ich drehte mich um und sah einem Arbeiter beim Bohren mit einem Preßlufthammer zu, der gegen den steinharten Boden ankämpfte. Dann schaute ich auf die Postuhr, die zwei Minuten nach drei Uhr anzeigte. Dann war ich von der Vorstellung überwältigt, mir Professor Badem in seinem schmucken Büro vorzustellen. Er öffnete den Brief, und alle Buchstaben fielen über ihn her. Diese Vorstellung verschaffte mir eine absolute Befriedigung.

Ich steuerte auf die Albay-Faik-Özdener-Straße zu, dann auf die Misbah-Muhayyeş-Straße, und dann verlor ich im immer noch nüchternen Zustand den Boden unter den Füßen. Ich schwankte. Mein Kreislauf trug mich in schwindelnde Höhen. Es folgten leichte Vorwärtsbewegungen und dann wieder Rückwärtsströme. Mit einem Mal bewegte sich die Straße wellenartig auf mich zu. Ihr Kreislauf verschmolz mit dem Auf-und-ab meiner Bahnen. Ich war nicht mehr in der Lage, zwischen mir und dem Boden eine Trennlinie zu erkennen. Alles drehte sich wie in einem Karussel, und je länger und schneller ich mich darin drehte, desto stärker pulsierte mein Blut durch alle Bahnen, und es gab eine Kraft, die mitten durch die Straße und meinen Unterleib ging. So erlebte ich in Anwesenheit unzähliger Leute auf der Mühürdar-Straße einen phänomenalen Orgasmus. Er überkam mich einfach so. Alles löste sich in mir auf und stürmte in wellenartigen Wallungen bis ins Zentrum meines Ichs. Dort befreite ich mich von allen Anspannungen, tanzte über die Straße und hörte, wie mein Herz gegen alle Rippen schlug. Und es gab diesen einen göttlichen Strahl, der alle Poren in Sekundenschnelle benetzte. So floß ich dahin und fühlte mich wie durch Wattewolken gezogen. Vereinzelte Passanten starrten mich an und fragten sich wohl, ob ich von allen guten Geistern verlassen sei. Vielleicht fragten sie sich auch, ob mir noch zu helfen sei. Es war jedenfalls ein phänomenales Erlebnis, und ich denke gerne daran zurück.

Alles, was ich nach diesem legendären Montag meinen Studentinnen und Studenten mitteilte, tat ich aus Überzeugung. Ich scheute mich nicht vor spitzen Bemerkungen über Systemkorsette oder Sachzwänge zurück. Ich hatte eine Wut im Bauch und war mir selbstverständlich darüber im klaren, daß mein dreiseitiger Brief seinen Empfänger womöglich nicht finden sollte, da er irgendwo abgefangen wurde. Dennoch befriedigte es mich ungemein, den Mund aufgemacht zu haben. Ja, ich hatte meinem Herzen Luft gemacht. Dort faulte lange etwas vor sich hin. Mein Gott, was mich lange an der Anadoluhisarı-Akte in Erstaunen versetzt hat, ist die Tatsache, daß es nie einen Schritt in Richtung Aufklärung gegeben hat. Über Jahre hinweg wollte der Rhein keine Änderungen vornehmen. Zwei Männer führten alle an der Nase herum, und die Zeit bekam Flügel, und trotz aller Beschwerden blieben Bonaparte und Wilhelm im Amte. Natürlich brachte das einige um den Verstand. Sie ließen alles stehen und liegen und gingen; andere wiederum mußten gehen; sie wurden regelrecht herausgeworfen, und auch ich war in der schlimmsten Zeit nahe dran, das Handtuch zu werfen. Ich hatte die Nase gestrichen voll. Letztendlich bewahrte mich wohl mein Publikum davor, alles hinzuschmeißen, und ich glaube, daß es gut war zu bleiben, da mir diese unsagbare Akte den Kopf in eine Richtung rückte, die zwar keinen schönen Ausblick bietet, die mich aber dahinbrachte, diese Geschichte in ihrer Absurdität vor den historischen Ufern aufzuarbeiten.

Glücklich mit Deniz

Vierzehn Tage nach meinem Intermezzo mit dem Hauptzollamt in Davutpaşa erreichte mich Ludwigs Manuskript in einem Din-A 4 Umschlag. Nachmittags hüpfte ich nichtsahnend die Stufen des Hauseingangs hoch und sah einen ockergelben Brief im Postkasten schimmern. Ich dachte an eine Absage oder an irgendwelchen Firlefanz, der wieder erledigt werden mußte, doch dann sah ich in wunderschönen Lettern meine Anschrift. Mein Herz sprang hoch. Ein 'Endlich!' hallte durch den Hausflur. Ich stürmte in die Wohnung, verschlang zwischen Blumen gießen und Nachrichten hören eine Riesenportion Tortellini und setzte mich daraufhin aufs Bett. Dort verschwand ich für satte sieben Stunden in Ludwigs Seiten.

Die Hauptfigur seines Romans, Gustav Friedrichsen, verstrickt sich in ein Gefühlsknäuel an Leidenschaft und Liebesleben. Mit gleicher Intensität begehrt er zwei Frauen – Sarah und Klara. Über Jahre hinweg führt er ein Doppelleben. Die dritte Frau, die sich als Spaziergängerin durch den Roman bewegt, sucht Gustav an seinem 38. Geburtstag auf. An dem Tag öffnet er in aller Herrgottsfrühe seine Bürotür und erstarrt vor seinem blühenden Papyrusfenster. Dort baumelt seine Sarah von der Zimmerdecke. Mit ihrem Selbstmord bricht sein Leben zusammen. Er trennt sich von seiner Frau, hängt seinen Job an den Nagel, zieht vom provinziellen Münster nach Berlin, in der auch die Spaziergängerin wohnt und lebt fortan von der Erbschaft seines Vaters. Er lebt das Leben eines introvertierten Klavierspielers, der sich nachts seinen Malereien und seiner Liebe zur Astronomie hingibt. Völlig in sich gekehrt löst er sich von Raum und Zeit und schwebt mit dem Kopf über den Tasten, vor der Staffelei oder im Himmel. Nur manchmal flaniert er mit der Spaziergängerin die Spree entlang und gibt ihr in den verlorenen Nachtstunden ein paar Worte auf den Heimweg mit.

Es berührte mich, wie wehmütig und wortgewaltig Ludwig die Leidenschaft für seine Frauen mit einem Erzähltemperament wiedergab, das mir so vertraut vorkam. Mit zarten Pinselstrichen hielt er seine Spaziergängerin fest. Er gab ihr den Nimbus einer melancholischen Frau, die mit allen Zufällen zu spielen schien, ihre Wege und Umwege geht und Ludwigs Höhen und Tiefen hautnah miterlebt.

Ludwig ist seit Kindertagen mein Freund. Wir teilten uns nicht nur die Schulbank, sondern auch viele Bücher und viele Tafeln Schokolade. Seine Mutter starb, als er gerade seinen Magister in Philosophie und Wirtschaftswissenschaften in der Tasche hatte. Sein Vater starb vor zwei Jahren an den Folgen eines Herzinfarkts. Ludwig hat noch einen Bruder, mit dem er sich das Erbe seiner Eltern teilt, die eine Schokoladenfabrik besaßen und ihren Söhnen eine Villa voller Banknoten vermachten.

Als ich mir mit zwölf Jahren und danach mit Nachhilfeunterricht und Babysitten mein Taschengeld verdiente und später dann in Gärtnereien Blumen pikierte, war ich oft geradezu betäubt, wenn ich mir von dem Geld Bücher oder Langspielplatten kaufen konnte. Während ich in den Sommerferien jobbte und rosafarbene Lohntüten sammelte, verbrachten alle anderen aus der Stufe ihre Ferien mit ihren Familien auf Helgoland, Sylt oder sonstwo, und sie kehrten nach drei oder sechs Wochen braungebrannt und mit schmucken Souvenirs heim und strahlten vor Sommerglück. Mit meinen Schwielen an den Händen fühlte ich mich damals in Ludwigs Gegenwart wie eine fleischgewordene Landpomeranze.

Ich mag Ludwig. Er ist der einzige Mann auf dieser Welt, dem ich bis auf den letzten Tropfen mein Herz ausschütte. Wenn wir uns wiedersehen, bin ich immer diejenige, die ohne Punkt und Komma redet, und Ludwig lächelt mich an und fragt hier und da nach oder bohrt länger herum. Er ist der aufmerksame und liebenswürdige Zuhörer, der in den Büschen des Münsterlandes Eicheln und Kastanien aufhebt, um mir wohl ein Stück Heimat zu zeigen. Ich mag Ludwig, der schon in der Grundschulzeit Bücher von Astrid Lindgren, Karl May, Charles Dickens und Wilhelm Busch las. Er besaß in Hülle und Fülle Füllfederhalter, Kaschmirpullover und Langspielplatten. Mit zwölf Jahren schenkten ihm seine Eltern einen Bösendorfer, und nur Monate darauf sackte mir das Blut weg, als er mir mit seinen filigranen und flinken Fingern alle Inventionen von Bach vorspielte.

Ludwig kennt keine notorischen Monatsrechnereien. Auch Sommerschlußverkäufe oder Ratenzahlungen sind ihm fremd. Früher gab es für ihn Schecks, die ihm sein Vater in vier- oder fünfstelligen Größen in die Hand drückte. Heute lebt er von der geschickten Hand seines Vaters, der es dreißig Jahre verstanden hatte, mit klugen Marketingstrategien Schokolade zu verkaufen und zugleich im Zenit des Erfolges zu stehen. Manchmal weiß ich partout nicht weiter, ich weiß nicht, wie ich mich fühlen soll, wenn ich ihn anrufe und er mir euphorisch mitteilt, den Morgen mit seinem Bösendorfer, den Nachmittag mit Canetti und den Abend mit seinen Sternen verbracht zu haben. Zweifelsohne halte ich alles für wichtig. Aber sein Leben hat irgendwie immer etwas mit flatternden Segeln im Sommerwind oder mit tropfenden Perlen auf nackter Haut zu tun. Es ist komisch, aber immer wenn ich Ludwigs Stimme höre, denke ich an hungernde Kinder vor leeren Reisschalen. Es ist wohl dieses Ungleichgewicht, das mich beschäftigt, wenn ich über seine Millionen nachdenke oder mir das Leben von Jaguarfahrern neben der Bettelexistenz zehnjähriger Mädchen und Jungen auf dem Taksimplatz oder in Sultan Ahmet vorstelle. Und die Mädels greifen um meine Beine und möchten mir Papiertaschentücher verkaufen, und die Buben hocken mit der Schuhputzkiste neben einer silbergrauen Limousine und wollen meine Schuhe putzen oder mit ihren schmierigen Fingern über die glänzende Karosserie streicheln, und das glänzende Blech schimmert im frühen Abendlicht in ihren unschuldigen Augen, und dann denke ich, daß sich diese komische Welt nicht in gerecht, gerechter und am gerechtesten steigern läßt.

Zwei Mal hatte ich in den Januartagen Ludwigs Manuskript gelesen. Ich schickte es mit einem langen Brief und sämtlichen Anmerkungen zurück, lobte sein literarisches Können und wünschte ihm viel Erfolg. Daraufhin empfing mich der Februar von seiner kältesten Seite, und dann lag aus heiterem Himmel ein seltener Gast in meinem Postkasten.

Deniz schickte mir einen Brief mit seinem charmanten Lächeln. Er weilte wieder an der Ägäis, hatte sich so lange in Schweigen gehüllt, mir ab und an Photos aus Izmir, Moskau und New York geschickt und von verstrichenen Zeiten geschwärmt, und so mir nichts, dir nichts war er so präsent wie nie zuvor. Ja, kaum hatte er sich vom Moskauer Leben verabschiedet, nahm er sich seinen wohlverdienten Urlaub und flog nach New York. Dort blieb er einige Wochen bei seinem Ex-Freund Kaan und flog im Januar an die Ägäis zurück.

Sein Brief lag in meiner Hand. Er rief mir alle Abende vor den Telefonzellen und in den samtweichen Karamelsesseln ins Gedächtnis zurück. Ich wollte seine Stimme hören, ich wollte sofort seine Stimme hören, fakkelte nicht lange herum und wählte die Nummer, die auf dem Briefkopf geschrieben stand, und es dauerte nicht lange, und Deniz meldete sich mit einem: „Efendim!“ („Ja bitte!“), und ich sagte: „Merhaba Deniz! Şu anda vaktın var mı?“ („Hallo Deniz! Hast du im Moment Zeit?“), und Deniz war überrascht, und ich konnte durch die Telefonschnur sein Jauchzen vernehmen, und dann sprudelte er drauf los und fragte, wann er zu mir kommen könne, und er redete und redete wie ein Wasserfall und verkündete, was er alles mit mir ansehen und anstellen wolle, und er seufzte, und vor lauter Aufregung überschlug er sich, und ich hörte ihm zu, wie er vom Bosporus schwärmte und mich fragte, ob wir uns im Februar wiedersehen können, ich war nahe dran, ihn zu fragen, ob er nicht sofort kommen könne, und Deniz schwärmte von Pinot-Grigio-Abenden, von New York und dem Grün meiner Augen, und ich stellte mir unser Wiedersehen irgendwo in Istanbul vor. Mir war mit einem Mal so, als durchfuhr es mich in heißen und kalten Strömen.

In meinem ersten Frühling am Bosporus war es sein Charme, mit dem er mich einfing. Er hatte etwas von dem Abendrot der Mittelmeersonne. Ganz zu Schweigen von seinem Humor, den ihm die griechischen Götter vermacht haben mußten. Deniz war ein Mann, der für mich dort stand, wo ich nicht hingreifen konnte. Er thronte wie eine marmorne Statue auf den Gipfeln ferner Berge. Verglich ich ihn mit Can, so schrumpfte Can auf die Größe einer vertrockneten Dattel zusammen, die im Schatten einer prächtig gewachsenen Palme verkümmerte. Can war süß, aber er war ein Langeweiler, ein Phlegmatiker. Nach unserer Hochzeit klebte er wie eine Klette an meinem Rocksaum. Ja, mit unserem Bund fürs Leben war das Spiel aus. Er sackte in die Büffelledercouch und machte sich über meine Arbeit, über mein Leben lustig und wollte sich obendrein mit allem Pipapo bedienen lassen. Aber dieses Spiel hatte ich bereits mit dem eisernen Hermann gespielt. Zu lange hatte ich es mit Hermann gespielt. Ich hatte die Faxen dick, die Nase gestrichen voll und erkannte endlich den Grad ihrer Selbstüberschätzung und meiner Selbsterniedrigung. Mit diesen schiefen Gradzahlen konnte man mich nur ins Tal der Teufelskreise bringen. Selbstgefällig sah ich Hermann und Can im Schaukelstuhl schaukeln. Mein Gott, sie waren notorische Langeweiler, die im Grunde ihres Herzens brunnentiefe Versagensängste hatten. Sie waren verwöhnte Söhne, verzärtelte Enkel, verweichlichte Machos. Deniz strahlte neben ihnen wie eine hochgewachsene Palme in einer blauen Küstenlandschaft. Er war so stark wie eine prächtig gewachsene Palme und wirkte zugleich so zart und zerbrechlich wie Muscheln im Meersand. Er war ein Zweifler und ein Künstler, und beide Gesichter standen ihm gut. In seinem Gesicht gab es diesen einen Glanz, der an die Abendstimmung Mesopotamiens erinnert. Dieser eine Glanz in seinen bernsteinfarbenen Augen erinnert mich an den unerschöpflichen Reichtum des Zweistromlandes mit seinen assyrischen Plastiken und hethitischen Reliefs. Ich las in seinen Augen die Zartheit und Sensibilität eines Mannes, der mit seinen filigranen Fingern die Phantasien von Frauen anregen mußte. Es war seine Aufmerksamkeit, die mir damals vor den Telefonzellen im Oyak-Viertel unsagbar gut tat. Wir kippten unseren Pino Grigio herunter und irgendwann, irgendwann, als ich nahe dran war, von ihm hin und her gerissen zu sein, stellte ich mir den Mann an seiner Seite vor, der ihn umarmte, küßte, liebte, und dann war Deniz schon in Izmir und letztendlich von der Bildfläche verschwunden, und mit einem Mal, nach so vielen Monaten, war er mit einem Fingerschnipps wieder da.

Ja, kaum hatte ich den Hörer auf die Gabel gelegt, bemerkte ich meine mädchenhafte Aufregung. Ich fuhr mir durch die Haare und zählte die Tage bis zu unserem Wiedersehen. Ich ging ins Bad, stand vor dem Spiegel und wünschte mir, seine Gesichtszüge darin wiederfinden zu können. Ich stellte dem Spiegel viele Fragen, und alles, alles, was zurückkam, waren seine frechen Locken und sein Lächeln.

So verflogen die kalten Februartage. Sie verflogen mit seinem Antlitz. Zehn Tage malte ich mir unser Wiedersehen in den schillerndsten Farben aus. Ich sah uns aufeinander zugehen, sah, wie wir uns in die Augen schauten, uns anlächelten, sah, wie wir uns unverzüglich mit einer freundschaftlichen Umarmung begrüßten, uns auf die Wangen küßten, die Hände hielten und die Freude über ein Wiedersehen kaum verbergen konnten. In meinem Kopf sammelten sich unzählige Versionen unseres Wiedersehens. Ich sponn in den Februartagen herum und nahm mir irgendwann einen Reiseführer zur Hand, um etwas über die Ägäis und über die Geschichte des antiken Magnesias zu erfahren, und es war der Artemistempel, der mir mit seinen Marmorsäulen ins Auge sprang.

Die altgriechische Stadt Ephesos an der Westküste Kleinasiens nahe der Stadt Selçuk hatte bereits im 6. Jahrhundert vor Christus Marmor- und Kuretenstraßen. Sie hatte einen mit Marmor ausgelegten Marktplatz und mit ihrer Celsus-Bibliothek, ihrem Vedius-Gymnasium, ihrer Hellenistischen Agora und Akropolis, mit ihrem Theater und Odeon und Magnesia-Tor blühte sie an antiken Silhouetten. Aber die schönste Silhouette der ionischen Hafenstadt befand sich etwa drei Kilometer außerhalb in einer Talsenke. Dort ruhte der Artemistempel. Er war das Heiligtum, der Tempel der Göttin Artemis, der zu einer bedeutsamen Pilgerstätte in der Antike wurde und mit seiner gigantischen Gestalt lange den Atem der griechischen Welt anhielt. Der Tempel maß einhundertundzehn mal fünfundfünfzig Meter, und mit seinen einhundertundfünfundzwanzig Säulen stützte Artemis etliche Jahrhunderte an herrschaftlichen Anfängen und Niedergängen. Und er war nicht aus gewöhnlichem Kalkstein gebaut worden, wie es dereinst in Griechenland gang und gäbe war. Nein, man nahm glänzenden Marmor, so daß er mit seinen Säulen das Blau und Weiß des Himmels streichelte. Es heißt, daß seine Säulen nicht von Menschenhand in die Höhe getragen werden konnten. So kam eines Nachts die Göttin Artemis und vollendete den monumentalen Bau. Sie kam und vervollkommnete den Tempel, der bereits im Magnesiumlicht thronte. Sie trug die Marmorsäulen bis in das Blau des Himmels und setzte sich in die Mitte des göttlichen Tempels. Es soll sich so zugetragen haben wie bei Apollon, der seine Hände beim Bau des Tempels in Delphi gen Himmel richtete, um ihn abschließen zu können. Es heißt auch, daß 120 Jahre vergehen mußten, bis der Tempel einzig und allein, fernab von der Stadtmauer und den Behörden der Stadt, im hellen Licht glänzte. Der Tempel war sein eigenes Werk, und es dauerte nicht lange, bis mit dem morgendlichen Zwitschern der Vögel Scharen von Priesterinnen und Priester kamen, die in ihm ihre Gottesdienste zelebriert haben sollen. Prozessionen der griechischen Welt pilgerten zu ihrer heiligen Stätte, um vor der Göttin Schutz zu suchen. Auch Räuber und Mörder suchten sie auf, flehten sie erbarmungsvoll an und genossen ihre Gnade und ihr unantastbares Asylrecht. Ja, Artemis erbarmte sich ihrer. So huldigte die griechische Welt über Jahrhunderte hinweg die Göttin in ihrem Marmortempel. Und dann, längst nachdem die Apostel Paulus und Johannes und die Mutter Maria gekommen und wieder gegangen sein mußten, wurde Artemis das Opfer von Plünderungen und Peinigungen der Goten. Und noch später, kurz vor der endgültigen Teilung des Römischen Reiches, wurde im Jahre 383 per Dekret die Auflösung aller heidnischen Tempel beschlossen. So fällten die ersten Byzantiner das Todesurteil über Artemis. So fiel sie zu Boden. Sie fiel, und mit ihr ertrank die Gnade, und ihr Geist verschwand in den ansteigenden Sümpfen des längst untergegangenen Magnesias, und mit dem unermüdlichen Auf- und Untergang der Sonne, dem Vollwerden und Abnehmen des Mondes und dem Kommen und Gehen der Gezeiten träumte Artemis ihren leisen Traum, und sie erwachte zuweilen in den Wipfeln der Pinien und Zypressen und sah alle Farben der Stadt im Flimmern und Flirren der Morgensonne. Sie schaute dem Horizont dabei zu, wie er den Himmel mit allen Gewässern mischte. Und dann, nach unendlich vielen Jahrzehnten und Jahrhunderten kam 1863 ein ehrgeiziger Mann daher, der die lokalen Behörden stürmte, der immerzu fluchte und ein Ruinengelände in den steinharten Böden unweit der Stadt Selçuk suchte, und er ließ mit unzähligen Hammern und Meißeln und mit den bloßen Händen der einheimischen Bauern den Artemistempel freilegen, und ein müde aussehender Tempel gewann an Gestalt, zitterte im Licht oder tanzte mit den Beben seiner Böden. Artemis sah den Schaffenden mit ihren Schaufeln und Bohren zu und beobachtete, wie der Mann aus dem Norden Europas als Wiederentdecker des Marmortempels gepriesen und bis in den Himmel gelobt wurde. Sie hörte, wie durch ihn ihre Nachwelt eines der Sieben Weltwunder zu Gesicht bekam, und sie lachte in der Krone eines Ölbaums in sich hinein und schweifte mit ihren traurigen Augen in die Ferne.

Artemis, die Tochter des Zeus und der Leto, die Zwillingsschwester von Apollon, die Herrin der Natur und Patronin der Jäger war es, die ich in den klirrend kalten Februartagen an meine Bürowand hing. Es war nicht eines der Sieben Weltwunder, das ich über dem saftgrünen Papyrus mit einem Nagel an die Wand klopfte. Es war die jungfräuliche Göttin der Jagd, die mit mir auf den Donnerstag und auf Deniz wartete, der zu mir kommen wollte. Und er kam, und mit ihm kam ein Schneesturm, der die Stadt am frühen Morgen überraschte, und mit allen glitzernden Dächern und ihren Millionen Kristallen schliefen die Häuser mit ihren weißen Schleiern und dem frierenden Bosporus vor meiner Haustür. Es war kalt, es war windig, und es war an einem Donnerstag, als sich ein schwerer Sturm ankündigte und Deniz um 14:45 Uhr in Istanbul landete, und während ich mich nach meinen Seminaren an den Ufern von Anadoluhisarı und Kuzguncuk entlangschlängelte, näherte er sich dem Bosporus, und kaum hatte ich meinen Großeinkauf erledigt und den Inhalt der Taschen in den Schränken verstaut, klingelte er bei mir an, und beim Öffnen der Tür lächelte er mich durch einen Riesenstrauß Königslilien an, küßte meine Wangen, stellte sein Gepäck in den Flur und schwamm durch meine Augen.

Zwei Stunden saßen wir wie schwatzende Schwalben auf der Büffeledercouch. Ich hatte ihm die Wohnung gezeigt, grünen Tee gemacht, Plätzchen auf den Tisch gestellt und Satie aufgelegt. Dann gingen wir ins Restaurant Koço, aßen Rotbarsch mit Salaten und stießen mit Çankaya auf unser Wohl an, und Deniz legte alle Monate, in denen ich ihn vermißt hatte, auf den Tisch und erzählte von Moskau, Izmir und New York.

Ich hing an seinen Lippen. Wir tranken mehrere Gläser. Es wurde Mitternacht, und wir blieben sitzen. Deniz sprach über seine Kindheit, von seiner Mutter und dem früh verstorbenen Vater. Er sprach über seine Schwester Lale, die als Ärztin in einer Privatklinik in Istanbul arbeitet. Dann war er bei Kaan in New York angekommen, dann bei seiner Arbeit an der Ägäis, und mir war so, als lösten sich unsere Körper vor unseren Tischen auf. Alle Uhren stoppten ihr banales Uhrwerk mit ihrem banalen Ticken.

Spät in der Nacht zahlten wir und gingen zu mir. Es war eine klare Nacht mit klitzekleinen Sternen. Die zugeschneiten Straßen gaben das Gemälde einer unberührten Stadt wieder. Deniz hakte sich bei mir ein, schlug seinen Wollmantel um meinen, scherzte herum und strich meine Haare aus dem Gesicht. Wir lauschten unseren Schritten im Schnee. Deniz machte mir Komplimente und bekannte seine Reue, viel zu lange auf ein

Wiedersehen gewartet zu haben. Er schaute auf meine erhitzten Wangen und lachte sie an, und ich war betrunken und konnte mich nicht mehr halten und ließ meinen Kopf auf seinen Arm fallen.

Dann saßen wir auf meiner Couch und alberten herum. Ich erzählte ihm einige Brocken über Can, und er zählte die Seufzer, die aus meinem Mund fielen. Ich lehnte mich an ihn und spürte, wie er an Größe zunahm. Für eine Weile redete ich über Can und fühlte, wie Deniz meinen Kopf durcheinanderbrachte. Dann kippte ich Can wie abgestandenes Wasser in den Abfluß und ließ Deniz durch meine Augen schwimmen. Er schwamm auf mich zu und blieb im Grün meiner Augen. Dort benetzte er alles. Er küßte mich, und ich tastete über alle Poren seines Körpers, streichelte sein Gesicht und seine Lippen. Ich küßte seine Hände. Die Kerzenflamme flakkerte hin und her. Die Nacht sang in ihrer winterlichen Stille. Ein Taxi hielt an, und Deniz strich durch mein Haar, küßte meinen Hals und seufzte. Ich legte meinen Kopf auf seinen Bauch, und wie ich auf ihm ruhte, zog mich Deniz hoch und immer höher. In seinen Armen zog er mich immer näher zu sich und küßte mich. Dann schwammen wir durch die Quellen der sinnlichen Liebe. Wir lösten uns von den Kleidern, hörten unseren erregten Körpern zu und seufzten, keuchten und stöhnten durch die lautlose Nacht. Kein Auge machten wir zu. Wir kosteten vom Rausch unseres Verlangens und schliefen immer wieder miteinander, und irgendwann, irgendwann, als das Hupen der Dampfer zu uns drang, schliefen wir ein. Bis in den Mittag blieb Deniz in meinem Bett liegen und träumte in das Blau meiner Bettwäsche. Ich streichelte ihn, nickte für eine halbe Stunde wieder ein und wachte wieder auf, als er sich zu mir drehte, einmal seufzte und weiterschlief. Ich schaute ihn an, und das Bild, das mir dabei durch den Kopf ging, glich einer Birke in einer blaßgrünen Landschaft. Seine durchsichtige Haut, sein Körper erinnerte mich an Birken im Frühling. Nackt neben Deniz zu liegen, war wie eine gut gebaute Eiche neben eine zarte Birke zu pflanzen. Deniz wird wohl der zarteste Baum bleiben, auf den ich jemals geklettert bin.

Das Meer und der Tod

Später, nachdem Deniz wieder an die Ägäis geflogen war, und noch später, nachdem seine Schwester Lale in meiner Küche in stockenden Sätzen von seinem Unfall berichtete, begriff ich, warum Deniz mich so grenzenlos vereinnahmen konnte. Er war für mich das, was eine verdurstende Pilgerin für den Mekka empfinden muß. Ich spürte diese Glut in mir, die sich entzünden wollte, die heißer als Meersand im längsten Sommer auf meiner Haut zu brennen schien. Deniz zeigte mir mit seinem Ich, was ich mir von einem Mann und von der Welt eines Mannes wünschte. Ich konnte von ihm nicht lassen. Er zog mich wie plätscherndes Quellwasser durch Wasserfelder und Wolkenbanken, durch Morgentau und Regenbögen. Er war für mich mit allen seinen Poren eine Hymne an die Erotik. Nackt lag er auf meinem Damastlaken, und ich konnte mich nicht satt an ihn sehen. Aus allen Winkeln und mit allen Lichteinfällen machte ich Photos, machte Kaffee, preßte Apfelsinen aus, stellte alles auf ein Tablett und ging zu ihm. Und er schlief im matten Morgenlicht, und während er sich drehte und manchmal seufzte, photographierte ich ihn und trank Kaffee und Orangensaft. Ich trank alles durcheinander und hörte, wie draußen alles in Bewegung geriet und drinnen das Blau der Bettwäsche seinen Körper mit seinem schlafenden Ich beschützte. Ich war glücklich. Ich war so unglaublich glücklich, ihn sicher und geborgen vor mir liegen zu sehen und streicheln zu können. Und es gab diese eine Stille, die über der Damastdecke und zwischen den Daunenfedern war und Deniz im Reich der Unschuldigen schlafen ließ. Diese eine Stille glich einer weichen Erregung. Sie war wie Meersand, der aus den weichen Händen spielender Kinder an einem verlassenen Strand, einer ebenso verlassenen Küstenlandschaft rieselt. Diese eine Stille rieselte durch die unschuldigen Hände der unschuldigen Kinder und landete im Weiß der Daunenfedern, und Deniz seufzte dabei auf, atmete tief und träumte seine Träume. Er war in tausend Träumen verschwunden, und unterdessen rieselte der Meersand durch die zarten Hände der spielenden Kinder in die samtenen Stoffe und fiel irgendwohin. Deniz lag vor meinem Bauch und atmete und träumte auf dem Weiß des Lakens und dem Taubenblau. So behielt ich ihn in Erinnerung. So blieb er in mir. So liebten wir uns zehn Tage. Wir verbrachten die Morgende im Bett, und wenn wir nach stürmischen Nächten erwachten und zarte Schneeflocken vom Himmel rieselten, schaukelten wir wie Äste im Wind, wehten wie Frühlingstücher durch die Luft, grenzten wie zwei Flüssigkeiten aneinander. Wir verloren uns im Taubenblau, tasteten uns durch die buntesten Wälder, entdeckten warme Gewässer, sprudelnde Quellen, plätschernde Bäche, reißende Strömungen, tiefe Seen und Brunnen.

Kaum war er da, fühlte ich, wie verliebt ich war. Zugleich fühlte ich in den kalten Februartagen, wie ich wieder einmal nichts von der Welt, von ihm und von mir erwarten durfte. Erwartungen sind letztendlich nichts anderes als die Genese einer Enttäuschung, und ich wollte nicht enttäuscht werden, mich nicht täuschen lassen und klammerte mich an unsere abgezählten Tage. Zehn Tage, die so wohltuend wie warme Meeresbrisen waren. Natürlich dachte ich an mehr, aber ich glaubte daran, daß Deniz nicht in mich verliebt sein konnte. Und dann spukte es mit einem Mal in meinem Hirn. Ich sah es als sinnlos an, über uns nachzudenken, geschweige denn zu reden. Er kam zu mir, und ich nahm ihn, weil ich fasziniert von ihm war, ihn spüren wollte und so erbärmlich ausgehungert war. Er kam, und ich schwamm für eine kurze Weile in einem Meer von Glück. Ich tauchte ab und sah einen hellen Meeresgrund mit Muscheln und Korallen; und es war mehr als ein Segen, ihn dabei schwimmen, lachen, seufzen und stöhnen zu sehen. Deniz war mein Künstler und mein Zweifler. Er war das Kind, das geliebt wurde. So ging er durch sein Leben, und daneben taumelte ich wie eine Trapezkünstlerin in ihrem kurzen Kleid über das schmale Seil. Neben mir tanzte Deniz, und während ich in der Luft zitterte, streichelte er mich und war sehr zärtlich zu mir. Er machte mir Komplimente und hob mich in den Himmel, so daß das Seil überflüssig wurde. Immer wieder erzählte er mir Geschichten, die ich mit in den Schlaf nahm und mit denen ich wieder aufwachte. Nachmittags tuckerten wir dann mit dem Dampfer nach Europa und sahen uns uralte Bauten, marmorne Säulen und verschlafene Grabstelen an. Es war wunderschön, so schön, daß ich die Geschichte zwischen uns nicht weitererzählen konnte. Dann mußte er zurückfliegen. Wir verabschiedeten uns mit Küssen, Worten und Umarmungen. So schnell wie er zu mir gekommen war, ging er wieder, und irgendwie kam es mir auf dem Atatürk-Flughafen so vor, als hätten wir uns schon hunderte Male mit Küssen und Worten verabschiedet.

Am nächsten Abend wartete ich auf seinen Anruf. Er meldete sich nicht. Ich wählte alle Nummern, die ich von ihm besaß. Niemand nahm den Hörer ab. Am darauffolgenden Tag versuchte ich es zwischen den Unterrichtspausen. Wieder war im Büro und zu Hause nur die Stimme seines Anrufbeantworters zu hören. Ich wurde nervös, dachte darüber nach, was das zu bedeuten hatte und beruhigte mich mit den Terminen seines vollen Kalenders. Deniz hatte mir versprochen, sich so früh wie möglich zu melden. So schob ich meine Ungeduld zur Seite, verdrängte böse Gedanken und hoffte auf sein Zeichen.

Am Nachmittag und am Abend wählte ich alle Nummern des Telefondienstes. Aber alle Leitungen waren besetzt, und mir fehlte die Ruhe, eine

Nummer oder eine Adresse ausfindig zu machen, die mich zu Deniz bringen konnte. Am dritten Tag nach unserem Abschied spukte es in meinem Kopf. Irgend etwas mußte passiert sein. Warum rief er mich nicht an? Hatte ich mich täuschen lassen? An dem Tag wußte ich nicht mehr ein noch aus. Irgendwann fragte ich Merve, ob sie für zwei Tage meinen Unterricht übernehmen könne. Sie sagte Ja. Kurzerhand kaufte ich ein Ticket und wollte am nächsten Morgen in aller Herrgottsfrühe nach Izmir fliegen. Einen ganzen Abend lief ich mit bösen Ahnungen durch die Wohnung und wußte nicht, was zu tun war. Dann klingelte das Telefon. Ich riß den Hörer von der Gabel und fühlte den breiigen Kloß im Hals. Ich hörte, wie mich eine Frau begrüßte, deren Stimme ich nicht kannte. Sie fragte mich nach meinem Namen. Ich antwortete: „Adım Leni Lindenbaum.“ („Mein Name ist Leni Lindenbaum.“). Ich hörte einen schweren Seufzer und die Frage, ob ich in der soundso Straße mit der soundso Nummer wohne. Ich hörte mich: „Evet!“ („Ja“) sagen. Daraufhin entschuldigte sich die unbekannte Stimme. Dann hörte ich nichts mehr. Irgendwann fragte sie mich dann, ob sie mich trotz der späten Stunde besuchen könne. Da ahnte ich, daß ich mit Lale, der Schwester von Deniz, telefonierte.

Bis dahin hatte ich an nichts furchtbar Böses gedacht. Aber mit ihrer letzten Frage lag Deniz tot auf der Straße. Ich sah ihn als Opfer der vielen tausend Unfälle vor mir, die auf den Straßen des Landes passieren. Für mich lag er da schon im kühlen Grab, und um ihn herum reihten sich Grabstelen, Zypressen und Oleanderbäume. Ich hörte Lale atmen und konnte keine Fragen stellen. Mein Hals war wie zugeschnürt. Sie seufzte, und mich nahm die Vorstellung gefangen, ihn unter der zugefrorenen Erde liegen zu sehen.

In der Nacht von Dienstag auf Mittwoch klingelte Lale um kurz vor Mitternacht bei mir an. Sie begrüßte mich mit einer kalten Hand, setzte sich schwerfällig auf einen meiner Küchenstühle und schaute mich so an, als wollte sie aus meinem Gesicht herauslesen, wie nahe wir uns gekommen waren. Sie schaute in mein Gesicht, und ich sah in ihren Augen diesen einen goldbraunen Ton wieder. Sie setzte sich auf den Stuhl, und die Ränder unter ihren Augen verrieten, daß Deniz nicht mehr leben konnte. Einmal versuchte sie, mich mit gesenkten Augenlidern zu fragen, wie nahe wir uns gekommen waren. Sie stotterte, und ich konnte nicht alles verstehen, was sie sagte. Ich wollte antworten, doch mit einem Schlag war ich nicht mehr in der Lage, auch nur einen korrekten Satz zu bilden. Mir fehlten die Worte. Mir verschlug es die Sprache. Man raubte mir alle türkischen Wörter. Ich stammelte abgerissene Sätze daher, hörte mich sagen, daß wir Nachbarn im Oyak-Viertel gewesen waren, daß wir Freunde gewesen waren. Ich hörte mich in der Vergangenheitsform reden. Sie saß mir stumm gegenüber, blickte mich an, und mir sackte das Blut weg. Sie zog ein Taschentuch aus ihrer Hose und schniefte. Dann weinte sie und sprach von einem Brief, den sie einen Tag nach der Beerdigung auf seinem Schreibtisch gefunden hatte.

An dem Sonntagmorgen, einen Tag nach unserem Abschied am Atatürk-Flughafen, kurz bevor Deniz zur Einweihung einer Grundschule nach Denizli gefahren war, hatte er mir einen Brief geschrieben. Seine Schwester Lale legte diesen Brief auf den Küchentisch. Ich sah einen weißen Umschlag, auf dem in schönen gleichmäßigen Buchstaben mein Vorname, mein Familienname und meine Adresse geschrieben stand. Istanbul war mit einer zarten Linie unterstrichen. Alles stand in Tintenblau auf dem Umschlag. Ich nahm den zugeklebten Brief, drehte ihn um und sah Deniz. Dann begann ich zu weinen. Ich weinte und versteckte mein Gesicht hinter dem Brief. Wie ein Kind, das im Menschengewühl des Wochenmarktes die Mutter verloren hatte, weinte und schluchzte ich, und Augenblicke darauf weinte Lale mit mir vor den blühenden Tulpen und Narzissen, die in den schönsten Farben auf dem Küchentisch thronten und dem Frohsinn singender Elfen und tanzender Feen gleichkamen.

Lange saßen wir mit Tränen in den Augen da, schluchzten und starrten mit leeren Blicken in die strahlenden Farben des Blumenstraußes. Lange konnte ich nicht nach dem Wie fragen. Die Vorstellung, Deniz zwischen zerquetschten Autos oder mir sein Lächeln unter der zugefrorenen Erde vorzustellen, zog mir mein Blut aus den Adern. Ich verstummte am Küchentisch, und es waren ihre abwesenden Blicke, die mir sagten, mich um sie kümmern zu müssen. Ich nahm Lale in die Arme und strich ihr immer wieder über das Haar. Sie lag in meinen Armen, und in meinen Augen verschwamm alles. Alles verschwamm, verschwamm und verschwamm. Ich verstand nicht, warum die Welt so grausam sein mußte. Ich verstehe es bis heute nicht.

Deniz starb am 21. Februar 1999 um 11:15 Uhr auf einem Weizenfeld in unmittelbarer Nähe der Überlandstraße bei Sarayköy, einer Ortschaft vor Denizli. In Denizli, einer geschäftigen Provinzhauptstadt, die circa 200 km südöstlich von Izmir und 17 km südlich von Pamukkale entfernt liegt, ja, dort, wo es faszinierende Naturerscheinungen, wie kalziumkarbonathaltige Thermalquellen, Kalkterrassen und von Stalaktiten umrahmte Bassins gibt, in denen schon die Römer ihre beleibten Körper in das warme Quellwasser getaucht hatten, um sie vor Rheuma und Arthritis zu bewahren, irgendwo dort in der Nähe, wo 190 vor Christus Hierapolis gegründet wurde, war Deniz an dem Sonntag in der Mittagsstunde mit seinem Chef und dessen Frau in einem Café verabredet gewesen. Es war der Tag der offenen Tür der Grundschule, die Deniz vom Grundstock bis zum Giebel gezeichnet hatte.

An dem Sonntag mußte er sehr früh aufgestanden sein. Bevor er sein Appartement verlassen hatte, hatte er noch die Zeit gefunden, mir einen Brief zu schreiben. Unweigerlich gingen mir Endlosfragen durch den Kopf. Ich fragte mich, was passiert wäre, wenn er diesen Brief nicht geschrieben hätte? Wäre der Unfall geschehen, wenn er einige Minuten früher nach Denizli aufgebrochen wäre? Würde er noch leben, wenn er unterwegs einen Kaffee getrunken hätte? Ich ging mit mir ins Gericht und sagte mir, daß er noch leben könne, wenn er mich nicht am Bosporus besucht hätte, wenn ich ihm nicht den verdienten Schlaf geraubt hätte. Ein wirres Knäuel an Fragen im Endloskonjunktiv quälte mich lange. Ich war nicht in der Lage, seinen Brief zu öffnen. Ich war auch nicht in der Lage, die beiden Filme entwickeln zu lassen. Ich packte den Brief mit den Filmen in die unterste Schublade meiner Kommode. Irgendwo zwischen den Seidenstrumpfhosen bewahrte ich seine letzten Worte an mich auf.

Ein übermüdeter Lastkraftwagenfahrer, der Apfelsinen geladen hatte, nahm Deniz an dem Februarsonntag bei 120 km/h die Vorfahrt. Der Fahrer übersah auf der Überlandstraße den Golf, rammte die linke Vorderseite des Wagens und zog ihn immer weiter mit nach vorne. Deniz verlor die Kontrolle über seinen Wagen, schleuderte nach vorne, überschlug sich mehrmals und blieb kopfüber in einem Weizenfeld stehen. Der Lkw-Fahrer kam mit einem Schleudertrauma und einem schweren Schock davon. Die vielen geladenen Orangen blieben unversehrt. Man nahm den Fahrer der Apfelsinenkarawane in Untersuchungshaft. Wenige Wochen darauf folgte das Urteil. Ich weiß bis heute nicht, was daraus geworden ist.

Am 23. Februar, zwei Tage nach seinem Tod, wurde Deniz im engsten Kreise der Familie auf dem Friedhof Karaca-Ahmet in Istanbul begraben.

Im Anschluß daran fand Lale meine Telefonnummer in einem Notizbuch, das in seiner Schreibtischschublade lag.

Es tat mir nicht weh, Deniz auf seinem letzten Weg nicht begleitet haben zu können. Nach Maras Beerdigung hatte ich mir geschworen, mich nie wieder in dem unerträglichen Strang einer Trauerzeremonie von einem Menschen verabschieden zu wollen. Ich hätte mich auf dem Karaca-Ahmet-Friedhof nicht von Deniz verabschieden können. Für mich atmete er noch in das Taubenblau des Kopfkissens. Der Duft seines Körpers und seiner Haare lag mir noch in der Nase. Er lag neben mir, in mir. Wir streichelten uns, und er gab mir das Gefühl, daß ihm nichts auf der Welt lieber zu sein schien, als von mir gestreichelt zu werden. Atmend lag er in mir. Wie hätte ich mich auf dem Karaca-Ahmet-Friedhof zwischen Üsküdar und Kadıköy von Deniz verabschieden können?

Alle Tage und Nächte, die wir zusammen verbracht hatten, erlebte ich für ein weiteres Mal. Weiß wie Pulverschnee lagen wir auf dem Damastlaken. Über Tage und Nächte hinweg. Es war so, als hätte sich das Laken mit seinem unschuldigen Weiß und die Bezüge mit ihrem Taubenblau in ein blühendes Klatschmohnfeld verwandelt. Ich sah nur noch dieses strahlende Klatschmohnrot. Rot und immer röter, bis der Horizont vor Leidenschaft aufflammte. Mehr konnte ich nicht sehen. Wir verpaßten den morgendlichen Trubel auf den Straßen Kadıköys und genossen es, frei zu sein, spazieren zu gehen, in Cafés über Gott und die Welt zu reden, im Hippodrom herumzuschlendern und im Kino zu lachen. Wir schlenderten Arm in Arm durch zugeschneite Straßen, schlemmten von Sultanstafeln, schenkten der byzantinischen und osmanischen Kultur und Kunst unsere Aufmerksamkeit, und Deniz erklärte mir architektonische Glanzleistungen der Byzantiner und Osmanen. Ich machte Portraits von ihm, hielt ihn immer wieder auf Bildern fest, auf denen er gestikulierte, mit den Händen seine Locken nach hinten strich und charmant in die Kamera lächelte. Er lächelte, und wegen seines Lächelns gab es in den zehn Tagen nichts, was mich aus der Fassung bringen konnte. Ich war glücklich. Ich war unsagbar glücklich. Ich war verliebt. Ich hatte Klatschmohnfelder in meiner Wohnung. Ein taufrisches Meer an Klatschmohn blühte dort im schönsten Rot. Ich war so glücklich, und alles, was nach seinem Tod zu meiner Erinnerung gehört, ist dieses riesige Klatschmohnfeld im Abendlicht. Es trägt den Namen Deniz, und es ist das türkische Wort für das Meer und für die See, und es steht ebenso für den Wellengang und für das Abstraktum einer weiten Fläche. Deniz bot mir ein Meer von Klatschmohn. Ich schwamm für eine kleine Ewigkeit durch dieses Klatschmohnmeer. Durch dieses rote Meer zu schwimmen bedeutete, atmen zu können. Doch dann lag mein Meer unter der zugefrorenen Erde des kilometerlangen Karaca-Ahmet-Friedhofes zwischen Kadıköy und Üsküdar. Nie wieder würde es das Licht der Welt, die Farben des Wassers, die verträumten Küstenlandschaften wiedersehen. Einige Kilometer vom roten Turm entfernt lag es im Kirschholzsarg. Nichts hatte ich ihm auf dem Weg in den Himmel mitgeben können.

Nach unseren Februartagen, die meinen Grundschulhof mit Schneemännern schmückten und die Kastanienbäume mit Puderzuckerglasuren überzogen, verstummte ich. Ich verstummte und lebte auf zubetonierten Feldern. Die Tage zogen wie verschleiert vorüber. Ihre Luft war grau, der Himmel blieb verschlossen und der Boden gefroren. Mein Bosporus lag wie zähflüssiger Schleim zwischen den Ufern und rief mir irgend etwas zu. Weder sah ich sein Blau noch sein Grün. Für zehn Tage ließ ich mich krank schreiben. Es waren Merve, Arzu und Zehra, die meinen Unterricht übernahmen. In der Fachabteilung fielen meine Sprechstunden und Seminare aus.

Alles war mehr als merkwürdig. Niemand, keine Kollegin, kein Kollege hatte Deniz kennengelernt. Niemand wußte, was mit mir vor und nach seinem Tod geschehen war. Ich fiel in einen Trauergraben. Nur Leyla, Berna und Ludwig erzählte ich, was in den winterlichen Tagen geschehen war. Ansonsten verstummte ich über viele Wochen hinweg. Ich schickte mein Ich in die Verbannung und verlebte einen Frühling mit der Schwere und der Schwermut.

Am 27. Februar flog ich zu Leyla. Ich blieb vier Tage bei ihr und teilte ihr alles mit, was meine Kräfte noch zuließen. Dann fuhr ich mit der Bahn zu Ludwig und redete zwei Nächte durch. Beide, Leyla und Ludwig, bewiesen mir ihre Freundschaft. Sie ließen alles stehen und liegen, packten mich in Decken und stellten mir Kekse auf den Couchtisch. Sie konnten mich für Augenblicke trösten. Doch ihr Familienalltag mit den Kinderphotos auf dem Bösendorfer und dem Apfelkuchen auf dem gedeckten Kaffeetisch mit seinen sonnengelben Servietten beunruhigte mich, da mir alles so täuschend friedlich und unversehrt vorkam. Ich hielt es irgendwann nicht mehr aus und flog früher als vorgesehen an den Bosporus zurück. Dort erkannte ich, daß Leyla und Ludwig mit ihren Familien etwas lebten, was ich nicht kannte, was ich nie kennengelernt hatte. Während ich in Ludwigs Bungalow über den Tod sprach, starrte ich auf den Bauch seiner hochschwangeren Frau Nadja, die kurzatmig auf dem Stuhl saß und einen Obstsalat schlemmte. Ihr Bauch war so dick, daß ich immerzu darauf starren mußte und mich insgeheim fragte, ob ich das auch noch erleben dürfe. Sie naschte von den Bananenscheiben und Apfelstücken, die in einer Joghurtmasse schwammen. Sie erklärte mir, wie nahrhaft Äpfel seien. Sie erzählte Legenden und Mythen über Äpfel. Sie sprach vom Zankapfel und vom Paradiesapfel, und ich erwähnte den Apfel Schneewittchens, den ihr die böse Stiefmutter zu essen gab, und Nadja lachte mich mit ihren hellblauen Augen an und würdigte den Apfel als Wunder- und Allheilmittel gegen Arthritis, Obstipation und Diarrhöe. Sie hielt mir einen Vortrag über Fruchtsäuren, Gerbstoffe und Pektine, nahm sich ein weiteres Schälchen aus der riesigen Keramikschüssel und gab ihrem Sohn die mit Joghurt bekleckerten Rosinen, und während sie über die ernährungsphysiologische Bedeutung des Apfels dozierte, strich sie immer wieder über Jakobs feines Haar, und die Zärtlichkeit, die sie ihrem Sohn zukommen ließ, erzeugte eine Gänsehaut auf meinem ganzen Körper, und das einzige, was ich in den bewegten Momenten tun konnte, war Ludwig zu gratulieren. Es gab tausend Anlässe, ihm gratulieren zu dürfen. Jakob kaute auf Rosinen herum, und ich gratulierte Ludwig, der eine intelligente und schöne Frau geheiratet hatte, in deren Bauch eine Emma schwamm, der einen süßen und wachen Sohn, einen sympathischen Bruder, einen Job, einen Titel, einen Bungalow mit Garten und Garage hatte. Ludwig spielte Sonaten und Kantaten auf seinem Bösendorfer, der bereits das Twen-Alter erreicht hatte. Ludwig hatte eine Schwäche für Bücher, für die Astronomie und die französischen Maler. Er hatte Freunde, schöne Gemälde, Immobilien und Aktien und für den Rest seines Lebens ausgesorgt, und just in der Zeit, als ich mich von ihm trösten ließ, hatte er einen Verlag für sein Manuskript gefunden. Mein Gott, sein Leben und seine Liebe für die Familie erschienen mir wie ein vollkommener Glückskranz, der alles in ein goldenes Gelb färbte. In diesem strahlenden Kranz torkelte ich umher und verzog mich wie ein zu heiß gewaschener Wollpullover.

In den frühen Märztagen mußte ich ihm und seiner Familie Adieu sagen. Ich floh an den Bosporus, um dort über das Leben und die Liebe nachzudenken, und als ich nach zwei Tagen immer noch in diesem larmoyanten Denkkäfig gefangen war, schwor ich mir, nur noch arbeiten zu wollen. Überdies wollte ich am Bosporus entlangjoggen oder spazierengehen. Mehr nicht. Der Sport sollte mich kurzfristig heilen. Ich sah mich gezwungen, mich rund um die Uhr ablenken zu müssen. Die Arbeit sollte mir Asyl bieten. Ich kämpfte gegen diese eine Schwere an und war mir darüber im klaren, daß ich Leyla und Ludwig nicht länger mit meiner Schwermut belasten wollte. So setzte ich mich hin und schrieb Gedichte oder legte mich einfach nur ins Bett und starrte an die Decke. Oft ging ich am frühen Abend schlafen. Manchmal hatte ich böse, manchmal sehr schöne Träume. Ich träumte von komischen Vögeln, skurrilen Begegnungen, manchmal von wilden Küssereien oder stürmischen Umarmungen. Gelegentlich lag ich in den verrücktesten Stunden in der Badewanne und kritzelte etwas auf die Kacheln:

Ich bin dein Boden,
sonnengelb, safrangelb, honiggelb wie Kürbisfrüchte,
dahinein ergießt du dich.
Du bist blaß und bleich wie Birkenfleisch.
Du liegst in satten Blumenwiesen.
Im Klatschmohnrot, im Damastweiß, im Taubenblau.

Ich träumte, mit meiner Mutter an der holländischen Grenze entlangzuschlendern. Wir spazierten durch Büsche, über Gräben und trafen auf einen Mann, der im Rollstuhl saß. Diesem Mann schenkte ich meine ganze Aufmerksamkeit. Er war sehr attraktiv. An der Seite meiner Mutter ließ ich mich auf ihn ein, flirtete mit ihm. Mit einem Mal stand er auf und konnte gehen. Ich war sehr glücklich und ging ohne meine Mutter, ohne ihn auf eine Theaterbühne. Ich nahm den Rollstuhl mit und ließ das sperrige Teil auf der Bühne stehen. Der Mann folgte mir dorthin, und ich fand ihn noch attraktiver und schlief mit ihm. Dann stand ich im Badezimmer meiner Eltern und schaute durch das Fenster. Ich sah ihn auf der Straße mit seinem Rollstuhl wegfahren. Er wirkte so, als habe er eine Verabredung. Ich fühlte einen Stich in mir. Nackt stand ich vor dem Badezimmerfenster und bemerkte, daß das Giebeldach des Hauses fehlte und das halbe Dorf mir dabei zusah, wie ich meine Schamhaare rasierte. Wieder sah ich durch das Fenster. Der Rollstuhlfahrer war verschwunden.

In einer anderen Nacht träumte ich von einem Mann und einer Frau, die beide vor meinen Augen starben. Sie standen auf einer hohen Leiter, die die Form eines Hochbettes hatte. Zuerst stürzte der Mann hinunter. Er knallte auf Asphalt und war sofort tot. Dann stand die Frau auf der Leiter.

Sie wackelte. Auch sie fiel hinunter und klatschte auf den Asphalt. Ihr Blut lag offen in ihrem Rücken. Dann sah ich, daß der Mann noch atmete. Er winselte und rang nach Luft. Er lag vor mir und bat um meine Hand. Aber ich konnte meine Hände nicht bewegen. Sie waren festgebunden. Wie ein hilfloses Kind bat er um meine rechte Hand. Er winselte, und mit einem Ausdruck der tiefsten Qual starrte er in meine Augen. Er rang nach Luft. Immer und immer wieder, bis ich schließlich aufschreckte.

Einmal träumte ich von gelben, roten und weißen Blüten, die in einem Meer schwammen. Das Meer lag offen vor mir. Es gab weder Himmel noch Horizont, nur diese farbenprächtigen Blumen strahlten gegen das Blau des Meeres an. Ich badete darin. Dann tauchte Deniz aus der Tiefe des Meeres zu mir hoch. Er war nackt. Seine Schultern blinzelten wie kleine weiße Hügel aus dem Wasser. Sie waren weiß wie Oleanderblüten. Seine Haare kringelten sich auf dem Eis des Wassers. Er kam zu mir und streichelte mich, und ich fühlte mich wie von singenden Vögeln umgeben. Er küßte mich und zog mich immer näher, immer tiefer zu sich. Wir küßten uns in der Ewigkeit des Traums. Wir umarmten uns in der Unendlichkeit, liebten uns im Weiß des Wassers, und während wir uns immerzu küßten, lösten sich die vielen pfirsichfarbenen und violettstrahlenden Blütenblätter im Meer auf.

Mitten im April riß ich mich am Riemen. Gewissenhaft erfüllte ich mein Arbeitspensum. Der Frühling lag bereits in der Luft. Alle Welt strömte in luftigen Stoffen auf die Straßen. Die ganze Stadt war unterwegs, kaufte und konsumierte, um es sich ein wenig komfortabler zu machen. Selbst ich gönnte mir das eine oder andere Teil. Kolleginnen sprachen mich auf den malvenfarbenen Hosenanzug oder das schwarze Leinenkleid an und fragten nach Neuigkeiten aus meinem Leben. Und ich hatte keine Antwort parat, geschweige denn eine in petto. Mit abwesenden Blicken huschte ich im schicken Hosenanzug an den Bücherregalen des Lehrerzimmers vorbei, setzte mich auf einen Stuhl und trank den starken Tee, den Merve mir bestellt hatte. Zuweilen war ich durchaus in der Lage, einen Witz zu reißen oder eine Anekdote zu erzählen. Dennoch sehnte sich mein verstummes Ich nach einer Auflösung. Diese eine Wunde wollte sich nicht schließen. Sie wollte Deniz nachsterben. Wenn er mein Meer war, wollte diese Wunde ihn im Bosporus spüren, und wenn mein Gewissen mich in Ruhe gelassen hätte, wenn es sich taubstumm gestellt hätte, wäre ich ihm vielleicht gefolgt. Doch da es mich jeden Tag aufweckte und wie eine Hetäre mein Alter Ego belästigte, gab es kein Erbarmen.

Bisweilen sah ich mich auf den Bosporus zugehen und träumte von einer riesigen Schaukel, die mich aufnahm und mich irgendwohin trug, und dann ging ich in den Bosporus und verschwand in seinem Blau, und nur kurz kühlte mein Körper aus, und dann schwollen meine Lungen an, und das Wasser arbeitete so lange in mir, wie es die osmotischen Gesetze zuließen. Völlig aufgeblasen lag ich bäuchlings in der schönsten Frühlingsstimmung im glitzernden Wasser. Dann tauchte diese Angst auf, wie viele Schulkinder und Mütter mit Kinderwagen mich in meiner aufgedunsenen Häßlichkeit am Ufer Modas entdecken könnten. Dieses Bild des erstarrten Körpers jagte durch mein Hirn. Ich wollte niemandem diesen Anblick an Häßlichkeit zumuten. Das brachte ich nicht übers Herz.

Es gab für mich nur einen Trost. Wenn sich Deniz niemals in mich hätte verlieben können, gab es ohnehin keinen Anlaß, den Bosporus mit meinem aufgedunsenen Ich zu belasten. Ich tröstete mich mit diesem Gedanken und mit einem weiteren sauren Apfel, den die kluge Nadja mit ihrem kugelrunden Bauch vergessen hatte.

Zweifelsohne konnte man mir in den Wochen nachsagen, ungenießbar zu sein. Aber ich bemühte mich, riß mich jeden Tag am Riemen und hielt es auch nur mit Musik, mit seitenlangen Mails und Spaziergängen aus. Irgendwann, nach Wochen, schien die Sonne wieder. Auch wenn sie mit ihren gelben Armen schräg vom Himmel schien, zeigte sich langsam Linderung. Der Mai kehrte ein und brachte hellgrünes Licht mit. Ich kaufte mir Kleider und Musik und tat alles, was ich für meine Schützlinge tun konnte. Ich konzentrierte mich auf eine optimale Progression, gab Hausaufgaben mit interessanten Themen auf, sprach über Stipendienprogramme, hielt Sprechstunden, bot eine ausführliche Studienberatung im Goethe-Institut an und ging zuweilen ins Deutsche Generalkonsulat, um mir ein Konzert anzuhören. Dort naschte ich im Anschluß an die osmanischen Klänge im festlichen Kaisersaal unter prunkvollen Kronleuchtern von den Käsehäppchen oder Blätterteigröllchen, die auf kostbaren Porzellantellern spazierengeführt wurden. Dort beobachtete ich die aufgedonnerte Abendgesellschaft, die mich unter den Gemälden von Wilhelm I. und Wilhelm II. mit ihrer bügelglatten Steifheit an eine aussterbende Aristokratie erinnerte. Und dann, im schönsten Mai, war ich wieder soweit, Bewerbungen zu schreiben. Ich wollte in Erfahrung bringen, ob mich jemand wollte, und da mir mehr denn je Dr. Armut mit seiner Manschettenknopfpolitik auf die

Nerven ging, wußte ich nicht mehr ein noch aus. Ich war davon überzeugt, daß der Rhein alles aussitzen lassen wollte. Ich hatte den Glauben an Wunder verloren, und selbst wenn es mir nicht an beruflichen Ideen fehlte, fehlten mir in den Maitagen die Wege einer beruflichen Zukunft. Nahezu alle Stellen, die für mich an Universitäten oder in Instituten in Frage gekommen wären, hatte man ausradiert oder weggespart.

Eigentlich haderte ich nicht mit mir selbst. Ich wußte, was ich wollte und sah mich hie und da schon herumwerkeln. Der Zeitgeist nahm mir den Atem. Er quälte mich ein wenig. So feilte ich an Anschreiben herum und fühlte, wie es in meinen Fingern juckte. Eigentlich wollte ich schreiben, Seiten füllen, Bilder festhalten, den Kopf im Bauch verlieren und dachte an eine unglückliche Liebesgeschichte oder an einen Roman über das Leben und Treiben mächtiger Sultane, die mit ihren Samthandschuhen die Weite ihres Imperiums auf topographischen Karten vergrößerten und kurz vor Wien mit unruhigen Federstrichen herumkritzelten. Sultane, die in ihren Palästen und Lustschlössern ihren verführerischen Frauen jeden Wunsch von den Lippen ablasen und ihnen eine gnadenvolle Zukunft in Reichtum und Ruhm mit einer Handvoll Prinzessinnen und Prinzen prophezeiten.

Statt dessen lagen Bewerbungsunterlagen vor mir. Mappen über Mappen. So plätscherten die Tage dahin. Im hellen Licht des Monats trudelte die eine oder andere Absage ein, und mit ihr kamen Karten von Laura, Leyla und Ludwig, die guter Dinge zu sein schienen, wohingegen Berna und Charlotte aufstöhnten und Franziska über eine Scheidung nachdachte.

Am Bosporus waren die Menschen frohen Mutes. Auch mein Kollegium lächelte mich an. Manchmal hatte mich der Humor wieder. Doch dahinter verbarg sich eine leise Verzweiflung, und im Angesicht dieser stillen Not riß ich mich zusammen und sann darüber nach, was nach dem Frühling, was im Sommer und im Herbst um mich herum und mit mir geschehen könne, und unterdessen zeigte sich der Monat von seiner schönsten Seite. Voller Glanz und Kraft waren seine Farben. Manchmal ging ich darin auf. Manchmal unter. Die kräftigen Sonnenstrahlen forderten die Menschen auf, sich mit einem Lächeln zu revanchieren. In dieser heiteren Gelassenheit tanzten die Schulkinder vor meinem Fenster wie Wattebäusche durch den Wind. Frauen in Kostümen oder mit Kopftüchern eilten über die Straßen. Männer gingen ihren unzähligen Geschäften nach. Junge Paare neckten sich unter blühenden Kastanienbäumen. Obstverkäufer boten pralle Früchte feil. Papier- und Lumpensammler zogen mit ihren hölzernen Karren durch die Viertel. Eine Handvoll Katzen jagte nach Essensresten. Rudel von Hunden spielten im honiggelben Licht. Allerorts war ein Treiben und Tun anzutreffen. Überall umschmeichelte der blühende Mai das Antlitz der Stadt. Der Monat war so unwiderstehlich und verheißungsvoll. Ich fand mich irgendwo in diesem blühenden Gestrüpp wieder. Auch wenn mir mein eigenes Leben wie ein Kostüm ohne Nähte erschien, verirrte und verliebte ich mich wieder in meinen unverrückbaren Bosporus. Mag sein, daß in der Zeit Säulen in mir brachlagen. Doch trotz oder gerade wegen dieser Gebrochenheit gab es ungeahnte Kräfte in mir. Ich blieb im roten Turm und hielt Stimmungen fest:

Sophia
Jeden Morgen sehe ich sie vornübergebeugt
auf der Veranda der griechischen Grundschule.
Sie gehört zum Weg zur Arbeit.
Ein wenig verlegen,
ein wenig verdutzt schauen wir uns jeden Morgen an.
Ein heiliges Ritual.
Eine Geste zwischen unseren Welten.
Heute morgen kam sie mir mit ihrem Lächeln zuvor.
Ich schaute lange in ihre Augen.
Unser Schweigen gehört zu uns.
Ihr Lächeln und ihren Blick nehme ich jeden Morgen mit.
Sie mag sieben oder acht Jahre alt sein.
Sie könnte meine Tochter sein.
Manchmal wünsche ich mir, sie käme mit mir mit.
Sie wartet, wartet stets auf meinen Morgengruß.
Gestern dachte ich an sie.
Ich schrieb ein Gedicht und nannte sie Sophia.
Heute hielt sie ein Papier in der Hand.
Es fiel herunter.
Sie wollte wissen, wie ich heiße.
Ihre Mutter wollte wissen, wie ich heiße.
Ich schaute zu ihr rauf und sagte: „Leni“.
Sie lächelte mir ihren Namen zu: „Melina.“
Ich lächelte sie an.
Und sie lehnte sich mit ihrem Oberkörper über die Balustrade.
Und für eine kurze Weile war mir so, als läge meine Kindheit vor mir.

Die Türken vor Wien

Inmitten dieser Zeit mit ihren Sehnsüchten, Wünschen und Zweifeln näherte ich mich meinem 32. Geburtstag. Wenige Tage davor ließ ich die beiden Filme, die ich von Deniz in allen Stimmungen und Posen gemacht hatte, entwickeln. Nahezu drei Monate ruhten sie in der untersten Schublade der Kommode. Dann hielt ich es nicht mehr aus. Ich konnte die Filmrollen nicht mehr zwischen den Seidenstrümpfen liegen sehen.

Mir klopfte das Herz, als ich an der Kasse des Photoladens Yalçın die beiden Photoumschläge entgegennahm. Dort setzte ich mich an den runden Tisch mit den vielen Mustern an Hochzeitsbildern und sah mir Photo für Photo an. Alles, was mir im Beisein der vermählten Paare durch den Kopf ging, ist mit einem Wort oder Bild nicht einzufangen.

Drei Mal schaute ich mir Deniz vor dem Leandertum, auf dem Ägyptischen Basar, im Kaktüs-Café an. Immer wieder strahlte er in klaren Farben oder matten Dämmertönen auf Hochglanzpapier. Ich bezahlte und ging nach Hause. Dort donnerte ich die Schuhe in die Ecke, pflanzte mich auf den Boden und schaute mir mit fiebernden Blicken immer wieder und immer länger die Photos an. Sobald ich den Anfang des Stapels wieder erreicht hatte, sah ich ihn wieder lachen, zeichnen und im Taubenblau meiner Bettwäsche schlafen. Es war so himmlisch, ihn wiederzusehen. Ich konnte ihn berühren und ansehen. Er lachte mich so an, als wollte er mir die Stimmung einer levantinischen Sommernacht oder die Stunde der Dämmerung im Land der Morgenstille versprechen. Er lächelte und sprach mit mir. Er las Zeitung. Er war in Gedanken versunken. Deniz stand vor dem Tokapı-Serail, im Hippodrom, im Museum für Malerei und Skulpturen. Er posierte vor der Russischen Botschaft auf der İstiklâl-Straße, und dann zeigten ihn die letzten Aufnahmen – einen Tag vor seinem Tod – mitten im Trubel des Ägyptischen Basars. Zwischen paprikaroten, safrangelben und hennagrünen Gewürzen, zwischen Hammelfleisch und Kaşarkäse aus allen Regionen des Landes schaute er mich an. Das allerletzte Photo zeigte uns auf dem Atatürk-Flughafen in der Kälte stehend, mit Schal und Handschuhen.

Es war schön, ihn wiederzusehen. Es war schön und die reinste Qual. Ich war nicht imstande, etwas Zusammenhängendes denken zu können. Alles rauschte an mir vorbei. Mir war so, als läge er schlafend oder lachend in mir. Ich wünschte mir, ihn wachzuküssen.

An dem Tag rutschte die Trauerdecke, die über Monate hinweg wie eine schlafende Krankheit über mir ruhte, woandershin. Ich wünschte mir, mich häuten oder alles abschälen zu können, was sich an Endzeitstimmungen in mir abgelagert hatte. Dann suchte ich die schönsten Photos heraus, legte sie in ein Kuvert und schrieb ein paar Zeilen an Deniz' Schwester Lale. Ich brachte den Brief zur Post, bestellte Photos nach und entschloß mich, nach Europa zu fahren, um auf der İstiklâl-Straße in der türkisch-deutschen Buchhandlung herumzustöbern. Nach einer Dreiviertelstunde stand ich vor den vielen Regalen, und beim Anblick der vielen Buchrükken, die mir in allen Farben entgegenschlugen, sprang mir Orhan Pamuks Roman *Das neue Leben* ins Auge. Ich zog das Buch aus dem Regal, streifte kurz über den Schutzumschlag und sah darin ein Kaleidoskop an Istanbul-Bildern. Im Vordergrund des Bildes stand ein wartendes Sammeltaxi, ein Chevrolet, mit einem weiteren, dahinter versteckten und gleichfalls mit geöffneten Türen wartenden Chevrolet. Es lag ein wenig Schnee auf dem Asphalt. Einige Männer, die links und im Hintergrund des Bildes zu sehen waren, gingen mit gesenkten Blicken daher oder schauten auf das Grauweiß des Asphalts. Hinter den beiden Chevrolets ragten die Minarette der Neuen Moschee in den schmuddeligen Himmel. Die Kuppel der Moschee war im Grau des Himmel festgenäht. Sie schaute mich wie eine frierende Großmutter an.

Das Buch lächelte mich an. Mich fesselte der Anblick der Chevrolets und der Türme. Ohne einen Blick auf den Klappentext und auf die erste Seite zu werfen, kaufte ich *Das neue Leben*. Ich zahlte in DM, verließ die Buchhandlung und lief die İstiklâl-Straße entlang. Dann setzte ich mich in ein Café, bestellte einen Cappuccino mit Wasser und packte *Das neue Leben* aus. Ich schlug das erste Kapitel auf und las:

„Eines Tages las ich ein Buch, und mein ganzes Leben veränderte sich. Auf den ersten Seiten schon bekam ich die Kraft dieses Buches innerlich so stark zu spüren, daß ich glaubte, mein Körper habe sich von Tisch und Stuhl, wo ich saß, gelöst und abgehoben. Aber trotz dieses Gefühls schien ich fester als eh und je mit meinem Sein und allen Fasern meines Körpers auf dem Stuhl am Tisch zu sitzen, und das Buch bewies seine ganze Wirkung nicht nur in meinem Geist, sondern in allem, was mich zu mir selbst machte. So kraftvoll war die Wirkung, daß ich meinte, mir sprühe beim Lesen aus den Seiten dieses Buches Licht entgegen, ein Licht, das meinen Verstand vollkommen stumpf und im gleichen Moment

glänzend werden ließ. Und mir kam der Gedanke, ich würde neu und anders werden in diesem Licht, und ich ahnte, es würde mich auf einen anderen Weg führen, dieses Licht, und ich nahm in diesem Licht die Schemen eines Daseins wahr, das ich später kennenlernen, mit dem ich später vertraut sein würde. So saß ich am Tisch, wußte mit einem Zipfel meines Verstandes, daß ich dort saß, schlug die Seiten um und las immer neue Wörter auf immer neuen Seiten, während sich mein Leben veränderte. Aber die Hilflosigkeit, die ich nach einer Weile empfand, das Gefühl, kaum bereit zu sein für das, was mich erwartete, ließ mich mein Gesicht instinktiv abwenden von den Seiten, als wolle ich mich vor der Kraft schützen, die dem Buch entströmte. Da sah ich mit Schrecken, daß sich die Welt um mich herum von A bis Z verwandelt hatte, und verspürte eine bis dahin ungeahnte Einsamkeit. Ganz so, als sei ich allein geblieben in einem Land, dessen Sprache, Gewohnheiten und geographische Lage mir fremd waren."

Alles, was mir nach der ersten Seite aus dem *neuen Leben* mit einem Mal durch den Kopf schoß, war mein großes Bedauern, Orhan Pamuk nicht auf Türkisch lesen zu können. Ich wäre seiner Schriftstellerei gerne in der Muttersprache gefolgt, doch selbst wenn ich es mir noch so sehnlichst wünschte und mich mit eiserner Disziplin durch die Zeilen wühlen sah, wäre es eher eine Qual als ein Genuß gewesen. Mir wäre der Weg in die Tiefe seiner Sprache verschlossen geblieben. Ich war doch eher die Gefangene im flektierenden Netz der indogermanischen Sprachfamilie. Mir fehlte der Schlüssel dieser Altai-Ugurischen Sprache, die mich mit ihren Agglutinationen verwirrte.

Ich empfand es als eine Sünde, Pamuk in der Übersetzung zu lesen. Es wurmte mich. Dennoch war da dieses andere Gefühl, alles, was der Autor über den Ich-Erzähler und seine Empfindungen und Eindrücke über das namenlose Buch zu sagen hatte, auf eine ähnliche Art und Weise irgendwo in meinem Leben schon einmal erfahren zu haben. Zwischen den Zeilen versteckte sich etwas, was mir bekannt vorkam.

Ich dachte lange darüber nach, was es sein könnte, grübelte herum, schlürfte den Cappuccino, trank Wasser, las die erste Seite ein weiteres Mal und fand nicht das, was ich suchte. Ich nippte vom Wasser, zahlte und ging zum Stand der Sammeltaxis. Dort setzte ich mich auf die hinterste Bank eines Kleinbusses und nahm erneut das Buch zur Hand.

Ich las mich in die Welt des jungen Helden Osman ein, der sich in die schöne Canan verliebt, in deren Hand er das erste Mal dieses geheimnisvolle Buch gesehen hatte. Ich folgte den Zeilen, und dann tauchte Deniz auf, und dann sein Brief, der zwischen den Seidenstrümpfen in der untersten Schublade der Kommode schlief. Ich legte das Buch in den Schoß, schaute meinen Sitznachbarn an und beschloß, es endlich zu tun.

Eine halbe Stunde darauf war es soweit. Ich rannte die Hausstufen hoch, schloß beide Türen auf, rannte die Holztreppe hoch, öffnete die unterste Schublade der Kommode und atmete tief durch. Dort lag er. Dort schlief er zwischen schwarzen und dunkelblauen Strumpfhosen. Lange hatte ich ihn mir aufgespart. Vielleicht war es so, wie mit einem Seidenkleid, das man nicht tragen möchte, da man Angst vor häßlichen Flecken oder gerissenen Fäden hatte. Plötzlich ging es nicht mehr. Ich wollte ihn lesen, ging in den Salon, setzte mich in den Schaukelstuhl und las:

Leni,[*]
onbire doğru eve geldim. Yolculuğum iyi geçti. Çok kahve içtim ve kendimi senden ayrılırkenden daha heycanlı hissettim. Koridorda çantamı topladım ve sanki sen yanımdaydın; sesin, kokun, gülücüğün, parfümün. Herşeyinle yanımdaydın. Leni, gel şöyle çılgınca birşeyler yapalım. Nisanda, Kıbrıs' ta şöyle birkaç gün geçirmeye ne dersin?

Ah Leni, hayatta öyle anlar vardır ki, tıpkı insanı uyuklama anında yüzünü okşayan deniz meltemi gibi. Öğlen uçağı ile İstanbul'a yetişmek için bütün randevuları iptal etmem gerekiyor. Neden bunu yapmıyorum? Tatlım, kendine iyi bak, öptüm!

Deniz

---

[*] *Leni,*
gegen Elf war ich zu Hause. Der Flug war okay. Ich trank viel Kaffee und war danach noch aufgekratzter, als ich es bei unserem Abschied war. Im Korridor packte ich meine Tasche aus, und mir kam es so vor, als hätte ich Dich um mich herum. Deine Stimme, Dein Geruch, Dein Lachen, Dein Parfum. Alles von Dir war bei mir. Leni, laß uns etwas Verrücktes unternehmen. Laß uns im April ein paar Tage auf Zypern verbringen.
Ach Leni, es gibt Momente, die sind wie Sommerbrisen, die einem im Dämmerschlaf über das Gesicht streicheln. Ich sollte alle Termine sausen lassen, um noch den Mittagsflug nach Istanbul zu erreichen. Warum tue ich das eigentlich nicht? Paß auf Dich auf! Ich küsse Dich, meine Süße!

Deniz

P. S.: Lies den Roman von Orhan Pamuk 'Das Neue Leben', falls du es nicht schon getan haben solltest. Es wird dir gefallen. Meine Schwester schickte es mir Anfang Januar. Lange lag es vor meinem Bett. Diese Nacht schlug ich es auf und konnte mich nicht mehr davon losreißen.

Not: Eğer Orhan Pamuk'un "Yeni Hayat" romanını okumamışsan, mutlaka oku. Hoşuna gidecek. Kitabı kız kardeşim bana Ocak ayında gönderdi. Uzun süre yatağımın başı ucunda durdu. O gece okumaya başladım ve bir daha da başından ayrılamadım.

Der Brief fiel mir aus der Hand. Hunderttausend Gedanken schossen mir durch den Kopf. Alles lag mit seinen merkwürdigen Zusammenhängen unzusammenhängend vor mir. Ich schlug die Hände über den Kopf zusammen und hatte nur noch diesen einen Wunsch. Leichenblaß stand ich vor dem Fenster und schaute dem Sesamkringelverkäufer nach, der: „Taze simitler!" („Frische Sesamkringel!") in die Luft rief. Der Himmel war so strahlend blau, so schön, daß seine Farben in meinen Augen brannten. Alle Zirruswolken ließen mich im Stich. Alles verschwamm vor meinen Augen zu einem breiigen Mus. Dann schwappte eine Welle der Aggression hoch. Mit ihr kam der Wunsch, ein Fensterglas kaputtzuschlagen, Bücherregale umzustoßen, irgend etwas Dummes tun zu wollen. Ich wollte etwas zerstören, wollte dem Lkw-Fahrer mit seiner dämlichen Apfelsinenkarawane eine runterscheuern. Aber mit einem Hammerschlag in die Visage des Schuldigen ließ sich ein Lächeln von Deniz nicht zurückholen. Ich warf die Porzellanvase zu Boden, die mir Cans Mutter zur Hochzeit geschenkt hatte und wünschte ihrem Sohn eine schöne Trauung im Bielefelder Standesamt. Ich lachte über die Scherben und komischen Zusammenhänge. Dann hockte ich über allen Splittern, die sich auf den Schlieren der Fliesen versteckt hielten. Ich wollte ein Gemälde aus den Scherben entstehen sehen.

Nichts brachte ich zustande. Alles ließ ich liegen. Mit Tränen in den Augen schlüpfte ich in die Sandalen, nahm die Schlüssel und peilte den Bosporus an. Als ich ihn endlich sah, war mir nach Fliehen zumute. Ich wollte irgendwohin, wollte für einige Tage einen anderen Ort mit anderen Kulissen sehen. Ich brauchte eine Auszeit, und mir ging die seit Monaten auf mich wartende Einladung meines Kollegen Johann durch den Sinn. Johann, der als Lektor an der Lubliner Uniwersytet Marii Curie Sklodowoskiej in der philologischen Abteilung tätig ist, der mir seit Januar mit der Frage in den Ohren hing, wann ich mich bereit erkläre, mit ihm Wien erobern zu wollen. Nichts schien ihm mehr Freude zu bereiten, als mit einer Spaziergängerin am Bosporus Wien erobern zu wollen. Dort wollte Johann wohl darüber nachsinnen, was aus den Christen geworden wäre, wenn nach der Schlacht bei Mohács die Türken vor den Toren Wiens den langersehnten Erfolg der Muslime über Europa gefeiert hätten? Seinerzeit wollte Europa nicht wahrhaben, jemals die armselige Rolle eines Bittstellers gegenüber dem Erbfeind des christlichen Glaubens einnehmen zu können. Und dann, im Jahre 1571, wurde den Türken bei der Seeschlacht von Lepanto mit Kugeln und Kanonen der Wind aus den Segeln genommen. Und doch versetzten die folgenden Jahre die christliche Welt in Angst und Schrecken. Im Juli 1683 folgte der Unheil verkündende Sturm mit der zweiten Belagerung Wiens, und mit den Tartaren im Rücken machten sich die Osmanen den Weg in den Westen frei. Samt ihres Verbündeten und unter der Führung des Großwesirs standen 120.000 Mann vor den Toren Wiens und belagerten die Stadt. Und während ein Sturmangriff nach dem anderen erfolgreich abgeschlagen werden konnte, machte sich eine vom Papst Innozenz XI. initiierte Allianz auf den Weg nach Wien. Genau damit trafen sie die Achillesverse der Türken. Am 12. September des Jahres kämpften an der Seite des bewaffneten Heeres mehr als 60.000 Rekruten aus Polen, Bayern, Franken und Sachsen gegen die vom Kahlenberg näher rückenden Türken. Alle vereinten sich zu einer heiligen Liga, und in der äußerst prekären Situation schlossen sich ihnen auch noch die Tartaren an. So schmorten die Osmanen im heißen Kessel aller Fronten.

Johann dachte an die Blüte des Osmanischen Reiches, an Glanzzeiten, als sich das Reich noch auf drei Kontinente erstreckte und von Buda bis Bagdad, vom Nil bis zur Krim weitere administrative Bänder mit dem Balkan, einem Großteil Ungarns und Teilen Nordafrikas flocht. Er fragte sich wohl, was aus Europa geworden wäre, wenn osmanische Krieger mit ihren Krummschwertern bis an den Rhein, bis an die Elbe vorgedrungen wären. Und während er über osmanische Stützpunkte, Janitscharenkorps und militärische Schlachtpläne fabulierte, kam mir ein ganzer Salat an Strategien, Vorurteilen, Ressentiments und Feindbildern hoch, ja, bis hin zu Kriegen, Pogromen, Massenvergewaltigungen mit allen Genoziden des 20. Jahrhunderts kam mir dieser ganze Mischmasch hoch, und ich konnte keinen Unterschied zwischen dem Ziel einer Kanone, eines Krummsäbels und einer Kugel feststellen. Nur der Sumpf übelriechender Dämpfe an allen Fronten faulte vor sich hin.

Ich wollte erholsame Tage in Wien, und da mir Johann schon lange mit der Eroberung Wiens in den Ohren lag, wünschte ich mir ein hübsches Hotel und ruhige Kaffeehäuser in der Donaustadt. Prompt mailte ich ihm. Zwei Tage darauf kaufte ich ein Flugticket, holte die nachbestellten Photos ab, packte sie in die Reisetasche, legte mein Lieblingskleid, eine Jeans und *Das neue Leben* mit einer großen Schachtel Turkish Delight dazu und freute mich wie ein Kind auf die Donau und auf ein paar Tage Erholung.

An der schönen blauen Donau

Am 28. Mai 1999 fuhr ich um sechs Uhr in der Frühe mit dem Taxi zum Atatürk-Flughafen. Fünf Stunden später landete ich auf dem Flughafen der Donaustadt. Wider Erwarten umhüllte mich dort ein schwüler Luftmantel, der dafür sorgte, daß mir kleine Schweißperlen den Rücken herunterkullerten. Johann, der Tage zuvor am Telefon seine Hand dafür ins Feuer gelegt hatte, mich pünktlich am Flughafen abzuholen, trabte in der Vormittagsstunde mit Riesenschritten auf mich zu. Er lächelte mich an, streckte mir seine Hand entgegen und umarmte mich, ohne daß ich ihn fühlen konnte.

Johann lernte ich im August 1998 auf einer Sommerakademie kennen. Es war in Bonn. Es war sehr schwül, und ich kann mich noch sehr gut an den Abend erinnern, als wir nach einem zweitägigen Workshop im Gustav-Stresemann-Institut auf den Gartenstühlen des gepflegten Pavillons saßen. Schulter an Schulter hockten wir beisammen, und die kunterbunt vor uns zusammengewürfelten Frauen und Männer vergnügten sich mit Bier, Wein und Wasser. Sie boten tausend Sprechanlässe, und Johann redete ohne Punkt und Komma, rauchte eine Zigarette nach der anderen, schabte unentwegt mit seinen Velourleder-Sandalen über den sandigen Boden und schnalzte manchmal mit der Zunge.

Mir ist entfallen, wer von uns an dem Abend den Stein ins Rollen gebracht hatte, wer Fragen über den Job und das Land, in dem man arbeitete, stellte. Ich kann mir auch nicht mehr ins Gedächtnis zurückrufen, wie wir an dem Abend verblieben waren. Vielleicht war ich damals viel zu sehr mit mir selbst beschäftigt gewesen. Allein schon aus diesem Grunde mußte ich Johann zur Seite geschoben haben.

Hängengeblieben ist mir von dieser gesamten Stresemann-Geschichte nur dieses eine Bild, wie ich in den Nächten gegen die Decke meines Tagungszimmers starrte und mich lange hin und her drehte. Der Schlaf wollte mich nicht einholen, und immer dann, wenn er mich schließlich übermannte und das Summen der Insekten mit dem lallenden Gesang der letzten Wein- und Biertrinker im Pavillon verstummt war, surrten mit dem leisen Nachtwind zwei, drei Mücken durch die Vorhänge, die auf ihrer nächtlichen Entdeckungsreise meine Arme und Beine wundstachen.

Es blieb eine Woche schwül am Rhein. Ich lief abends mit Franziska und Julia, einer sehr liebenswürdigen Kollegin, die an der Metschnikow-Universität in Odessa tätig ist, am Rheinufer entlang. Wir spazierten über die Wiesen und sahen im blaßgrünen Schimmerlicht die Schwüle aufsteigen. So oder so ähnlich zogen die Bonner Tage vorüber. Wie in Dämmerlicht getaucht. Mit Franziska und Julia verbrachte ich die Abende in luftigen Kleidern und mit langen Spaziergängen.

Am letzten Tag, am Freitagmittag, verabschiedete ich mich auf der Abschlußdiskussion im großen Saal von Franziska, Julia und Johann. Franziska saß vor einer Säule und Julia daneben. Wir tauschten Telefonnummern aus. Julia plante nach Hamburg zu reisen, um eine Freundin zu besuchen. Franziska wollte mit der Bahn nach Bremen fahren, um ihren Sohn Max von ihrer Schwester Caroline abzuholen. Sie wollte zwei Monate mit Max in ihrem Schöneberg verbringen. Ich versprach ihr, sie an der Spree zu besuchen, küßte sie und dann Julia, drehte mich um und sagte Johann auf Wiedersehen.

Vier Wochen blieb ich in Deutschland. Ich fuhr mit der Bahn von Bonn nach Bielefeld und half meiner hochschwangeren Leyla, trank mit ihr türkischen Mokka und bewarb mich auf dem Stellenmarkt. Dann fuhr ich zu Ludwig nach Münster, daraufhin zu Berna nach München. Wenige Tage darauf besuchte ich Charlotte am Main. Das Schlußlicht bildete Berlin. Dort blieb ich einige Tage bei Franziska und Max. Anfang September flog ich wie geplant an den Bosporus zurück, flog nach Hause und freute mich wie ein Kind auf meinen roten Turm. Mit dem Taxi ließ ich mich durch die tiefblaue Nacht kutschieren und wünschte dem Himmel wunderschöne Träume. Mit seinen vielen Lichtern, die wie reife Früchte von der Decke fielen, sang er für mich eine Ballade in Moll, und ich dachte an meine Freundinnen und an die vielen Eindrücke mit ihren tausend Gedanken, die mir durch den Kopf schossen.

Die Septembertage vergingen schnell. Es war immer noch heiß am Bosporus. Nahezu alles, was mich im August noch beschäftigt hatte, geriet in Vergessenheit. Dann, mitten in der Hitze des Spätsommers, stand Yunus wieder auf. Wenige Wochen hatte er mich in Ruhe gelassen. Plötzlich zog er wie ein Delphin seine tausend Bahnen und raubte mir meinen Schlaf.

Just in dieser Zeit lag in meiner Mail-Box ein Brief von Johann. Neugierig las ich die Zeilen, las sie wie ein Kind, das an einem heißen Sommertag hastig den ersten Schluck der Limonade trinkt, um den quälenden Durst zu löschen.

Na, schon wieder im warmen Süden? Ich wollte doch mal wissen, ob das Mailen klappt, und wenn ja, kann ich mir immer noch überlegen, was ich Dir schreiben will. Du weißt doch noch, wer ich bin?
Johann

Ich schmunzelte, ich sah Johann auf der Treppe sitzen und kam nicht umhin, ihm unverzüglich und ausführlich zu antworten. So schrieb ich von Anstrengungen, Stimmungen und Unruhen. Ich hatte keine Hemmungen, auch ein wenig tiefer zu gehen und bei ihm ein wenig nachzubohren.

Am nächsten Tag, als ich von irgendwelchen Behördengängen zurückgekehrt war, wartete schon seine Antwort in der Box. Er war überrascht, so schnell und vor allem so ausführlich von mir zu hören. Er schrieb von seinen Reisen durch Deutschland, Österreich und die Tschechische Republik, schrieb von der Hochzeit seines Bruders und dem netten Kollegium seiner Gastuniversität in Polen. Er schrieb von seiner Stadt Lublin, in der er seit zwei Jahren lebte. Ich antwortete ihm und brachte es erneut auf zwei Seiten.

Fortan schrieben wir uns mindestens zweimal in der Woche. Unser Grundton war stets humorvoll und erfrischend. Wir schrieben ohne Schnörkel und Schlaufen und kosteten am Bildschirm das Kennenlernspiel in allen Facetten aus. Und gerade weil die Walachei und die Karpaten zwischen uns lagen, stellte ich mir mit der Lichtgeschwindigkeit unserer elektronischen Korrespondenz den jungen Kurier aus Goethes Zeiten vor, der mit seinem Rappen über schneebedeckte Berge und durch grüne Täler ritt, um einer einsamen Komtesse unterhaltsame Briefe eines verrückten Adeligen in ihren karminroten Turm zu bringen.

Für Johann nahm ich mir ein bißchen Zeit. Ab und an schrieb ich ihm eine Anekdote über meine Abenteuer am Bosporus. Und sie schienen nicht uninteressant zu sein, denn der adelige Herr antwortete stets im freundlich aufgelegten Ton. So kamen wir auf unsere Kosten und amüsierten uns vor dem nimmersatten Bildschirm. Wir waren vernetzt, jedoch nicht miteinander verbunden. Vielleicht war es genau diese Distanz, die zu uns paßte. Mir gefiel die saloppe Johann-Korrespondenz. Er war vom adeligen Geschlecht und brachte die von Liebeskummer geplagte Komtesse auf andere Gedanken.

Vier Wochen nach seinem jungfräulichen Brief herrschte plötzlich Totenstille. Eine gähnende Leere traf Johann in seinem Lubliner Briefkasten an. Böse Viren rafften mich dahin, und erst als der nieselige November vor der Tür stand, schickte ich ihm ein Lebenszeichen.

Ja, der November kam, und er war so naß wie die Wände der Waschküche aus Großmutters Zeiten, und ich raffte mich auf und gab mein Äußerstes. Ich besuchte einen Türkischkurs, las Vokabellisten rauf und runter, kämpfte mich durch Logarithmen an Konjugationen und Agglutinationen, und mein liebenswürdiges Publikum meinte es mehr als gut mit mir. Es stand mir mit Rat und Tat zur Seite, arbeitete in allen Pausen türkische Texte mit mir durch und zeigte sich auch sonst von seiner Schokoladenseite. Es war vergnügt, charmant und zuvorkommend.

So lief mein drittes Bosporusjahr auf Hochtouren. Auch ich schaltete den höchsten Gang ein, stand morgens vor der Tafel, saß nachmittags am Schreibtisch und paukte abends mit einem Dutzend Frauen und Männern aus Amerika, England, Israel, Italien, Japan, Rußland und Südkorea Türkisch. Wir opferten unseren Feierabend, um uns den Geheimnissen ihrer Grammatik hinzugeben. Spätabends kehrte ich dann mit einem Blättersalat im Kopf heim, schrieb ein paar Zeilen an Freundinnen oder las mich durch Bleiwüsten der Wissenschaft.

Der Dezember zeigte sich weniger verregnet. Er war eher kalt und ungemütlich. Als schließlich das Weihnachtsfest vor der Tür stand, gestikulierte ich im Wollpullover vor der Tafel.

Bisweilen sehnte ich mich nach meterhohem Schnee, den ich eigentlich nur noch aus Kindertagen kenne, als ich mit allen Jungs aus der Nachbarschaft über weiße Bauernfelder rannte. Ja, Weiß ist die Farbe meiner Kindheit. Ich war vier, sieben oder zehn Jahre alt, und es schneite und schneite die Nächte hindurch. Mit allen Nachbarjungs rodelte ich nachmittags die Hügel herunter. Wir fuhren auf zugefrorenen Teichen Schlittschuh oder veranstalteten Schneeballschlachten, die stundenlangen Wettkämpfen gleichkamen. Oft gingen wir durch die Schneelandschaften und erzählten uns Gruselgeschichten oder versaute Witze. Wir gingen bis zur holländischen Grenze und suchten unter dem knirschenden Schnee nach Spuren von Eichhörnchen, Hasen und Vögeln. In den Wäldern legten wir uns auf die Böden und ahmten dort im Chor unserer ausgestreckten Arme den Flügelschwüngen von Adlern nach. Wir lachten, kicherten, rieben uns die Hände warm und zogen uns gegenseitig die Ohren lang, die tomatenrot aus den Wollmützen lugten. Wir rüttelten solange an den Zweigen der Fichten und Tannen, bis kein Schnee mehr herunterfiel. Und immer wieder flehten wir Frau Holle an. Wir wünschten uns noch mehr Schnee, noch kräftigere Männer mit Möhrennasen und Armen aus Fichtenzweigen oder Besenstielen. Und in jedem Winter schoß ich einige Photos mit meiner Zeißikon, die mir mein Vater geschenkt hatte, als ich acht Jahre alt wurde. Er erklärte mir alle manuellen Einstellungen, und ich hielt in jedem Jahr zwei, drei Nachbarjungs mit einem tannenhohen Schneemann fest.

Am Bosporus war es nicht kalt genug, um sich Puderzuckerschnee herbeizuwünschen. Nicht im ersten und auch nicht im zweiten Winter hatte ich meterhohen Schnee gesehen. Auch im dritten Winter wartete ich lange, letztendlich nicht vergeblich, auf ihn.

Irgendwann war das alte Jahr und die erste Januarwoche verstrichen, und ich fand eine imposante Mail von Johann in meiner Box. Frech und pfiffig in seiner Wortwahl las ich von seinem Weihnachtsfest bei seiner Mutter und dem Ski-Urlaub in Österreich, und er hatte schon wieder Lust auf Wiener Kaffeehäuser, biedermeierliche Gassen und Spaziergänge durch den Wienerwald. Er fragte mich, ob ich mit ihm Wien erobern wolle. Ich war entzückt über diese Idee.

Bis dahin war Wien für mich ein wohlklingendes Wort gewesen. Es setzte sich aus vier Buchstaben zusammen. Ich kannte es lediglich aus den Romanen Canettis und Musils und hielt dieses Versäumnis für eine große landeskundliche Lücke. Ich wußte nicht, wie Lipizzaner, wie die goldene Lorbeerkugel der Secession oder der Theseus-Tempel im Volksgarten aussahen. So lobte ich Johanns Idee, lehnte jedoch höflich ab, da ich keine Ferien hatte. Zudem konnte ich in den Tagen nicht so hoppladihopp meinen Unterricht verschieben. Ich wollte auch nicht meine Türkischstunden sausen lassen.

Es war Januar. Johann wollte mich an der Donau wiedersehen, und aus heiterem Himmel schwieg ich für ein weiteres Mal. Es war Januar. Deniz war wieder am ägäischen Horizont aufgetaucht. Er schickte mir einen wunderschönen Brief mit wunderschönen Photos. Ohne zu zögern, rief ich ihn an, und der Klang seiner Stimme rauschte mit den Wellen der Ägäis, den Fluten der Dardanellen zu mir ans Marmarameer. Ich schmolz dahin. Alles flimmerte vor meinen Augen. Ich vergaß Johann, vergaß darüber hinaus meinem adeligen Wassermann Geburtstagsgrüße zu schicken. Als dann der Februar einkehrte, kam der lang ersehnte Schnee, und mit seiner weißen Schönheit und den Erinnerungen aus Kindertagen kam Deniz zu mir in den roten Turm. Er blieb zehn Tage mit dem Schnee, und als er sich auf dem Atatürk-Flughafen von mir verabschiedete, küßte er mich, streichelte über mein Haar, lächelte mich an und starb.

Es dauerte lange, bis ich mich bei Johann meldete. Ich schickte ihm keine Mail. Statt dessen schickte ich ihm ein Gedicht und erwähnte kurz die Trauer über einen Freund, der von mir ging, als er mich gerade wachgeküßt hatte. Später, einen Monat vor meinem Geburtstag, versuchte es Johann wieder mit Wien. Er sprach von Wien als Freilichtmuseum, das mich auf andere Gedanken bringen könne. Er lud mich für ein Frühlingswochenende ein. Er bemühte sich in dezenten Tönen, mich mit seinem schönen Wien aufheitern zu können. Ich bedankte mich für seine Einladung, seine Anteilnahme und schlug doch sein großzügiges Angebot aus.

Auch wenn eine große Unruhe meinen Alltag bestimmte, konnte und wollte ich in der Zeit nicht verreisen. Ich saß im Schaukelstuhl und schaukelte nach vorne und kam doch nicht von der Stelle. Nichts konnte ich tun, kein Buch aufschlagen, geschweige denn lesen. Wie eine Hochspannungsleitung, die vor der Tafel postiert war, arbeitete ich bis zum Anschlag und war doch mit dem Kopf in anderen Sphären. Das einzige, was mir in der Zeit half, war die Musik. Es war Bach, es waren Jazzgrößen, bisweilen war es auch Pop. Manchmal kleisterte ich Wörter zusammen, die wie Vogelnester in nackten Winterbäumen in meinem Kopf hausten:

Die Vorstellung,
am Horizont von Göttinnen verzaubert zu werden,
diese Gedanken,
auf dem weißen Laken,
auf dem ich wild küßte,
auf dem ich Weltnachrichten schluckte,
auf dem ich morgen von den Kugeln des Nachbarn durchlöchert werden könnte,
diese eine blasse Erinnerung,
mit meiner Oma zum Grab meines Großvaters zu gehen,
sie sagte: „Er war doch Jahre, Jahre, Jahre im Krieg!“
und Gott saß in einer Baumkrone,
und ein Donner drang durch das Haus,
und jemand sang ein Kinderlied,
und ein Wind kam auf,

und ich wünschte mir,
mich im Weizenfeld verstecken zu können,
dort gäbe ich den Raben und Krähen meine Schwarzseherei,
und mit Eulen wünschte ich mir durch den Wald zu starren,
mit diesen wässrigen Träumen im Morgengrauen
bringe ich deinen Atem zum Singen,
Sommerwiesen tragen uns irgendwohin,
und alles verwischt,
alles sackt in die Erde,
blutet und ruht,
und betäubt von diesem Blau,
entrückt von diesem Violett,
tauche ich ab
und schlafe
auf einer fernen Wunschschaukel.

An meinem 32. Geburtstag saß ich im Flugzeug und flog nach Wien. Dort wartete bereits Johann auf mich. In der Maschine hörte ich den Piloten die Luftlinie auf Türkisch und Englisch sagen. Er erwähnte kein ehemaliges Jugoslawien, sondern flog in eine andere Richtung, und ich dachte an das Kosovo, an Makedonien, Albanien, Serbien, Bosnien, Kroatien, dachte an Wortbildungen wie Luftangriffe oder humanitäre Katastrophen. Stunden später erkannte mich Johann im Trubel des Wiener Flughafens. Er begrüßte mich mit einer scheuen Umarmung. Ich lächelte ihn an. Wir gingen zum Wagen, den er sich von einem Wiener Freund geliehen hatte. Wir fuhren in die Stadt, und während Johann wie wild vor dem Lenkrad zappelte und wie ein Grundschullehrer vor der Tafel aufzählte, was er an dem Morgen schon alles getan und erledigt hatte, schwitzte ich in meinem blauen Leinenkleid. Johann schaute durch seine tiefschwarze Sonnenbrille und hampelte im Seidenhemd und in feuerroten Jeans herum. Ich betrachtete ihn eingehend. Sein ausgefallenes Design erinnerte mich an die Vogelscheuchen aus den Obstgärten meiner Oma, die jeden Sommer wie Mikadostäbe in den Baumkronen hingen. Johann plapperte quietschfidel gegen die Windschutzscheibe und stocherte mit seiner rechten Hand durch die Luft. Ich beobachtete ihn und kam zu dem Schluß, daß er Hummeln im Hintern zu haben schien. Johann fuhr und fuchtelte mit seinen Fingern vor dem Innenspiegel herum. Beiläufig fragte er, ob wir ins Hotel gehen oder in einem Kaffeehaus eine Melange zur Begrüßung trinken sollten. Wir entschieden uns für das Hotel, das Johann für zwei Nächte in der Kärntner Straße gebucht hatte. Dort stießen wir mit einem Piccolo auf meinen Geburtstag an. Ich saß auf dem gemachten Bett, und Johann grinste mich an, wünschte mir alles Gute und überreichte mir sein Geschenk, das unter froschgrünem Papier schlummerte. Er nuschelte etwas daher und hoffte, daß ich es noch nicht im Regal stehen habe. Daraufhin postierte er sich mit seiner feuerroten Levis vor dem Sony-Fernseher, etwa so, als wollte er den Flimmerkasten in Brand setzen. Unterdessen öffnete ich das Geschenk und freute mich über die Penguin-Ausgabe '*Istanbul – The Imperial City*' von John Freely. Ein Volltreffer. John Freely, ein wahrer Freund und Experte Anatoliens, verfaßte eine Handvoll Bücher über die Türkei. Er schrieb über das Schwarze Meer, das Marmarameer und die Dardanellen und reiste immer weiter bis an die Ägäis, bis ans Mittelmeer und wanderte im großen langen Bogen immer weiter, bis er schließlich eine verschlafene Küste im tiefsten Süden des Landes entdeckt hatte.

Hochzufrieden über Johanns Kunstgriff bedankte ich mich bei ihm. Er grinste mich an und zappelte nach wie vor vor dem Fernseher. Erneut wollte er auf meinen Tag anstoßen. Wir tranken Piccolo, und ich hörte ihm halbherzig dabei zu, als er von Theaterkarten, Heurigen und Expressionisten sprach. Er schwärmte für die Donaustadt, und es kam mir so vor, als beschrieb er eine aufgedonnerte Frau mit einem aufgedonnerten Pudel, die beide mit Riesenschleifen auf ihrem Haupt in einem schicken Strickkleidchen über eine Kastanienallee flanierten.

Ich atmete schwer. Der Sekt gluckerte in meinem Bauch. Meine Augen verloren sich im Muster seines Hemdes. Es ist sonderbar, aber genau dieses eine Blau ist das einzige Blau dieser Welt, das mir nicht gefällt. Johann trug ein royalblaues Hemd. Auch das Feuerrot, das seine spindeldürren Beine wie blutende Tentakel aussehen ließ, stieß mich kolossal ab. Ich betrachtete ihn andächtig. Unterdessen hampelte Johann wie ein Zappelphilipp durch das schmucke Hotelzimmer und bemühte sich, alle Wiener Schönheiten periphrastisch zusammenzufassen. Er redete ohne Punkt und Komma und zeigte mir dabei seine ungepflegten Zähne. Er gönnte sich immer wieder ein Schlückchen. Ich hörte ihn schlürfen und schaute erneut auf das Buch von John Freely. Die Farben des Titelbildes zogen mich an. Es zeigte eine Miniatur, die den Prozessionsweg des Begräbnisses des prächtigen Sultans Süleyman I. abbildete. Es gluckerte in meinem Bauch. Ich tauchte für Sekunden ab.

Süleyman I. regierte von 1520 bis 1566 das Osmanische Reich. Bereits ein Jahr nach seinem Amtsantritt eroberte er Belgrad und bemühte sich, mit einem Ersuchen an Ungarn seine türkischen Truppen durch das ungarische Land ziehen zu lassen, um so das große Habsburger Reich anzupeilen. Doch Ungarn lehnte ab, und Süleyman, der Prächtige, quittierte diese Abfuhr des leichtfertigen Nachbarn mit einem süffisanten Lächeln und vereinnahmte daraufhin Rhodos. Ein paar Jahre darauf, im Jahre 1526, folgte die große Schlacht bei Mohács, und der Sultan rückte bis Buda vor und besetzte Ungarn nicht, sondern schloß mit Janos I. Zapolya – dem Gegenspieler Ferdinand von Habsburgs – einen Bündnisvertrag ab. So ließ Süleyman, der Prächtige, Janos I. als Verbündeten gegen die Habsburger gewähren und marschierte entschlossener denn je auf Wien zu. Doch im September 1529 konnte der schillernde Sultan die Donaustadt wegen des harten Winters, der sich bereits ankündigte, nicht erobern. Ihm fehlte die Artillerie. So machte eine aus dem Norden anrückende Armee, die dem habsburgerischen Nachbarn zur Seite stand, seine Pläne zunichte. Süleymann I. zog sich zurück. Als dann der ungarische König im Jahre 1541 dahinschied, wollten es die Habsburger endlich wissen. Sie wollten sich Buda an Land ziehen. Doch Süleyman I. schlug sie mit seinen Janitscharenkorps nieder und baute Buda als Bollwerk aus. Halb Ungarn gehörte fortan der osmanischen Verwaltung an. Dann, am 6. September 1566, starb der willensstarke Sultan im Krieg gegen die Habsburger, als es wieder um irgendwelche Burgen und Seen ging. Es folgte sein Sohn Selim II., dem man schließlich den Namen Selim, der Säufer, gab, da er alles vermasselte und sich durch die Regierungsjahre trank. Das Reich mußte dramatische Rückschläge erleiden. Vor allem durch die im Jahre 1571 erlittene Niederlage in der Schlacht von Lepanto stürzte es in eine tiefe Krise.

Johann saß mir gegenüber und machte große Augen. Ich schaute auf die Miniatur und in seine blauen Augen, in denen geplatzte Äderchen aufblitzten. Er beteuerte, daß es die Trunksucht des wankelmütigen Selim II. gewesen sei, die die Christen davor bewahrte, mit allen Schikanen islamisiert zu werden, und ich dachte an Süleymans ruhmvolle Herrschaft. Süleyman, der Prächtige, der prächtige Bauten errichten und Gesetzte niederschreiben ließ und ein Abkommen mit den Vasallen abschloß. Süleyman, der Gesetzgeber, war es, der es geschickt einzufädeln wußte, daß die kurdischen Dynastien lange unter der Haube des osmanischen Gatten blieben. Nur irgendwann verlangten seine Nachkommen aufgrund widriger Umstände die Scheidung, und seither ziehen dunkle bis unheilschwangere Wolken über das Morgenland.

Vielleicht war das Ungewöhnlichste an Süleyman I. seine immerwährende Verliebtheit in seine Frau Haseki Hurrem. Man nannte sie liebevoll Roxelane. Süleyman soll so verliebt in sie gewesen sein, daß er sie trotz des Rechtes, mehrere Frauen lieben zu dürfen, ein Leben lang als Lieblingsfrau vergötterte. Auf den Basaren flüsterte man sich neugierig zu, daß Roxelane ihren Gatten verzaubert haben müsse, daß sie ihn jeden Tag verführe und politisch beeinflusse. Ja, Roxelane soll so schön und klug gewesen sein, daß sich der Sultan jeden Tag in ihren grünen Augen und ihrem roten Haar verlor. Aber Roxelane legte nicht nur ihre Schönheit und ihr politisches Wissen an den Tag. Sie war es, die an Süleymans Seite an Einfluß gewann. Sie wußte sich nicht nur an seiner Seite zu behaupten, sie schenkte ihm nicht nur fünf gesunde Kinder in den ersten fünf Jahren seiner Regierungszeit, nein, darüber hinaus inspirierte sie den großen Architekten Sinan, den man auch den Michelangelo der Osmanen nennt, bei seinem ersten Auftrag. Sinan baute für Roxelane einen Moscheenkomplex in Aksaray.

Die vielen roten und braunen Töne der Miniaturmalerei drehten sich um mich. Mit ihnen drehte sich Johann um mich und bemühte sich, mich mit fundierten Erläuterungen zur Geschichte der Karlskirche gewinnen zu können. Ich drehte das Buch um und las in feuerroten Lettern:

„Istanbul, imperial capital of the Roman, Byzantine and Ottoman Empires, is the only city in the world which bestrides two continents – a magnificently situated city, as a poet once wrote, 'surrounded by a garland of waters ...'"

Während Johann in hymnischen Tönen die monumentale Karl-Borromäus-Kirche mit ihren antiken Triumphsäulen und ihrer Tambourkuppel rühmte, reizte es mich, dem Namen des Poeten auf die Schliche zu kommen, der das geniale Bild der Wassergirlanden geschaffen hatte. Irgendwo auf den über 400 Seiten mußte er zu finden sein. Ich schlug das Buch auf, dachte kurz über das Wort magnifizient nach und ließ es genüßlich auf der Zunge zergehen. Ich dachte an die Wassergirlanden. Mich nahm die Frage gefangen, welcher Dichter das geniale Bild der Wasserkränze geschaffen hatte. Kaum hatte ich das Buch aufgeschlagen, empfing mich der Leanderturm. Ich las ‘Kız kulesi’ (‘der Mädchenturm’) mit der Hochzahl Vier, las ‘Theodosian Wall’ und ‘The Latins’. Auf der gleichen Seite, auf Seite 135, gab es neben dem Mädchenturm, der Theodosianischen Mauer und den Römern auch ‘The Germans’. Für einen Moment fragte ich mich, was die Deutschen auf Seite 135 in den Jahren der Byzantinischen Kaiserdynastie im 12. Jahrhundert zu suchen hatten.

Während ich der Frage nachging, strengte sich Johann mit Leibeskräften an, mir die Baukunst von der Antike bis zur Biedermeierzeit schmackhaft zu machen. Von ganzem Herzen wünschte ich mir, seine Stimme abzustellen, ja, ihn mit seinen Krakenbeinen in die Ecke, direkt hinter dem Fernseher, zu postieren. Ich wollte unser Wien mit seinen Eroberungen auf den nächsten Tag verschieben. Auf dem frischbezogenen Hotelbett wünschte ich mir, meinen Geburtstag im Leanderturm zu verbringen.

Dann setzte sich Johann zu mir, nahm mir das Buch und das Sektglas aus der Hand und fragte mich in einem geradezu infamen Ton, ob Can und Deniz, ob beide Männer, ob diese beiden türkischen Männer, die einzigen Männer meines Lebens gewesen waren, die mein eigenwilliges Wesen mit Sex auffrischten.

Die Autos donnerten an unserem Fenster vorbei. Eine Fahrradklingel war zu hören. Vögel zwitscherten. Der Sekt perlte im Kelchglas. Die Miniatur versteckte sich auf dem Bett. Dann lachte ich auf. Ich lachte lauthals, als ich ihn das fragen hörte. Es war das Verb ‘auffrischen’, das mich zum Lachen brachte. Hätte Johann von Eroberungen oder Verführungen gesprochen, wäre ich geneigt gewesen, geradeheraus zu antworten. Bei dem Verb ‘auffrischen’ blühte es nur so in meinem Kopf. Unverzüglich dachte ich an verwelkten Salat oder an eine Frisur, der es an Halt und Schwung und Glanz fehlte. Ich lachte, lachte immer lauter und fühlte, daß ich Johann damit auf die Palme brachte. Er saß vor meinen Oberschenkeln und suchte in meinen Augen nach einer Antwort. Ich lachte und dachte, warum er nicht gleich die Frage herausposaunt hatte, ob türkische Männer besser als ihre deutschen Kollegen vögelten. Es stand ihm auf der Stirn geschrieben, daß er mich schon im Bett rekeln und strecken und grätschen sah.

Ich sah ihn an. Mir gefiel der Ausdruck in seinen Augen nicht. Das mußte es gewesen sein, was mir während der Sommerakademie im Pavillon des Gustav-Stresemann-Instituts aufgrund der Schwüle oder meiner Unachtsamkeit entgangen war. Etwas in der Farbe seiner Augen konnte ich nicht ertragen.

Ich stand auf und ging ins Bad. Dort tupfte ich mir mit einem Erfrischungstuch das Gesicht trocken. Dann starrte ich mein Spiegelbild an. Ich fragte es, was ich mit Johann in einem Hotelzimmer zu suchen hatte.

Es war Ende Mai. Ich hatte Geburtstag. Ich war in Wien, an der schönen blauen Donau. Es war heiß, zu heiß, um die Stadt zu Fuß zu erobern. Zu drückend, um irgendwelche ungeschickten Anstalten zu machen. Ich war beschwipst. Ein halbes Glas Sekt hatte ich getrunken. Mir brannten die Füße, Schweiß klebte an meinem Kleid. Mein Magen knurrte. Meine Wangen strahlten in dem Ton karminroter Campino-Bonbons. Ich stand vor den runden gläsernen Lampenkuppeln des Badezimmerspiegels und zählte die Vielzahl der Wünsche auf, die durch Johanns Kopf schwirren mußten. Entweder wollte er mit mir Wien erobern, oder mich im Hotel 'Am Operneck' ehrenwert verführen? Vielleicht wollte er aber auch auf Teufel komm raus mit mir schlafen, oder ein Wochenende wie wild in Wien herumvögeln? Ich grinste das Spiegelbild an und ging ins Zimmer zurück. Vor den zugezogenen Vorhängen hielt ich inne, fummelte am Stoff herum, schmunzelte in mich hinein, nahm mein Mitbringsel aus der Reisetasche, legte ihm das große Paket Turkish Delight auf die Nachttischkonsole, nahm mein Gepäck und machte auf dem Absatz mit einem: „Etwas Süßes fürs Herz!“ kehrt.

Es dauerte keine zehn Minuten, und ich hatte ein Zimmer für mich allein. Es dauerte keine halbe Stunde, und wir standen auf dem Heldenplatz. Johann entpuppte sich dort als genialer Wien-Führer. Er kannte die Stadt in- und auswendig. Bei über 30 Grad zeigte er mir die Alte und die Neue Burg, den Maria-Theresia-Platz, das Parlamentsgelände, das Rathaus, das Burgtheater, die Votiv- und natürlich die Karlskirche. Er führte mich durch Epochen und Jahrhunderte und zeigte mir das Café Central, wo Kraus, Altenberg und Roth ihren Federn freien Lauf gelassen hatten. Er erklärte mir, wie Kapuziner, Einspänner und Kaisermelange zubereitet werden. Als mir dann am Abend die Füße brannten, setzten wir uns in einen Heurigen, aßen Wiener Schnitzel, Pommes und tranken Bier. Wir sprachen über unseren Job, über Beziehungskisten, komische Manieren und Sex. Johann schmierte sich sein Schnitzel mit Senf voll, tunkte immer wieder Pommesstäbchen in seinen Ketchup- und Mayonnaisehaufen und gaffte allen Frauen nach, die mit wackelnden Brüsten und wippenden Hüften in den mit Efeuranken verzierten Garten stolzierten.

Nach dem dritten Pils starrte er mit gläsernen Blicken auf alle Rundungen und Wölbungen, die in individuellen Größen auf die vielen Tischkanten fielen oder auf Gartenstühlen thronten. Er starrte auf das schöne Fleisch und gestand mir seine Schwäche für Wespentaillen, rotlackierte Fingernägel und schwarze Pumps. Er ging mir furchtbar auf die Nerven. Er nahm mir meinen Appetit und obendrein noch die Lust auf einen Nachtisch. Ich ließ es darauf ankommen und fragte lakonisch, ob er Probleme mit Frauen im Bett habe. Kaum lagen meine Worte auf dem Tisch, stellte er mir die intimsten Fragen. Ich kaute meine Pommes und fiel aus allen Wolken. Johann schien von Tuten und Blasen keine Ahnung zu haben.

In einem urgemütlichen Heurigen hielt ich das erste Mal in meinem Leben einen nahezu öffentlichen Vortrag über sexuelle Praktiken, über den weiblichen Orgasmus und die weibliche Ejakulation. Ich hielt diesen Vortrag für einen Mann, der auf die 40 zuging, hielt ihn ebenso für einige Nachbartische, die spitze Ohren machten. Er saß mir in seinem royalblauen Seidenhemd gegenüber, wippte herum, schmatzte mich an, und alle Farben, die er mir dabei anbot, brannten in meinen Augen.

An meinem 32. Geburtstag regte ich mich über Johanns schlechte Manieren auf. Aber ich wollte nicht die Spielverderberin sein. Auch wenn er mich noch so nervte und Deniz mich zuweilen mit seinem unwiderstehlichen Lächeln besuchte, wollte ich mir die Rutschpartie durch die Geschichte Wiens nicht entgehen lassen. Und tatsächlich genoß ich seine Beiträge über architektonische Baukünste der Stadt. In zweieinhalb Tagen machten wir fünf Spaziergänge. Wir schlenderten durch den Volksgarten und den Stadtpark, und allerorts schmückte ein Plakat von Romy Schneider die Straßenbilder der Stadt. Anläßlich ihres Mythos gab es eine umfangreiche Ausstellung mit dem Titel 'Ich verleihe mich zum Träumen' im kaiserlichen Hofmobiliendepot.

Auf dem Plakat sah Romy Schneider unglaublich schön aus. Das Plakat zeigte eine etwa dreißig Jahre alte Romy. Im Hintergrund des Bildes, etwas nach rechts gerutscht, war das Profil der Kaiserin Sissi zu sehen. Romy vereinnahmte die linke Seite des Plakates. Sie schaute mit gesenktem Blick in eine Leere, die ihre Augen mit einer faszinierenden Aussagekraft füllte. In ihrem Antlitz fanden sich Sensibilität, Klugheit und der Schatten ihrer Verlassenheit wieder. Es brachte das zum Ausdruck, was ihr eigen war: Charisma.

Ich sah mir die Ausstellung 'Ich verleihe mich zum Träumen' nicht an. Mir blieb keine Zeit zum Träumen. So fing ich mir am Sonntagnachmittag für ein letztes Mal Romys verheißungsvollen Blick ein und ließ mich von Johann zum Flughafen bringen. Dort standen wir uns gegenüber. Dort bedankte ich mich bei ihm für alles und war über sein Versprechen, mir Photos mit polnischen Briefmarken an den Bosporus zu schicken, äußerst angetan. Dann saß ich im Flugzeug. Eine Stunde darauf hatte ich Johann mit allen seinen merkwürdigen Eigenarten zur Seite geschoben. Ich kramte in meiner Ledertasche herum, beließ es beim 14. Kapitel im *Neuen Leben,* ließ die Wassergirlanden von John Freely ruhen und fühlte eine angenehme Aufregung, die teils durch die vorbeiziehenden Wolken, teils durch alle Bücher hervorgerufen wurde. Ich zog das Reisetaschenbuch über Wien aus der Tasche, ließ mir Kaffee und Orangensaft bringen und dachte an Deniz' Rückflug von Istanbul nach Izmir, der drei Monate und eine Woche zurücklag.

In meiner Hand lag der Reiseführer, der Interessantes über die Türken vor Wien und die Habsburger hergab. Hinter mir saß eine österreichisch-türkische Familie, die im galanten Wechsel mal Österreichisch, mal Türkisch sprach. In meinem Kopf hörte ich Deniz, der mir etwas ins Ohr flüsterte. Neben mir war ein Flügel der Türkish-Airlines-Maschine. Vor mir saß ein behäbiger Mann mit einem monumentalen Schnauzbart und einer Milliyet vor seiner Nase.

Ich nahm mein Tagebuch aus der Tasche und schrieb über die Donaustadt. Sie kam mir wie ein kleines zartes Mädchen vor, welches am Rande eines Feldes Gänseblümchen pflückt und dessen weiches, seidenes Haar durch den plötzlichen Wind des stürmisch daherreitenden Bruders durcheinander gebracht wird:

In der Luft – irgendwo über der Walachei, 30. Mai 1999

Wien ist ein sonniges Freilichtmuseum, ein kostbares Gemälde im Biedermeierstil. Nichts fällt aus dem Rahmen. Dennoch hat die Donaustadt etwas übertrieben Akkurates. Sie ist wunderschön, aber in meinen Augen fehlt ihr etwas.

Ich genoß die Kulturfahrt mit Johann und war ihm dankbar für seine Reiseleitung durch die einstige Römersiedlung und für die Zeit, die er sich nahm, um mit mir in der Bullenhitze diese wunderschöne Stadt zu erobern. Ich stellte fest, daß die Donau nicht blau schimmert, sondern einen merkwürdigen, ja, schlammig braunen Farbton hat. Dieses schlammige Braun erinnert mich an die vielen Kiesgruben, die zwischen den Dörfern meiner Eltern und Brüder liegen.

Und Istanbul?

Istanbul macht mich betrunken. Die ehemals reiche Kolonialstadt der griechischen Antike, das einstige auf sieben Hügeln gebaute Stamboul, meine Stadt mit ihren unbegrenzten Freuden und Sorgen ist neben der Donaustadt ein Bienenstock, ein Vogelschwarm, eine bunte Schatztruhe. Der anonyme Poet hat es auf den Punkt gebracht: Istanbul ist eine von Wassergirlanden umrahmte Stadt. Eine pulsierende und uferlose Metropole mit ihren tausend Abenteuern.

Ich war in Wien, und immerfort schien die Sonne – als gäbe es nur den Sommer. In Istanbul bebt es durch alle Jahreszeiten. Istanbul ist eine heißblütige Stadt. Sie hat etwas von einer Frau, von einem Mann, von einem schaukelnden Mädchen und einem galoppierenden Pferd. In den drei Tagen, in denen ich mir tausend Donaubilder einfing, ruhte die Donaustadt in ihrem Glanz. Sie ist sehr weiblich, vielleicht ein wenig zu geziert, und trotzdem sehr anziehend und von unerschöpflichem Reichtum.

Gleich wird mich wieder meine Stadt mit ihren viel zu schmal gewordenen Fenstern und Türen begrüßen. Erneut werde ich beben, werde ich Minuten brauchen, um mich an ihr Getöse, an ihr buntes Treiben und an ihre vielen Farben und Launen zu gewöhnen. Und dann haben sie mich alle wieder: Meine Meere und sieben Hügel, mein Asien, mein Bosporus, der rote Turm, das jetzige Leben.

Der Leanderturm

Vor vielen, vielen Jahren, in einer Zeit, nachdem in den asiatischen Steppen und in Mesopotamien die ersten seßhaften Kulturen mit Ackerbau und Viehzucht beschäftigt waren …, in einer Zeit, längst nachdem die Kupfersteinzeit die Frühgeschichte abgelöst hatte und in der Bronzezeit die ersten größeren Ansiedlungen in Anatolien entstanden waren …, und weitere tausend Jahre später, als Troja gegründet wurde und anatolische Wanderungen nach Kreta folgten …, und noch später, nachdem die Hethiter gegen Ramses II. in der Schlacht von Kadesh in Syrien gekämpft hatten und nach dem Meer an Blut und Leid der vielleicht älteste Friedensvertrag der Geschichte abgeschlossen wurde …, irgendwann, nachdem die Seevölker um 1200 vor Christus Troja, Mykene und Hattuscha verwüstet hatten …, und sich weitere Jahrhunderte darauf verschiedene Griechenvölker an den anatolischen Küsten niedergelassen hatten …, irgendwann in der vorrömischen Zeit ließ der athenische Staatsmann und Feldherr Alkibiades, der

Neffe Perikles und Schüler Sokrates, mit dem Sieg über die Spartaner und Perser 150 Meter vor Chrysopolis einen Leuchtturm in der Hafenbucht der Meerenge zwischen Asien und Europa bauen.

Dieser bescheidene Turm diente lange als Stützpunkt aller nachfolgenden Imperien. So kamen beispielsweise die Byzantiner auf die glorreiche Idee, mit Hilfe des Turmes eine Eisenkette zwischen beiden Ufern zu befestigen, um alle feindlichen Schiffe fernzuhalten.

Der Turm erfüllte viele Funktionen. Er diente als Zollstation und gab dabei sein Bestes, um die Stadt mit Reichtum zu segnen, da alle Schiffe, die vom Schwarzen Meer durch den schmalen Meersaum wollten, einen Tribut zu zahlen hatten und sich von einem Zehntel ihrer Fracht befreien mußten. Dieser bescheidene Leuchtturm diente lange als Zollhaus und Kontrollpunkt, als optischer Telegraf und Quarantänestation. Er diente als Alterssitz für Seeoffiziere. Um ihn herum sammeln sich im Morgen- und Abendland sagenumwobene Geschichten. Die Menschen am Bosporus nennen ihn liebevoll Kız Kulesi – den Mädchenturm. Das Abendland kennt ihn als Leanderturm. Ja, man gab ihm nach der Legende um Hero und Leander seinen Namen, wobei man heute davon ausgeht, daß sich ihre Liebesgeschichte nicht in Chrysopolis – dem heutigen Üsküdar – zugetragen haben soll, sondern in der Nähe von Abydos, im antiken Hellespont – den Dardanellen – ereignete. Diese zwischen dem Marmarameer und Ägäischen Meer gelegene Meerenge ist etwa 65 km lang und an ihrer engsten Stelle höchstens eineinhalb Kilometer breit. Hellespont war schon Jahrhunderte vor Christus die Seeverbindung zwischen der Ägäis und dem Schwarzen Meer. 480 vor Christus setzte das griechische Heer Xerves auf einer Schiffsbrücke über die Dardanellen, die nach den Perserkriegen unter der Kontrolle Athens gerieten. Jedoch mußten die Griechen im Jahre 405 vor Christus den Hellespont wieder abgeben. Viel, viel später, mit der Eroberung Konstantinopels, besetzte Fatih Sultan Mehmet 1453 die Dardanellen und ließ 1462 Çanakkale, eine kleeblattförmige Festungsanlage mit einem mächtigen Mauerring, bauen.

Die Legende will es so, daß sich die Aphrodite-Priesterin Hero aus Sestos auf einem Festival in Leander von Abydos verliebte. Doch ihre Liebe sollte in den Augen ihrer Eltern unerfüllt bleiben. So sperrten sie die Priesterin in den Leuchtturm auf dem Eiland der Meerenge. Jede Nacht schwamm Leander zu ihr, um seiner Hero nahe zu sein, um sie zu trösten, da beide krank vor Sehnsucht zu sein schienen. Hero weinte bittere Tränen vor Liebesleid. Der treuherzige und tapfere Leander stand ihr in allen stürmischen und stillen Nächten solange bei, bis er sich vor Einbruch der Morgendämmerung wieder von seiner Geliebten trennen mußte. Eines Nachts, als Leander wieder zu ihr schwamm, kam ein heftiger Sturm auf. Alle Fackeln des Turmes erloschen. Leander schwamm durch das kalte Wasser und verlor die Orientierung. Unermüdlich kämpfte er gegen die hohen Wellen an. Irgendwann blieb ihm die Luft aus. Er sackte auf den kühlen Meeresgrund. Hero wartete und weinte. Sie wartete vergeblich auf ihren Geliebten und vergoß ein Meer an Tränen. Ihr Leander blieb über viele Nächte hinweg aus. Hero blieb mit ihrem Kummer allein, und als sie irgendwann die Einsamkeit nicht mehr ertragen konnte, stürzte sie sich eines Nachts aus lauter Verzweiflung ins kalte Wasser und ertrank.

Zwei Wochen nach Wien und seinen Eroberungen, längst nachdem ich *Das neue Leben* ausgelesen und den Tod des Helden Osman für folgerichtig erklärt hatte, ja, an einem schönen Junitag schickte mir Johann ein Dutzend Photos von unserem schönen Wien, die bei strahlendem Sonnenschein die Karlskirche, den Stephansdom, das Burgtheater, die Secession, die Staatsoper und eine lachende Leni vor dem Hotel 'Am Operneck' abbildeten. Die Bilder waren in Elefantenpapier gewickelt. Anbei fand ich ein Kärtchen mit Blick auf die Stadttore Lublins. In akkuraten Buchstaben las ich auf der Rückseite, daß Johann sich ein baldiges Wiedersehen am Rhein wünschte. Er erwartete mich im August in Bonn. Ich dachte kurz darüber nach, ob er sich insgeheim eine Einladung in meinen roten Turm erhofft hatte, fackelte nicht lange herum, nahm ein Photo vom Leanderturm und schrieb von meinen Sommerplänen. Noch am gleichen Tag schickte ich den Brief an die Stadttore Lublins und legte unsere Korrespondenz ad acta.

Der Juni zeigte sein schwüles Gesicht. Auf dem Grundschulplatz balgten die Schulkinder mit der Sonne auf ihren Gesichtern. Sie freuten sich auf die langen Ferien und schwirrten in kurzen unifomierten Röcken und Hosen wie wilde Vogelschwärme unter den prächtigen Baumkronen der Kastanien hin und her. In der Sprachabteilung standen Abschlußprüfungen an. Es wurde geprüft, korrigiert, gerechnet und addiert, bis alle Köpfe qualmten. Wieder freuten sich die Studentinnen und Studenten über ihren Erfolg, und wieder fiel eine Handvoll durch, so daß sie ein Studienjahr wiederholen mußten. In der Fachabteilung war ich mit weiteren Prüfungen beschäftigt, kümmerte mich um Stipendien, Referenzen und administrativen Firlefanz. Als sich dann das Sommersemester mit seinen Anstrengungen und Aufregungen verabschiedet hatte, als es schließlich noch schwüler wurde, faßte ich mir ein Herz und ging zu Deniz. Ich fuhr mit dem Taxi nach Altunizade, stieg auf der Doktor-Eyüp-Aksoy-Straße aus und hielt vor dem Karaca-Ahmet-Friedhof inne. Ich war von seinen wunderschönen osmanischen Grabstelen beeindruckt. Sie ruhten so selbstvergessen in sich, als täten sie es seit Hunderten von Jahren. Auf dem Friedhof schaute ich auf unzählige Familiengräber, die ihre Namen auf langsam dahinbröselnden Gedenksteinen verewigt hatten. Tausende von Grabstelen lagen im Licht, im Schatten, im Duft der Rosen, des Jasmins, der Zypressen und der Kiefern. Ich suchte den Mann, der am 28. August 1964 geboren wurde und an einem kalten Februartag auf einem Weizenfeld starb. Auf Anhieb fand ich ihn. Er rief mich wohl zu sich, oder es war seine Schwester, die mir den Weg zu seiner Ruhestätte so treffend beschrieben hatte.

Einen Strauß mit Hyazinthen und einen Bund mit Tulpen stellte ich auf sein Grab. Ich stand da und schwieg für eine Ewigkeit das Blumenmeer an. Meine Augen verloren sich in den Farben der Blüten. Ich schwankte. Meine Beine sackten mir weg, und ich wünschte mir, Deniz im Reich der Delphine durch die Meere schwimmen zu sehen. Ich rief mir sein Lächeln ins Gedächtnis zurück und sah eine alte Frau, die in einem nachtschwarzen Kragenkleid auf einer Bank neben verwilderten Gräbern saß und mich in der sengenden Hitze des stillen Nachmittags anlächelte. Sie nickte immerzu mit dem Kopf und erinnerte mich in ihrem dunklen Kleid an pickende Vögel auf sommerlichen Stoppelfeldern. Sie schaute mich an und streckte mir ihre Hand entgegen. Ich ging zu ihr, setzte mich auf die Bank, atmete tief ein und weinte. Sie nahm meine Hand und tröstete mich, strich mir über das Haar, bot mir ein Taschentuch an und lächelte. Etwas verlegen bedankte ich mich für das Taschentuch, schniefte mehrmals und entschuldigte mich. Sie lächelte wieder und wünschte mir ein: „Başınız sağ olsun!" („Mein aufrichtiges Beileid!").

Lange saßen wir beide händchenhaltend da und schauten wie verwaiste Kinder in die blühenden Friedhofsgräber, die Hunderte, Tausende von Familien ihre letze Ruhe gaben. Sie hatte warme Hände, die mich mit ihren Runzeln und Falten an die Hände meiner Oma erinnerten, wenn sie mich sommers wie winters an die Hand nahm, um mir ihr Gartenglück zu zeigen. Sie hatte sehr warme Hände und trug einen Ehering und sprach von ihrem verstorbenen Mann, mit dem sie vierzig Jahre verheiratet gewesen war, mit dem sie drei Kinder großgezogen hatte, der an einem spätsommerlichen Sonnabend auf seinem Stuhl zur Seite sackte und tot umfiel. Sie sprach von ihren Kindern, die in Ankara und Istanbul studiert hatten, verheiratet waren und sehr beschäftigt zu sein schienen. Sie sprach, und ich hörte ihr andächtig zu und nickte und lächelte sie mit verweinten Augen in der Friedshofsruhe an, und sie redete und redete, sah in meine Augen, hielt inne und wünschte mir mehrmals alles Gute.

Irgendwann trennte ich mich von ihr und ihren warmen schmalen Händen, küßte sie auf die Wangen, bedankte mich bei ihr und fuhr zurück nach Kadıköy. Ich schniefte noch im Bus und spürte, wie mich zwei, drei Männer anstarrten, wie sie mich mit ihren Blicken musterten, mich nicht in Ruhe ließen und mich bei meinem Unwohlsein und in meiner Verlassenheit mit ihren hin und her wandernden Augenpaaren belästigten, die auf meinem Pulli hängenblieben. Ich wurde wütend und stieg aus, nahm ein Taxi und fuhr bis zur Bahariye-Promenade. Dort entschied ich mich kurzerhand, mir den Film 'Hayat çok güzel' ('Das Leben ist schön') anzusehen.

Ich kann mich nicht daran erinnern, ob mir der Film zusagte. Mir fehlte dafür die Stimme, die mir zuflüstern sollte, ob ich die Taste Ja oder Nein drücken sollte. Es blieb nur der Eindruck von Indifferenz. Es ist wohl immer so, wenn man dem Leben für einen Tag den Rücken kehrt und sich mit Gräbern und Toten und verlorenen Küssen beschäftigt. Man geht aus Verzweiflung und Einsamkeit ins Kino und befindet sich in einem großen dunklen Loch, in einem riesigen Vakuum mit zugekleisterten Fenstern, riesigen Filmplakaten an den hohen Wänden und tausend Sesseln um einen herum. Man sitzt in diesem abgedunkelten Käfig und um einen herum scharen sich Paare mit Colaflaschen und Popcorntüten, und man sitzt da und glaubt daran, im falschen Film zu sitzen. Man weiß einfach nicht, wohin man schauen soll, da alles, was vor einem liegt, in den Augen sticht oder dahinführt, daß man sich einbildet, der eigene Kopf könne an der falschen Stelle sitzen und herunterfallen.

Ich sah mir mit schweißnassen Händen den Film: „Das Leben ist schön" an und konnte irgendwann, als die Nazis nach versteckten jüdischen Kindern suchten, meine Beine nicht mehr spüren. Sie waren eingeschlafen, und es war so, als wollten sie mir alle Dienste verweigern, als sperrten sie sich mit der Wirbelsäule, die mir alle Nerven aus meinem Körper herauszog. Ich fühlte nichts mehr. Nur noch ein stilles Kribbeln war in mir. Ein Kribbeln, als umzingelten Millionen Ameisen meinen erschöpften Körper.

Als es in der Pause immer noch kribbelte, stand ich auf und ging mit Millionen Ameisen zur Toilette. Dort war mir so, als suchte die Welt nach einer Gnade, als wollte sie in meinen ameisenbesetzten Beinen damit beginnen, danach zu suchen. Vielleicht suchte die Welt an dem Tag, an dem ich Deniz auf dem Friedhof fand und mir eine alte Frau im nachtschwarzen Gewand über den Handrücken streichelte und zwei, drei Männer mit stumpfen Blicken auf meinen Busen starrten, vielleicht suchte die Welt an dem Tag mit Millionen Ameisen in meinen toten Beinen nach einer Gnade, die sich ausgerechnet in meinen tauben Gliedern versteckt halten mußte. Vielleicht war es auch eine Sehnsucht. Eine Sehnsucht und eine Gnade, die ich beide finden sollte, da mich jemand damit beauftragt hatte, sie in diesem dunklen Loch und im Dickicht der Kinoeffekte zu finden, da sie im Gemenge des Horrors, der Gewalt, der Gier und dem Sex wie verhungernde jüdische Kinder aufschrien, die die Nazis aus ihren todsicher geglaubten Verstecken wie kleine aufgespießte Heringe herausrissen.

Mit diesem Gedankenwust ging ich nach Hause und schrieb noch am selbigen Tag vor den spielenden Jungs auf dem Grundschulhof über die Gnade, die in den grenzenlosen Fangarmen der Macht gefangen zu sein schien. Eine Woche las ich mich durch orientalische, philosophische und theologische Texte, schrieb über die Gnade und die Gunst, über das Verzeihen, die Vergebung, das Erbarmen und das Wohlwollen. Ich las und schrieb über das Mitleid und die Milde und machte einen großen Schlenker in Richtung Barmherzigkeit.

Ich füllte einige Seiten und schickte sie an alle Redaktionen, deren Zeitungen ich mir jahrelang auf der Büffelledercouch zu Gemüte geführt hatte. Vergeblich wartete ich auf eine Antwort, und ich dachte schon ernsthaft darüber nach, den Versuch einer Suche über die Gnade überarbeiten zu wollen. Doch dann stand Berna plötzlich vor der Tür. Sie lachte mich an, küßte mich, drückte mir ein halbes Dutzend Bücher in die Hand und sagte: „Merhaba canım!" („Guten Tag, mein Leben!").

Eine Woche schlenderten wir jeden Morgen am majestätischen Bosporus entlang. An den Nachmittagen und Abenden zeigte ich ihr byzantinische und osmanische Reichtümer mit ihren Sommerpalästen und Pergolen, zeigte ihr Basare und Brauchtümer vergangener Zeiten, und immer wieder tuckerten wir über die von Gott geschaffene Meerenge mit ihren Inseln, Buchten, Türmen und Booten, und alles tanzte und flimmerte im Glanz des Sommers. Alles flackerte im Zauber des Lichts. Alles leuchtete uns an. Wir gingen ins Hamam und quatschten mit aufregenden Frauen. Wir schlenderten über die Galata-Brücke und atmeten den Fischgeruch ein. Ich sprach über die Schwertfischkatastrophe und über Nuniks Adagiostücke, und Berna erzählte mir von ihren Liebeleien. Wir bummelten, schlenderten und tuckerten irgendwohin. Wir liefen über Promenaden, und alle Männer schauten uns hinterher. Wir gingen in die Çiçek-Passage und verwöhnten unsere Gaumen mit Vorspeisen und Wein und waren die Attraktion der Tages. Wir tanzten im Trubel von Kadıköy, Üsküdar, Taksim, Eminönü oder Sultan Ahmet. Von der Blauen Moschee bis zur Byzantinischen Landmauer zeigte ich Berna die Welt ihrer Vorfahren. Völlig von ihr verzaubert, erholte sie sich an meiner Seite und ging mit mir am letzten Tag ihres Besuches über den Karaca-Ahmet-Friedhof. Sie sah sich das Grab von Deniz an und staunte über die hieratischen Silhouetten der Grabstelen, und als wir dann mit der Fähre nach Europa und mit dem Busservice zum Atatürk-Flughafen fuhren, umarmten wir uns, küßten uns und nahmen Abschied.

Kaum war Berna fort, hatten Bauarbeiter in meinem Viertel damit begonnen, mit Preßlufthammern alte Kellerwände aus steinharten Böden zu schlagen. Ich hielt den Lärm irgendwann nicht mehr aus, ging mit der Kamera aus dem Haus und setze mich am Bosporus auf einen flachen Stein. Dort sah ich den Vögeln nach, und wie ich so selbstvergessen den Himmelsgeschöpfen bei ihren wilden Bahnen zusah, joggte Nebi, ein Student aus Anadoluhisarı, auf mich zu. Er kam näher und näher und blieb vor meinen ausgestreckten Beinen stehen.

Nebi gehört zu den herausragenden Studentinnen und Studenten der Abteilung, die ein Buch nur zu streifen brauchen, um den Inhalt zu hinterfragen. Er gehört zu denjenigen Geschöpfen, die tausend Sprechanlässe bieten, über die eine Lehrkraft nur dankbar sein kann. Er ist jung, höchstens 23 Jahre alt, hochgewachsen und hat ein Gesicht, das mich an das Antlitz Mithradates VI., dem König von Pontos, erinnert. Er könnte sein jüngerer Bruder sein. Doch Mithradrates VI. wurde in Sinop geboren und lebte unmittelbar vor der Geburt Christi. Er zog sich in den Mithridatischen Kriegen gegen die Römer Asia und Kappadokien an Land.

Nebi sah mich mit der Kamera in der Hand auf einem Felsen sitzen, als die Sonne noch dottergelb am Himmel hing. In einer dunkelblauen Baumwollhose stand er vor mir und lächelte mich an. Ein verirrtes Brusthaar lugte aus dem Ausschnitt seines T-Shirts. Er fragte freundlich nach meinem Befinden, fragte höflich, warum ich nicht in Deutschland sei oder mich nicht im Schatten einer verschlafenen Mittelmeerküste aufhalte. Ich lachte, schwieg ihn einige Sekunden an und lud ihn prompt zum Tee ein.

Eine Stunde saßen wir am Ufer in einer mit Efeu zugewachsenen Nische und sprachen über die Auswirkungen der Bildungsreform, über das Staudammprojekt und die Infrastrukturprobleme im Südosten des Landes. Wir sprachen über dies und das. Die Zeit verging, und wir machten keine Anstalten, den Weg nach Hause einzuschlagen. Dann erzählte ich ihm vom Leanderturm. Dann kam uns die Idee, nach Üsküdar zu fahren. Wir zahlten den Tee, liefen die Strandpromenade hoch und fuhren im Taxi dem Sommerabend entgegen. Wir fuhren in Richtung Haydarpaşa-Rıhtım-Straße und immer weiter, bis der Taxifahrer abrupt links abbog und auf den Hafen von Üsküdar zusteuerte. Dort sagte Nebi: „Müsait bir yerde inebilir miyiz?“ („Könnten wir an einem günstigen Ort aussteigen?“). Der Chauffeur hielt an. Wir warfen unsere Scheine zusammen und überquerten die Straße. Nach einem kurzen Spaziergang durch schmale Gassen im Ahmet-Çelebis-Viertel sah ich vor einem orangeroten Himmel meinen Mädchenturm im Wasser ruhen.

Es war einmal ein Kaiser, der sich jeden Morgen über die Schönheit seiner Tochter freute. Eines Tages wurde ihr ein böser Tod vorausgesagt. Es hieß, eine Schlange wolle die bezaubernde Prinzessin vergiften. Die Angst des Kaisers vor dem Tod des Mädchens war so groß, daß er für seine schöne Tochter einen Turm auf einem Eiland vor dem Ausgangspunkt der Karawanenzüge errichten ließ. Die Prinzessin wurde auf die Insel gebracht und lebte fortan im Turm. Jeden Tag brachte man ihr in einem geflochtenen Weidenkorb Früchte mit Brot und Wasser.

Eines Tages, als sich wieder ein Boot auf den stillen Wogen dem Turm näherte, um der Prinzessin einen Traubenkorb mit allen Früchten der Jahreszeit zu bringen, sprang dem Mädchen eine Schlange ins Gesicht und vergiftete sie. Die Schlange hatte sich in einem dunklen Winkel des Weidenkorbes versteckt gehalten und die einzige Tochter des untröstlichen Kaisers genommen, der daraufhin auf einen vereinsamten Turm blickte, der an das Leben der schönen Tochter auf dem Eiland erinnerte.

Es war Nebi, der mir die Legende vom Mädchen im Turm im Beisein einer orangeroten Sonne erzählte. Daraufhin fragte er mich, ob ich von der Mädchenburg zwischen Silifke und Mersin gehört habe. Ich geriet in Verlegenheit, wußte nicht, wovon die Rede war, witzelte daraufhin herum und versicherte ihm, meinen Silvestertag dort verbringen zu wollen, und Nebi lächelte mich liebenswürdig an, und ich sah die feinen Linien, die sich um seinen Mund gebildet hatten und hörte ihn im schmeichelhaften Ton sagen: „Sie können sogar dorthin schwimmen ... wenn Sie wollen ... die Mädchenburg liegt nicht weit vom Strand entfernt.“, und er lächelte mich wieder an und sprach von Burgen und der Schwemmlandebene des Göksu-Deltas und schwärmte von Felszeichnungen und korikischen Grotten, die in ganz Anatolien unter Cennet (Paradies) und Cehennem (Hölle) bekannt sind.

Nebi nannte Höhlen und Schluchten, die er mit seinem Opa entdeckt hatte, als er sechs Jahre alt war. Er stellte mir das Paradies und eine Grotte vor. Er sprach von einer armenischen Kapelle, von heiligen Quellen und zeitlosen Orten. Er teilte mir an unserem dottergelben Juniabend viele interessante Dinge über sein Land mit, und als wir irgendwann nach Hause fuhren, war die Sonne längst im Bosporus verschwunden. Wir fuhren mit dem Bus heim, und ich bedankte mich vor der Haustür für den wunderschönen Abend mit seinem wunderschönen Himmel und verabschiedete mich von Nebi, der in seiner Jogginghose und in seinem blütenweißen Shirt vor mir stand und mir die Hand reichte.

Später, als ich mir die Schuhe ausgezogen und die Hände gewaschen hatte, malte ich mir die Geschichten aus, die zwangsläufig in Umlauf gebracht werden mußten, falls man uns mit strahlenden Gesichtern vor dem Leanderturm gesehen haben sollte. Ich lachte auf, als ich das Geschwätz und Gerede hörte, das bereits bis an den Rhein plätscherte. Dort rieb sich schon mein Arbeitgeber die Hände. Er triumphierte schon in selbstgefälliger Pose und polierte dabei seine gläserne Schreibtischplatte. Und es gesellten sich einige wenige Münder dazu, die mit ihren gelangweilten Gesichtern auf die Hände und die Glasplatte starrten. Und mit einem Mal rieben sich alle die Hände, rieben sie solange, bis vor ihren Augen ein wildes Vivacissimo aufflammte. Dr. Plemberg wackelte vor seinem Schreibtisch mit seinen Akten hin und her, brüstete sich und bäumte sich auf.

Es war mir zuwider, verdammt noch mal, es war mir so dermaßen zuwider, daß ich mir ein anderes Programm wünschte. Ich ließ den Namen Plemberg mit einem Plumps verschwinden. Alle rheinischen Früchte lösten sich in Luft auf, und dann flammte mit einem Mal eine Burg im Mittelmeer auf. Sie rief mich. Sie wollte mich haben. Ich sprang aus dem Schaukelstuhl und griff nach dem Buch, das auf dem Tisch lag und las:

„Bedeutendste Sehenswürdigkeit ist die Landburg, die bereits im 7. Jahrhundert aus antikem Baumaterial errichtet worden war, um die in römischer Zeit unabhängige Stadt Korykos – ein Stützpunkt des spätantiken Handelsverkehrs – gegen arabische Überfälle zu schützen. Zur Zeit der Kreuzzüge ließen zunächst die Byzantiner, dann die Armenier die Burg ausbauen und den Hafen zusätzlich mit einer Seefestung auf einer vorgelagerten Insel sichern. Beim Niedergang der kleinarmenischen Herrschaft übernahm das fränkische Königreich von Zypern die Festung, die sich bis 1448 als letzte abendländische Basis im südlichen Kleinasien halten konnte.

Gegenüber der Landburg liegt die von einer antiken Pflasterstraße durchquerte Nekropole. Entlang zahlreicher Sarkophage kann man ihr zu den Resten zweier großer Kirchen aus dem 6. Jahrhundert folgen. Die Seeburg vor dem Strand, die die Türken >Mädchenburg< (Kızkalesi) nennen, ist schwimmend oder per Boot zu erreichen. Den Hauptturm in der Nordostecke mit einer armenischen Bauinschrift aus dem Jahr 1151 kann man besteigen, doch sonst ist der imposante Mauerring leer“ ...

Das mehrmalige Klingeln des Telefons riß mich von dem imposanten Mauerring weg. Es war Franziska, die ein bißchen plaudern wollte. Ihr Sohn und ihr Mann waren seit Wochen in New York. Alle Welt schien verreist zu sein. Sie fragte nach meinem Befinden, und ich sprudelte drauf los, sprach von meinem Tag, vom Leanderturm, von Nebi und seiner Ähnlichkeit mit antiken Köpfen, vom Mittelmeer und seinen sagenumwobenen Burgen, und kaum hatte ich die Mädchenburg erwähnt, hörte ich ihren Aufschrei.

Franziska hatte in Silifke, der Ortschaft der römischen Land- und Seeburg, ihren ersten Türkeisommer mit Max verbracht. Sie wollte dort mit Max ihren Silvesterabend verbringen. Sie wollte mich fragen, was ich beabsichtige, und ich gab ihr die Antwort, bis zur Mädchenburg schwimmen zu wollen. Ich hörte Franziska lachen und fragen, ob sie zuvor mein Gast im roten Turm sein dürfe. Ich hieß sie herzlich willkommen und versprach, für sie die schönsten Gerichte herzuzaubern und mit ihr in Antiquitätenläden zu stöbern, um Silberteller, Wasserpfeifen, Tabakdosen, Schatullen, Kupfertöpfe, Kalligraphien zu ergattern.

Zwei wundervolle Freundinnen

Am 6. August 1999, elf Tage vor dem Erdbeben, sah ich meine Freundin Leyla, ihren Mann Emre und deren elf Monate alten Sohn Deniz in Istanbul wieder. Dreizehn Tage vor dem Erdbeben war das Ehepaar und ihr Piepmatz mit einem Reisebus von Ankara nach Izmit gereist. Izmit ist eine Industriestadt, die 100 Kilometer südöstlich von Istanbul liegt. Dort besuchten sie Emres Freund Zeki, der bei Tüpraş, der größten Öl-Raffinerie des Landes, als Ingenieur arbeitet. Emre war an dem Tag 40 Jahre alt geworden. Die junge Familie feierte seinen runden Geburtstag mit Zeki und seiner Ehefrau Banu in einem Fischrestaurant. Dort aßen sie bei Sonnenuntergang Kabeljau mit Salaten. Sie tranken Çankaya und sprachen neben dem schlafenden Kind im Wagen über vergangene Zeiten. Sie diskutierten über positive und negative Entwicklungen des Landes, erwähnten die langsam einkehrende Stabilität der wirtschaftlichen Lage und zählten Schokoladen- und Schattenseiten der weitreichenden Reformen für die Nation auf. Und nicht zuletzt war da eine weitere empfindsame Stelle, die erwähnt werden mußte, die den ökonomischen Atem des Landes mitbestimmte. Es war die Tourismusflaute, die sich in dem Sommer allerorts bemerkbar gemacht hatte und ein tiefes Loch im Budget schlug. Mehr oder weniger hatte dieses Loch wohl mit der Verhaftung des Staatsfeindes Nummer 1 zu tun, der auf der Sträflingsinsel Imralı im südlichen Teil des Marmarameeres auf seine Verurteilung wartete.

Die beiden glücklichen Paare aßen Kabeljau, Salate und weitere Gaumenfreuden. Sie hatten tausend Themen parat, die ihnen wie endlose Fäden erschienen. Sie saßen bis Mitternacht dort, denn es war eine wunderschöne Sommernacht, die sie auf einer von Efeu umrankten Marmorterrasse etwas außerhalb von Izmit verbrachten. Diese ruhevolle Nacht, die trotz der späten Stunde einen warmen Wind mitbrachte, verschluckte mit ihrem weiten Horizont ihre sonoren Stimmen. In dieser frühen Augustnacht schimmerten weißblühende Oleanderblüten gegen die Dunkelheit an. Die Sterne funkelten wie kugelrunde Augen ausgelassener Kinder und glänzten so ungewöhnlich auf die gläserne Terrasse, als wollten sie dem Geburtstagskind unverhoffte Botschaften schicken.

Das Geburtstagskind schien seinen Tag den gemeinsamen Erinnerungen zu widmen. Es grub so tief in allen Epochen seines Lebens herum, bohrte noch tiefer, als ob dadurch längst vergangene Tage ans Licht gebracht werden konnten. Alle ließen in der Nacht alte Tage Revue passieren, und es lag ihnen dabei immer wieder die Melodie alter Schlager in den Ohren.

Am nächsten Morgen verabschiedeten sich Leyla, Emre und der von Durchfall geplagte Deniz von Banu und Zeki. Unausgeschlafen stiegen sie in den Bus. Kaum saßen sie auf ihren Plätzen, dösten sie schon auf der hundert Kilometerstrecke, schlummerten und schwitzten auf gepolsterten Sitzen, fuhren durch Industriegebiete oder sahen unzählige Hochhäuser mit Geranien und Tomatenstauden in Olivenkästen auf den schmalen Balkonen. Sie sahen in der Hitze des Monats den Staub durch die vibrierende Luft wirbeln, sahen Linden, Pinien, Birken im Sommerlicht tanzen und hatten im Halbschlaf schon den Bosporus vor Augen, der in Leylas Vorstellung immer wieder an die lyrische Erhabenheit der Landschaftsbilder von William Turner erinnert. Leyla freute sich auf ein Wiedersehen mit ihrer Freundin Leni, die bereits dabei war, Köstlichkeiten für die junge Familie herzuzaubern.

Die Familie Pamuk hatte ich seit Monaten nicht mehr gesehen. Seit Wochen sprach ich mit Leyla an der Strippe nur noch über den alltäglichen Einheitsbrei. Wir schrieben in unseren Briefen von Pflichten und himmelhohen Ansprüchen.

Leyla war mit ihrer Familie nach Ankara gereist, um in den Archiven der Universitätsbibliotheken zu recherchieren. Sie schrieb einen Aufsatz über die Bildungspolitik des Landes. Um besser arbeiten zu können, hatte sie Mann und Sohn mitgenommen. Emre war ein aufmerksamer und pflichtbewußter Vater. Er konnte seinen Sohn von morgens bis abends mit Tee und aufgewärmter Muttermilch versorgen und ihm mit seiner Fürsorge und Zuwendung das Gefühl geben, genauso wichtig wie die Mama zu sein.

Leyla kenne ich seit sieben Jahren. Mit ihr bin ich durch dick und dünn gegangen. Niemals hatte ich an ihrer Seite den Eindruck gewonnen, daß es etwas zwischen uns gibt, was sie mir nicht sagen kann. Wenn es etwas gibt, was sie oder mich verletzen könnte, reden wir darüber und fühlen uns im Anschluß daran besser. Begriffe wie Konkurrenz und Neid sind uns fremd. Ich glaube an unsere Freundschaft, obgleich ich nicht der Typ bin, der der Solidarität unter Geschlechtsgenossinnen Glauben schenken kann. Aber Leyla hat es nicht nötig, sich mit mir messen zu müssen, wie ich es zuweilen beobachte, wenn Frauen als Freundinnen zusammen auftreten und auf Teufel komm raus einen Trumpf ausspielen oder ihre vermeintlichen Präferenzen dem Publikum mitteilen müssen.

Leyla fasziniert mich immer wieder. Sie ist ein Phänomen. Obwohl sie eigentlich das reinste Energiebündel ist, ruht sie in sich wie ein Buddha vor seinem Tempel. Aus diesem Grunde kann sie mich erden. Sie ist meine unentbehrliche Beraterin. Vor allem in schlechten Zeiten, wenn ich nicht mehr ein noch aus weiß, weiß ich unsere Freundschaft zu schätzen.

Es lohnt sich über Frauenfreundschaften zu forschen. Alles an Gefühlen, Gesten und Gebärden habe ich mit Frauen durchlebt. Ich würde gerne einen Film über die Wege und Irrwege einer Frauenfreundschaft drehen und tüftele manchmal schon am Drehbuch herum. Derartige Beschäftigungen reizen mich. Frauen sind es, die dieses unauslöschliche Feuer der Sehnsucht nach einer jüngeren oder älteren Schwester immer wieder neu entfachen. Wohl aus diesem Grunde ist mein Verlangen nach ihnen allgegenwärtig. Es beruhigt mich ungemein, eine Handvoll Freundinnen auf dieser kaputten Welt zu haben. Mir sind aber auch schon Frauen über den Weg gelaufen, die in komischen Kreisläufen, in einer krankhaften Eifersucht und böswilligen Macht verstrickt zu sein schienen und sich alles Mögliche einfallen ließen, um unsere Beziehung zu vergiften. Es gab Freundinnen, denen ich den Laufpaß gab. Von den leisesten neidvollen Gefühlen bis zu den widerlichsten Tricks haben mir Frauen signalisiert, mit mir ein Problem zu haben. Ich muß gestehen, daß für mich Formulierungen wie Herzlichkeit und Ehrlichkeit unter Frauen nur bedingt zulässig sind. Bisweilen beobachte ich eine Scheinheiligkeit, die mich kolossal abstößt. Vor allem dann, wenn es um die eigene Karriere und um das Aussehen geht, können sich Geschlechtsgenossinnen die Augen auskratzen, sich mit Häme überschütten, sich wie blöde Hühner benehmen.

Irgendwann, nach etlichen gescheiterten Freundschaften, fiel bei mir der Groschen. Ich erkannte, daß eine Frau an meiner Seite stark sein muß, um mich ertragen zu können. Irgendwann hatte ich begriffen, daß ich kein häßliches graues Entlein bin. Es war vor allem Leyla, die mir dabei half, dieses viel zu stramme Kleid mit seinen Schnüren und Schnallen abzustreifen.

Leyla ist ein sehr liebenswürdiger Mensch. Sie ist sehr weich in ihren Konturen. Sie ist eine Frau, die in ihrer Umgebung stets damit beschäftigt ist, ihre neuesten Projekte vorzustellen. Und ihre Umwelt ist meistens damit überfordert, bei ihren vielen Ideen Schritt zu halten. Sie ist ein wenig zu agil für diese Welt. Aber das macht sie noch interessanter. Sie ist zwei

Jahre älter und mindestens zwanzig Zentimeter kleiner als ich. Sie ist das sprühende Leben, ein unbändiges Geschöpf, und sie war es, die mich in meinem ersten Jahr am Bosporus bedingungslos auffing, als ich mich gerade von Can getrennt hatte, der damals holter die polter nach Deutschland geflogen war und nicht mehr zurückkam. Es war im März. Es regnete und regnete, und Leyla rief mich an und sagte: „Komm!“, und ich fackelte nicht lange herum und flog zu ihr, und dann sprach ich über mich und meine Welt, die wie ein Kartenhaus zusammengebrochen war, sprach über mein neues Zuhause, über die Arbeit und über Can und Hermann und alle Krisen meines Lebens, und ich trank Unmengen Tee und heulte herum und rechnete mir auf Leylas Sofa an allen Fingern aus, was Can in dem März zu melden hatte, und ich sah ihn vor mir, wie er Freunden in selbstgerechter Pose mitteilte, was er über mich dachte, und während ich die Tempos vollheulte und mit den Nerven am Ende war, hielt Leyla meine Hand, und ich bekam keine Luft mehr und mußte mich aufs Sofa legen und mich übergeben, und Leyla rannte in die Küche und gab mir einen Eimer und später Kamillentee, und ich spuckte und schluckte und teilte ihr mit, wie die Schadenfreude mancher ausgesehen haben mußte, die sich nach unserem ehelichen Zusammenbruch die Hände rieben und prahlerisch herumbrüllten, daß sie all das immer schon vorausgesehen hatten.

Es gibt Geschichten, Dramen, Tragödien, die ich abgeheftet habe. Tausende von Seiten. Es gibt wiederum Geschichten, die nach wie vor meinen Kopf belagern, und dann denke ich an Yunus, den ich nie berührte, denke an Deniz, der so sanft dahergeflogen kam, und ich denke darüber nach, was Liebe sein könnte, ob ich jemals etwas damit zu tun gehabt haben könnte, und dann stelle ich mir vor, wie es sich anfühlen muß, ein Kind zu gebären, eine Familie zu gründen, einen Menschen an der Seite zu haben. Es muß ein schönes Gefühl sein.

Irgendwann im Januar 1998 rief Leyla mich an und teilte mir mit, schwanger zu sein. Kaum hatte sie ihre Botschaft ausgesprochen, schmiedeten wir Pläne. So ist es immer zwischen uns. Es ist diese Offenheit, die ich sehr schätze. Und dann ist da noch ihre Ausgelassenheit, ihre Schwärmerei, ihr Abschweifen. Sie sieht in die Ferne und malt den Horizont mit Bildern aus. Bei ihr kann ich mich fallen lassen und heulen. Ich lande immer sanft. Irgendwann lachen wir wieder. Lelya ist ein Mensch, der nach kleineren und größeren Katastrophen geläutert aufsteht, wieder etwas ausprobiert, tapfer weitergeht, neugierig bleibt und Ideen verwirklicht.

Als sie nach ihrer Entbindung einen Job suchte, half ich ihr und schickte Stellenausschreibungen. An den Wochenenden, wenn Deniz für einige Stunden schlief, schrieb sie Bewerbungen. Es folgten Fuhren von Absagen. Im Dezember 1998 schickte sie mir ihr Curriculum Vitae und bat mich darum, ihren Lebenslauf zu prüfen. Als ich alle Seiten überflog, dachte ich zunächst, daß mir vier Bögen entschieden zu viel waren. Mich überkam das Gefühl, etwas völlig Neues über Leyla zu erfahren. Ich las Daten, las von Aktivitäten, Veröffentlichungen und Erfahrungen, von ihrer schulischen und akademischen Laufbahn mit allen Qualifikationen, Publikationen, Auszeichnungen und Preisen.

Was ich bis dahin einfach nicht gewußt hatte, waren Leylas bravourösen Leistungen seit dem Ende ihrer Grundschulzeit in ihrer schwäbischen Kleinstadt. Und da Leyla nun mal alles andere als ein prahlerischer Typ ist, verschweigt sie Auszeichnungen, weil sie ihr fast schon wieder peinlich sind. Ihre Zeugnisse sind ein mustergültiges Glanzstück. Sie spricht fünf Sprachen, ist staatlich geprüfte Übersetzerin, Reiseleiterin und Historikerin. Sie hat ihr Studium in zwei Ländern absolviert, ist Autorin und Mitglied in zahlreichen Gremien. Sie ist Ehefrau, Mutter und Türkin. Sie ist Türkin, und wohl aus diesem Grunde sieht sie so manche Chefin oder so mancher Chef in einem schiefen Licht. Es heißt immer so schön, man habe sehr gut zu sein, um etwas werden zu wollen. Es heißt ebenso schön, man dürfe nicht zu gut sein. Wie hat eine Frau zu sein, die als mustergültig ausgebildete Türkin in Deutschland lebt?

Im vergangenen Dezember schrieb ich dann zurück. Ich schrieb von dem Mädchen, das auf einem Stuhl der Grundschule ihrer schwäbischen Kleinstadt sitzt. Ich schrieb, was ich sah und für dieses Mädchen empfand. Es saß als einziges türkisches Kind in einer Klasse, die mit dreißig Blondschöpfen gefüllt war. Alle Blicke waren auf die Tafel gerichtet. Daneben hing das Kreuz. Ich sah eine Sechsjährige, die Wörter über Wörter dazulernte. Wörter, die sie im Kindergarten nie gehört hatte. Sie saugte alles wie ein völlig ausgetrockneter Schwamm auf und wußte, daß ihr die Sprache Stärke und Sicherheit geben konnte. Je mehr Wörter sie sich einprägte, desto wahrscheinlicher war die Chance, ihren Eltern helfen und sich selbst beweisen zu können. Damals schrieb ich mir über das Kind Leyla die Finger wund. Ich lag auf dem Boden und nahm Photos aus der Kiste. Ich sah sie als Studentin, als Graduierte, als Reiseleiterin.

Es war im August 1999. Mein Kalender zeigte auf den sechsten Tag des Monats. Mein Patenkind Deniz wuchs und gedieh. Es strotzte nur so vor Leben. Die stolzen Eltern sprachen über seine prächtige Entwicklung. Sie freuten sich auf den 13. September. An dem Tag wollten sie mit mir seinen ersten Geburtstag am Teutoburger Wald feiern.

Es war August. Es war heiß, unglaublich heiß. Es war so heiß, daß ich es nur noch für eine kurze Weile auf den Straßen Kadıköys aushielt. Die glühende Sonne brannte unbarmherzig auf die Erde. Sie trocknete den Boden aus, verursachte einen Wassernotstand und nahm das Chlorophyll aus allen Blättern. Katzen lagen schläfrig auf Autodächern, und die hechelnden Zungen der im Schatten dösenden Hunde erweckten die Aufmerksamkeit der Kinder.

Ich verbrachte viele Stunden im roten Turm und staunte ab und an über die herkulischen Kräfte der unermüdlich schuftenden Maurer, die in meiner Nachbarschaft zwei Häuser abgerissen hatten und über Tage hinweg damit beschäftigt waren, uralte Wände aus dem granitharten Boden zu reißen. Sie bohrten in die Tiefe. Die Wände wackelten und stöhnten gegen die Erschütterungen an.

Es war heiß, und die Touristen kamen nicht ins Land. Viele zogen andere Länder vor oder ließen sich nur an populären Orten wie Antalya, Bodrum oder Marmaris blicken. Der Staatsfeind Nummer 1 wartete auf seiner Sträflingsinsel auf die Verurteilung, und der Staatsfeind Nummer 2 konnte ausgerechnet in den Tagen aufgespürt werden, als der Außenminister Deutschlands der Türkei den ersten Staatsbesuch abstattete. Die Europa-Schwimm-Meisterschaften fanden am Bosporus statt. Die Millenniums-Sonnenfinsternis, die vor allem in Kastamonu – einer haselnußschönen Stadt zwischen Zonguldak und Sinop – zu erleben war, stand noch bevor.

Inmitten dieser Zeit kamen Leyla, Emre und Deniz zu mir in den Turm. An einem Freitagmorgen klingelten sie mit Sack und Pack an. Ein Wochenende wollten wir gemeinsam verbringen. Wir freuten uns auf ein Picknick im Schatten, ein Abendessen in Ortaköy und auf eine lange Schaukelfahrt über den Bosporus.

Die junge Familie blieb drei Tage. Wir verbrachten sie in der sengenden Hitze mit Spaziergängen, Bootsfahrten und Abendessen in Restaurants. Wir redeten viel, mal auf Deutsch, mal auf Türkisch. Ich stellte der Familie meine kleine Welt vor, und während Emre am Samstagmorgen mit seinem Sohn spazierenging, redeten Leyla und ich über die Dinge des

Lebens. So verbrachten wir die Tage miteinander, und so plötzlich, wie die Familie bei mir anklingelte und das Leben mitbrachte, so schnell war sie wieder verschwunden. Am Sonntagabend zogen sie weiter. Sie fuhren nach Çanakkale, um an der Hafenstadt Emres Bruder zu besuchen. Danach planten sie in Assos, einem Naturschutzgebiet auf der Höhe der griechischen Insel Lesbos, Urlaub zu machen. Mitte August wollten sie weiterziehen, um Leylas Eltern in Izmir zu besuchen.

An dem Sonntagabend verabschiedete ich mich wehmütig von der Familie. Wir fuhren mit dem Taxi zum Busbahnhof nach Harem, und als wir dort angekommen waren, sackte mir für einen Moment das Blut weg. Mein Kreislauf versagte. Leyla geriet in Panik. Der Bus wartete auf sie, doch sie wollte mich nicht allein lassen. Ich bat sie darum, einzusteigen und versicherte ihr, wegen der Hitze einen Schwächeanfall zu haben. Schnell küßte ich sie ein weiteres Mal, verabschiedete mich von Emre und strich Deniz übers Haar. Sie stiegen in den Bus und waren verschwunden. Ich stieg in das wartende Taxi und kehrte heim.

Dort legte ich mich auf die Couch und ruhte mich aus. Nur kurz hörte ich die Stille, die mich umgab. Dann drehte sich alles, und ich fühlte, wie allein ich war, wie ich wieder allein in meinem Salon war, wie sich hunderttausend Gedanken in einem wirren Gestrüpp verhakten und mich in alle Ecken des Salons trugen. Ich starrte an die Decke. Ich hatte die Stimmen der Familie noch im Ohr. Dann waren es die Wände, die mit mir sprachen und mich irgendwohin trugen. Ich sackte weg und träumte von zwei Frauen:

Sie saßen auf einer unendlich langen Chaiselongue. Sie waren in einem Saal oder auf einer Tribüne. Vor der Chaiselongue wehten schimmernde Vorhänge, die wie flirrende Schmetterlinge auf Blumenblüten hin und her schwirrten. Die Frauen hatten lange Beine und einen blassen Oberkörper. Ihre nackten, von der Sonne unversehrten Arme ruhten wie weiße Oleanderblüten auf der Chaiselongue. Ihre weizenblonden Haare bedeckten ihre Schultern vor Staubwolken, die wie dicke Wollknäuel durch die Luft wirbelten. Sie saßen auf dieser Chaiselongue. Für einen Moment saßen sie nur so da, und ihre nackten Oberkörper, ihre milchige Haut und ihre glänzenden Haare schimmerten im Licht und im Schatten des Saales, und nur die durchsichtigen Vorhänge flimmerten mit dem Wind. Sie saßen da und dann, wie in einem sanft dahinströmenden Fluß, umarmten sie sich, streichelten sich, lagen auf ihren Bäuchen und küßten sich, küßten sich immer wilder und bewegten sich mit dem Takt der flirrenden Vorhänge, und alles vibrierte, zitterte und bebte. Sie liebten sich, stöhnten, seufzten und küßten sich immer wieder und wilder und verloren sich mit ihren wehenden Haaren und langen Armen in einem sakralen Gesang an Seufzern im Nichts meines Traumes.

Ein heißer Strahl weckte mich, und ich hatte dieses Beben der stürmischen Küsserei, dieses Nachfühlen der schlafenden Vorstellungen mit dem Zittern und Flirren der Körper noch im Bauch. Lange blieb dieses Schweben mit seiner wilden Küsserei in mir. Alles, was ich im Traum gesehen und in Erinnerung behalten hatte, erschien mir weißer als die Farbe Weiß. Auf dem Weg zur Toilette spürte ich meinen durchnäßten Körper. Ich fühlte die Nässe unter dem Chemisierkleid, unter den Achselhöhlen und zwischen den Beinen. Ich ging ins Bad, nahm eine Dusche, zog mir das dunkelgraue Chiffonkleid an und hörte das Telefon einmal, zweimal, dreimal und noch einmal klingeln. Dann hörte ich mich sagen: „Merhaba. Şu anda evde değilim ama, isterseniz bir not bırakabilirseniz veya bir faks gönderebilirseniz. Teşekkür ederim!“ („Guten Tag. Ich bin zur Zeit nicht zu Hause. Sie können mir aber eine Nachricht hinterlassen oder ein Fax schicken. Danke!“)

Merve wollte mich sprechen. Mir fehlte die Kraft, den Hörer abzunehmen, mir Antworten auf ihre Fragen einfallen zu lassen. Ich hörte schon Fragen aus ihrem schönen Mund purzeln. Dann sprach sie auf den Anrufbeantworter: „Ne yapıyorsun, canım?“ („Was machst Du, meine Liebe?“), und ich hörte ihre Stimme, die etwas von jungen Rohrspatzen oder von einer Verliebtheit aus einer anderen Zeit hatte. Ich lächelte in mich hinein. Merve wünschte mir einen schönen Abend, und ich versuchte es im Bett mit einem Buch. Doch das lyrische Singen über den Mond, über Berge, Täler, Pferde, Steinböcke, Nomaden, Opium und Malariafieber konnte mich nicht betören. Ich suchte nach meiner Brille und ging in den Salon. Dort sah ich mir die Spätnachrichten an. Der Nachrichtensprecher erwähnte die Gesundheitsreform, Spezialtarife und noch mehr, und obwohl mich alles betraf, verurteilte ich alle Inhalte. Ein Gefühl der Vermessenheit sagte mir, alles als banal abwerten zu dürfen.

Eine Woche darauf saß ich wieder vor dem Fernseher. Ich war guter Dinge, schaute mir die NTV-Nachrichten und die letzten Minuten eines Films mit der Diva Türkan Şoray aus den Siebzigern an. Ich schnitt Möhren, Radieschen und Äpfel klein, hackte Frühlingszwiebeln mit Knoblauch, ließ Schweißperlen herunterkullern und schüttelte mit dem Kopf, als eine Mücke keinen Hehl daraus machte, mich ärgern zu wollen. Kaum hatte ich eine verjagt, kam die nächste auf mich zugeflogen. Als ich gerade dabei war, ein widerborstiges Biest mit dem Pantoffel totzuschlagen, zuckte ich zusammen. Das Telefon klingelte etwas zu schrill.

Es war Franziska. Ich hatte schon auf ihren Anruf gewartet und gehofft, daß sie am Bosporus angekommen war. Wir wollten das Wochenende miteinander verbringen. Am Montag wollte sie ihre Familie vom Flughafen abholen. Bernd und Max waren dabei, aus ihrem Sommerurlaub in Amerika zurückzukehren.

Franziska lernte ich Ende Mai 1998 bei einem sechsstündigen Spaziergang auf Heybeli kennen. Auf der schönsten der sieben Prinzeninseln sprachen wir über unsere Vergangenheit. Dort wurden wir miteinander warm und erklärten unsere monatelange Tuchfühlung durch einen wilden Sturm an Worten und Gesten für beendet.

Franziska klingelte am Samstagnachmittag bei mir an, begrüßte mich mit einer Schmetterlingsumarmung und schlug mich mit Worten und Gesten in ihren Bann. Stunden verbrachten wir im Salon. Franziska paffte ihre Pfeife. Wir redeten und schlenderten am Bosporus entlang, kauften auf dem Heimweg Erdnüsse und setzten uns bei einem Glas Rotwein auf den Balkon. Dort füllten wir die Nächte mit Melonenscheiben, Weintrauben und Gedanken. Spät putzten wir uns die Zähne, sprangen ins Bett und erzählten uns in der matten Dunkelheit Geschichten.

Schnell kam der Montag. Wir wachten auf, nahmen eine Dusche, zogen uns luftige Kleider an, frühstückten und gammelten herum. Dann schenkte ich Franziska mein dunkelgrünes Sommerkleid. Sie zog es an, drehte sich im Schattenlicht des Flurs und sah phantastisch aus. Franziska küßte mich, packte im Nu ihre Handtasche und verschwand Richtung Flughafen. Unmittelbar darauf klingelten Sema, Arzu, Merve und Filiz mit unserem Kollegen Attila bei mir an. Wir hatten für den Mittag eine Versammlung in meinem Salon anberaumt. Ich hieß alle willkommen, kochte Tee, holte einen Salat aus dem Kühlschrank und packte Haselnußkekse, Schokoladenplätzchen, Waffeln, Melonenscheiben, Kirschen, Äpfel und Pfirsiche auf große Teller. Alle versammelten sich um den Couchtisch und diskutierten mit Keksen im Mund über Entwicklungen in der Abteilung. Stunden vergingen. Die Sonne brannte auf die Dächer. Wir arbeiteten, tranken Tee, aßen Früchte, erstellten Stundenpläne und feilten an Curricula herum.

Irgendwann klopfte es an der Tür. Familie Friedrich stand quietschfidel auf der Fußmatte. Sie traten mit ihren vielen Koffern ein, sagten: „Merhaba!“, und dann ging ein Wirbelwind durch das Haus. Taschen wurden irgendwohin getragen, Türen schlugen zu, ein Handy dudelte. Plötzlich waren alle in Aufruhr. Filiz ging in die Küche, Merve ins Bad, Arzu telefonierte. Max begrüßte mich stürmisch, stürzte in den Salon, pflanzte sich auf den Boden und hörte Musik. Franziska und Bernd waren wie vom Erdboden verschluckt. Merve kam zurück, nahm mich in den Arm und sang mir etwas ins Ohr. Mit einem Mal war ich erbärmlich müde. Ich gähnte herum, hörte meinen Magen rumoren und fragte mich, warum mich die Hitze so dermaßen mitnahm. Merve sang immer noch ihre Arien. Sie setzte sich in den Schaukelstuhl und summte uns etwas vor. Arzu, Filiz, Sema und Attila standen da und hörten die Musik, die aus Maxens' Kopfhörer dröhnte. Sie zogen sich ihre Sandalen an und wollten aufbrechen. Ich verabschiedete mich von ihnen. Wir lächelten uns an. Dann waren sie fort, und ich schloß die Tür. Merve half mir beim Aufräumen und zwitscherte durch die Wohnung. Ich hörte, wie sich Franziska und Bernd im Büro stritten. Ich schlich mit dem Tablett hin und her und schaute Max an, der mit seinen Beinen wackelte. Eine Etage höher stritten sich seine Eltern. Merve zog sich ihren Baumwollpullover über, nahm ihre Tasche, küßte mich und verabschiedete sich. Ich schloß die Tür, setzte mich auf den Balkon und las Zeitung. Irgendwann kam Max zu mir. Dann gesellten sich seine Eltern zu uns. Sie grinsten uns zu und kündigten einen Bärenhunger an. Daraufhin gingen wir ins Fischrestaurant Koço und aßen Kabeljau mit Kroketten und Salaten. Max und Bernd litten unter einem Jetlag. Vor allem Bernd sahen wir es an, daß er Schlaf brauchte. Mit seinen blutroten Augen schluckte er das Bier herunter. Irgendwann waren seine Augen so glasig, daß sie mich an geschnittene Zwiebel in einer Pfanne erinnerten. Den ganzen Abend sprach er über New York, und Franziska saß schweigend daneben, paffte und schlürfte ihren Wein.

Irgendwann verlangten wir die Rechnung, bezahlten mit Franziskas Bankkarte und gingen heim. Max hüpfte wie ein amerikanischer Basketballspieler in die Luft und zeigte mir seine neuen Sportschuhe. Er sprang wie ein Frosch über aufgesprungene Asphaltfalten. Ich lächelte ihn an und flüsterte Franziska ins Ohr, den Sommer 2000 wohl nicht mehr in Istanbul zu verbringen. Sie schaute mich mit einem geistesgegenwärtigen Ausdruck an, wollte etwas fragen, ließ es aber bleiben. Alle schwiegen, und ich hatte für einen Moment Angst vor der Zukunft, vor der Einsamkeit, vor dem nächsten Morgen. Mit einem Mal war mir so, als rührten scharfe Messer meinen Bauch zu Mischmasch.

Kurz nach Mitternacht köpfte ich die letzte Flasche Kavaklidere. Wir schlürften den roten Tropfen, Max trank seine Cola und Bernd sein zehntes Bier und rollte die Zukunft mit der Vergangenheit wie dünne Wollfäden auf und ab. Er sprach von New York, beschrieb diese faszinierende Stadt mit ausholenden Händen. Er zeigte uns Photos von New York, auf denen immer wieder Max in superweiten T-Shirts und riesigen Sportschuhen vor himmelhohen Bauten posierte.

Wir schlürften Wein und hörten Max zu, der türkische und deutsche Witze vom Stapel ließ. Wir lachten. Es tat so unsagbar gut, lauthals zu lachen. Vielleicht lachte ich an dem Abend so laut, weil mir eigentlich gar nicht nach lachen zumute war. In der späten Stunde wollte ich nur noch wie ein Baby gestreichelt werden. Ich wollte klein genug sein, um ohne den pausenlos dröhnenden Kopf den Tag im Halbschlaf zu streifen.

Um zwei Uhr gingen wir schlafen. Franziska und Bernd legten sich in mein Bett. Max schlief auf der Matratze, die vor dem Bett stand. Ich machte mir mein Nachtlager im Salon zurecht. Dort herrschte eine unerträgliche Luft, die den Raum geradezu unbewohnbar machte. Ich öffnete die Fenster und legte mich nackt auf die Schlafcouch. Nur ein besticktes Laken, das zu den schönsten Erbstücken meiner Oma gehört, bedeckte meinen Körper. Vielleicht lag es an dem kühlen Laken, daß ich sofort einschlief. Die Kühle des Leinenstoffes zog mich von der frühen Morgenstunde weg. Ganz schnell trennte ich mich von Raum und Zeit und war verschwunden. Dort hielt ich mich vielleicht eine Dreiviertelstunde auf. Dann donnerte Franziska in den Salon und fragte mich halb entsetzt, halb im Tran, ob Pflaster im Hause sei. Bernd war die Holztreppe heruntergestürzt, als er sich im Dunkeln die Stufen heruntertasten wollte. Er lag mit Schürfwunden im Bett. Wie eine Schlafwandelnde blinzelte ich Franziska an, lief in die Küche, gab ihr den Verbandskasten und stöhnte leise auf, als eine Mücke im Flur zu hören war. Ich suchte sie, fand sie neben dem Lichtschalter, klatschte sie tot und schaute mir die Blutspuren auf der Tapete an. Dann sah ich eine Küstenlandschaft auf mich zukommen. Mitten in dieser Landschaft stand meine Freundin Charlotte aus Frankfurt.

Ich hatte von einer Küstenlandschaft geträumt. Charlotte stand mitten in ihr auf einer Sandburg. Sie trug ein helles Kleid. Vor ihren Füßen lag eine mit kleinen roten Äpfeln gefüllte Riesenmuschel. Charlotte sollte auf die Äpfel aufpassen. In ihrem wehenden Kleid thronte sie wie eine Göttin in einer Sanddüne. Ich lag nackt in einem Loch. Sand rieselte durch meine Beine. Charlotte starrte wie gebannt auf die Muschel. Dann hielt sie ein abgebrochenes Stück in der Hand. Eine dunkle Flüssigkeit rann aus der Muschel. Ich warf ihr vor, sie zerstört zu haben und ging ins Wasser. Mit ihrer zerbrochenen Muschel sah sie mir hinterher und rief mir etwas zu. Sie rief mir zu, einen großen Flecken auf dem Rücken zu haben, und ich fühlte über meinen Rücken, schaute mich um und wandte mich wieder dem Meer zu. Ich erschrak, als ich feststellte, daß ich keine Brüste mehr hatte und das Meer verschwunden war.

Das Erdbeben

Ein zweites Mal ließ ich mich nach dem Tod der Mücke von dem kühlen Bettlaken verführen. Es dauerte nicht lange, und ich war wieder in dieser täuschend friedlichen Welt voller Ruhe und Schutz. Vielleicht hielt ich mich dort für zehn Minuten auf. Vielleicht für zehn Sekunden. Es war jedenfalls nicht lange, und ich träumte wieder einen unnachahmlichen Traum. Es war aber kein Traum. Er hatte nichts mit meinem schlafenden Ich gemein.

Es war die Nacht von Montag auf Dienstag. Der Kalender zeigte auf den 17. August. Mein Wecker blieb in der frühen Stunde um 3:02 Uhr stehen. Viele Stunden später flackerten vier Digitalnullen auf. Vier rote Nullen mit Digitalstrichen, die in Viertelsekunden aufflackerten, in Viertelsekunden wieder verschwanden, aufflackerten, erlöschten und eine neue Zeitrechnung angaben.

Es war 3:02 Uhr. Ein komisches Geräusch weckte mich. Ich verstand dieses Geräusch nicht. Weder konnte ich es einfangen noch lokalisieren. Noch im Halbschlaf klang es wie eine entfernte, immer näher auf mich zukommende Woge. Ich stand auf, stand nackt auf der ausgebreiteten Büffeledercouch und sah mit einem Mal, wie die Wände im Salon wackelten, wie die Tür sich öffnete und der Boden unter meinen Füßen vibrierte. Das Geräusch, das nun weder den Klang einer Welle noch das Bohren der unnachgiebig arbeitenden Bauarbeiter in meinem Viertel wiedergab, veränderte sich. Es wurde lauter. Es kam näher. Es war ein Grummeln, ein Geräusch, das mir nicht vertraut war.

Erst nach fünf oder sechs Sekunden, als der blaue Pappkarton aus dem obersten Regalbrett herunterfiel, erst als der Telefonhörer durch das anhaltende Vibrieren von der Gabel heruntergeworfen wurde und immerfort tütete, erst als das Licht der Straßenlaternen erlosch, wurde mir klar, daß die Erde bebte. Nackt stand ich vor Tausenden von Büchern und sah sie alle auf mich zukommen. Ich zitterte vor den Regalen und spürte, wie mir das Blut in die Beine sackte, wie es in mir arbeitete und hörte Franziska rufen. Oben donnerte es, und unter mir bebte es, und dann hörte ich, wie Max die Stufen herunterpolterte und Franziska und Bernd hinterherdonnerten.

Die stickige Luft der Nacht atmete mit dem Zittern der Erde ein und aus. Max, Franziska und Bernd bewegten sich nach unten. Ich streifte mir ein T-Shirt über, suchte nach meiner Hose und schrie: „Raus hier!". Die Wände wackelten, und es hörte nicht auf zu wackeln. Das Haus schaukelte. Die Nacht verlor ihr Gleichgewicht. Von draußen waren Stimmen zu hören. Dann waren es wieder die wackelnden Wände, die gegen die Kraft des Bodens und die Energie der Erde ankämpften. Ich öffnete die Wohnungstür. Wir tasteten uns im Dunkeln nach unten. Es war stockfinster. Wir hatten weder Feuerzeug noch Streichhölzer. Man konnte in der Dunkelheit des Hausflurs die Konturen der Stufen nicht erkennen. Die Augen gewöhnten sich nicht an das Schwarz der Nacht. Die Haustür, die Straße war unser Ziel. Ich rutschte aus und schrie auf. Max fing an zu weinen. Zwanzig Stufen waren eine Ewigkeit, und die Erde bebte weiter. Wir hatten das Erdgeschoß erreicht, und Franziska öffnete die Haustür. Wir sprangen die Stufen hinunter. Dann war es mit einem Mal ruhig.

Wir standen auf der Straße. Die Luft war wie tot. Der Asphalt dröhnte. Alles um uns herum war ohne Leben. Kein Licht, kein Ton. Nichts. Nur Franziska schaute mich an, und Max weinte leise vor sich hin.

Immer mehr Menschen versammelten sich auf der Straße. Alte, aber vor allem junge Menschen standen wie gelähmt da. Man schaute fassungslos auf den Boden. Man blickte in verwirrte und verängstigte Gesichter. Es war schauerlich. Es war eine widerliche Nacht, die lange mit ihrem Beben in meinem Kopf nicht aufhörte.

An dem Morgen blieb Istanbul mit seinen unzähligen Einwohnern auf den Straßen. Irgendwann, als die Krämerläden öffneten und sich der akute

Schrecken in eine irgendwie notwendige Erleichterung verwandelt hatte, als man daran glaubte, daß etwas viel, viel Schlimmeres hätte passieren können, flüchteten Franziska, Bernd und Max mit ihrem BMW, der Wochen vor meiner Haustür herumgestanden hatte, nach Ankara. Bernd, der erdbebenerfahren war, hatte Angst vor Nachbeben. Die Familie bat mich darum, mit nach Ankara zu reisen, doch ich wollte meinen roten Turm nicht allein lassen und blieb daheim.

Um neun Uhr kehrte der Strom zurück. Ich hielt plötzlich alles für ein unwahrscheinliches Wunder. Aber in den Morgenstunden konnte niemand ahnen, was geschehen war. Istanbul wurde durch einen heftigen Stoß aus dem Bett gerissen. Der unverrückbare Bosporus rückte einige Zentimeter nach Europa, und die Stadt stand still und bebte doch weiter. Man hielt den Atem an und zitterte, und dann wackelte es wieder. Es bebte kurz und heftig, und ich erschrak und wußte nicht, was ich tun sollte. Erneut fiel der Strom aus. Ich hielt plötzlich alles für möglich. Dann klingelte das Telefon.

Es ist komisch, aber damals wußte ich, daß es Nebi aus der Nachbarschaft war. Er rief mich an, um sich zu erkundigen, ob alles in Ordnung sei. Als ich seine Stimme hörte, atmete ich tief durch und sagte: „Mein Gott!“. Dann kam seine Stimme zu mir, und ich fragte ihn, ob ich vorbeikommen könne.

Ich legte auf und ging ins Bad. Dort drehte ich den Wasserhahn auf. Es kam kein Wasser. Ich ging ins Schlafzimmer und staunte über das Schlachtfeld, das die Familie Friedrich hinterlassen hatte. Ich nahm eine Jeans und ein Baumwollhemd aus dem Schrank, nahm meine Tasche und verstaute darin alle Pässe, alle Karten und die wichtigsten Dokumente. Ich suchte nach Disketten, legte sie ins Innenfach und ging zu Nebi.

Sieben Stunden blieb ich bei Nebi und seiner Familie. Als ich von seiner Mutter begrüßt wurde, war sein Vater schon unterwegs. Er war nach Izmit gefahren, mitten ins Epizentrum. Nebis Schwestern hatten Pläne für den Tag gehabt, doch an dem Morgen fiel alles ins Wasser. Wir saßen allesamt mit angestrengten Augen vor dem Fernseher und sahen die ersten Bilder vorüberziehen. In der Stunde schätze man die Zahl der Toten auf 150. Sie wurde stündlich nach oben korrigiert. Und das war erst der Anfang. Wir tranken Tee und aßen Börek, und mit jedem weiteren Bissen, jedem weiteren Schluck rauschten unzählige Zementhalden über die Mattscheibe. Man blendete immer schlimmere Ausschnitte vom Ausmaß des Erdbebens ein. Niemand konnte an dem Morgen ahnen, daß es irgendwann vierzigtausend Tote sein würden, die die Erde mit ihrem 45-Sekunden-Beben verschluckt hatte.

Siebzehn Stunden nach dem Beben rief mich Leyla an. Sie hatte den ganzen Tag versucht, mich zu erreichen. Sie hatten das Beben im Süden von Izmir nur schwach gespürt. Lange hielten wir die Hörer in der Hand. Dann konnte ich nicht mehr sitzen und war hungrig und wollte doch nicht auflegen, da ich Angst davor hatte, ihre Stimme nie wieder zu hören.

An dem Abend telefonierte ich mit zig Leuten. Es war weniger problematisch, Gespräche innerhalb des Landes zu führen, doch es stellte sich heraus, daß die Leitungen zwischen den Ländern völlig überlastet waren. Niemand rief mich an. Ich hielt das für ausgeschlossen, aber es war so. Ich konnte überallhin telefonieren. Doch niemand konnte mich erreichen. So schrieb ich nach Mitternacht eine Rundmail.

Spät ging ich zu Bett und konnte doch nicht einschlafen. Immerzu mußte ich an Verschüttete und Sterbende denken. Ich hatte Angst vor dem häßlichen Gesicht der Nachbeben. Lange lag ich wach und dachte über alles mögliche nach. Irgendwann träumte ich wild durcheinander, träumte von Eruptionen, Wasserfällen, Staudämmen und Maulwurfhaufen, träumte von Ludwig und seinem Bösendorfer, von kleinwüchsigen Polizisten und von einer Leni, die sich als eiskalte Mörderin entpuppte:

Ich saß auf einem von Blumen umrahmten Rasen und sah Ludwig in einem marmornen Pavillon Klavier spielen. Er saß vor seinem Flügel, wippte nach rechts und wieder nach links und nahm meine ganze Aufmerksamkeit in Anspruch. Ich saß in einem kurzen Kleid auf einer Rasenfläche. Meine weißen Beine lagen wie Stahlrohre auf dem satten Grün des Rasens. Dann war meine Oma plötzlich da. Sie nahm meine Beine und rückte sie näher zusammen. Ich schaute sie lange an, und dann war Ludwig nicht mehr im Pavillon. Auch der Flügel war verschwunden. Ich erschrak, suchte ihn und fand ihn in einem anderen Land, in einer unbekannten Stadt in der Nähe eines Flusses. Dort erkannte ich ihn auf einer breiten Straße. Stürmisch ging ich auf ihn zu. Als ich ihm die Hand geben wollte, rannte er von mir weg. Ich rief seinen Namen, suchte ihn und tat alles mögliche, um ihn wiederzufinden. Dann sah ich seine Mutter. Sie sprach mich an, bedrohte mich und verlangte von mir, mit der Spioniererei aufzuhören. Sie sprach von einem Anwalt. Ich hörte sie sagen, daß ich schon sehen werde, was bei der ganzen Spioniererei herauskäme. Ich nahm sie nicht ganz ernst, ging weiter, und dann hielt plötzlich ein Post-

auto vor meinen Füßen. Zwei zwerggroße Polizisten stiegen aus und stellten mich an eine Wand. Ich wehrte mich mit beiden Händen und klatschte den Kopf eines Polizisten gegen die Betonwand. Er brach zusammen. Dann trat ich dem zweiten Beamten zwischen die Beine. Er jaulte grell auf und fiel zu Boden. Blut sickerte von der Wand, und mir wurde bewußt, zwei Menschen getötet zu haben. Mich erfaßte ein bloßes Entsetzen. Dann erwachte ich.

Wenige Tage nach dem 17. August nahm man die ersten Baulöwen fest, die über Leichen gegangen waren und die Mitschuld an Tausenden von Opfern trugen. Einige profitgeile Unternehmer, die Mauern aus Zement mit Meersand hochziehen ließen, wurden nach dem Hörensagen regelrecht gejagt und gefangen genommen. Die Fernsehbilder bestätigten, daß die Wut und der Zorn über gewissenlose Baulöwen mit einer Ohnmacht einherging, da die unter den Trümmern Verschütteten und die bei einer Hitze von über 30 Grad Verdursteten zu Opfern niederträchtiger Ingenieure und der unverantwortlichen Behörden wurden.

In der dritten Augustwoche verrückten die Folgen des Erdbebens mein Weltbild. Ich erkannte, wie ausgeliefert der Mensch dastehen konnte und inmitten der Natur zu einem winzigen Wesen wurde. Weder Trost noch Anteilnahme konnte ich von Freundinnen und Freunden erwarten. Sie konnten nicht begreifen, welche Stimmungen im Menschen ausgelöst werden können, der im Feld von 1000 Nachbeben sein Ich mit tausend Ängsten spürt.

Ja, man tat sich schwer damit, einen Alltag zu finden, da sich die Vorahnung einer weiteren Katastrophe nicht ohne weiters beiseite schieben ließ. Der Alltag war mit einem Mal so unglaublich wichtig. Man hatte ihn nicht mehr. In Izmit, in Gölcük, Adapazarı, Yalova, Avcıları. Die Marmararegion sehnte sich nach Alltag, Wasser, Sicherheit, Ablenkung und ein paar Stunden Schlaf.

Es waren nicht allein die Nachbeben, vor denen alle Angst hatte. Man klebte vor dem Fernseher und zählte die unter den Trümmern Gefangenen, die von den rund um die Uhr helfenden Menschen aus allen Regionen des Landes mit den Rettungsmannschaften aus allen Himmelsrichtungen der Welt aus Schutt und Zementbergen herausoperiert wurden. Es war ein Wettlauf mit der Zeit. Jedes gerettete Kind, jede verletzte Frau und jeder ohnmächtige Mann waren für alle Augenzeugen ein Geschenk des Himmels. Tränen mischten sich mit Händen, und im gleichen Atemzug warnten die Medien vor neuen Nachbeben.

Millionen hatten Angst davor, ihre Augen zu schließen. Das Bild des Zementstoßes drückte gnadenlos den eigenen Körper in die Tiefe. Die abgezählten Stunden wurden zur Achillesferse der unermüdlich grabenden Menschen vor dem Bildschirm.

Auch ich hatte diese eine Angst, mich als Zugeschüttete in einem Vakuum zwischen zusammengefallenen Wänden wiederzufinden, um dort elendig auf das Ende zu warten, das ich mir mit dem Ausbleiben des Sauerstoffs oder dem Vertrocknen des Körpers immer wieder vor Augen führte. Irgendwann war auch ich nicht mehr in der Lage, den Unterschied zwischen realen und eingebildeten Nachbeben feststellen zu können. Pausenlos drehte sich der Boden unter den Füßen. Sobald ich die Treppe hinunterging, mußte ich mich an Wänden festhalten. Es war schwierig, die bloße Wirklichkeit von der eingeholten Einbildung zu trennen.

Die Marmararegion war in den Tagen von der Sehnsucht erfüllt, an eine tektonische Ruhe zu glauben. Das Volk hing an den Lippen der Seismographen, die die Illusion einer Zuheilung aller Schnittpunkte der anatolischen Platte versprechen sollten. Auch ich kniete vor dem Fernseher und stellte mir mit dem Aufflackern der betroffenen Regionen neue Verschiebungen mit immer wieder neu entstehenden Verwerfungen vor, die Naht für Naht aneinanderrieben und mit wachsenden Spannungen die eurasische, arabische und afrikanische Kontinentalplatte gegeneinander aufhetzten, so daß sich berstende Kräfte mit ungeahnten Spannungen in kleinere oder größere Erdbeben entladen mußten. Ich hatte den Boden unter meinen Füßen verloren und sehnte mich nach Sicherheiten. Auch meine Kolleginnen und Kollegen sprachen über Sicherheiten, Gewißheiten und über die Qualität, Stabilität und Fragilität von Bauten. Sie sprachen von Betroffenen, die in den Süden des Landes ziehen wollten. Sie berichteten von Häusern und Gebäuden, die größere oder kleinere Risse zeigten.

Ich sehnte mich nach Ruhe, die es doch nicht geben konnte. In Gedanken versunken lief ich durch Kadıköy, und bisweilen flammte in den Gassen des Fischmarktes oder der Gemüsestände etwas in mir hoch. Der Muezzin rief zum Gebet auf, und ich sah am Freitagmittag die Menschen in die Moscheen strömen, um sich dort für eine kleine Ewigkeit eine gnadenvolle Zeit herbeizubeten. Im Geiste ging ich ihnen nach, sah sie barfuß in den heiligen Räumen verschwinden und respektierte ihren Glauben. Ich sann über das Ende des irdischen Lebens mit allen vorstellbaren und unvorstellbaren Wegen nach, die im Himmel auf sie warteten. Der Muezzin sang, der Fischgeruch blieb mir in der Nase hängen, die Gemüse- und Obsthändler begrüßten mich freundlich, und mir war so, als bewegte ich mich über eine wackelige Brücke, die zwei grenzenlose Ufer an sich band. Zwei Ufer, die mich beide wollten und nach mir riefen und mich darum baten, mich endlich zu entscheiden, und ich verharrte auf der Brücke und sah ein behäbiges Schiff auf mich zukommen. Dann hing mir wieder der Fischgeruch in der Nase. Dann boten die Händler ihr Gemüse und ihre Früchte feil, und der Muezzin sang von der Herrlichkeit Allahs, und die Brücke glich einem Kind, das in den Armen zweier Großmütter hin und her gereicht wurde. Beide Großmütter forderten mich auf zu bleiben, und unterdessen bebte es, und allerorts erstarrten Frauen und Männer, und Kinder weinten, und die Erde bäumte sich auf, und ihre Energie entlud sich im Bosporus.

Ja, manchmal halluzinierte ich. Stocknüchtern, völlig überdreht und niedergedrückt von den Todeszahlen verschwamm Kadıköy vor meinen Augen. Alles löste sich auf. Mein Leben war mit einem Mal ein flüchtiges Provisorium. Es war plötzlich so unnachahmlich kurz. Ebendarum erschien mir alles so irdisch und vorübergehend, und mit diesen Eindrücken hatte ich, ohne es beabsichtigen zu wollen, einen islamischen Leitsatz ausgesprochen. Mir war so, als nahm man mir in den Tagen etwas weg und gab mir statt dessen eine Schaukel, auf der ich mich ausschaukeln sollte, um die Vergangenheit mit der Gegenwart und der Zukunft zu versöhnen. Ich hörte, wie mein Kollegium immerzu mit Richterskala-Werten, Häuserrissen, internationalen Katastrophenverbänden und voraussehbaren Todeszahlen beschäftigt war und schaukelte mit kräftigen Schwüngen über ihre Botschaften.

Was an den Tagen von den Temperaturen überboten werden konnte, war wohl das Ticken der Uhren im Takt der zitternden Erdplatten. Trotzdem, oder gerade aus diesem Grunde, ging der Alltag seinen gewohnten Gang. Kinder lachten mit der Sonne auf ihren Wangen, Katzen fauchten durch die Abendstunden, Hunde lagen in glutheißen Nachmittagsstunden unter schattigen Bäumen. Die Basare und Banken waren geöffnet. Doch die Nächte waren schlimm. Sie holten die Ängste der einen Nacht zurück. Oft bebte es gegen zwei oder drei Uhr. Ein heftiger kurzer Ruck, der aus der Tiefe der Erde kam und sich mal vertikal, mal horizontal entlud. Ich schreckte dann hoch und hörte das Holz meines Bettes knarren. Oft verspürte ich in den Nächten eine Angst vor der Todesart, die mir das Fernsehen in den Tagen hundert Mal vorgeführt hatte. Ich hatte Angst davor, unversehrt unter den Trümmern zu liegen, unter Tonnen von Schutt und Sand in einem freien Kubikmeter elendig vertrocknen zu müssen. Und meine Angst löste sich im Nu auf, sobald ich mir die Qual der Menschen vorstellte, die im Vorbeiziehen der Fernsehbilder unter den Trümmern vermutet wurden. Dort atmeten und weinten und buddelten Unzählige vor sich hin. Unzählige halluzinierten dort und wünschten sich das helle Aufflackern.

Noch Tage später, als die Angst vor Seuchen und Epidemien ausgebrochen war und der große Regen kam, der mit seinen Wassermassen Schlamm und Schmutz in die Katastrophengebiete brachte und die Versorgung behinderte, mußte ich an die Opfer denken. Sie gingen mir nicht aus dem Kopf. Sie nisteten sich dort ein, als der atemlose Diskurs über die Skrupellosigkeit der Baulöwen das Land bestimmte. Ich mußte immerzu an sie denken. Gnadenlos lagen sie unter den Trümmern und starben. Für Sekunden oder Stunden oder Tage mußten sie daran geglaubt haben, irgendwann dem fahlen Lichtblick entgegenblinzeln zu dürfen. Ich mußte an sie denken, da sie vermutlich auf die Hilfe von außen, auf das Gespür der Hunde und die Stimmen der Rettungsmannschaften gehofft hatten. Ich schaukelte im Schaukelstuhl durch dieses Nichts meiner stillen Nachmittage und dachte an die Opfer, die aus der Mitte ihres Lebens, ihrer Sicherheiten und ihres Besitzes gerissen wurden und der Erde und dem Himmel und dem Zersetzen ihres Fleisches immer näher kamen. Ich schaukelte dahin und dachte, wie furchtbar es sein müsse, sich die warme Hand der Mutter, die Augen der Schwester, den Kuß des Ehemannes, das Lächeln des Kindes, die Stimme des Vaters, die Fröhlichkeit des Bruders, das allabendliche Beisammensein der Familie ins Gedächtnis zu rufen, bevor man endgültig dem Tod gegenübersteht.

Tabula rasa

Der Sommer 1999 stand für Europa im Zeichen der totalen Sonnenfinsternis, und mit diesem Medienspektakel und Jahrhundertereignis kündigte sich bereits ein weiteres mediales Phänomen an. Die Millenniumshysterie stand vor der Tür. Doch die geologischen Erschütterungen am Marmarameer, die den Bosporus um einige Zentimeter nach Europa verrückt hatten und den Seelenzustand der Menschen veränderten, schufen mit dem 17. August ein kollektives Trauma und ein weiteres unvergeßliches Datum im Kalender des 65-Millionen-Volkes. Dieser Augustmorgen, an dem mit einem gewaltigen Erdstoß über 40.000 Menschen das Leben verloren hatten, wurde mit seinen verheerenden Folgen als Jahrhundert-Erdbeben in den Schlagzeilen gezeitigt. Und alles, was mir dazu bei manchen Medienträgern unweigerlich durch den Kopf schoß, war die Sensationslust, die nichts anderes im Schilde zu führen schien, als über Tausende von Toten und Tonnen von Trümmern zu gehen, um sich an den Superlativen des ausgehenden Jahrhunderts zu ergötzen.

Inmitten dieser Zeit, die wie eine schwefelgelbe Rauchwolke den Bosporus umzingelte, wartete der Staatsfeind Nummer 1 auf seiner Sträflingsinsel auf seine Verurteilung. Inmitten dieser Zeit mit ihren Erschütterungen und Einkesselungen trennte sich Franziska von ihrem Mann Bernd. Sie packte ihre Siebensachen und zog mit ihrem Sohn zu einer Freundin in das Viertel Bahçelievler im Zentrum Ankaras. Sie zog mit Max in Jales Wohnung, und kaum hatte sie sich das Gästezimmer und Max das Bügelzimmer eingerichtet, riefen sie mich an und fragten, wann ich mich endlich bereit erklären könne, das wackelnde Istanbul zu verlassen. Auch Jale lud mich ein und hielt es für besser, ein paar Tage in Ankara zu verweilen. So entschied ich mich in den letzten Augusttagen, nach Bahçelievler zu reisen, um Franziska und Max wiederzusehen, Jale kennenzulernen und mein Gleichgewicht wiederzufinden.

Ja, während Lelya mit ihrer Familie über die überfüllten Promenaden von Izmir flanierte, Berna sich am Luganer See in einen Tessiner verliebte, Charlotte Hand in Hand mit ihrem Geliebten durch die veilchenblaue Provence spazierte, Laura sechzig Stunden in der Woche in ihrem orgiastischen Bangkok schuftete, meine Tante Paula mit einer Freundin im Sauerland tief Luft holte, und Ludwig sich für ein paar Tage mit seiner Familie auf Sylt sonnte, ließ meine Freundin Franziska einige Federn. Sie stand vor Jales Badezimmerspiegel und fuhrwerkte mit einer blitzenden Schere herum. Sie schnitt sich in zehn Minuten mit unübersehbarem Genuß alle ehelichen Fäden ab und grinste ihr Spiegelbild an. Schlußendlich kehrte sie alle blonden Strähnen, Fissel und Staubwolken zusammen und warf sie in den Müll. Daraufhin lächelte sie mich an und wünschte sich eine neue Zeitrechnung. Die Sonne lachte am wolkenlosen Himmel und schien durch perlmuttfarbene Gardinen. Die Sperlinge tschilpten im Chor. Eine Katze fauchte durch die Stille der Mittagsstunde. Und die Gerüche der vielen Kräuter, die in Jales Küche in Terrakotta-Töpfchen gedeihten, drangen unweigerlich bis ins Badezimmer und wirkten mit ihren unbekannten Düften geradezu aphrodisisch auf mich. Unterdessen schnipselte Franziska hier und da noch ein wenig nach, bis ihr Spiegelbild einen frechen Bubikopf offenbarte, und ich stand im Türrahmen und sah ihr bei allen handwerklichen Zaubereien und dann wieder Jale bei allen Einmachkünsten von Konfitüren zu, und Max lag vor dem Fernseher und blätterte in Comics, und dann tanzte Franziska vor seinen Augen durch den Salon und wollte mit ihm, mit Jale und mir römische Schreibtafeln abschaben, und wir huschten über den Boden, wienerten über Jales fleckigen Parkettboden und wischten solange über ihre vergilbten Salonwände, bis sie im zartesten Porzellanweiß gegen die Stuckdecken schienen.

Eine Woche blieb ich bei dem liebreizenden Trio. Wir verlebten sie in Frieden und Eintracht. Ich wanderte mit einer ausgelassenen Franziska durch die mittelanatolische Hochebene, spielte mit Max stundenlang Volleyball, saß hin und wieder vor Jales Notebook und werkelte dort herum. Abends versammelten wir uns im Salon, der mal nach Zitronenmelisse, mal nach Jasmin duftete. Wir reichten uns am runden Tisch Brot, Käse, Oliven, Pasten, Saucen und Salate. Wir tranken Wasser, Ayran und Sorbets, schlürften Wassermelonen, leckten unsere Finger ab, naschten von den vielen Köstlichkeiten, die Jale in einer Patisserie gekauft hatte, und streiften über pralle Früchte, die auf silbernen Schüsseln drapiert waren. Zu vorgerückter Stunde folgten wir nach unserem Mokka Franziskas Pfeife und ihren unermüdlichen Rauchwolken, die bis in die tiefe Nacht ihre übermütigen Spielchen trieben und sich irgendwann vor den Wänden verflüchtigten. Dann verabschiedete ich mich von ihnen, reiste an einem diesigen Freitagabend mit dem Nachtzug zurück, ließ mich zwei Tage am Bosporus blicken und flog holter die polter nach München, um Berna zu überraschen, die vor lauter Himmelsgeigen noch schöner geworden war. Und während sie putzmunter in aller Herrgottsfrühe aus dem Haus hüpfte und einen langen Arbeitstag vor sich hatte, zog ich aus ihren Regalen die Bücher heraus, die mich verschmitzt anlächelten und tauchte in den folgenden Stunden auf ihrer sonnigen Dachterrasse in die aufregende Welt aufregender Protagonistinnen ab. Irgendwann legte ich dann eine Pause ein und kaufte auf dem Markt frische Aprikosen, Weintrauben und weitere Leckereien und ging nach Hause, um delikate Suppen, pikante Salate und süße Speisen vorzubereiten. Und dann machte ich mir einen starken Cappuccino und setzte mich wieder in die Sonne. Und wenn Berna dann freudestrahlend die Wohnungstür aufschloß und mich zuckersüß anlächelte, öffneten wir einen Frascati und schlürften an ihrem heiligen Feierabend den edlen Tropfen, und sie schwärmte von ihren waghalsigen Klettereien und von dem Mann, den sie am Luganer See verzaubert zu haben schien. Wir saßen besäuselt in ihrer Küche und kicherten, alberten und scherzten herum und Berna beschrieb mir, wie sie sich selbstvergessen gegenüber ihrem Luchino gehen lassen konnte, und ihre Augen leuchteten dabei wie Magnesiumkugeln im Wasser auf, und immer dann, wenn der Name Luchino aus ihrem Mund hüpfte, grinste ich sie an und stellte sie mir mit ihrem Schatz in einem hellen Saal vor seidenen Vorhängen auf einem glänzenden Parkettboden als ein singendes Paar vor, und Berna lachte mich mit ihrem Kirschmund an, trank ihren Mokka und seufzte und schwärmte und jubelte.

So, genau so, vergingen unsere Tage. Berna lächelte mich an, und ich fühlte mich zwischen ihren hölzernen Schüsseln mit den bunten Salaten, den kristallenen Schalen mit Früchten und kupfernen Karaffen mit Säften wie die Sultanin von Brunei. Wir schlürften, saugten und nuckelten mit vollen Mündern von Honigmelonen, süßen Quarkspeisen und trockenen Weißweinen. Und an dem ersten Montag im sonnigen September verabschiedete ich mich wehmütig von ihr und setzte mich in einen Intercity, der im Nieselregen gen Norden raste und mich am Teutoburger Wald mit seinen wechselhaften Launen absetzte. Dort wartete bereits im schlimmsten westfälischen Herbstregen eine vor Freude strahlende Leyla mit ihrem schlafenden Sohn im Sulky auf mich.

Eine Woche blieb ich bei Leyla und ihrer Familie. Wir verbrachten sie in ihrer Usambaraveilchenküche mit einem Tee oder Mokka, da der Regen uns einen Strich durch die Rechnung, ja, alle Pläne zunichte gemacht hatte. Wir quatschten und schwatzten, und Deniz thronte quietschvergnügt in seinem Hochsitz, kleckerte sein Latzhöschen voll und brabbelte mich immerzu an, um mir wohl mitzuteilen, daß er mich näher kennenlernen wollte. Und wollte Leyla mal für ein paar Stunden ihre Ruhe haben, spazierte ich mit Deniz durch längst vergrabene Gegenden meines Bewußtseins und zeigte ihm Büsche und Teiche am Teutoburger Wald, und abends, wenn Emre erschöpft von der Arbeit heimkehrte, rollten wir im Sulky heim und kochten allerlei Gerichte und schlemmten solange von unserem üppigen Bankett, bis der Sohn nur noch herumquengelte, wir ihn zu Bett brachten und noch eine Weile in der Blumenküche sitzen blieben.

Dann folgte der Geburtstag von Deniz. Dann mein Abschied. Ich verabschiedete mich von Familie Pamuk, packte ein paar Erzählungen in Umschläge, legte ein Anschreiben dazu und schickte sie an zig Verlage. Daraufhin fuhr ich mit dem Zug nach Hannover, flog nur wenige Stunden später über die Alpen, die Karpaten und die Walachei und landete am Nachmittag in Istanbul, und kaum stand die Maschine an dem sonnigen Septembertag auf dem Atatürk-Flughafen, bebte es erneut. Es bebte kurz und heftig. Es brachen einige Häuser zusammen. Dann brach Panik aus, und wieder schliefen Zehntausende auf Straßen, in Parkanlagen oder bei Verwandten. Und doch ging der Alltag wie eh und je seinen gewohnten Gang.

Der Monat zog wie ein heilloser Aufschrei jaulender Katzen vorüber, und dann zeigte sich der kühle Oktober im schwachen Sonnenlicht, und auch er blühte wie eine trauernde Winterblume dahin und verabschiedete sich mit seinen Anstrengungen in allen Winkeln und Geraden des Landes. In seinen späten Tagen begrüßten mich schon die ersten Absagen von Verlagen, die wie ein dunkler Schwarm wilder Vögel meinen Turm überschatteten und mich mißmutig stimmten.

Dennoch gab es in den herbstlichen Wochen Tage, an denen ich mir nicht die Gelegenheit nehmen lassen wollte, leise vor mich hinzuträumen, um alle Umdrehungen um mich herum vergessen zu machen. Ich vergaß das bebende Istanbul und das brodelnde Anadoluhisarı, vergaß Verabredungen mit Merve oder Filiz, vergaß die Telefonrechnung und Mahnungen. Alles war mir schnurzpiepegal. Ich vergaß den Kühlschrank aufzufüllen, die Bettwäsche zu wechseln oder Dokumente übersetzen zu lassen. Ich schlürfte nur noch Kaffee. Fünf Tassen pro Tag und saß mit angewinkelten Beinen am Schreibtisch oder schaukelte durch die immer schmaler werdende Welt mit ihren immer schmaler werdenden Türen. Ich schaukelte und verlor mich auf dem ehrwürdigen Kleidchen der Büffelledercouch mit ihren vielen Altersflecken. Dort kaute ich mit halbgeschlossenen Lidern Kürbiskerne.

Manchmal, an frühen Morgenden oder in Momenten, in denen weder die Sonne noch der Mond am Himmel zu sehen waren, war ich sogar glücklich. Ich fühlte mich dann und schrieb mir hechelnd etwas von der Seele. Ich kritzelte ohne Pausen. Ich arbeitete wie ein wildgewordener Spatz, der mir mit seinem Gezwitschere tausend Bilder zu schreiben gab. Alles mischte sich vor meinen Augen zu bunten Murmeln, die um den Bosporus kreisten, die sich um das Mittelmeer, um Arenen und Amphitheater postierten. In ihnen tummelten sich Statuen, Komparsen, Staffagen, Eunuchen, Eroten, Knaben, Konkubinen, Hetären, Mätressen, Odalisken, Nymphen und ganze Volksmassen in ihren Kampfmonturen.

Mit einem Mal konnte ich den Punkt nicht mehr setzen. Es war drei Uhr in der Nacht, zu spät, um ins Bett zu gehen, um am nächsten Morgen vor zwanzig Schützlingen agieren zu müssen. Mein Kopf wurde zur reinsten Buchstabenquelle. Ich wußte plötzlich, was ich wollte und was nicht. Es gab heilige Augenblicke, in denen ich freizügig dasaß und mich dahinfließen sah. Ich wirbelte wie ein selbstvergessener Derwisch auf Bühnen von Seiten und zog diesen atemlosen Tanz über viele Tage und Nächte mit ihren Tausenden von Umdrehungen durch. Ich geizte mit Pausen, mit der Zeit und schrieb mir mit einer gottvergessenen Besessenheit die Finger wund, so daß mir nachts alle Glieder schmerzten und ich mich nach Lavendelbädern oder sanften Händen sehnte, die mir dieses taube Gefühl in den Knochen nehmen sollten. Und obwohl ringsherum eine neue Welt auf mich zukam, Jung und Alt mit Fonds und Zinsen beschäftigt zu sein schien, wollte ich das Rasen der Zeit wie eine sperrige Schiebetür zuziehen und mich wie eine keuchende Sprinterin auf neue Bahnen konzentrieren.

Ich glaube, ich nahm in der Zeit nicht mehr am Leben teil, wußte folglich auch nicht mehr, welcher Tag sich ankündigte, wie hoch der Wechselkurs stehen könnte oder worüber mein Kollegium allmorgendlich sprach. Es sprach über Familienpläne, Immobilienpreise und Unfallversicherungen, und mir war beim Zuhören so, als hätte man mich mit einer Riesenschere aus der Mitte einer Perlenkette herausgeschnitten. Ich fühlte mich wie ein elektrisierter Baumwollfaden, den ein rostiger Nagel aus einem wunderschönen Wollgewebe gerissen hatte. Ich war allein, allein und schwamm in Arbeit. Gelegentlich strauchelte ich durch ein Gehege an Gedankenstrichen oder über Bühnen an Begriffen, doch mit jedem weiteren Tag entstanden neue Bilder mit neuen Zeichen.

Es war mir so, als stände mir mein Hochzeitstanz bevor, der mich mit seinen wilden Umdrehungen, seinen Kurven und Geraden in seinen Bann ziehen wollte. Insgeheim bereitete ich mich auf die Hochzeitsnacht vor und verlangte klare Antworten oder gar Ungeheuerliches von ihr. Ich schwebte durch einen weißen Saal, der mit seinen vielen aufgerissenen Fenstern die Oktoberwochen wie vergessene Düfte und Farben aus Kindertagen hochkommen ließ. So vergingen die Regenwochen. Sie vergingen wie durch ein dickes leinenes Tuch gesehen, und vor diesem Tuch bibberte ich wie ein nachdenkliches Mädchen, das nur noch Umrisse, Schatten und Flecken erkennen konnte. Nichts anderes konnte es wahrnehmen, da es selbstvergessen vor seinem Ich saß und alles um sich herum ausknipste. Es spazierte weiter und stolperte zuweilen über Steine. Und dann wurde es so mir nichts, dir nichts von einem zärtlichen Novembermorgen überrascht, der das eifrige Mädchen mit seinen kühlen Armen umgarnte, seinen Böen und Schauern verführte, und alles erschien ihm so wie die letzte Stunde vor der Abenddämmerung mit ihrem knalligen Orangerot, ihrem durchsichtigen Weiß, ihrem verlorenen Grün und Gelb und Braun und Blau. Alles sackte in eine Langsamkeit und verweilte dort. Alles ging von ihm weg, verabschiedete sich wie eine ausgelassene Kinderschar, die im letzten Winkel des Horizonts durch das Nichts eines verschwommenen Torbogens zieht. Und das Mädchen zog sich die weißen Kniestrümpfe hoch und sagte der Schar Lebewohl. Und langsam, ganz langsam löste sich alles vor seinen Augen auf. Dann rief es sich Farben und Gerüche ins Gedächtnis zurück, und mit einem Mal wurde es größer und noch größer und stand zwischen Obstständen, Wasserflaschen, Teppichen und Kelims und fuhr nach Ankara. Dort verbrachte es ein musikalisches Wochenende mit Franziska, Jale und Max, die im Salon wie ein vollkommenes Streichorchester im Schimmerlicht musizierten und das Mädchen mit pikanten Gerichten und süßen Nachspeisen verwöhnten, sie unter die Fittiche nahmen und für ein paar Tage nicht mehr losließen. Dann empfing es wieder der Bosporus, und dann passierte es wieder. Es passierte so urplötzlich, obgleich es sich wochenlang angekündigt hatte.

Es klingt vielleicht seltsam, aber nachdem es am 11. November wieder heftig gewackelt hatte, wollte ich am 12. November nach einem langen Arbeitstag nicht am Abend in die Badewanne gehen, da ich Angst davor hatte, nackt, wie Gott mich schuf, auf die Straße zu rennen.

Mein Gott, es gibt unvergeßliche Momente im Leben. Man liegt in der Badewanne und zieht mit einer nach Sandelholz duftenden Seife weiße Schaumbahnen über den Bauch, rasiert sich die Achselhaare, und dann wackelt die Erde. Sie wackelt stark und heftig, und man sieht, wie sich das Badewasser hin und her bewegt, und die Klinge unter den Achseln zittert, und alles, was bleibt, ist der Zahlenfriedhof im Gedächtnis. Ein Friedhof mit Toten und Bildern, und es gibt keine Delete-Taste, und selbst wenn es sie gäbe, würde sie nichts bewirken können.

Zwei Tage nach dem Erdbeben verschenkte ich meinen Fernseher, räumte im Kleiderschrank herum und gab Studenten, die nach Düzce reisten, einen Sackvoll Klamotten mit einer Handvoll Geldscheine mit. Daraufhin steckte ich meine Nase in Zeitungen, zahlte Rechnungen, füllte den Kühlschrank auf, las Seminararbeiten und setzte mich allabendlich vor den Computer-Bildschirm, um dort stundenlange Monologe zu führen.

So vergingen die Wochen. So zog der Regenmonat mit seinen milchigen Farben vorüber. Tagelang stand er in einem müden Nebelrock vor mir und knarrte wie eine gottverlassene Eichentür in einem gottverlassenen Schloß. Auch die Zeitungsbilder stöhnten und zogen in kilometerlangen Trauerzügen vorüber, und zwischen ihren Zeilen kündigte sich bereits die monströse Vorfreude auf ein bombastisches Millenniumsfest rund um den Globus an, und mich beschlich ein leises Unbehagen, und dann bestimmte eine brunnentiefe Sehnsucht meine Tage, und plötzlich überschritt das expandierende Europa im Sturm des Millenniumsorgasmus sein Imperium Romanum. Der glaubensschwache Kontinent gab dem orthodoxen Balkan und der islamischen Türkei den EU-Kandidatenstatus. Und dann sprengte im gleichen Atemzug die wohl mächtigste Symbolfigur Deutschlands mit ihren geflügelten Worten über blühende Landschaften den Rahmen ihrer Identität und beschmutzte die gebügelten Blusen und Hemden des Konsortiums der ordnungsliebenden Union.

Es waren unruhige Wochen, die mir zeigten, mich nirgendwo anlehnen zu können, da mich selbst meine Gefühle im Stich ließen, mich mein eigenes, instabiles Ich betrog. Alle Gedanken zogen unhinterfragt hundertausend Bahnen, die sich blitzartig entluden, mich tagein, tagaus beschäftigten. Manchmal spazierte ich am Bosporus entlang und träumte von fernen Burgen, Palästen und Ruinen oder trödelte durch die Straßen von Kadıköy und lief dabei Nebi in die Arme, der mich mit einem kräftigen Handschlag begrüßte, mich anlächelte und nach meinem Befinden fragte, und dann staunte ich wieder über ihn, bewunderte ihn und das bunte Treiben auf den Fischmärkten und sah Hausfrauen mit ihren Gemüse-, Obst- und Brottüten nach Hause gehen.

Manchmal, wenn mir danach war, rief ich Merve, Filiz oder Lale an. Manchmal schlief ich fast vor Müdigkeit vor der Tafel ein. Und dann gab es wieder Tage, an denen ich sie wie ein wachsamer Hund mit tausend Begriffen vollschrieb, und meine Schützlinge schauten mich mit Haselnußaugen an und hatten Konzentrationsschwächen, Kopfschmerzen oder andere Beschwerden. Ab und an saßen sie wiederum wie Zappelphilippe da und paukten mit eiserner Disziplin, bis ihre Köpfe nur so qualmten.

Nachmittags kehrte ich dann heim und schluckte meine Enttäuschung über höflich formulierte Absagen von Verlagen herunter und setzte mich entschlossener denn je an den Schreibtisch. Dort wühlte, stöberte und kramte ich so lange durch einen wirbelnden Wust an Zeiten und Stimmungen, bis ich den Tag nicht mehr von der Nacht unterscheiden konnte. So verabschiedete sich das Jahr wie eine trübe Fleischbrühe, die man schnell herunterschlingt, von mir.

Die Zeitungen riefen zum Spenden auf, rechneten und kalkulierten mit Zahlen, und mit jeder neuen Summe zogen sich ihre bleiernen Absätze wie dehnbare Fäden in die Länge, so daß die letzten Tage des Jahres wie heiße Wachstropfen auf meinen Schoß fielen.

Dann rief mich Franziska an. Noch am Telefon planten wir, mit Max und seinem Freund İskender die letzten Tage des Jahres im Süden des Landes zu verbringen. Franziska wollte mit mir im Meer baden und sich im Beisein der Mädchenburg für ein paar Stunden dem Frieden widmen. Sie sprach von Frieden. Sie sprach dieses verwaiste Wort mit seinen sieben Buchstaben so eigenartig aus, als ob es sich wie ein Einmachgummi in alle Himmelsrichtungen ziehen lassen könne. In meinen Ohren klingelte es, und alle sieben Buchstaben geisterten mit ihren unheilschwangeren Botschaften durch den Salon, und Franziska zog mich näher zu sich und sprach erneut von ihrem Frieden, und ich fragte mich, was sie überhaupt meinte, was sie über ihn wußte, was ich von ihm im Süden des Landes am verträumten Küstenstreifen zwischen Silifke und Mersin mit seinen korykischen Grotten, hethitischen Palästen und armenischen Kapellen unterhalb des Taurusgebirges erwarten durfte. Und nachdem Franziska mit mir über diese lange Mauer des Friedens mit ihren Säulen, Mosaiken, Brunnen, Thermen, Gassen, Basiliken und Zisternen geschlichen war, freute ich mich auf sie und auf die Mädchenburg in Kızkalesi, die mir wie ein warmblütiger Liebhaber im sanften Abendlicht erschien und deren Strahlen im Nu wieder verschwunden waren. Dann dachte ich an Nebi aus der Nachbarschaft und an unseren lauen Sommerabend mit seinem verträumten Leanderturm, an seinen Charme und seine Erklärungen über den unterirdischen Quellfluß der korykischen Grotten, der Einsturzdoline als Hölle und dem Paradies, welches mit seinen 452 Stufen in eine Höhle mündet, in deren Tiefen ein Rauschen und Plätschern zu hören ist.

Ich fackelte nicht lange herum und versprach Franziska, bald schon nach Ankara zu reisen, und mit der Vorfreude auf das Mittelmeer war ich von der Vorstellung besessen, mich im kalten Wasser zu aalen, in schäumenden Wellen zu winden und von verschwundenen Meeren zu träumen.

Vier Jahre nach ihrer Schließung wurde die Ehe zwischen Can Barlam und Leni Lindenbaum schließlich und endlich in beiden Ländern als geschieden anerkannt. An dem Tag warf ich meinen Ehering ins Klo, schmiß alte Kondome in den Müll und fuhr eine Stunde darauf nach Ankara. Einen Tag darauf fuhren Franziska, Max, İskender und ich mit einem geliehenen Golf nach Kızkalesi. Zwei Hotelzimmer hatten wir bis zum zweiten Januar gebucht. Wir wollten den Silvestertag mit Spaziergängen, Schlemmen und Faulenzen verbringen. Mit dem Gang in die Hölle und ins Paradies wollten wir das Neue Jahr begehen.

Am zweitletzten Dezembertag erreichten wir vor Sonnenuntergang das verträumte Dorf Kızkalesi. Wir hechteten, nachdem wir den Wagen geparkt, die Hotelbesitzer begrüßt und unser Reisegepäck vor unsere Betten geworfen hatten, an den Strand und sahen im roten Dämmerlicht eine Burg im Wasser verschwinden. Unweit von der schuldlos Träumenden entfernt, löste sich auf dem Festland eine marode Sandburg in der Dunkelheit auf. Ich sah beide Burgen verschwinden und hörte Max und İskender Anekdoten aus der Schule erzählen. Franziska gähnte den Boden an, und die beiden Jungs standen barfuß im Meersand und staunten über Wellen, Steine und Muscheln. Sie zappelten mit ihren weißen Beinen im Wasser herum, und wir hörten, wie sich Sazklänge bis ans Wasser verirrten.

Die Tage in Kızkalesi waren wunderschön. Wir verbrachten sie am Strand, in Wäldern, in der Schwemmlandebene, in Restaurants, zwischen farblosem Gestrüpp, sumpfigen Gehegen und uraltem Gestein. Jeden Morgen schwammen wir für eine Viertelstunde im kühlen Meer und bibberten danach solange im weichen Strand, bis der Wind alle Wasserperlen weggetragen hatte. Lautlos kündigte sich der letzte Tag des Jahres an, und als er sich von uns verabschiedet hatte, nahm ich mir am ersten Januar in aller Frühe die Kamera und ging, noch mit Schlaf in den Augen, in die Einsturzdoline. Dort blieb ich vielleicht eine Viertelstunde. Dann verließ ich die Hölle und ging mutterseelenallein ins Paradies. Alle 452 Stufen hüpfte ich herunter und sah alles vor mir, was Nebi mir beschrieben hatte. Hinter der verlassenen armenischen Marienkapelle schimmerte in der Morgensonne die heilige Grotte, die sein Großvater als zeitlosen Ort beschrieben hatte. Ich ging alle Stufen hinunter und sah schon aus der Ferne auf der letzten Stufe des Paradieses einen Mann mit einem Heft und mit einem Stift reglos dasitzen. Er schien das Rauschen des Flusses zu verinnerlichen. Ich ging auf ihn zu und begrüßte ihn. Für eine Weile blieb er einfach nur so sitzen und schwieg. Dann nickte er mir zu, lächelte mich an und schwärmte von der Schönheit des Morgens.

Cemil lernte ich am Neujahrstag im Paradies kennen. Er saß auf der letzten der vierhundertzweiundfünfzig Stufen und zeichnete die gepriesene Asthma-Grotte. Dann sprach er einen Vormittag über Himmelsgeschöpfe und Höllentänze. Cemil sah ich ein einziges Mal in meinem Leben. Ich sah ihn im Paradies, und alles, was ich in den Stunden über ihn erfuhr, was er mir vertrauensvoll mitteilte, prägte sich wie die Spur einer riesigen Dampfwalze in meinem Kopf ein. Cemil kommt aus einem ostanatolischen Dorf, aus der Provinz Batman. Batman wurde aufgrund dieser unsäglich düsteren Wolke, die seit Jahrzehnten die anatolischen Steppen, Berge und Felder überschattet, dem Erdboden gleichgemacht.

Cemil ist ein sehr liebenswürdiger Mensch, der seit seinem zehnten Lebensjahr als Kellner arbeitet. Er ist Kellner und Künstler, und ich lernte ihn im Paradies kennen. Dort erzählte er mir seine Geschichte mit ihren Jahren an Flucht und Vertreibung, ihrer Suche nach Ruhe und Geborgenheit. Er ist Maler und hält Stimmungen mit Öl oder Pastellkreide fest. Er arbeitet in langen Sommernächten und an kalten Winterabenden und sitzt morgens vor seiner Palette oder vor Gräbern und Felswänden und verewigt Pinselstriche über Pinselstriche. Ich lernte ihn am Neujahrstag kennen. An dem Morgen sprach er mit gebrochener Stimme über seine Kindheit in seinem Dorf, über seine Flucht mit einem toten Vater im Arm und einer kranken Mutter auf dem Bett. Er floh nach Adana, um sich eine Existenz aufzubauen, und es wird wohl der militärische Nato-Stützpunkt İncirlik in der Çukurova, im Taurus, gewesen sein, der mit seinen gefüllten Dollartaschen der vielen amerikanischen Soldaten sein Einkommen sicherte.

Mein Gott, als Cemil seine Vergangenheit mit seiner Gegenwart wie zwei schweißnasse Laken zusammennähte, weinte er auf der allerletzten Stufe des Paradieses. Er weinte wie ein verwaistes Kind, das er war. Er weinte sehr lange. Irgendwann hielt ich es einfach nicht mehr aus. Ich nahm ihn in die Arme und strich über sein Haar. Er lag in meinen Armen und weinte. Dann küßte ich sein Haar und seine Lippen. Ich küßte Cemil, weil ich ihn küssen wollte. Dann küßten wir uns, küßten uns in einem Anfall von Trauer und Zärtlichkeit, und ich glaube, wir vergaßen für einen ewig langen Augenblick zu atmen, obwohl unser Puls nur so raste und unser Blut in unseren Adern wallte. Mir war so, als wollte die Welt alles hinunterspülen, sich daran verschlucken, und Cemil seufzte schwer in meinen Armen. Er atmete tief, stöhnte auf und weinte in meinem Schoß.

Wir berührten auf der letzten Stufe des Paradieses für eine Ewigkeit das himmlische Reich der Träumenden, denen man Liebesbotschaften senden, die man in Musselin hüllen und auf Moos betten möchte. Ich weiß nicht, wer uns damit segnete, mit fernen Klängen berieselt, mit dem Duft des Flieders betäubt und mit Küssen fortgetragen zu werden. Nur irgendwann, irgendwann nahm Cemil meine Hand und streichelte sie, und dann löste er sich von ihr und erzählte mir eine Geschichte. Er sprach Kurdisch und Türkisch und witzelte auf Englisch herum. Dann schenkte er mir sein tränennasses Pastellbild. Er saß mir mit seinem aufgelösten Ich gegenüber und schenkte es mir, und ich hätte in dem Moment alles gegeben, um der Welt die Grausamkeit zu nehmen, um sie irgendwohin zu schleudern. Ich sah Cemil dabei zu, wie er die vielen Falten seiner Hose glattstreifte, sich von dem Staub des Paradieses befreite. Aufrecht stand er vor mir und küßte meine Stirn. Er bedankte sich und seufzte in den Wind oder in den Himmel. Er stand mit seinem schönen Körper und mit seinem durchgeschwitzten Haar vor mir und verließ mich, ohne ein weiteres Wort zu verlieren, ohne sich ein einziges Mal umzudrehen. Er verschwand mit dem Echo der Schritte der vielen Stufen des Paradieses, mit dem Rauschen der Quelle der geheiligten Grotte, und alles, was mir nach unseren Küssen und Umarmungen mit ihren Auflösungen und Verschmelzungen an dem zeitlosen Morgen auf der Zunge haftenblieb, war dieser bittere Geschmack, der nur für wenige Sekunden von der Süße unserer Küsse und ihren tausend Botschaften abgelöst werden konnte. Es blieb diese Bitterkeit, die ich nicht hinunterschlucken konnte. Mit ihr verließ ich das Paradies, und nachdem mir Cemils Stimme einen Tag nicht aus dem Kopf gehen wollte, sackte mir am späten Abend ein schwerer Stein in den Bauch. Er drehte sich dort immerzu, wollte mich nicht in Ruhe lassen, so daß ich selbst das Summen einer fröhlich gestimmten Franziska und das Herumbalgen von zwei jubelnden Frühpubertierenden nicht mehr ertragen konnte. Ich ließ dieses heitere Schauspiel widerwillig über mich ergehen. Nur irgendwann hielt ich es nicht mehr aus und zog mich klammheimlich ins Hotelzimmer zurück. Dort las ich mich durch das letzte Jahrhundert des Osmanischen Reiches und erreichte irgendwann das Tor der Republikgründung. Dann fielen mir vor Müdigkeit die Augen zu. Kaum waren sie verschlossen, sah ich flirrende Schwärme von Schmetterlingen und Mücken, die hinter meinen

Augenlidern wild aufflackerten und eine unendliche Geschichte schufen, die mich wohl von den zarten Linien unter Cemils Mandelaugen wegziehen konnte, die ich Stunden zuvor leidenschaftlich geküßt hatte. Dann fiel das Buch über die Geschichte des Osmanischen Reiches und der Türkei auf den Boden. Kaum hatte es sich dort bequem gemacht, wurde ich von fernen Ufern und Stränden eingeholt. Ich sah ein Meer von Muscheln, sah Meeresschildkröten und Mondlichter und träumte von Lichtkegeln, Kieselsteinen, flatternden Motten und gurrenden Tauben. Ich träumte von Schattenspielen, Sternschnuppen, Regenbögen und Kinderhänden, von weichen Rundungen, funkelnden Augen, küssenden Mündern, kopulierenden Katzen, schlafenden Fischerbooten, langen Wolkenbänken, tiefen Erdrissen, versteckten Wachtürmen, roten Samtburgen und wunderschönen Bergamateppichen. Ich träumte von Forellen, Schwertfischen, Garnelen, Seesternen, Krustentieren, Nixen, Delphinen, Korallenperlen, Bernsteinen, Kamelkarawanen, Pferdehufen, Olivenhainen, Feigenbäumen, Liebesfrüchten, Weinblättern, Haselnüssen, Pistazien, Granatäpfeln, Mohnblumen, Kürbiskernen, Sesampasten, Oreganofeldern und Joghurttöpfen. Dann stand ich vor Kirchen und Klöstern, Mauern und Keilschriften und hörte Sazspieler, Wasserpfeifen und Janitscharenklänge. Ich stand vor Säulen, Tempeln, Türmen und Fayencen und sah den Leanderturm, die drei Grazien und den Grabtumulus mit seinen steinernen Kolossen von Apollo, Herakles, Tyche und Antichodus vorüberziehen. Dann lag ich in Burggräben, Turmruinen und Katakomben, und dort begrüßten mich die Hethiter und dann Troja mit seinen griechischen Kolonien und die Perser und Römer. Dann flanierte ich durch Rom, Konstantinopel, Byzanz, Alexandria, Aleppo und Belgrad, spazierte auf Kreta, Lesbos und Zypern und berührte assyrische Reliefs, sumerische Tempelbauten, römische Grabhäuser, seldschukische Fayencen, osmanische Teppiche. Dann berührten hethitische Göttinnen in dahinbröselnden Ruinen mein feuchtes Haar, meine Brüste und müden Füße. Dann sah ich mich als tapfere Kriegerin durch Pergamon, Ephesos, Tartarus, Kappadokien und Lykien gehen, und es drängelten sich hellenistische Denkmäler, römische Monumentalbauten, zyprische Flotten, byzantinische Altäre, seldschukische Säbel und türkische Heilbäder dazwischen, die sich wie himmelhohe Bäume in das fahle Licht zeitloser Alleen einreihten.

Mit allen Wirbelstürmen der Epochen, allen Wogen der Zeiten zogen Jahre über Jahre vorüber und zeigten dem Kompaß meines schlafenden Ichs irgendwann keine Richtung mehr an. Ich erwachte. Mit der Schönheit an Bildern erwachte ich in der Morgendämmerung und hörte Franziska an meiner Seite atmen, Vögel singen und den Wasserhahn tropfen. Mein Kopf drehte sich schneller und immer schneller, und mir war so, als bewegte sich etwas in konzentrischen Kreisen auf mich zu. Etwas streichelte mich und trug mich ins Bad. Dort stellte ich mich unter die Dusche, und mit dem Plätschern des Wassers auf den weißgrünen Kacheln erschien mir Kybele.

Kybele, die Göttin des Mittelmeeres, die Spenderin von Leben und Fruchtbarkeit, die Magna Mater der Natur, der Götter, der Menschen und Tiere tanzte über das Jadegrün der Kacheln und war von Kureten und Korybanten begleitet. Sie saß auf ihrem Löwengespann und schwebte in orgiastischen Ritualtänzen zwischen Oleandergärten, Basargassen und Blumenblüten. Im Angesicht ihrer Fruchtbarkeit und Leidenschaft überwältigte sie mich mit ihrer Kraft, und ich spürte für einen Moment eine Windböe, die von der Seite des Waschbeckens zu mir herüberwehte, sich durch meine Achselhöhlen schlängelte, meine Schultern empfing und unterhalb des Nabels verweilte. Mit dem Plätschern und Perlen des Wassers summte Kybele auf dem Jadegrün der Kacheln. Sie summte Verse und Lieder. Sie seifte mich ein und seufzte manchmal dabei auf. Ich freute mich über ihren Geist und ihren Gesang. Ich freute mich über das Wasser und auf einen weiteren Anblick der Mädchenburg. Ich wollte noch einmal schäumende Wellen und pastellfarbene Wolkenbänke sehen, wollte noch einmal mit Max und İskender im Wasser schwimmen, mit Franziska spazierengehen und zartes Lammfleisch mit Joghurt essen, bevor wir uns von den Ausläufern des Taurus und dem Hoteldörfchen Kızkalesi mit seinem Meer, seinen Burgen und Grotten verabschieden mußten, bevor mich der Bosporus wieder anlächeln würde.

Istanbul – Bremen, 1999-2000

VERWENDETE LITERATUR

Melih Cevdat Anday. Toplu Şiirleri I. İstanbul: Adam Yayınları, 1996.

Modern Türk Klasikler. Öyküler / Moderne türkische Klassiker. Erzählungen. Edition Langewiesche-Brandt. München: Deutscher Taschenbuch Verlag, 1994.

Blinde Perle am Bosporus. Tagebuchaufzeichnungen mit Fotos aus Istanbul. Teil 1 Yedikule. Berlin: Demet Verlag, 1999.

Das neue Leben. Roman. Orhan Pamuk. München, Wien: Carl Hanser Verlag, 1998.

Istanbul. The Imperical City. John Freely. London: Penguin Books, 1996.

Istanbul Reiseführer. Köln: DuMont Buchverlag, 1997.

Türkei. Dumont Richtig Reisen. Köln: DuMont Buchverlag, 1998.

Turkey. A Modern History. Erich Jan Zürcher. London / New York: I. B. Tauris, 1997.

Wien. Köln: DuMont Buchverlag, 1998.

Zypern. Der nördliche Teil. Köln: DuMont Buchverlag, 1994.

Danksagung

Mein Dank geht an Emre Akbağ, Gülseren Aslan, Süreyya Aslan, Birsen Barış, Thomas Faist, Petra Farangis, Antje Grützmann, Andrea Liese, Wolf-Gert Matthäus, Eyüp Özveren, Lars Peter Schmidt, Sonja Schütz, Oktay Uludağ und Nilgün Yüce, die mich auf individuelle Weise auf dem Weg bis zur Veröffentlichung des Romans unterstützt haben.

Mein Dank geht vor allem an Nejla Gültekin, die mich mit ihrer Aufmerksamkeit, ihrer Sensibilität und ihren unentbehrlichen Worten während des Schreibens nicht im Stich gelassen hat.

Erklärungen zur Aussprache von einigen Konsonanten und ihrem Lautwerk im Türkischen:

C, c stimmhaftes ‚dsche': Can (Leben), Cennet (Paradies), Cehennem (Hölle)

Ç, ç stimmloses ‚tsche': Türkçe (Türkisch)

Ğ, ğ in weiches ‚ğ', das wie ein ‚j' ausgesprochen wird: mağara (Höhle, Grotte)

I, ı kurzes ‚ı' wie in ‚sagen', ‚machen': Kadıköy (Stadteil auf der asiatischen Seite Istanbuls)

J, j wie das ‚j' im Französischen: Jale (Tau)

S, s stimmlos wie das Doppel-s in ‚küssen': Mersin (1. Stadt in der Südtürkei; 2. *bot.* Myrthe)

Ş, ş wie das ‚sch' im Deutschen: ‚Teşekkür ederim' (‚Vielen Dank'), ‚hoş' (angenehm, erfreulich)

V, v wie das deutsche ‚w': ‚Evet' (Ja)

Y, y wie das deutsche ‚j': ‚yorgun' (müde)

Z, z stimmhaftes ‚s' wie in , See': Deniz (Meer, See), Arzu (Wunsch)